黄长江 主编

北京儒博文化艺术院
福建省文艺评论家协会　组编

少木森禅意诗研究

中国财富出版社有限公司

图书在版编目（ＣＩＰ）数据

少木森禅意诗研究 / 黄长江主编；北京儒博文化艺术院，福建省文艺评论家协会组编 . -- 北京：中国财富出版社有限公司，2024.9.--ISBN 978-7-5047-8224-3

I.I207.21

中国国家版本馆 CIP 数据核字第 2024DOE112 号

策划编辑	郝婧婕	**责任编辑**	郝婧婕	**版权编辑**	李 洋
责任印制	梁 凡	**责任校对**	张营营	**责任发行**	杨恩磊

出版发行	中国财富出版社有限公司		
社　　址	北京市丰台区南四环西路 188 号 5 区 20 楼	**邮政编码:** 100070	
电　　话	010-52227588 转 2098（发行部）	010-52227588 转 321（总编室）	
	010-52227566（24 小时读者服务）	010-52227588 转 305（质检部）	
网　　址	http://www.cfpress.com.cn	**排　　版**	北京儒博文化艺术院
经　　销	新华书店	**印　　刷**	天津市鹏鑫印务有限公司
书　　号	ISBN 978-7-5047-8224-3/I·0379		
开　　本	710mm×1000mm　1/16	**版　　次**	2025 年 1 月第 1 版
印　　张	24.25	**印　　次**	2025 年 1 月第 1 次印刷
字　　数	449 千字	**定　　价**	98.00 元

序

陈毅达

　　与少木森的相识，是在几十年前了，那时候我们都只有二十出头，正遇上了上世纪八十年代那一波文学热潮。当时，我在一家地市级文学刊物《武夷山》任编辑；少木森则在相邻的另一个地级市当老师，热衷于文学创作。少木森经常向《武夷山》刊物投稿，因此，我们有过好几次书信往来。少木森那时候投的多是短篇小说，也有一些诗歌作品，他说自己短篇小说的处女作就发表在《武夷山》。那个时候，中国新时期文学正处在热爆期，小说、诗歌和文学评论争奇斗妍，各种创作尝试和创作手法各显神通，让我深深记住少木森的，其实还是他当时创作的诗歌，我读后感到非常具有探索性。

　　后来，我不再做文学杂志编辑，与少木森的联系也就此中断。只是经常会看到少木森写的小说、散文和诗歌在一些报刊上发表，还得知他的作品获得过不少省级以上文学奖项，包括孙犁文学奖等。少木森一直执着地在文学之路上奔走着。

　　一直到我重新回到福州工作，偶然得知少木森也在福州，但此时距离当年已经有三十载了。在一个文学活动场合，我与少木森第一次相见。少木森说，他以为我忘记他了；我也告诉他，我以为他忘记我了！然后，彼此哈哈大笑。我与少木森握手之时，我们都已"白了头"，都从当年意气风发的文学青年，变成了时光磨刻之下的中老年之人了。我只能从当下少木森的模样，试着推想过去通信神交之时，少木森可能的风采了。

　　因为各自都仍然保持着文学的初心，我与少木森在不少场合都有相见。在一次私聊之时，少木森告诉我，近年来，他写得最投入的是"有禅意的诗"。

1

当时我并不是太懂，因为后来我更多地转向去写小说，而不再写诗了，也不太关注诗了。直到有一天，少木森邀请我参加他的禅意诗研讨会，我才去认真读了他的禅意诗，才明白，如今少木森主张以禅眼观物、以诗心生活，专注从一事一物中发掘禅意，或以禅心观照凡俗生活中的一景一境。他的诗，笔触清寂幽绝、视角奇僻独到，颇有个体体验和个性语言的辨识度。

禅诗在中国自是有一脉传统的，在中国古代诗歌史上，名篇佳作不在少数，如王维的《山居秋暝》："空山新雨后，天气晚来秋"；又如贾岛的《寻隐者不遇》："只在此山中，云深不知处"；等等。但是，因为写禅诗那种"行到水穷处，坐看云起时"的心境超然和意境幽深，大多是油然而生的，可遇而不可求，需要诗人在自我世界和自我创造时，具备极为高深的学养、慧识和心修，所以时至今日，极少遇见去努力专注于禅诗的诗人。

少木森为自己专注的文体类型起了个新名字——禅意诗，而不将其称为传统的禅诗，可能是少木森意识到了一个问题：在传统语境中自足存在的禅诗，在当代语境中已经发生了新变。这并不是说，禅诗的基本元素——禅与诗，在当代生活中消失了，而是说这些基本元素的存在形态发生了变化，那么其结合方式也就不复往日了。在当下，修禅和讲禅的人并不少见，我们甚至会发现，无处不在的禅意正通过消费场景渗透到我们的日常生活中，比如禅茶、瑜伽。这就提醒我们，禅在今天不再只是一种专业修行，而且也是一种低调的流行文化，弥散在我们习焉不察的日常语境中。这种弥散性禅意如何与现代诗重新结合？我觉得少木森是想通过他的诗歌创作实践给予探讨和回答。少木森提出禅意诗这一说法，并且长期坚持禅意诗创作和禅意诗评论，显然也是有意识地想独辟蹊径地去挖掘中国禅诗传统的现代意蕴，从这个角度来说，这也是想对中国传统文化的传承与发展做一个细微的诗歌创作实践。

我听追求心灵疗愈的音乐比较多，例如有一段时间，班得瑞的音乐就让我极为着魔，伴我度过了心灵最纷杂的时光。少木森与我年龄相当、历程相近，我们对当下人生的理解和感悟是否相同不得而知。但我可以理解，至今他一直追求禅意诗的写作，是否也是想在浮躁与喧嚣的生活之中，寻求一份心境的超然与恬静，以及人生的豁达与沉着，从而回归本来的淡泊与精神的涅槃？他出版的诗集有《花木禅》《谁再来出禅入禅》《少木森禅意诗精选99首》《少木森禅意诗精选精读》《八闽诗禅路》《诗与禅可以这么说》《给自己找个理由微笑》等。单从书名来看，就是执意禅意诗心了，希望他对我的揣测也能给个禅意的微笑。

近年来，少木森的禅意诗，以及研究禅意诗的文章在网络空间被广为传阅，拥有越来越多的读者，因此少木森被定性为禅意诗的提出者和写作探索践行者。除了坚持现代禅意诗写作实践，少木森还致力于现代诗的评述及作品推广，出版了"读出的禅意"书系，即《读出的禅意：中国当代禅意诗选读》《读出的禅意：2015 年度禅意诗选读》《读出的禅意：2016 年度禅意诗选读》《读出的禅意：2017 中国禅意诗选读》《读出的禅意：诗与禅可以这么说》。少木森对现代禅意诗及现代新诗写作与传播所做的不懈努力引起了越来越多人的关注和重视，其中，北京的黄长江用心收集了各地报刊和网络上赏读和评析少木森诗歌的文章，集成《少木森禅意诗研究》一书，就是对少木森禅意诗创作与评论的一次集中检阅，有助于我们深入了解少木森的个人创作实践和诗学观念。当然，或许它还有更广泛的意义，就是重新激活传统诗学记忆，促使我们思考中国禅诗传统在当代语境中传承与发展的新命题。

2023 年 8 月 6 日于榕城

（**陈毅达**　现居福建福州，中国作家协会全委会委员，福建省文学艺术界联合会党组成员、书记处书记、副主席，福建省作家协会主席）

目　录

福建前沿诗歌链（五）

陈仲义

之九：鸟啼花落，皆与神通
——读少木森《墙下红》

全国写现代禅诗的人凤毛麟角，福建省大概只有少木森一人，业已成为诗歌界的"熊猫"。被"熊猫"抚摸过的每一段竹节都值得关注。下面请读《墙下红》。

> 以冻紫的手
> 乞向
> 冷瑟的季节

萧瑟寒风中，"墙下红"仿佛乞讨的孤儿，伸出求援之手。冻僵的肌肤，压抑的心情，麻木的表情，定格在无从知晓的空茫里，只剩无声的沉默在寂寥中扩散……

> 握　夕阳
> 暗淡如烟蒂
> 点着
> 墙下
> 鞭炮热闹

蓦然中，"墙下红"与夕阳相遇了——她终于找到了心灵的寄托。夕阳是一种终结性征象，但"墙下红"，并没有跟随这样的目标简单离去，而是用一个强大的、与自己身份和境遇十分不符的"握"字紧紧将夕阳挽留。此时的夕阳同样无法想象，这一握，犹如被强大的电流击倒，竟化作（暗淡成）一缕烟蒂。几乎是同时，夕阳（烟蒂）也点燃了墙下那噼里啪啦、如爆竹炸响的花儿。忽然的转机，犹如神助，先前那种落寞、无聊的窘相，该获得些许解脱，重新找回自己一世或一天的"精彩"。

　　几时
　　学会和墙说话

可是，热闹过后，或许只是一眨眼一抿嘴之间，"墙下红"又重新陷入困境。主要缘由不是寒冷、不是季节，而是墙。原本与墙相依为命的"墙下红"，得重新面对陌生的墙、隔膜的墙、僵硬的墙。这是无从摆脱的命运的循环？表面上，是花与墙的对话、物与物的对话，实际上，暗示了人与物，应该处于一种怎样和谐、圆融的交流状态。作者没有给出实质性答案，实际上也很难给出，只用"几时／学会"的提问，完成了一次人与自然关系的领悟。其实，也不能仅仅局限于自然，在更广泛的人际关系中，在一切事物中，我们往往无法说话、无从说话，或无话可说。

那么，从今天起，我们开始修习吧，学会和"墙"说话……

二十年前，我在永安桃花洞见过少木森一面，后来没有联系了，但我知道他一直在坚持现代禅诗写作，并出版了四本诗集，十分可贵。再读他的《远远的一声是你》，写扫地老僧"遗下／一声又一声宁静／如钟　敲瘦老朴树的黄昏／／人到忘机处　只让／心随落叶　一洄一荡"。那种"心随落叶　一洄一荡"的恬适、轻扬，那种无欲无求、清淡旷远的境地，至少让我们暂时忘却许多烦恼。

现代禅诗的写作机制，特别讲究心灵的高度自由张扬、自我本性的淋漓挥发，以及精神灵魂的全然开放，在完全通脱无碍的状态下，以"非思量"的直觉体悟（净心、通灵、冥想、默照），进入物我交融的神秘体验——无言独化，秘响旁通，且以特殊的"除故""忘言"的语言方式抵达之。

附：《墙下红》

以冻紫的手
乞向
冷瑟的季节

握　夕阳
暗淡如烟蒂
点着
墙下
鞭炮热闹

几时
学会和墙说话

（原发《厦门文学》2009 年 7 期）

陈仲义　1948 年出生于厦门。著名诗歌评论家，教授，中国作协会员，现执教于厦门城市学院人文应用学部。已出版现代诗学专著 9 部：创作论《现代诗创作探微》；思潮论《诗的哗变——第三代诗面面观》；诗人论《中国朦胧诗人论》；艺术论《从投射到拼贴——台湾诗歌艺术六十种》；形态论《扇形的展开——中国现代诗学谫论》；技术论《现代诗技艺透析》；综合论《中国前沿诗歌聚焦》；鉴赏论《百年新诗　百种解读》；语言论《现代诗：语言张力论》。其中，《中国前沿诗歌聚焦》获第 12 届中国当代文学研究优秀成果奖（行业最高学术奖）、第 5 届鲁迅文学奖入围提名。

诗是生命的星云

——评少木森的诗

刘忠诚

　　我从来没有和诗这么贴近过，从来没有和诗的心脉与气息这么贴近过。那一缕安静得如烟如焚的诗思像风中的一缕清香，缓缓地飘了过来："冥思苦想／往事，被岁月苍老的手／刻成整版整版／黄梅雨的水印木刻"。诗，还在推近，一如蒙蒙烟雨中的雨雾，慢慢湿过来，透明过来，又忽然亮光一闪："何时还去触摸长天日出／花竟然开了／竟然红"。最为意象奇特的在最后一节："雨声，数着多汁的叶片／一群湿知了"。这就是少木森的诗——《雨中太阳花》。少木森是一位有成就、有才气的诗人，从最初的《爱的潮汐》到独具特色的《花木禅》，及至新近推出的厚重之作《谁再来出禅入禅》，已有三部诗集问世。前些年，他的诗有一些被分别选入《海内外诗萃评析》《中国新诗·1991年卷》《短诗精读》《新星诗历》等。近年来，又有《和平》等诗被选入大陆权威版本《中国诗典》，《渴望》被选入台湾权威版本《中国诗歌选·1999年版》，台湾的《世界论坛报》也曾有文章专评过他的诗。2000年，他的《和平（组诗）》荣获（祖国成立50周年志庆）澳洲杯新诗成就奖（最高），并被盛邀去澳大利亚悉尼参加颁奖典礼。这标志着少木森的诗已开始走出国门，一个有域外影响力的诗人已灿然出炉。

　　少木森的诗具有独特的文化品味与卓然不同的艺术风格，给人以全新的艺术享受。正如有论者所说，需"晴日临窗，焚香烹茗，静室清茶来读少木森的诗，那是再好不过了"。一翻开诗集，那淡泊、清幽、超脱、空寂的太极之气、虚静之美，便一无挂碍、无边无际地向你席卷而来。在这种别具一格的诗美中，我也陶醉，也无可抑止地沉浸在无涯无际的思辨与参悟中。然而，细细品味，我从诗集中读出、悟出的却是三个少木森，三个处在不同诗美追求层面的少木森。

时代的歌者·泥泞壮士少木森

在为福建青年作家的一本文学合集《忧郁边缘》所作的序中，我曾写道："在南国的雨季中，行色匆匆，我首先发现的是呼啸而来的泥泞壮士少木森。他以他穿透的笔力在南国的诗坛歌吟：'所有的窗口都有眼睛／所有的眼睛都艳羡过英雄／书架，便金戈铁马了／画笔，便剑锋火舌了'。我惊诧不已，少木森向来是以禅入诗、以花木入诗的诗人，何以也有这磨碾过的锋芒？因为我熟知他那平和淡远，安静而毫不慌乱的调子。"更令人惊诧的是，他这种诗风浓烈的诗绝不只这一首，而是一个系列。其实，平和淡远的少木森也有内心炽热的一面。身处一个大时代，他不可能做到百分之百的心灵隐逸。我觉得，他首先是一个时代的歌者，同时也是一个时代的忧患者，然后再是其他。比如，他写《石林》就用了火一般热烈的调子："你呼啸过／喷射过／猛撼过而且烧红茫茫的苦涩／你是火的雕像带着火山通红的暴虐／海扼不住山的喉管／血在水中开成花朵"。这样的诗不仅有力的爆发度，而且有力的硬度："渴望　刀状地矗立着／铿锵着／反复搓动着海的帷幕／旋涡传达你的抗议／潮声展现你的生活"。

作为一个时代的歌者，他也会用喜悦喧闹得像唢呐一样的调子来唱村歌："树荫里歇歇脚／用斗笠扇一阵清凉／大米　像俏皮的小童／从新缝补的麻袋角／探头探脑地向她微笑"（《新娘子赶集》）。作为一个时代的忧患者，他那种隐藏着平时不肯轻易显露的忧患意识，像一层心灵底色，时不时以一种时代责任感与使命感下意识亮了出来。而这种下意识恰好说明，他的忧患已切入血脉、深入骨髓。为此，他也写漂流与分裂，写《拒绝菊展》，写《最后的绿意》，写《致蝴蝶标本》。有些乖巧的诗人常避开对现实的直面、时代的亲和，他们怕因此被指责为浅显，但我以为，对于一个内心深沉的诗人来说，任何诗的题材都将被穿透的笔力所击穿，任何看似微型的生活都可开掘出宏大与深远。少木森的诗就具备了这种品格。他的《和平（组诗）》就不回避当代，不回避非常入世的世界性的大热点——战争与和平。诗中，他与众不同地把和平比作"像握枪的手　结着／一层又一层　老茧"。形容和平，不用和平鸽，不用橄榄枝，而改用了"老茧"，这不仅显示出诗人使用意象的新颖奇特和不同俗流，更重要的是它极大地丰富了"和平"这个主题的内质容量。它至少有四个内涵层次：和平得来不易，要赢得和平，握枪士兵的手就必须付出老茧，这就意味着无数人必须因此而付出相同额次的鲜血；和平总是与枪、战争联系在一起，反思和平，也就必然要相应地反思战争；为什么和平一定要与枪、战争联系在一起呢？难道没有别的选择？"老茧"这个意象让人超出"战争与和平"话题本身，往人类与人性更深层次的方面去思考；和平之后又是新的战争，然后又通过新一轮战争赢得新一轮和平，战争与和平总是在不断轮回，这也就是诗所描述的"许多血／都在某种信仰中流尽了／尔后换取了和平　而在和平中／这信仰又分蘖出／许多信仰　为某一种信仰／又需流很多血"，从这个意义上说，和平是握枪士兵手上的老茧，而战争则是人类心上的一个老茧。这种大忧患体现了诗人关爱人类、俯瞰世界的大爱心与大胸襟，我想，这也是少木森的诗能走出国门获得大奖的原因之一。这些完全入世的诗、完全生活化的诗，是诗人对生存感悟的一种有生活热度的血色书写。歌吟的调子有时铿锵，有时低回，有时甚至忧郁，但诗与诗人的两只眼睛始终是睁开的。

释然入禅的参禅者少木森

少木森的诗也有不睁开眼睛，只闭目养神或闭目打坐的，但大多时候他的诗却悄悄睁开了它的第三只眼睛。这便是他释然入禅，在闭目入静中参禅悟道的禅诗。这第三只眼睛，便是禅。

少木森的禅诗有两种类型。

一类是直接引禅入诗的禅诗。诗的终极指向在禅，诗只是禅的载体或形式，整个诗的诗心是禅，是禅理的生发与点拨。对于这个类型的禅诗，我称之为禅意诗。"不再流浪你不高兴么／挂鞋做／钟／历史／嘶哑地／撞响所有寺庙／／你不走了／但还是有人去化缘"，这首《僧鞋菊》就是这样一首禅意诗，寄寓了随缘化弦的禅理。不过，即便是禅意诗，即便是诗要达到禅理的目的性，但这禅意禅理并非在严密层叠的逻辑轨道中被一环不缺地线性推导出来。线性的事物、事理间的因果链条已被禅所取消或间断，它依从的思维方法是禅机中的顿悟，或曰直觉，或曰灵感的瞬间搭桥，电光火花一闪就来。这实际上就是一种心态放松，心态无我状态下的潜意识灵感释放。《南山还远》中，由"菊展"到"那个陶潜把歌唱得太好"，也就是在意象群的跳跃中一闪念而顿悟所得。

少木森的禅诗还有另一种类型：禅境诗。这一类禅诗的最终指向并不在禅，诗中并不点发出直接的或间接的禅意禅理，而是一种心情转录、转化、转换的诗。他把世界外宇宙转录在心情上，也把生命个体的内宇宙内心体验转录在心情上，再把心情转录在诗上、花木上、禅上。诗是形式、是载体，花木是载体，禅也是载体与境界。在这里，诗心不再是禅，诗的最终指向也不再是禅，而是心情。此谓心情，既包含生命对世界外宇宙的体验，也包含生命体对自身生命深层的体验，其最终指向就是生命体验。诗人少木森在谈及自己的《花木禅》时也说："禅历代以来不断被引入诗文图画，事实上早意味着它作为一种方式来作为潇洒的显示，早就以空的形式来装上不空的内容。"需要指出的是，在这种心情转录的过程中，禅不纯然只是起转录作用，它还有转化、转换功能。它把世俗的心情心境转化、转换为诗的审美心情心境，以及禅的出世心情心境；把世俗的浮躁、烦恼转化、转换为大彻大悟、大虚无边的虚静之美的心情心境。这样，既转换了人的心态，在心理学上起到了心理大调适的作用，又在审美上给人以天外仙境般的心境大享受。禅与道的这种安静闲适、虚融淡泊，真有如净几明窗之下焚香掩卷，每当会心处，欣然而笑，更觉悠然神远。无怪乎诗人自己也陶醉说："此种境界，若能享受，实在不虚此行之来世也。"少木森的禅境诗所极力创造的也正是这种境界。在他的《散落的枫红》中，不仅"秋风凉了"，而且"夕阳凉了"。《观朝槿》中，"几许浮云，几许凉风／从你头顶掠过／山前旧日／雨儿三二滴"，"临风听暮蝉"，很自然地便将人引渡到了"绝域苍茫"的境界。而《荷塘听箫》则十分奇绝地吟出"雾一般弥漫的微笑／在我心田的淤泥里／长出一片歌谣"。《对面一墙迎春花》更出境界："沿淅淅沥沥的水声走下去／土墙上飘起的歌／金黄亮丽　生动如微笑"。《古莲的传说》参悟的是"阳光响亮的西天　又深又远"。所有这一切，总体境界都是禅与道的大境界。《远远的一声是你》更以一组似有若无、似无若有、亦真亦幻的意象来铺开一幅人间天际图："扫叶老僧　蚕食着／寒寺的萧索　遗下／一声又一声宁静／如钟　敲瘦老朴树的黄昏／／人到忘机处　只让／心随落叶　一泗一荡"。这种"人到忘机处"的境界，这种"心随落叶一泗一荡"的境界，这种天际苍茫、人寰恬远、天人合一、仙凡无界的境界不正是典型的禅式境界吗？然而，这境界后面所隐含的又绝不仅仅是禅。

跳出禅，更为广角的智者、哲者、思想者少木森

哲的思考、形而上的终端思考，现在又再度成为文学界的热门话题。莫言在《清醒的说梦者》中坦言："当代小说的突破早已不是形式上的突破，而是

哲学上的突破。"小说如此，诗亦如此。当然，小说与诗的哲化并不意味着硬塞给小说与诗一个哲理的结论即可。诗的哲化，关键是赋予诗以哲的境界、哲的形而上品质。应该说，禅思本身就是一种哲思，禅境本身就是一种哲境，由此而论之，少木森的禅诗均可归为哲化的诗。但禅毕竟只是哲之一种，跳出禅，少木森还有更为广角的哲之视野。少木森是一个长于哲思且善于化用的智者，那篇《伯乐无脸》的奇文就凸现了作者的这种奇才："踱到《伯乐相马》雕像前，凝神而望，那马似在长啸，啸声如风……只是，这伯乐鼻梁以下的半张脸残缺了，那张嘴哪里去了呢？有人说是雕塑者故意为之，千里马就是千里马，用得着你说吗？你多这嘴干啥？有人说是被敲掉的，敲掉那张嘴的就是被称为千里马或自诩为千里马的人。他们需要伯乐的举荐，举荐之后，他们不再需要那一张嘴，甚至该提防那一张嘴了……"绝了！这简直就是当代的《伊索寓言》！少木森把这种高密度、高活性的哲思巧思化用到诗中，诗的哲境也就活了、灵动了。大凡生活中之事物，能看第一眼是物象，看第二眼是意象，看第三眼便成为哲象。

从他的诗作来看，他获澳洲杯新诗成就奖的《和平（组诗）》一诗就具备了永恒的悖论式的哲学品质。《一个屈原已经足够》是对历史文化的一种哲的反思："如果当年　屈原懂得　或者／他人为之悬挂艾草　以避邪／——汨罗江凉风荡漾的水声／两千年　又为我们背诵什么故事？"《郑成功雕像》与《长城驻足》也是把对国家民族的历史文化反思上升到一种哲的高度。《桂树》中那句能传诵的"津津有味，／我把你望成风景？／你把我望成风景？"更是把天人合一的境界定格为哲的永恒风景的例证。《拈秋芙蓉而笑》所关怀的是宇宙观水平上的时间与空间。而《墙下红》中的"学会和墙说话"既有禅的纯阳境界，更有高于禅境的卡夫卡《城堡》式的那种形而上的抽象意味，墙已不只是"墙"，说话也不只是"说话"。

少木森的诗在艺术手法上也很有特点。我把这些特点归结为"两意"、"两移"与"三化"。其中，"两意"是指意象群的经营与意境的转换。少木森诗所创造的意象极为晶莹、极含心灵汁液，而且新颖别致，超出常人的审美期待。"雨中多汁的叶片"被他轻轻一笔点染，竟变成"一群湿知了"，这怎能不让人称奇？连著名作家汪曾祺也对此大加赞赏。在点评他的《花木禅》一书时，汪老还摘了其中四句，做了注："飞花　紧缠那些风／秋的脚步便慢了"（《芙蓉树下》），汪注：有新感觉。感觉是一种才能。"一枚月亮　是我的心跳"（《守望昙花》），汪注：若不经意，而极热情迫切。所状"守望"心情，非常准确。

"风不再孤独于叶／雨不再孤独于根"（《鹤望兰》），汪注：句子峻洁，而有余味。"何时还去触摸长天日出／花竟然开了／竟然红"（《雨中太阳花》），汪注：一片对太阳的向往，在雨里流动着，是被压抑的激情。汪老的感觉是大师级的感觉，无疑是准确而深刻的。少木森的诗在意境转换上的特点是擅长在"动与静"这组关系中变"动"为"静"，而在"虚与实"的关系中则既能巧妙地"化实为虚"，又能倒回来，"化虚为实"。但最大的意境转换还是人生三意境的转换：由不自觉的"世俗初原境界"转换为高一级的心境"入禅境界"，再转换为更高一级的心境"自觉的出禅境界"。在"世俗初原境界"中是"世俗在说我"，转换为"入禅境界"后是"禅在说我"，最后转换为"自觉的出禅境界"则是"我在说禅"或"我比禅更高"。而所谓的"两移"是指"移情"与"移觉"（通感），"三化"是指"诗化、禅化、哲化"。这些都在诗中化用得十分到位，不留痕迹。

读少木森的哲诗让人反思，禅诗让人陶醉，读他那些观照现实的生活诗，又让人怦然心动，又常被那些离禅甚远的凡夫俗子的真情实感所打动。三个不同的少木森，体现了三种不同的诗的形态与诗美境界，三者合一，令我们看到了一个在诗中展露全面才华的少木森，一个真正意义上纯然的诗人，也看清了他诗的终极本质：诗是生命的星云，转录于他诗中、禅中、哲中的最初原也最终端的内质是生命——生命——生命。

（原发《福建文学》2002 年 3 期，后载入中国文联出版社《关于有思想的芦苇》，《今日文艺报》2012 年 4 月 5 日转载）

刘忠诚 1949 年 12 月出生于江西新余，著名文艺评论家、文化批评家。中国作协会员，国家一级编剧（教授），新余市学术和技术带头人，有突出贡献的专家，其大量作品获奖。

拈草木微笑

——《少木森禅意诗精选 99 首》序

李小雨

中国老百姓喜欢把自己称为草木之人。这种自谦中蕴含着悟性和道德。人不就是一种草木、花花朵朵的么。草木的一片叶知秋，而整个草木无疑都通人性，跳动着一颗世界的心灵。

所谓有道德，有时候说起来，表现在爱身边乃至天边的一草一木。这样的世界才会欣欣向荣。

草木在，人在，郁郁葱葱；草木退，人退，了无人烟。

这种共命运，也必同呼吸。在自然界和人类，没有任何一种东西可以替代草木和人共呼吸。人与人之间的共呼吸，只存在二氧化碳，谁也不会把自己的氧气吐给对方。而草木则不同，一棵树慷慨地给人输送赖以生存的氧气，却吸入人吐出的废气。

一个被草木覆盖的城市很幸福，相反，无论大楼多高多亮，那些无生命的硬物都会对人的眼睛产生一种挫伤。

诗人少木森在他的城市寻找草木花朵。他的名字里有四个"木"还嫌少，可见他本身就想成为一座年轻的森林。当一个人顿悟佛拈花微笑的时候、大自然拈草木微笑的时候，物我、人我、人神之间已豁然打通了沟通之道。人本无闲闲找人，人若无笑笑迎人。花本无落人心落，草本无情情动草。

这 99 首禅意诗，基本上均为花木禅，形成一部诗集的植物花园。鸟在枝头弄，禅打根上生。

诗人从喧嚣的生活中，移花接木，灵光吉羽，禅意顿生。当我们看到日常生活中匆匆又匆匆的身影在建筑群中出没，谁会有闲心看到一只鸦的惊心呢？

而作者却能"树下驻足"对此凝神，并通灵而启发悟性，人生随处可见南山。

在树下　飘逸着绿云的树下
我们相对了许久
默契了许久　是谁
把清寂的心情　装饰如树叶
一叶叶多汁而饱满

…………
依依　是我们心中那一点冷暖
依依　是树叶扑向尘泥的声响
依依　是秋雨空蒙中
那一朵　不肯老去的美丽
悠然望南山
　　　南山远不远呢
　　　　　　　　——《树下驻足》

我们看到这样的禅意，已浸透着"情意"，也可以说诗情画意交织着，与那种像哑谜般心领神会、无言或三言两语的俳句大有不同。这些诗明显有诗人的体温，有渐凉渐暖的心境，有物我之间的相思与摇曳。让我们来看看《一首诗的冷暖》。

郊野。冷寂
几竿劲竹挺拔　加上
一只鸟儿跳跃着　就有了
最纯粹的生机
…………
残照里。我微笑　我随手写诗
写在瑟瑟一片竹叶上
然后　折叠成一叶舟
随波逐流
要蹚过什么情绪的河
才能让你　读出暖意

我们平常见到的禅诗无非是一些花花草草，莲梅菊竹兰松葵，还有桃花等被千百年诗人咏烂了的题材，但作者为什么能"纯真几许，耳目一新"呢？因为有了禅吗？作者相当偏爱那独钓寒江雪的诗僧所拥有的意境。在一首《垂钓》里，诗人玩起了"空手道"：

就像是因为有游鱼
把我们的时光
游得苍凉了　也饱满了

空手而归
我们　当然谈起了
　　钓鱼非为鱼
　　大钓即不钓　的境界
但谁心里都明白——
如果早知道这河是一条空河
我还会悠然守望吗？

佛家四大皆空，少木森连寒江雪都不再钓，鱼钩也不必直，连河都呈现出虚无的状态。这样的空把寻常垂钓，变成一种禅宗、哲学。

在另外的诗里，作者写道："风吹斜雨　正是喝酒天气"。这酒也该有花间的一壶雅酒之趣。这使我们知道这位"诗僧"俗家弟子啊，已悟透人生，人生只有一瞬吗？

以渐凉的心境　将一生写成格言
听过唱过遗忘过的歌或诗　很多
不论感官也不论灵魂　没有谁
能预言最终的旋律

殷殷地向往　然后
认真或随意地　听一首
谁写的歌或诗呢
如　望着望不见底的茶杯

以一杯茶的姿势　　自觅怡然

一愣神　　便是一生
　　　　　　——《心境渐凉》

其实人生要在一瞬间展开很长的美丽！

花含笑，人含笑，风下点头的那种微微笑多香。菊花在微笑，菊花在对谁微笑呢？拈芙蓉微笑，笑意已比诗意香呢。

谁举那些火把烧出向晚的深度
谁一展红颊浪涌霞云
枝杈横斜深浅
晾晒一声声微笑

你可以任意在哪一棵树上
体味什么
　　　　　　——《拈秋芙蓉而笑》

这里的"你"相当于一只鸟呢，抑或等于一枚果实在枝梢微笑、体味什么呢？这里面就有禅诗的深度。

2005 年初于北京

（原发《海内外文学家企业家报》2006 年 1 月 15 日，后有《今日文艺报》《福建作家》《南方诗报》《三明文艺》《永安文艺》等转发）

李小雨（1951 年—2015 年）著名女诗人。曾任《诗刊》常务副主编。河北丰润人，北京大学中文系毕业，中国作家协会会员、中国诗歌学会原副秘书长，著有诗集《雁翎歌》《东方之光》《红纱巾》《玫瑰谷》《李小雨自选集》《声音的雕像》，组诗《海南情思》等。

微笑与微颤的禅意

——少木森诗集《给自己找个理由微笑》序

李小雨

禅意也是一种诗意。在唐朝，中国诗歌达到顶峰，同时也是禅诗不鸣惊人之时。越来越多的禅僧加入诗人的行列，对诗歌是一个福音。从那个时候起，以诗入禅、以禅入诗已经普遍。如果说，诗歌是一种土壤，是一种天空，那么禅意可能是某个生命的种子，是某个生命的翅膀。它既不是无物，也不是空穴来风。它有厚厚的积淀，本自天成。它使得诗歌在这里衍生出一种活脱空灵而又机趣天成的意趣来。

我们常说，新诗必须有它坚定而空灵的底座，不是什么人顺手分行就可以称诗。那么，禅意的新诗，更应该如此，才可能有空彻的机趣，就像禅，达到彻悟之境，方有禅悦。换一种说法，禅意诗应以诗歌为最起码的保障底线，以生活的诗意为最起码的保障底线。一个庸俗得不能再庸俗的人可以叫嚷自己是诗人，但不能说自己懂得禅，懂得了拈花微笑。这是一种界限。

禅，当然是一种智慧，是一种生存智慧。我们向国外诗歌大师们取经致敬的原因，就在于他们的诗歌背后透露出的智慧，透彻出的深远哲思和文化气氛，像一声蝉鸣，虽然一生只唱一个音节，但千年不变，已把夏天叫出来了。说起夏天，人们很容易就想起了蝉。

少木森先生致力于禅意诗创作，我们应报以一种赞叹的微笑。

他说要以禅眼观物，以诗心生活。他把水变成了酒，把时间变成了节气。他重视细节，在细节外发出蝉鸣般的一声声禅意来。

如果一首诗像一杯白开水已令人不忍了，那么像一潭死水或被污染成绿斑罗绮的色彩，那就更难堪了。我喜欢纯净的东西，但它要有度数。像一杯酒，看似与水无异，其实饱尝粮食的艰辛与升华。这样的诗才能经得起时间的埋藏，越久越甘冽、芳香。浅薄的东西真是一种可怜，需要当头棒喝。"可能是酒的隐喻把我醉了／就像一行大雁飞过　隐喻回归"（《酒》）。读这样的句子，我觉得有意思。

大川禅诗有这么一首："见色闻声世本常，一重雪上一重霜。君今要见黄头老，走入摩耶腹内藏。"读少木森的诗油然而生一种感觉：时光虽然流逝，但一点一滴都被诗歌珍藏。

> 是谁　把你的全部
> 交给海水　交给了风
> 亿万斯年　你没有消失
> 然而　你已经小小小
> 小成一粒砂子了
>
> 只是　除掉你的名字
> 你质地没有改变
> 就在你掉进我的口腔
> 一颗牙被硌了一下
> 我会说　你还是石头
> ——《硌牙的砂粒》

诗贵自然，装腔作势、故作高深只能令人倒胃。这首小诗，平静得像一粒砂子，进入了诗歌的口腔。被诗人体验岁月的沧桑，一万年也太少。事物进入心灵被诗化、禅意化，就需要这样一重雪上一重霜的磨砺与洞悟啊！

过去的和预言的或命定的都不重要，重要的是你的心灵之旅行与道上诞生的诗行。用少木森的话说，命运的"门看似关闭了／却可能只是虚掩着的"（《命定》）。人，或许本身就是一个影子，走得很远。

有一首极有诗意的禅诗是这样的："空手把锄头，步行骑水牛。人从桥上过，桥流水不流。"你看，道和诗人共在此时，有和无浑然一体。少木森也有这样的诗：

当雨雾模糊了你的凝视
我转过身猜测着远山的深度

轻轻叹一口气
热气在眼前扭曲成长长的路
路的这一头走着我的背影
一个背影

你还在雨中站着么
　　　　　　——《分手》

　　这一首短诗的禅意，读者自然会明白。一声叹息走过漫长的旅途。不看山
就知道山的深度。一个背影在道路的另一端行走。那里也许已经下雨，而这头
或者干旱。雨滴成自然的河流，它流淌，它言说，它不言而喻。
　　它微笑。

以一个微笑
摇动了那枝野菊　花香弥漫
清冷的黄昏　似有音符跳动

没有等着谁　来访
也没有遍插茱萸　怀想着谁
九月九　到江边漫步
只想给自己　找个理由微笑
　　　　　　——《重阳》

　　野菊在远方微笑，在手中微笑。诗人说：给自己找个理由微笑。这是一种
诗意，一种禅趣。其实，也没有必要找个理由微笑。这微笑是自然而然的。这
笑是听见心灵里的会心的一笑。"有精神的树　一直生长／在远方的远方"
（《远行》）。
　　少木森的诗中有两个出现频率颇高的意象：树和鸟。不妨将其看作身体的
静坐和灵魂的飞行。

关于鸟。诗人说：这鸟儿，"叫声穿过树的阴影／抵达窗棂"。然后，不管是乌鸦还是老鹰，竟都时常归于《空巢》：

　　苍茫的天空
　　就因为鸟翅而生动
　　然而　那空空鸟巢
　　还是望不到一只思归的鸟
　　只有关于鸟的玄想　还
　　折磨着我们　一如
　　那钩残月　秦时汉时缺过
　　如今依旧　还缺

原本有归于无，有无互动。
对于树。诗人告诉我们《莫与藤纠缠》：

　　黄昏的情绪　平易如山石
　　而一些绿色的绳索　蛇信般
　　摇曳　在红色的风中
　　…………
　　而　这壮硕的千年古藤
　　绞杀过多少树　如今
　　平易地　依山石伸向云际
　　也长成一副树的模样了

点一堆篝火吧，有《光芒》进入内心。以《善良》为念吧，只想"回到最初那样"。最初哪样呢？最初就是赤条条降生到这个世界，无论身体还是灵魂，最初都是赤条条的。最初拥有的是一颗"赤子之心"！哦，你读，诗人对一只鸟的善良，它带动的是人性的闪光和飞行，是爱心点亮所有的冬天，是一种不灭的恩情。请把诅咒、怨怼都变为对大地的祝福。

你听到霜降时的蝉鸣了吗？

　　有时候　季节非常凌厉

像一个词：霜降

一朵花　要想在这个时候
慢慢打开自己
需要足够的勇气

有时候　季节只是虚张声势
也像一个词：霜降

一朵花　就在这个时候
慢慢打开自己
我还是看见
一种神秘的微颤
————《霜降》

　　读过有关节气的诗太多了，少木森先生这诗集里的 24 首如此独特，那里深蕴着生命的意识，那里有灵魂在说话，处处真可看到"生命的一种韧"。我说："我真是看见 / 一种神秘的微颤"。这微颤与微笑对应。就是禅吧，诗吧。它是一种雨水，把渴望阅读的心灵浇灌。

2008 年 1 月于北京

　　（诗集出版后，《福建乡土》2008 年 5 期登载，并有《南国诗报》《今日文艺报》等转载）

这些"漫不经心的鸣叫"

——《少木森禅意诗精选精读》序

李小雨

对于诗人来说，禅是诗神拈出的一支微笑之花；对于禅宗来说，诗是禅定的心血来潮，是悠然飞来的白云、南山。禅与诗在大唐有缘相会，创造了诸多名篇。由于诗人的推敲来访，禅寺佛门生辉了些许世纪。"诗为禅客添花锦，禅是诗家切玉刀。"诗人士大夫习禅蔚然成风，成为一个传统流淌在中国诗人的血液中。

禅远比诗年轻，诗作为人类最古老永恒的文艺桂冠，虽不能说诞生于天地之先，但至少与人类文明共生。所以禅诗仍然是诗的一种，在诗前面的文字，只是个修饰的定语罢了，并不是"定"。

后世津津乐道的禅诗，我想并不是单指禅师参禅的诗歌。潜心静意致力于禅诗创作的诗人少木森，仍把自己的诗歌界定为"禅意诗"。

新诗和旧体诗都是诗，有个传承的问题。少木森的诗歌散发出烟缕不绝的禅意，可以是一种风雅、"微言大义"的传统在今天复萌的见证。

宋 荔

西禅寺　这株宋朝的荔枝
可算得上是生命奇迹
主干早已枯死
借着超强生命力的侧干

　　经历了四次枯荣
　　而今　枝叶繁茂身姿婆娑
　　一位名叫品性的法师
　　为它牵引水管　确保
　　从树根到树端有充足的供水

　　智真法师坦言　宋荔年产量
　　与其他荔枝树并无多大差别

　　这首诗叙述得比较沉静，波澜不惊，但对一株荔枝而言，它已经走过千年的时光。也许事物存在千年就是为一首诗而存在、为一次参禅而意义不凡。

　　我喜欢有根底的诗歌，就像一句话说的一样："没来由的幸福是可疑的。"少木森创作如此丰盛的禅意诗，让我们心静如水。望着李白的明月照在唐朝的井台，将这井水烧开，泡出这眼前杯中的茶，茶虽然离开枝头了，但香气扑鼻。今天的新诗虽然看不到和大唐隆宋相接的根脉，但就像茶，茶禅一味的茶，它"叶子里流出的像血那样的东西"（《茶》）。诗歌与灵共存，这灵也指灵魂。

心境渐凉

　　殷殷地向往　然后
　　认真或随意地　听一首
　　谁写的歌或诗呢
　　如　望着望不见底的茶杯
　　以一杯茶的姿势　自觅怡然

　　一愣神　便是一生

　　有一首颇极端的诗只有一个字：网。其标题为《生活》。有时人并不比一条游在水中的鱼有更多的突破与彻悟。鱼比鸭知冷知热，知家在水里的第几屋、何时沉浮，有些鱼还天性溯流而上。若真的在一种僵化之网中生活，众生的悟和参透乃至醒，种种"玄机"达到灵魂的"解放"就至关重要了。

佛家说人人有佛性，因为在欲海中迷失就需要悟达到一个万物圆融为一的境界。《老子》也有同理，也就是哲学上所要寻求的本源。其实古今中外说的都是同一个道，表述的都是同一个理，写的也都是同一首诗。但何为真理？

真　理

从一条深深的巷道走出
仿佛走进了
又一条更长更深的巷道
行路者　一个个
在陌生中迷失过方向
巷道　因此灌满了
追寻的欲望

或许　这只是一个隐喻
可我　就在隐喻中误入过
一条又一条巷道　而后
读懂了它的暗示
并将它们叫作真理
一条又一条刻在大脑上
大脑沟回　仿真着
一条又一条的巷道

真理也许早已存在，只是众生要用一生来感受自己追寻到的"真理"，像一条又一条刻在大脑上，其实正是一条又一条的巷道。在这巷道上游击、奔跑、战争与和平、生与死。

诗人的一双慧眼看透了这巷道的荒谬与迷失，而内心的世界却有一片精神的原野。"我把空气中最清冽的部分　吸入／细细看着它们流向每一个细胞／荒草　这时横折着真实的枝叶／乱且坚硬／我内心的原野　已经柔软／／不远处　有几只小鸟跳跃／漫不经心地鸣叫一二声／就挤走了骇人的荒凉"（《隆冬踏青》）。这是一首仁者见水、智者见山，充满象征和隐喻的"立体"感很强的诗。我更愿意把它看成诗人在彻悟之后情愿把自己融入隆冬之中，让荒草来结束过去，成为零。同时内心的原野正在隆隆滚来，像春天一样青草依依，这是诗人长出的自己的青草、独一无二的春天的景象。几只小鸟就可如法物一般漫不经心地挤起了全部的荒凉。可见这鸟有多么宏大的羽毛和飞翔。冬春共时，过去和现在、将来融为一种禅诗的新鲜的、柔软的、像婴儿般的时间。诗人重新创造了时空。"远天上的鸟 / 呈现出原野的辽阔"（《乌桕如梅开》）。

任荒原的草凌乱不堪，"草凌乱时　是否 / 陷阱在乱草里 / 蛇蝎在乱草里"（《草凌乱》），唱歌的人照样唱歌，因为一行鸟由诗人笔尖、袖下飞出，在鸣啼着青天翠柳。

荒草去，新的青草长出："草尖上有一颗露珠 / 晶莹地　等待我们目光穿透"（《草尖》）。

有时诗人故意从繁华喧嚣中抽身回到暗中，"那可能只是灵魂想打个盹"（《暗》），请不要开灯。

诗歌和禅就像这几只鸟突然来临，偶然性事件打乱世界精心的布局，偶然发现使禅意诗人一次次灵感袭来，突破一道道墙，历史的墙、软体的墙、看不见的形形色色的墙。"一堵墙，残墙！ / 墙上一幅画，残画！ / 残墙与残画，在我的对面 / 注视着我"（《偶然发现》）。

"阳光照彻一堵残墙　也把 / 墙角一些杂碎的废砖照彻"（《杂碎》），导游告诉人们这是长城边收来的碎砖。即使真的登上长城，"天堂　不可能因为攀援 / 而越来越近"，这沉重的石头竟昂着头，偾张、伸缩，"长城　也就像蛇腹在蠕动 / 游人像被它吞裹的食物 / 向上反刍　欲吞欲吐"（《登长城的感觉》）。这是一种悟、感觉，在自然而然中穿透，并没有什么偏激的感情因素。只要你也登上去，或许也有这样刹那间的一念。

禅，容易让我想到蝉。蝉一生只鸣一个音节，却是夏天的代名词。蝉又叫知了，禅也是一种知了，因为"知了"而顿悟、彻悟。在树上的蝉也应该属于诗人少木森所言"漫不经心地鸣叫一二声"的范畴。蝉是诗人天然的写作对象。诗人少木森的博客题为：临风听暮蝉。确有禅意！

禅和诗各自独立，有它们相会之缘，也有"分手"之处。禅机入理，达到定属于空，而诗歌的时空却漫无边际，它是直觉、灵感、情绪爆发出来的光环，更有属于史诗的火般的实体。"轻轻叹一口气 / 热气在眼前扭曲成长长的路"（《分手》），少木森不说自己的诗是禅诗，而说是禅意诗，他的这个"禅意诗"

的命名,有可能使禅和诗去掉各自的"执着",达到交融一体,就没有必要分手各奔东西了。

写到这里,忽然想起白居易的一首禅诗《花非花》:

> 花非花,雾非雾,夜半来,天明去。
> 来如春梦几多时,去似朝云无觅处。

最后要说的是,这本精选的禅意诗在创作时即引起不小的反响,每一首诗都有诗评家、诗人和独具慧眼的网友们精彩纷呈的点评,和作者的 17 篇独自深入浅出的叙说,曲高而不和寡,可谓同台争鸣、互动,禅门诗坛颇为"热闹"。我是先睹为快了。

2010 年 1 月于北京

(诗集出版后,《中外名流》2013 年夏第 5 期登载,后有《三明日报》《泉州晚报》多处转发)

灵妙的诗性感悟

——少木森《福建：诗与禅之旅》序

张同吾

诗人少木森的足迹遍及福州、平潭、厦门、莆田、泉州、漳州、三明、龙岩、南平、宁德所含 85 个县区，书写了 138 首诗，以《福建：诗与禅之旅》之书名结集出版，付梓之前相托为序。他对禅意情有独钟，此前已有《给自己找个理由微笑》《谁再来出禅入禅》《少木森禅意诗精选 99 首》《少木森禅意诗精选精读》等多部诗集出版，并在诗界产生了深远影响。所谓禅意，佛家有言，初心见禅，初心即以纯真、善良、静穆、淡定、包容的情怀面对世界、关爱人生；又如佛家所言：月如佛性，江若众生，佛性无所不在，道亦无所不存。美与善从，善由爱生，美在千江水，善在千江月，道养万人心。这便是这部诗集的文化指向与精神内核。

福建是一片神奇的土地，积淀着千秋文化，滋养了无数才俊，埋葬着英魂忠骨，也焕然了无限生机，而少木森却避开政治风云、刀枪剑戟、血泪纵横、历史功罪，着眼于碧海蓝天、苍山冷月、古塔古寨、丛林鸟语、芳草夕阳、古刹钟声、向晚微风、名人故居、先贤遗踪、风移影动、月照禅心、茶经茶趣、禅师方丈、雾月交映……他以淡雅而又传神的笔墨，描绘出一幅幅文化风情画。他所见到的许多场景静谧而空蒙，不仅有空间的开阔性，而且有时间的纵深感。在《黄檗寺》"几盆百合 / 把不时响起的鸟声 / 衬得白净如雪"，这是在极境中的视觉与听觉的交融，而"风吹过时，记得是唐朝的风吗 / 雨落下时，记得是宋朝的雨吗 / 还有明清的香火，民国的钟鼓"。当"香火旺起来了，似乎 / 就积蕴下一种神秘的气场 / 让人触摸到，不可言喻的 / 一种深沉，也是一种 / 不可言喻的托付与放松"（《方广岩的一片瓦》）。当他在《龙泉寺拜百丈禅师》时，便有"灯光与香火闪烁时间的幻觉 / 那一些贴紧现实的执着 / 穿越了时空，在 / 茶雾中袅袅飘散，连同 / 我的躯体逐渐淡化以至消失"，这是感觉净化的极致，乃至物我两忘。当他《和妈祖雕像一起望海》的时候，竟能看到"你乘坐的那一片苇席 / 被风、浪和岁月越擦越亮 / 这一片海域，把时光、流水和大爱 / 以及天下苍生的苦难沧桑 / 收藏在一片浩瀚里"，这才是中国文化与人类意识的融合，成为跨越时空的大爱无疆。由于感觉的出神入化，他把茶韵茶趣写得入魂入骨：茶香"像很细的秋风拂过耳边 / 告诉我一些远天的秘密 / 声音很细，一种呢喃的意味 / 也像如酥的春雨，飞成了花絮 / 迷蒙的美来自迷蒙的空宇 / 又氤氲在我的心底"。与其说是茶的功能，莫如说是茶的韵味是一种至高境界的文化品属。品味文化的妙谛，"我还需要更深的人生阅历"，实在是至理至道之言，因为"茶香隐藏一切，茶香又彰显一切"，让人"仿佛走在 / 时间深处，感受着 / 曾经的那人的心跳和体温"（《安溪茶韵·四首》）。不是任何人都能体味茶文化的深邃，只有心灵的净化才能进入这种人性化与空蒙感的境界。

还有德化白瓷，"不就那么一些土吗？/ 拿捏拿捏，再过火一烧 / 竟就是我们的前世今生 / 竟就是我们的仰望、注目 / 竟就是我们的精神寄寓"，"如果没有神启，那么 / 您以怎样的灵性照彻混沌的泥土"（《德化组诗·三首》）。由此可见他的诗的触角，已从已知伸向未知、从客观伸向主观、从物质伸向精神、从有限伸向无限，因此便包含着文化的渊博和哲理的深邃。那些旷远幽静的天籁，是"黄昏来到那些斑斓野花中间 / 野花摇动着越来越浅的响声"（《黄昏》）；在诗人少木森眼中，即使是观照现实，即使是思考历史沉浮，也弥漫着禅宗禅意。看到《绿意连天》，他想到信念是"不倦的跋涉"，"从一个人心到另一个人心 / 从一代人心到另一代人心"，"从一棵树到另一棵树 / 从一种绿到另一种绿"。在《周宁：鲤鱼溪》中，"一座座鱼冢　长着青草野花 / 在风中像摇着灵旗"；"伴一尾鲤鱼"，就"守住清清溪流　守住神秘"。俯瞰岁月长河，"究竟谁是谁非，历史的门虚掩着 / 不尽的猜想，被风一次次卷来 / 又一次次吹远"（《城村汉城遗址抒情》）。在《漂流》中，他感到"一如音乐响起，清流演绎知音的心境 / 有舞者自琥珀色的高空，款款而来 / 为我抚一曲：高山流水 / 弦音颤动，细雨凝听"。他在思索"灵魂　本无究竟 / 白茫茫　一张无声白纸 / 悲欣交集　绘 / 幽草晚晴　自芬郁　自清凉 / 或　雾月交映 / 滴水松涛　沐浴后来者的景仰 / 当旭日平和地升自这块净土 / 有鸟声　吟唱木樨的馨香 / 透彻迷惘"（《净峰寺夜谈》）。他善于进行细腻传神的描绘和生动贴切的比喻，营造出美轮美奂的意境；他又把景象与心像相交融，意在表现自己的审美理想。

少木森所营造的意象，源于他灵妙的诗性感悟，这是真正的诗人进入虚静状态应有的心理素质和文化素质。美学家和诗人宗白华说他喜欢独自坐在水边石上看白云变幻，心中浮动着美妙的幻想，有一次竟被一种遥远而浪漫的情思牵引，走进森林，走进落日的晚霞，伴着远寺的钟声，忽生隔世的相思。在夜晚，他最爱听幽远的箫声、笛声，便觉得自己与窗外的月光、雾光融为一体，并随着箫声、笛声远行。他说："纯真的刻骨的爱和自然的深静的美在我的生命情绪中结成一个长期的微渺的音奏，伴着月下的凝思，黄昏的远想。"少木森也是这样，他的诗优美而空灵，语言大多凝练，倘若都能如此精约跳脱，将会更有美学品位。

是为序。

2013 年 8 月 14 日十北京

（原载《今日文艺报》2013 年 12 月 10 日，诗集出版后，多家报刊转发，如《作家报》《福建作家》等）

张同吾（1938 年—2015 年）河北乐亭人，中国著名作家、诗人。1962 年毕业于北京师范学院（现首都师范大学）中文系。多年从事教育工作，曾任中国作家协会创研部研究员。20 世纪 60 年代开始发表作品。著有中篇小说集《不只是相思》，诗集《听海》，专著评论集《高山听海音》《小说艺术鉴赏》《诗的审美与技巧》《诗潮思考录》等，出版有《张同吾文集》（七卷）。

探索者的心迹

——少木森诗集《花木禅》序

范　方

　　少木森写了部《花木禅》，要我说说，给我出了个难题。我虽写点诗，但对于禅无太多研究，幸亏我也写了点禅诗，不然，尽说外行话，不懂装懂，故作高深，夸夸其谈。禅本来就不立文字，说也说不清楚。

　　木森既写小说，也写诗，发表过一些，还入了各种选本，早些年还出了本诗集，由北方一个诗刊给他出版。他的诗多少受点"朦胧诗"的影响，有所追求、有所探索，感觉不错。近年来，他写禅诗，以禅入花木，默默耕耘，相信自己的选择，很不简单，可以说，他的诗路历程又突破一步。他对禅也有所见地，从平常的言语中、诗中和这部诗集后面所附的理论文章中都可以看出。

　　禅是东方智慧，也是中国传统文化之一，是自身体验一个方法，与佛教、哲学、科学等有关，但又不是佛教、哲学、科学，在时间和空间上有一种独特的表达方式与审思，自身就存在于无穷大的时空之中。无我，是禅的境界。禅与诗的结合，其实很早就有，王维就写禅诗，无我、无欲，沉浸在山水花木之中。貌似出走、逃避、消极，又是更高的人生态度，处处虚空清净、超然大度。印度、日本以及东南亚各地也都有禅的传统，日本禅学大师铃木大拙说得很妙："禅是大海。是空气。是山，是雷和闪电。也是春花、夏雨、冬雪。禅更是人。"在禅者的眼中，禅就是自然的生活，是人的精神，是宇宙人生的源泉。禅讲悟性，反正靠人去悟就是了。但禅入诗，在我国传统诗词中并不见发达，除王维外，大诗人并不热衷于禅，屈原不是，李杜不是，李贺、杜牧以及宋代一些词人都不是，新诗人中也无写禅的大诗人。中国诗很关心时代、现实，主张个性与自由，但"性灵说""意境说""韵味说"又常常与禅有关，中国诗歌意象和"不著一字，尽得风流"，与禅的时空观、空灵等有异曲同工之妙。西方"意象派"很接受中国诗的意象经营，但大多"现实主义""浪漫主义"过分写实，强调自我。艾略特崇拜欧洲传统，又讲究旁征博引，大讲哲理，写得很艰涩。在现代诗的双向交流中，欧美各国却对东方的智慧很感兴趣，如美国的加里·斯奈德后期的诗转向禅宗佛学，他定居加州的偏僻山区，远离西方现代文明，接近自然。诺贝尔文学奖得主帕斯就是把超现实主义与禅相结合，诗不好懂，大多是玄学，但他是大师。西方人受高度物质文明的压迫，大家都在寻找一种平衡心理的哲学，寻找家园，于是，禅成为他们医治心病的药方之一。在人欲横流的世俗社会中，懂些禅、悟点道不无好处，修静理、悟禅机可以免除人生你争我夺的烦恼，况且参禅方法可以用到诗中，使诗获得某种生机。

但我又想，毕竟诗要入世，如果一个人不太关心时代、现实以及自己周围发生的一切，也就太缺少人间烟火味了。一味空灵，说些离生活、现实、人生苦痛太远的话，甚至无争无求，飘飘欲仙，会脱离读者。要成为大诗人，总是要站在一个时代的浪尖上，他的言语总是代表一个时代、一个国家、一个民族，艾青是这样的，一切有经验的诗人都是这样的。洛夫也学禅，但他善于把历史地理、时间空间、自然人生、超现实与禅道融为一体，貌似超然，实际是很现实的，无中有、有中无，空无不是什么也没有，辩证、融汇才是写诗的道道。

木森的诗好处不少，不想一一引证，我想的就是怎么离诗美学更近些，离人们欣赏诗的经验习惯更近些，更关心我们这个时代与人民，这样，诗必然会有新的突破。是不是这样呢？

是为序。

1991 年 11 月 20 日于福建三明

（原发福建《三明日报》1993 年 5 月 17 日）

范方 原名范贞万，中国作家协会会员，福建省作家协会主席团委员，省文联委员，现代诗大家，诗歌成就卓著，又常关心和提携后进，其影响颇为深远。

诗心就是禅

——少木森禅意诗解读

傅 翔

大学期间，我粗浅地研究过禅，对禅产生过浓厚的兴趣。在我的印象里，禅是说不清道不明的一种东西，甚至不是东西。它介于可言说与不可言说之间，它既可能是任何东西，也可能不是任何东西。

我们知道禅的本意是祭天，是指盛大的祭典，引申出来，便是无穷无尽的玄秘指向和含义。有人说，禅是一种基于"静"的行为，是人类锻炼思维生发智慧的生活方式；也有人说，禅只存在于人们的想象之中，并不一定有人真的可以达到。

神秀说："身是菩提树，心如明镜台。时时勤拂拭，勿使惹尘埃。"慧能说："菩提本无树，明镜亦非台。本来无一物，何处惹尘埃？"从五祖弘忍两大高徒的偈语中，我们对禅又能做出怎样的解读？

如果说禅的最高境界在于自由与自在，那么，我们人之为人的终极目标又在哪里？难道人活着就是为了无欲无求，物我两忘吗？王阳明说"此心不动"，说的不就是摆脱一切外在与自身欲望的束缚，从而达到心如止水的自在与空明的境界！佛经说，无求、不"著相"、"四大皆空"，不都是这个意思吗？

作为一个凡人、俗人，在这样一个物欲横流的时代，我们活得如此物质、如此功利，我们谈禅、说禅，我想问的是，禅可谈吗？我们又配吗？在唐代，"诗佛"王维尚且达不到，我们又能怎样？

陶渊明说，采菊东篱下，悠然见南山。王维说，明月松间照，清泉石上流；又说，人闲桂花落，夜静春山空。刘长卿也说，泠泠七弦上，静听松风寒。这与其说是禅，还不如说是一种意境，是一种禅意、一种诗心。这最多是一种微弱的禅意、瞬间的禅意、时空的禅意、诗性的禅意，正如少木森所说，用禅眼观物，以诗心生活，若能如此，足矣！而大多数时候，我们仍然是凡夫俗子、一介书生而已。

少木森在《渡头》中这样说：

> 远行的人远在秋雨里了
> 就像一只鸟雀飞去
>
> 渡头的船依旧忙碌
> 争渡　如同鸟雀竞飞
> 却是　一道永恒的风景
>
> 也许　希望有人注视你的背影
> 也许　期待有人在你的脚印里
> 辨认你所走的方向
> 你的心情　因此而凄美
>
> 然而过去的历史早已忘却
> 一只鸟飞回渡头
> 是不是原先远去的那一只
> 难道　你有心体察过？

渡头本来就是一个意象，这个意象在古诗词里早已为人们所耳熟。渡头是一种选择，是去还是留，是渡还是不渡，全因为一条河的流动与船的运行而成，因此选择存在变幻莫测的不确定性。此岸与彼岸绝对是两种不同的心境，因此，古人才赋予了渡口如此深邃的哲思与伤感。"黄鹤一去不复返，白云千载空悠悠""孤帆远影碧空尽，唯见长江天际流"，此种浩叹多与此有密切关联。

渡头同样也是驿站，是送别的一扇窗，所以，"远行的人　远在秋雨里了／就像一只鸟雀飞去"，在此诗人用一句简洁的话就把这一切带过了，从而自然引向了另一个更新的角度：回望。在此，诗意又有了新一层的递进与延伸。诗人看见了"远去的人"心中的不舍与不甘，他"希望有人注视你的背影"

"期待有人在你的脚印里／辨认你所走的方向"，然而，这只是一厢情愿的自恋，因为忙忙碌碌的渡头，谁也不会在意来来往往的人群，更不会有人在意那偶尔飞回渡头的小鸟"是不是原先远去的那一只"。在此，诗人似乎有一点悲凄，但更像是在安慰自己。正如诗人所记：别太把自己当回事，一个人能算是什么呢？不就是和一只鸟雀一样吗？飞去了飞来了，谁那么在意它呢？谁非得认出那一只是谁吗？至此，诗意得到了一种升华，人生有了洞悟与禅意。《金刚经》言："应无所住。"真意即在此。不为名利所束缚，不为外在物象所牵累，一心追寻心灵的自由与自在。

同样，在《雨声》中，少木森也听到了这种自在的声音：

一掬清趣　几柄衰荷
醉过一些诗名
是否　醉过一尾池鱼

雨声听了千年　长长短短
终是零落之音　盈池
听雨时　最好读些听雨的诗
让一种虚拟的深远暖意　渗透
我们的生命和形只影单的灵魂

听雨　以一种温柔的孤独
醉人　如一樽风月
如果我们都醉了
谁还抱紧许多忧伤的诗句　呵护
我们彼此隐藏心底的一些什么
如我们　呵护这一塘碧荷的残影

时代来到今天，我们不得不说：听雨的人是奢侈的。当全世界只剩下雨声，只剩下一池秋水、几柄残荷，一个形单影只的人，那真是一种无以复加的凄美！

诗人以一种温柔的孤独与孤芳自赏的姿态站在我们面前，让我们回味了那遥远而古老的意象。只有雨声，只有凄冷，只有衰残，正如古诗里"雨打芭蕉"那孤寂清冷的意象，还有那"巴山夜雨涨秋池"的思念与孤独。

　　在雨声里，诗人触摸到了心灵深处最柔软的部分，也怀抱了最忧伤的心情，他醉了，因为全世界只剩下他与大自然。这是一种多么奢侈的享受啊！所以诗人注定要醉了，甚至要"醉过一尾池鱼"。这正是一种物我两忘的境界！活在今天的诗人还能以如此聪慧的耳朵感受到大自然最敏感的神经，这无论如何称得上一种禅的意境。

　　诗人不仅在雨声中听到了禅意，也在秋葵中读出了人的欲念与《渴望》：

　　　　没有生命会终止渴望　　而渴望
　　　　几时如秋凉　　一点点
　　　　萧萧回旋在风中
　　　　最是这晚秋天气　　忽闻
　　　　一片落叶弄声　　是渴望
　　　　在寻找从春天走过时
　　　　那出发的地点么

　　　　一株秋葵算不算一个渴望
　　　　为哪一种心情消瘦在晚秋
　　　　低眉时　　只觉不止这一株
　　　　应是一株一株　　又一株又一株
　　　　渴望生长渴望开花渴望结果
　　　　渴望　　生命的最后辉煌

　　　　一滴水的干涸　　会让秋葵死亡么
　　　　一朵花的灿烂　　会让秋葵再生么
　　　　风萧萧　　渴望萧萧在晚秋
　　　　一株秋葵　　开得纯粹　　凋得纯粹
　　　　纯纯粹粹一株草　　我渴望拒绝
　　　　在守望秋葵时　　萌生
　　　　什么寻找家园的　　渴望
　　　　或者　　什么心灵的驿动

　　　　一株秋葵　　纯纯粹粹的一株草

在晚秋风中　与渴望何关？

渴望是一种心情，特别是在压抑的瞬间，诗人渴望着一切。看见秋葵，他看见的是它的渴望，它"渴望生长渴望开花渴望结果／渴望　生命的最后辉煌"。当在某一天这一切都不可能时，或者当晚秋来临时，它便渴望"开得纯粹凋得纯粹""渴望拒绝"，特别是"在守望秋葵时　萌生／什么寻找家园的　渴望／或者　什么心灵的驿动"。显然，诗人在这里复述的是一个人的渴望，他的一生的渴望。渴望就是欲念，是人生的追求与欲望。当辉煌的渴望慢慢消退，随着萧萧的秋风来到中晚年，他便有了一种全新的思索与追求。他渴望拒绝，渴望纯粹，渴望心灵的休憩与家园，不用说，这正是人生的写照，是我们人之为人的欲望的写真。当我们的欲望成为一种理想与事业的代名词时，我们注定看到的都是渴望。

然而，渴望的不是秋葵，更不是一株草，而是人的意念与欲望。所以，诗人说："一株秋葵　纯纯粹粹的一株草／在晚秋风中　与渴望何关？"这就是禅，正如禅宗里非常著名的"心动还是幡动"的公案一样，在禅看来，幡并没有动，动的是人心。同样，在这首诗里，草并没有欲望，正是因为人的欲望，人看见了草的欲望。一株秋葵是纯粹的，它只是草而已，与欲望无关。当人在草上看见了欲望，那何尝不是人心里的欲念呢？

同样，在《过去》这首短诗中，我们找到了诗人心中极其纯净的诗心与禅意：

掌灯——已不是盛大仪式
随手一按　一屋子光明
就是这么朴素

我就在灯下读书
读到　有人在风声里掌灯
那可是一幕盛大的风光
被留在过去

诗人开灯夜读，读到"有人在风声里掌灯"，就是这样一幕"盛大的风光"，令诗人既想起了过去，也想到了今天。一切已是时过境迁，过去那"盛大仪式"

"被留在过去",如今早已是"随手一按",就会带来"一屋子光明",虽然"就是这么朴素",但在字里行间,诗人更多的是无奈与感叹。诗意明了,可技巧却是如此娴熟!短短几句写尽了人情世相的转折与况味。

诗意从古(掌灯)开始,古是怀念,写今(开灯),开灯是当下的现实,但诗人却在当下读到了古时的物事——掌灯,诗意又从今到古,并再生感慨,感慨那一幕盛大的风光被留在了过去。诗意的回环与转折极尽自然巧妙,从而让我们在时间面前自然驻足与停留。诗人写的是掌灯一事,看似简单,却充满了思辨与禅意,其中缘由全在于诗人的巧妙处理。

这首短诗的精妙之处在于它不只停留在怀念的情感,而是把这种情感处理在开灯夜读之中,这样,不仅开灯(行动)时有怀想,而且读书时在怀想,因为书中正好"有人在风声里掌灯",这是巧合吗?显然不是,而是诗人匠心独具的体现。时空的交错因此呈现出一种复杂的心理图景,这与其说是一种技巧,不如说是一种禅意的境界。因为禅无处不在,特别是在我们司空见惯的日常生活之中,掌灯就是禅。

禅眼观物,诗心生活,少木森心中的净土与禅意,皆在他笔下空灵而玄妙的诗中。

(原发《福建文学》2022 年 8 期)

傅翔 1972 年出生,福建省龙岩市连城县人,福建省艺术研究院文化发展战略研究中心主任,一级作家,中国作家协会会员。

另一扇别样的小窗口

——评少木森禅意诗

石华鹏

禅意诗已成为诗人少木森的一个文学标签，或者说一个文学符号。看到少木森，我们就会想起禅意诗，看到"禅意诗"三个字，我们也会想到少木森，可以说，少木森约等于禅意诗，因为这一诗歌类别在少木森的推介下，被更多的人知晓和接受。一个人被贴上一个文学标签（或文学符号）是一个很难得且值得被关注的文学现象，至少说明他为此做出过不懈努力，并且在一定范围内产生了影响。

少木森创作禅意诗几十年，研究、评论、推介禅意诗也有七八年了，连续六年出版"年度禅意诗选"《读出的禅意》，并在多个网络平台向大众读者宣讲、论说诗的禅意之美——那种清寂优美和机趣灵动之美。努力就有回报，在少木森不厌其烦、自得其乐、持之以恒地宣扬自己的禅意诗之后，很多诗人和诗歌读者认识和接受了禅意诗，并围绕着少木森的禅意诗研习和交流。当然也有一些诗人和读者对禅意诗嗤之以鼻、不屑一顾，认为将其命名为禅意诗有些牵强附会、隔靴搔痒。对此，我较赞同少木森的一种观点。他说："诗人在写作时并不专意指向禅，却因为直入生活，以平常心把握生活而使诗回到'本分'，也就平常了，就只剩下我们平常的心情了；这就写出了'禅意'，或者说他的诗就含有了禅的因子，而让人读出了禅意。"也就是说，禅意诗是自然写出来的、读出来的，而不是刻意为禅意而禅意。这种观念是禅意诗成立的基础。

少木森宣传和普及禅意诗，有一点让我钦佩，他不仅读出了诗的禅意，还要我们也读出和相信这种禅意，在这件事上，他是执着的，很多年都在不遗余力地做这件事。到目前为止，据我所知，对现代汉诗中禅意诗的研究、推介，少木森是第一人，所以说禅意诗烙上了少木森的名字。二者谁成就了谁呢？此事还有待观察和未来发展。

可以说，少木森对禅意诗的研读和推介，为现代汉诗的研究、创作、阅读提供了一个新的参考维度，或者说打开了另一扇别样的小窗口。少木森研读禅意诗多年，其实在解决两个核心命题：一是读出诗的禅意；二是写出诗的禅意。在解决这两个命题之后，我们也认可了一种新观念：一首诗的禅意性是构成好诗的标准之一。这也是少木森研读禅意诗对现代汉诗的贡献之一。同时，少木森也将属于僧人寺庙的禅意诗带给了大众，将僧人的禅意诗变成大众的禅意诗，这个概念的外延被拓展了，也是其成就之一。

透过少木森对禅意诗多年的"经营"，我感受到了他研读和推介禅意诗的三个特点：一是跨界的难度。谈论禅意诗既要懂诗，又要懂禅，这两者博大精深、迷雾重重，弄懂其中一类都不易，何况弄懂两类且将这两类勾连起来。二是论说的危险。谈论禅意诗（样式的分辨、艺术性的分析、与诗人和读者的辩解，等等）如同走在玄虚与庸俗两座山谷间的钢索上，如果把握不好平衡，要么坠入玄虚的深渊中，要么坠入庸俗的深渊中。谈艺论禅，既易虚无，也易庸俗，此为大忌。三是辩证的艺术境界。禅意诗是一个具有艺术诱惑力的阐释门类，它所包含的辩证关系所形成的氛围和境界，让它的追随者着迷和沉醉。这里边包含两方面内容：诗的禅意和禅意的诗。前者是关于诗的读法，后者是关于诗的写法。比如，阅读和写作禅意诗，是为了修行参禅，还是为了诗歌艺术？是读出禅意，还是写出禅意？禅意诗的创作是禅修者的行为，还是普通大众的行为？很多问题悬而未决，又吸引人们去琢磨。

关于禅意诗，我认为有几个具体的表达和说法值得商榷。其一，有人跟随少木森提出了"禅意诗人"这个概念。星儿叶子在谈少木森的现代禅意诗时说：诗人的眼光是特别的，禅意诗人的眼光就更加独到了，我不太认同"禅意诗人"这一称谓。因为这一概念不严谨，它缩小、桎梏、捆绑了诗人，表面上在夸赞诗人，实则小看、看小了诗人。诗人只有好坏之分，没有其他之分，更不存在所谓的"禅意诗人"。其二，放到篮子里的都是禅意诗吗？评判的度在哪里？我读了几本年度禅意诗选读，有些诗被少木森读出了禅意，但我感觉这些诗本身并不太好，水准不高。这里头有个逻辑关系要理顺，谈禅意，首先这首诗必须是好诗，然后读出禅意、分析禅意，而不是相反。其三，一首诗读出了禅意，这没问题，但是说我要写或正在写一首禅意诗，就有问题了。"我要写一首禅意诗"，当你这么想或者正在这么做时，禅意就已经不在了，写出的就是伪禅意诗。诗的艺术或禅意总是在暗示性或功利性的写作意识或写作行为中溜走的。孔子讲欲速则不达，欲求而不得，即此理。其四，避免把禅意的概念泛化、广义化，我们相信的禅意还是狭义的禅意。少木森写了 50 篇"禅意与什么"的文章，有些有理，有些欠理，可能要警惕"言多必有数短之处""言多义寡"等具有禅意性质的古训。

（原发《中外名流》2022 年夏季号，同步刊于《三明日报》2022 年 6 月 17 日）

石华鹏 1975 年 5 月出生，湖北天门人。华中师范大学中文系毕业。现任《福建文学》杂志常务副主编、《海峡文艺评论》主编、福建省文艺评论家协会副主席，中国作家协会理论评论委员会委员。1998 年开始写作，在《文艺报》《文学自由谈》《文学报》《光明日报》等报刊发表评论、小说、随笔300 余万字。出版随笔集《鼓山寻秋》《每一个人都是一个时代》《大师的心灵》，评论集《新世纪中国散文佳作选评》《故事背后的秘密》《文学的魅力》《批评之剑》。曾获第五届冰心散文奖、第六届冰心散文理论奖、首届"文学报·新批评"优秀评论新人奖等。

以禅代言的诗学命题

——评少木森诗评新著《诗与禅可以这么说》

曾念长

少木森诗评新著《诗与禅可以这么说》涉及中国传统诗学的一个重要命题——诗与禅的关系。从文化史来看，诗出现在禅之前。那么诗的原始使命是什么呢？是言志。《尚书》里面明确说道："诗言志，歌咏言。"到了汉代《毛诗序》，依然沿袭这个说法："在心为志，发言为诗。"考察先人对诗及其功能的这种认知，我们发现，诗是一种动态存在，它指向人的内心活动，一个思和想的世界。我们看先秦时期的诗，无不是指向内心活动的一面。无论是献诗陈志，还是赋诗言志；无论是教诗明志，还是作诗言志，实际上它们都是指向一个意义涌动的内心世界。从汉末到魏晋南北朝时期，中国古诗创作进入一个飞跃性的发展阶段，依然还是这样的。那个时候，尽管古人对言志有了更深刻的认识，逐渐意识到了情与志的区别，但是诗指向内心动态的一面依然非常明确。我们读《古诗十九首》，就能够感受到那些未名作者强烈的内心运动。但是自从佛教传入中国，它大大改变了中国人对诗的美学感受。特别是到了唐代，禅意被充分吸收到诗的创作里面，整个审美气候发生了很大变化。今天我们对诗意的一般性理解，也就是人们通常讲到的诗意，在很大程度上受到禅的影响。它追求一种宁静的美妙，试图消除内心的动荡。但是这种美学追求与诗的本意是相违背的。我们从中国诗歌美学的这个变化过程可以看出，诗与禅，其实是一个矛盾体。这种矛盾体的存在，是中国人独有的一种文明创造，用以处理诗与非诗如何实现平衡。诗是言，禅是不言。禅诗的内在秘密则是以禅代言，或者说以不言代言。在这一点上，中国人的诗学认知要比外国人提早很多。一直到晚近以后，西方诗学理论才认识到这个问题。熟悉西方现代诗学理论的人大概知道一个重要说法，叫作沉默。比如斯坦纳就有一本书叫作《语言与沉默》。当然不仅是斯坦纳，还有很多诗学理论家都把"沉默"视为当代诗学理论的一个关键词。那么这个沉默有什么意义呢？它是为了解决内心世界过于躁动而无法得到准确表达的问题。这样一个诗学理论问题，中国人在古典时期已经解决了，而且取得了很高的成就。诗人王维把禅意的一面发挥到了极致。但是将诗与禅的矛盾关系充分显示出来，又能完美调和二者关系的，却是苏东坡。"回首向来萧瑟处，归去，也无风雨也无晴。"萧瑟是诗，风雨皆无则是禅。大凡对写诗有着刻骨体验的人，多少明白，诗是危险的。写诗，就是临渊那个动荡的内心世界。苏东坡早年因诗获罪，从表面上看，这是一种政治灾难，但从根源上讲，却是诗自身的灾难，或者说是源于内心动荡的灾难。中国传统诗学里的怨刺生，以及屈原自鸣的发愤抒情，皆是缘于诗人内心的敏感和动荡。但是苏东坡在后来的生活历练中获得了禅的启示，消解了这种动荡。没有诗，便无五分苏东坡；没有禅，便无十分苏东坡。后人理解苏东坡，往往把禅的功劳也算给了诗，实则犯了诗禅不分的错误。但是不管怎么说，苏东坡对诗禅关系的处理具有典范意义，也为中国传统诗学留下了一份重要遗产。这种诗学遗产，是可以被当代人充分继承和转化的。

诗人少木森数十年来持之以恒写禅意诗和评禅意诗，我觉得其重大意义就在于，他把中国传统诗学的这份重要遗产，在当代语境中重新激活了，进而探讨在现代诗写作中以禅代言、以不言代言的可能性。

我读了他的一些诗评，觉得有意思，也有启发。比如他点评刘年的短诗《买盐记》，就触及现代诗以禅代言的命题。刘年在这首诗中写道：我刚出门，想了想又折回去，将炉灶的火关了；我要去的超市，隔着两条街，但我对自己能否回来，没有信心。这首诗是在表达当代人在日常生活中普遍都有的一种不确定性感受。当代世界是一个充满不确定性的世界，我们身处其中，精神状态也是高度不确定性的。这样一个不确定的精神世界呈现在一首诗里，我们如何去解读它？我们能不能重新启用传统诗学资源，赋予它向现代转化的一种可能？在点评刘年的这首诗时，少木森将现代世界的不确定性与佛家的无常联系起来。诸如此类尝试，在每个案例上是否到位和成立，我们暂且不论，但我们至少可以肯定，这种做法是有意义的。它也是在探索一种中国式沉默理论，试图回应一个重要的当代诗学命题——在一个充满不确定性的动荡不安的世界里，我们如何重新发现并准确传达自己的内心？在这一点上，我们有传统资源可借用，面对当代诗学命题，也一定能够提供一种根源于中国传统智慧的独到认知。

（原发《福建日报》2022 年 7 月 15 日）

曾念长　文学博士，从事文学研究、批评与创作，著有《断裂的诗学》等，现供职于福建省文联，为《海峡文艺评论》杂志社社长、福建省文艺评论家协会秘书长，中国作家协会会员。

盛开在心灵中的美丽花朵

——读少木森《诗与禅可以这么说》

钟红英

"闽派诗歌"与"闽派批评"是福建当代文学的"双璧"，在中国文坛具有举足轻重的地位，它们就像车之两轮、鸟之双翼，共同将"福建文学"这颗闪闪发亮的星星挂在了中国当代文学的版图之上。

在诗歌批评领域，闽派批评家如谢冕、孙绍振、王光明、陈仲义教授，等等，他们的名字大家耳熟能详；在诗歌创作领域，如果稍微往前延伸到五四运动时期，我们可以列出一大批在中国文坛如雷贯耳的福建文学名家，如郑振铎、冰心、林徽因、林庚、郑敏、彭燕郊、杜运燮、蔡其矫、舒婷，等等，加以当下福建的诗坛名家如汤养宗、吕德安、叶玉琳、谢宜兴、伊路，等等，他们深深扎根在故乡深厚的文化土壤之中，并以其鲜明的创作风格成为各种诗歌流派的代表性人物，享誉诗坛。如舒婷是"朦胧诗派"的代表，郑敏是"九叶诗派"的代表，彭燕郊是"七月诗派"的代表，蔡其矫是"晋察冀诗群"的代表。正是有这样一大批在全国诗坛享有盛名的诗人，"闽派诗歌"才与北京、四川一起，被称为中国当代诗歌的"金三角"。

少木森在中国当代诗坛上未必有如此盛名，但有一点非常值得肯定，那就是他创造了一个属于他自己的独特文化标识——禅意诗，被称为现代"禅意诗派"的创始人和代表性人物。

何为禅？少木森在他的《诗与禅可以这么说》中谈道："禅有'三心'，即平常心、自由心和慈悲心，故而，禅意是智慧，禅意是和谐，禅意是简单，禅意是清净，禅意是无为，禅意是放下，禅意是慈悲，禅意是大爱……这些都是，也都不是。"

何为禅意诗？少木森在另一篇文章中把它与禅诗做对比来解释。他认为禅诗应该是那些演绎禅理、表现禅机的诗，它可能有一个"合辙不合辙"的问题，也就是说，它是不是合乎禅理、禅机，应该有一个较为严格的规范和评价标准。而禅意诗往往不需要那么讲究，它只是对生活中所蕴含的一些禅意的发现，或说是表现出生活中可能有的那么一点儿"禅意"而已。禅意是什么呢？是自然的生活，是随缘洒脱、逍遥自在；禅意就在我们的身边，是我们对事物的一种看法和态度。每个人的心灵都盛开着一朵美丽的花，不要埋藏自己心灵盛开的花朵，这恐怕就是禅意吧?！

如此对照读少木森《诗与禅可以这么说》这本书，我认为可以用"三有"，即"理趣的禅意""诗意的禅意""生活的禅意"来具体概括。

理趣的禅意。相信许多人初读这本书时，都会与我产生同样的感觉，那就是它的文体属性。显然，它不是纯粹的诗歌、评论或者随笔集，而是"三合一"的有机整体。第一辑《禅眼观物，诗心生活》是随笔与诗的合体，第二辑《以心读诗，以缘评诗》是评论与诗的相生相伴。这就产生了一个很有趣的现象，就是这本书在诗的禅意中，表现出了浓浓的"理趣"。其"理"不是硬生生的理论与批评，而是围绕诗歌，以讲故事、谈生活的方式，将诗歌的禅意娓娓道来，让读者在读诗、品诗的过程中，对禅意与初心、与迷信、与哲理、与历史、与真理、与偶然等看似神秘、深奥的意象区别开来，从而有了自己的参悟，发出会心的一笑。

诗情的禅意。少木森在禅意诗领域执着多年，出版了《花木禅》《谁再来出禅入禅》等十几部诗集。而且，我发现有一个很难得的"少木森现象"，那就是他的博客粉丝群体竟然达 100 多万人，这对于一个传统作家而言，显然十分少见。这让我产生了好奇，他如何能在强手如林的诗歌界开辟一块属于自己的方寸之地？刚巧去年我们一起去闽清采风，途中坐在一起。一路上，我们聊了很多，其中让我印象最深刻的是他对国学的深厚研究与功底。后来我又发现，几乎每天早上，他都会在微信发一篇禅意诗，这也成为我阅读他禅意诗的一个窗口。他的这些诗歌，温情、温润、自在、随和，写实中强调古意，哲思中可见智慧，空灵中自有静守，闲适恬淡中可见情趣，我想这些都是他的诗歌从古意中自然而然流泻出来的最珍贵的"禅意"。每每静读它们，我都能够在现实的万般喧闹中，不自觉地安静下来，去体味人生简单纯净的修为。

生活的禅意。读少木森的禅意诗，我们似乎不难发现这样一些生活场景：

早上起来，泡上一杯热茶，先在网上贴上一首禅意诗；工作之余，读书、品诗，与友闲聊，上网回应文友关于诗歌的一些问题，共同探讨禅意诗中那些关于"天真""了了""禅茶""灵魂"等的问题。由是，我们在书中看到了他许多关于人生的经历与感悟；在他与网友大量的聊天实录中，看到了他对禅意诗的领悟与解读。这些解读，一如他自己所说，他只是想尽量把诗评说得通俗、仔细而深入，以期让更多人能轻松地读懂现代新诗，甚至读懂较冷门、较难懂的禅意诗。同时，他所解读的对象，似乎也看不出有太多的"定律"，有名家，还有更多"草根"诗人，他信手拈来，只是看中他们诗歌中的禅意。

在一篇文章中，少木森说他是文坛的"散兵游勇"，这固然是他的自谦，但是我也确实能从中感受到，他写作或曰对待生活的一种"自在"状态，这种状态是符合他"因上力行，果上随缘"的主张的，也是他禅意诗写作想要着力达到的一种境界。这个境界让我很是敬佩，同时也多少有一点点遗憾：作为一位现代禅意诗的代表性人物，以"闽派批评"和"闽派诗歌"闻名的强省，对他的关注度却远远不够。曾经，我很认真地去搜索了一下他的关键词，发现竟然没找到一篇关于他禅意诗的有分量的评论或论文（尽管他告诉我，早期有过一两篇短评）。这个结果让我很是吃惊，同时确实让我感到写下这些文字的必要性，聊以表达对诗人少木森的敬意，并以他的诗作《一只不叫的蝉》作为小文结尾吧：

认识蝉
从它的声音
蝉鸣　也许就是它的一切
我总在揣摸　没有蝉鸣
还有谁说：这是一只蝉

裹在树叶里的蝉　很模糊
而裹在声音里的蝉
很清晰

很多年过去了
我还在想起那一只蝉
那可能就是我

偶然一次　最专注的

在看一个生物

也可能是我　最执着的

要记住　那一刻

有一只蝉　它不叫

让人　牵肠挂肚

（原发《厦门文学》2022 年 9 期）

钟红英　畲族，福建上杭人，现为福建省文学院院长、一级文学创作。中国作家协会会员、福建省作家协会主席团委员、福建省文艺评论家协会副主席，鲁迅文学院第 17 届高研班学员。出版长篇传记文学《宋省予图传》、畲族婚育文化专著《南山畲韵》、福州专题文化散文集《莫问奴归处——尘封里的福州往事》、畲族专题文化散文集《崖壁上的舞者——古老畲族的文化探秘之旅》和文艺评论集《"可能"之门》等。作品获全国首届"山哈杯"畲族文学创作大赛金奖、"五店市海内外散文大奖"（一等奖）、"逢时杯"海内外散文大赛一等奖、第十四届中国人口文化奖等多个国家及省市文学大奖。

寻求诗情与禅意的现代化合
——简评少木森《诗与禅可以这么说》

吴佳鑫　伍明春

"禅诗"在中国自古有之,是禅宗美学与诗情艺术相结合的诗歌类型。一般意义上的禅诗多指古体禅诗,笔者所论的现代禅诗则是现代人以现代语言和现代手法书写的自由体禅诗。禅诗的最佳境界,自然是要达到禅与诗的合二为一。从作者创作的角度来看,现代诗人多以禅意入诗或借禅美诗,题材多取自山水风景、天地自然、日常生活。就读者接受的角度而言,这类诗歌意境中蕴含着或隐或现的禅意。少木森先生的《诗与禅可以这么说》一书凸显了现代禅诗的基本特征,在诗歌文本题材上多取自日常生活;在诗歌评论的形式上又继承了古代诗话等批评传统,采用点评的方式。综上,可以看出《诗与禅可以这么说》一书体现了诗歌写作和诗歌批评、自我论述和他者论述、传统批评话语和当下批评话语等多重"互文性"。

一、诗歌文本和批评话语的互鉴

《诗与禅可以这么说》一书分为两辑:第一辑《禅眼观物,诗心生活》展示了作者自己的诗与诗心生活,共有 50 篇,每一篇都浓缩了诗人在日常生活中的感受和对人性的感悟。第二辑《以心读诗,以缘评诗》则展示了诗人的诗评,也有 50 篇,是点读诗歌系列。

市面上大多是单独的诗歌创作集或诗歌评论集,像《诗与禅可以这么说》这样将诗歌创作与诗歌评论相结合的书籍是比较少的,而且作者将诗歌创作与评论结合在一起并不是简单的拼凑,而是相互融通。作者主张以禅写诗,以禅评诗，用一"禅"字将诗歌的创作与评论贯通一体，这也是本书的特色所在。

在第一辑诗歌创作中，体现出两大特点：一是诗歌创作内容取材于日常，如禅意与蝉声、禅意与垂钓、禅意与品茶等。垂钓、品茶都是日常生活中的常见活动，诗人从日常活动中感悟禅意，以禅意入诗。就以《垂钓》一诗来说，诗人到河边散步偶遇垂钓老者，在与老者的对话中感悟到非功利的纯粹。垂钓是再平常不过的活动了，而诗人却能从中体会到人生哲学并关切当前的时代问题。社会发展迅猛，人们的生活节奏也越来越快，对待事情的衡量标准也多是从名利出发。当下焦虑症、抑郁症患者人数呈增长趋势，有一部分原因就在于所执着的东西太多。如果我们对人生的名利看得轻一些，就解脱一些、轻松一些、自在一些。就如诗人在诗中所写："钓鱼非为鱼 / 大钓即不钓的境界"，即对事物多一份审美无功利的态度，少一份利弊权衡。二是形式上将创作过程化。市面上大多数诗集单纯呈现作者的创作成果，很少会交代自己创作的缘起。而《诗与禅可以这么说》一书在每篇诗歌前面详细交代诗人为何创作，让读者深入了解到作者的心路历程，可以说，这是一种导读或者变相的解读，这对普通读者读懂新诗有很大帮助。普通读者不同于专业读者，他们没有系统接受过新诗理论；另外，读者会认为禅离自己的生活太远，是高深的学问。少木森将自己的创作过程化，使禅诗离读者不再遥远。取材的日常加之对创作缘起的剖析增强了可读性，有利于现代禅诗的传播与普及。

在第二辑诗歌点读中，体现了两大特点：一是在点读诗作的选择上草根化。这里指的是被点读的诗作比较冷门以及它们的创作者基本上是爱好诗歌的创作者。这不同于以往的一些诗歌点评，只是针对专业创作者和经典著名的作品。就如少木森自己在导语中所说的，他点读的是有缘人的诗，哪怕是冷门的、几乎没有被关注到的诗。这一做法有利于禅意诗队伍的壮大，激励更多人发现禅意，创作禅意诗。二是在点读诗作的视角上禅意化。以少木森点读刘年的《买盐记》为例，其他人更多的是从诗人的情感上来点评，如何春晖说他从《买盐记》中读出了忧伤，认为这种忧伤的情绪像盐巴，能够让每个人的伤疤产生烧灼感；而少木森则从内容和形式上体悟到诗人对人生的苍茫感和对无常的思考。这一角度的解读就属于禅意范畴，即对生活的看法与态度。

二、感性话语和理性话语的互补

本书中感性话语和理性话语的互补体现在两个方面：一方面从书的编排上，既有诗人对自己创作的诗歌的评说，也有对他人诗歌的品评；另一方面从品评的内容上，既有理论上的理性，也有诗人补充自己生活所想的感性话语。

一是书的编排将自我评说与对他人点评相结合。创作家与评论家所运用的思维是不同的，前者是感性的，需要饱满的情感；后者是理性的，需要科学的逻辑、批判思维。虽然《禅与诗可以这么说》第一辑的诗歌创作部分有诗人的自我评说，但那主要还是站在作者创作的角度。我们可以发现诗人创作诗歌往往源于刹那的灵感或者对生活的观察和感悟。少木森将这种创作缘起呈现出来的时候，读者感觉到的是亲切的感性，好像与作者的距离拉近了，参与了他的心路历程。而书中第二辑的诗歌点读部分，少木森则是站在一个评论家的角度去解读文本。这时候需要作者抓住解读诗歌的密码，如句式长短的变化、手法的使用、语言的陌生化等。读者感受到的更多是一种较为理性的分析与批判阅读，要区分出表达的好坏。

二是品评内容的理性与感性相结合。诗人自我评说部分以日常生活为外壳，以理性精神为内里。从表面上看，诗人是从日常活动中得到启发，这就拉近了禅意诗与读者的距离，让读者觉得接地气、富有感性特点。但诗人从日常生活中延伸出来的思考却是理性的，最后落笔时的构思也是理性的。我们说人人心中有，个个笔下无。日常生活是人人都有的，但不是每个人都有对人生哲学的思考。哪怕有了思考，也不是人人都能落笔的。作者点评他人的诗歌时也是同样兼具理性与感性。评论诗歌需要依据理论，如少木森点读《光线和盐》一诗中提到语言的陌生化，就是依据俄国形式主义学派的陌生化理论。这体现了诗歌评论中所需要的理性和科学性。但少木森在点评的过程中又不是纯粹的理论化，而是融入了他对诗歌的直观感受以及对自己生活的联想，这就在理性的基础上多了几分鲜活的感性特征。

三、传统批评和当下批评的融合

《禅与诗可以这么说》一书采用了传统诗话的点评方式，同时又依托当代互联网，将传统与当代生活相互交融，既传统又时尚。

一是点评方式传统化。这本书的诗评是采用随笔体的形式，不以系统、严密的理论分析为主，而是用两三段话发表对作品的直观感受和意见。笔者以书中点读的《几块水田》和《湖畔三问》为例。在对《几块水田》的点读中，少木森抓住一个"道"字，品读出无论身处怎样的环境，都不能荒废自己心里的那片水田，这便是生活之道。在对《湖畔三问》的点读中，少木森抓住三个问句，体悟到诗中以小见大的手法和诗人强烈的生命意识、高迈的意境以及理性和灵趣的结合。从中不难看出，《禅与诗可以这么说》一书采用传统的诗评方式，抓住诗歌的精要处进行解读点评，将禅诗的评价理论蕴含在对诗歌的感受与意见中。

二是依托互联网，一方面表现在诗歌发布渠道上；另一方面表现在诗人与读者借助网络平台互动。从发布渠道来看，书中的50首原创禅意诗都通过网络媒介发布过，少木森在中国诗歌网和微信公众号都有注册账号。依托互联网是顺应时代发展，是考虑时代需求，现在各行各业都尝试"互联网＋"。"互联网＋文学"可以使文学的发展和传播焕发生机与活力。这种活力主要依仗互联网传播速度快、传播范围广的特点，通过互联网的传播可以让更多人认识禅意诗。互联网的另一大特点是互动性强，诗人可以在网络平台上同读者一起讨论作品。这种方式有利于扩大禅意诗的参与群体，而且读者的二次创作能为诗歌提供更多活力；另外，也有利于诗人了解读者的接受度，一些读者的评论可能给诗歌创作者提供新思路。

小　结

以上就诗歌文本和批评话语、感性话语和理性话语、传统批评和当下批评三个方面对《禅与诗可以这么说》一书的特点进行粗略的介绍，从中可以发现这部著作立足传统与当代的交点，回应了时代的关切，能够与时俱进地融入当代的生活。通过这部著作，读者不仅可以了解到禅意是自然的生活，也是我们对于事物的看法与态度，同时能认识到现代禅意诗具有巨大的艺术表现空间，值得引起关注。

（原发《中外名流》2022年夏季号，同步刊于《闽西日报》2022年8月16日，被《新华书目报》2022年10月3日转载）

吴佳鑫　福建师范大学文学院2021级硕士研究生。

伍明春　文学博士，现为福建师范大学文学院教授、硕士生导师、著名文学评论家。

阅读少木森　可以这么说

戎章榕

　　今天的座谈会是研讨少木森诗评作品集《诗与禅可以这么说》，我认为，研讨的不只是一本书，也不只是从 2015 年开始少木森每年出一本《读出的禅意》，而是一种现象，可不可以说是"少木森现象"，或者说是"诗与禅"的现象。

　　我关注少木森是在 10 年前。2013 年的岁末，少木森又出版了一本新书《福建：诗与禅之旅》（中外名流出版社），这是他出版的第 16 本书。

　　我曾写过一篇书评《寻诗问禅，在行旅中发现》。因为那年年末，看到当时的《人民日报》副刊发表了几位作家的约稿，请他们讲述各自的"2013 年"故事。其中，海南作家蒋子丹写了一篇《去读诗吧》。文章一开头这样写道：读诗之于我，是一件很奢侈的事情。作家尚且如此，在这个阅读日趋碎片化、鸡汤化、趋同化的时代，读诗之于当下的普罗大众更是一件奢侈的事情。少木森在书中也承认，"在文学日见清冷、诗歌日见清冷的今天"，他是麦田的守望者，一直在坚守着。

　　10 年后的今天，应当说，读诗不仅不再奢侈，而且日渐升温。诗歌沙龙、诗歌品读会、各种诗歌朗读时有所见，拥有众多的粉丝或者爱好者。这从新媒体亦可见一斑，比如，有个公众号"读首诗再睡觉"，想要甜蜜入梦，读诗、听诗是最好的催眠曲。

　　但比起 20 世纪 80 年代的狂热，还是相距甚远。由于少木森从 20 世纪 80 年代末致力于禅意诗创作，因此有必要回忆 80 年代的一些场景。那时有诗刊叫作《星星》，在成都举办"星星诗歌节"，邀请了北岛、顾城、叶文福等著名诗人。诗歌节还没开始，2000 张票一抢而光。那时候的著名诗人相当于时代巨星，走到哪儿都是万人拥簇。北岛、顾城一上台，观众就冲上舞台要求签名，甚至钢笔戳在了诗人身上。1986年，《深圳青年报》和《诗歌报》两大报纸联合举办全国诗歌大展。那时，全国诗社2000多家，诗歌流派88个，数万名诗人发出响应。

我不知道少木森是不是在那个年代的驱使下喜欢上诗歌的，但我欣赏在那个狂热的年代少木森选择用一种相对安静的方式读诗、写诗，也就是寻求诗与禅的结合。

我国是诗歌大国，从《诗经》到《楚辞》，从汉乐府到唐诗宋词元曲，三千多年来，中国诗歌经历了一次又一次的诗体变更，造就了一度又一度的诗歌繁荣，耸立起一个又一个的经典高峰。千百年来，几乎每个中国人都会背诵几句，或古诗，或民歌，中华民族流淌着诗的血液，传承着诗意的灵魂。"不学诗，无以言。"读诗、学诗绝不止于教人以言、教人作诗，而是重在培育诗心。"腹有诗书气自华"，涵养灵性张扬、蕙心兰质的情怀。

但是，什么是禅呢？估计许多人一时说不清楚。较之诗，禅的由来晚矣。大家知道，佛教来自印度，禅的发现也是在印度。但传入中国后，其发生了深刻变化，代表人物就是慧能法师，他将中国的儒家、道家思想与佛教相结合，使印度佛教真正变成了中国佛教。中国佛教的特质是什么？太虚大师有句名言："中国汉传佛教的特质在禅。"禅宗是佛教中国化的产物。这就是中国的寺庙中大多冠以禅寺，和尚大多叫作禅师的缘故。

对于什么是禅？我一直笃信"不立文字，直指人心""只可意会，不可言传"。而少木森却用文字来解读，尽管他解读的不是禅诗，而是禅意诗；尽管是一己之言，但他乐此不疲，非常执着。他对禅有自己的理解："禅是大彻大悟的生命智慧，是澄明透彻的人生境界，是超然自在的生命态度与生活方式。"

今天阅读少木森可以这么说，《诗与禅可以这么说》既是他几十年来写作、评点禅意诗的创作谈，也是我对他今后持续作为、不断精进的三点希望。

一、回应时代关切

中国特色社会主义进入新时代，这既是物质生产力大发展的新时代，也是政治生活和精神生活大发展的新时代。这是党的十九大做出的一个重大的政治判断，表明我国发展进入新的历史方位。在这一新的历史方位上，中华民族迎来了从站起来、富起来到强起来的伟大飞跃。不仅是在物质上站起来、富起来、强起来，更是在精神上站起来、富起来、强起来。文化自信是最根本的自信，优秀传统文化是中华民族的精神之根和文化之魂。实现中华民族伟大复兴，需要从优秀传统文化中汲取和挖掘重要的思想资源，需要在传承与弘扬的基础上对优秀传统文化进行创新与发展，需要优秀传统文化与鲜明的时代主题相融合。在此背景下，我们阅读少木森，诗与禅都是中国的优秀传统文化，应当说，今天研讨诗与禅有它的时代意义。

二、立足福建地域

当年我之所以对少木森的《福建：诗与禅之旅》感兴趣，是因为认为该书有三个特点：诗与禅的结合；在行旅中发现；不仅全写福建，也写全了福建。也就是说，这是从福建地域上获取禅意的书。中国人创立了禅宗，"一花开五叶"，即形成五大禅门宗派：沩仰宗、临济宗、曹洞宗、云门宗、法眼宗。大家知道，五大宗派的创立基本上都跟福建有关系，也就是它们的产生都跟福建人有关系。其中，沩仰宗是霞浦人灵佑与其弟子创立的，临济宗是福州希运弟子义玄创立的，曹洞宗是莆田人本寂与弟子良价创立的，云门宗和法眼宗分别是南安人雪峰义存的弟子文偃和三传弟子文益创立的。据我了解，少木森很重视福建地域禅宗文化的挖掘，对福建的著名禅师百丈怀海、慈航法师等都有研究，出版过《八闽诗禅路》等。希望今后他更加珍视这一禅宗富矿（禅的公案、故事等），用时代的眼光对福建禅文化进行解读，进行创造性转化与创新性发展。

三、保持与时俱进

成就人生重要的是择一事，终一生。少木森爱好文学，写过小说、散文、诗歌、人物传记等。在众多文学门类中，能够四十多年比较专注地做一件事，执着耕耘禅意诗这块园地，写禅意诗、评禅意诗、说诗也说禅，已出过若干本有关诗集和诗评集。从探路到深耕，从不自信到文化自觉（他在《福建：诗与禅之旅》中说过："我这样说禅，我心中总不免有点虚虚的。"），《诗与禅可以这么说》是他几十年参禅成果的一次检阅，更是他写作上与时俱进的一次开拓。回顾少木森的写作生涯，从博客到微信公众号"禅意少木森"，一直保持着与时代同步，不断满足社会变化的需求。难能可贵的是，2017 年 7 月 16 日开通公众号后，不管多忙（那时他还在职）、是否出差，他保证每天一推送，这既可以看作兴趣使然，也可以用所谓毅力来解释，还可以用对读者的忠诚度来理解，但是，我更愿意将其视为他的一种修行、禅修的自律行为，因为一个人没有自律是不可能成功的！

少木森对禅有深刻的理解，他今后参禅悟道的路还很长。诗与禅还可以这么说下去；我们阅读少木森，也可以这么说下去。

（原发《中外名流》2022 年夏季号）

戎章榕　祖籍浙江慈溪，1957 年 3 月出生于福建福州。当过工人、记者、编辑、公务员。退休前为福建省政协政策法规处处长，主任编辑职称，福建省炎黄文化研究会理事，福建省作家协会会员。已结集出版《没有结束的逗点》《触摸西欧》《名镇名村览胜》《前行的痕迹》《空海入唐之路》《心月孤圆》（中英文版）等专著，参与编写的图书有《科学创新论》《台湾"民主政治"透视》《大陆新娘》等。

寻诗问禅，在行旅中发现

——评少木森《福建：诗与禅之旅》

戎章榕

2013 年岁末，《人民日报》副刊发表了几位作家的约稿，请他们讲述各自的"2013"故事。其中，海南作家蒋子丹写了一篇《去读诗吧》。文章一开头就写道：读诗之于我，是一件很奢侈的事情。作家尚且如此，在这个阅读日趋碎片化、鸡汤化、趋同化的时代，读诗之于当下的芸芸众生更是一件奢侈的事情。

有冷就有热。被作家描述为碎片化、鸡汤化、趋同化的时代的一个阅读标志，是有关禅的内容却异常的热。禅的故事、禅思录、一日禅频频出现在我们的微信和微博上，成为一种非常奇特的文化景观。

2013 年岁末，文友少木森的故事，是又出版了一本新书《福建：诗与禅之旅》。初翻该书，觉得有三个特点：诗与禅的结合，在行旅中发现，全写福建也写全了福建。

暂且不论书的质量，单凭创意，就值得肯定。我国一年出版 41 万种图书，出版一本新书并不稀奇，出版一本好书也不容易。在这样的情形下，既不想滥竽充数忝列一册，又不能为一时尚难以抵达的高度而止步，最好的方式是出一本有特色的书。书商之所以与少木森合作，看上《福建：诗与禅之旅》，我想大概也是创意。对于少木森而言，能够实现自己多年来的愿望足以欣慰！出版这样一本立足福建本土的诗书，是少木森多年的梦想。他说，多年前，我给自己立了一个小小心愿：每到福建的一个县区，就为这地方写一首或一组诗！嗨，我还真做到了，共写了 138 首诗，恰好写全福建的九市一区的 85 个县区。人贵有想法，又肯付出努力，最终得以实现，这是太让人高兴的事！少木森掩饰不住内心的喜悦："回想起来，似还可以颇为自己得意一下——哈，看来，我还算是一个有点儿恒心的人！"

据说少木森从 1985 年开始修炼坐禅，由此可见他参禅、悟禅的功力。坐禅不仅让少木森保持了旺盛的生命力，还让他在繁忙的工作之余，孜孜不倦地投入文学创作中。《福建：诗与禅之旅》是他出版的第 16 本书，而且在中国文坛上独树一帜地诠释了现代禅意诗的概念，使其成为现代禅意诗的领军人物之一。

我国是一个诗歌大国。从《诗经》到《楚辞》，从汉乐府到唐诗宋词元曲，三千多年来，中国诗歌经历了一次又一次的诗体变更，造就了一度又一度的诗歌繁荣，耸立起一个又一个的经典高峰。较之诗歌，禅宗兴起晚矣，大约在唐代中期。

大多现代读者认识禅宗，是缘于一个以茶参禅的故事。两位禅师，身居南北，却以"吃茶去"的机锋接引弟子，垂范禅林。把精深奥妙的佛法禅理简练成一杯茶，把从容、超越的生命境界淡定成一杯茶，为后世得出"茶禅一味"的结论。

既然是"禅茶一味"，也就有诗禅一致。诗情、诗思与禅趣、禅机互为交融，成就了禅诗。在我国古代诗歌遗产中，禅诗是不可或缺的组成部分。所谓禅诗，是指宣扬佛理、禅机或具有禅意禅趣的诗。自从佛教在汉晋之际从印度传入我国，这类诗歌就应运而生，留下 3 万多首。迄今为止，许多优秀禅诗仍在传咏，比如"菩提本无树，明镜亦非台，本来无一物，何处惹尘埃"。

对于什么是禅宗文化，我向少木森请教，他为我发来了《禅的哲学意味与诗意》简明讲稿。少木森不仅修禅、写禅，还讲禅。对于一两万字的讲稿，我心生敬畏；对于禅宗的核心思想，我更倾向于丹老师的解释："不立文字，直指人心。"这与诗歌中只可意会、难以言传的意境有相通之处。也只有把握了禅与诗的关系，我们才能更好地解读少木森的禅意诗。

对于《福建：诗与禅之旅》，少木森也坦言："我这样说禅，我心中总不免有点虚虚的。其实从选编《少木森禅意诗精选精读》开始，我心中就有这样的疑问拂之不去：我写的这一些诗是禅意诗吗？"

到底什么是禅意诗？少木森素有探究，首先是将禅诗分为禅理诗与禅意诗两类：禅理诗包括了一般的佛理诗和中国佛教禅宗特有的示法诗、开悟诗等。其特色是富于哲理和智慧，以辩证思维见长。禅意诗是反映僧人和文人修行悟道的生活的诗，诸如山居诗、佛寺诗和游方诗等。其主要特色是表现空澄、静寂、圣洁的禅境和心境，富有情趣，表现的是空寂、淡泊、出世的情怀。其次，将禅诗与禅意诗做了区分："'禅诗'应该是那些演绎禅理、表现禅机的诗，它可能有一个'合辙不合辙'的问题，也就是说它是不是合乎禅理、禅机，应该有一个较为严格的规范和评价标准。而'禅意诗'往往不需要那么讲究，它只是对生活中所蕴含的一些'禅意'的发现，或说是表现出生活中可能有的那么一点儿'禅意'而已。'禅意'是什么呢？是自然的生活，是随缘洒脱、逍遥自在；'禅意'就在我们的身边，是我们对事物的一种看法和态度。每个人心灵都盛开着一朵美丽的花，不要埋藏自己心灵盛开的花朵，这恐怕就是'禅意'吧?!"（见中国文联出版社 2010 年版《少木森禅意诗精选精读》第 121 页）

每个人心灵都盛开着一朵美丽的花，而文学创作的意义在于发现。作家抑或诗人如果说有别于一般人的话，也就在于更为敏锐地发现、更为善于地表达。少木森的勤奋还在于，借助旅行，增强发现感官的敏感度。这不光是"熟悉的地方无风景"，也是在效仿高僧，行脚参学之于佛教的修持，亦不可或缺。河北赵州的从谂禅师，80 岁了还行脚四方。"赵州八十犹行脚，只为心头未悄然。"

当然，少木森在行旅中发现了什么？笔下的禅意能够直指人心吗？能够得到所写县区读者的共鸣吗？这是少木森不够自信之所在，也是我略嫌不足之所在。会不会存在这样一种状况，为了完成自己的梦想，为了写全 85 个县区，为任务所趋，有的发现不免有些肤浅，有的作品禅意就稍有欠缺。这只是一己之窥，未必精当。

回到文章开头提出的蒋子丹的那篇文章《去读诗吧》，在这众声喧哗的时代，这个标题既是自励也是规劝，既响亮又无力。叙利亚诗人阿多尼斯曾说："没有诗就没有未来。"把诗与未来等同起来，未免有夸大之嫌，但如果未来什么都有，就是没有诗，那么，那样的一个未来还值得我们期待吗？因此，少木森《福建：诗与禅之旅》的出版，值得点赞！我想，至少会影响一部分手机的"低头族"，由过去热衷于一日禅中的碎片化阅读，爱屋及乌，抬起头来，翻翻少木森的禅意诗，哪怕很少一部分人，绝对会是阅有所得。

（原发《炎黄纵横》2014 年 4 期，后又选载于《福建瞭望》《厦门文艺》《今日文艺报》等）

诗，禅的一种坐姿

——少木森禅意诗点读

郭志杰

之一：设定与移位
——读《倾诉》

我对禅的理解，有一点没有多少疑义：那就是对现实的超脱，也就是它并不纠缠于现实、困顿于现实。它总是可以在任何境遇中找到脱身的办法。但这并不是逃避，与逃避是截然不同的两回事：逃避是不敢面对的一种行为；超脱是面对的一种解救，一种从容对应的方式，比如：《倾诉》这首诗，倾诉的对象本应是一位诗友，但在时空的某一时段，诗与现实发生某些偏差，或者说某种错位，最终产生不了邂逅，但诗人少木森总会利用一切可能（存在本身就是最大的可能），找到补救的办法，"那风　那雨／是不是我正想对你的倾诉"。在这里，诗人设定的倾诉对象发生移位，这一移位不仅是想象的结果，也是与自然融入的结果。或许在禅的世界，自然并不是一个凝固的对象，而是作为活生生的生命形态，在人们最需要的时候出现，诗人恰巧就在这个时候得到这一无私的援助。因而，对于诗人来说，自然随时随地都会下一场"及时雨"，不仅是现实的"及时雨"，也是情感的"及时雨"、生命的"及时雨"。

附：少木森诗

倾　诉
——答一位诗友

设若　一个人想对另一个人倾诉
恰似一个　夜雨中的旅人
急切地踏上回家的路

那么　那趟车
会不会就意外地没有开出
那一个人　只在车上睡了一觉
天亮了　那风那雨还没有停息
他就一个人　茫然地
留在站台　被雨打湿

那一个人　如果恰巧就是我
那风　那雨
是不是我正想对你的倾诉

之二：暗与亮
——读《暗》

或许，禅能以最大度的方式理解世界，并包容世界，因为存在总有存在的理由。世界创造了白天与黑夜，同时生成了岁月。因而，不管是白天黑夜，都是我们生命必须经历的驿站，谁也摆脱不了这一大背景。但在人们的惯常思维中，白天是来行路，暗夜是来睡觉，但睡觉并不等于构成与行动的对峙状态，真理并不一定是太阳照出来的："用这暗引路　也许 / 真能把路走得更纷纭"。精神的行动往往在隐秘的深处，即暗的核子内核，悄然进行；或许，在暗中，因为与光有一种强烈的对比，反而形成真理更清晰的轮廓。在这里，诗人少木森实际上强调的是内在的光亮，这一光亮，尽管肉眼无法识别，但可以用心灵的第三只眼去捕捉、去行动。这看不见的"暗"，却让人发现更多存在背后的隐秘，即精神敞开的那一空阔。因而，从某种意义上说：这一"暗"，反而真正照亮了诗人，照出光的真义。

附：少木森诗

暗

一个人躲在阴影里
那可能只是灵魂想打个盹
无数的人都在阴影里
那便是暗夜的到来　萤火点点
制造着恐惧和莫测
灵魂　竟那么想睡了
那么想做梦

那就安心做一个梦吧
请你不要开灯
就把那一只手按住心口好了
用这暗引路　也许
真能把路走得更纷纭

之三：内与外
——读《平静》

对生命自身的理解，往往因取向的不同，而导致截然不同的结果。哲学有哲学的理解，生理学有生理学的理解，禅学也有禅学的理解。禅除了超脱看人生之外，也会以特殊的方式对待生命。这一方式并不是孤立地进行，也就是不能与其存在割裂开来，而是将存在看作与身体对应相联结的合理的一部分："难道说　我的身体里 / 也藏着一片海　它的盐 / 就是我许多心事的结晶 / 咸和涩　像我流出的 / 每一滴泪"，我们可以把身体看作激荡的海，将海看作放大的身体。或许身体与自然的依存性，让我们从中找到其逻辑的依据。我们知道：每一事物的存在，其本身就有着内外之分，矛盾构成了世界，也构成了所有的生命与物质。这一"内外"对于每一存在物尽管是单独的构成，但也是总体的融汇，这一融汇相互联结、相互依存，谁也难以从中分拆开，这就是存在的一统性。这一"一统"性，不仅让诗人少木森发现其存在的缘由，同时也发现彼此的"相似"之处。

附：少木森诗

平　静

只为一点儿心事　我一直望着海
那曾经是一片不平静的水域
此时　那样的平静
完全可以说　波纹不惊

我和这平静的海保持着距离
能弥合那距离的　好像只有风了
风来到了我身边　偶尔
就有海腥味澎湃着　它就是
海不能平静的那一部分吗
就像　我积郁着的情绪
偶尔就要澎湃一回

难道说　我的身体里
也藏着一片海　它的盐
就是我许多心事的结晶
咸和涩　像我流出的
每一滴泪

之四：远与近
——读《秋色》

诗人看待远近，并不取决于实物所构成的空间距离，距离总是相对的；也有情感的距离、心理的距离。而众多的距离，并不是真正的量度可以测算的。

在禅的世界里，空间并不是为实用而生、为距离而设置。在诗人少木森眼中，禅所赋予的认知，将永远凌驾在具体之上。它既可以让距离在可感的空间迅疾消遁，也能够让无形之物有个具象的坐姿，唯有具象才有距离可言："我觉得我和秋色是有一些距离 / 这个距离　很透明 /……有一种距离 / 其实　比落叶离我更近"。实际上，秋色本身是一个很空泛的概念，它无法构成实指，但诗人少木森却将其实体化，也就是予以空间造型。但这一实体化，并不是没有理由的，因为秋色形成的是透明的距离，透明是一种看不见距离的距离，是距离的融化或消解。或许，这一手法本身就是对距离的深度阐释。在这样的距离里，远与近没有可划分的界点，因为我们看不到任何"点、线、面"；"秋色"本身提供的仅仅是囊括整个空间的一种氛围，"有一种距离 / 其实　比落叶离我更近"，因为诗人融入了秋色，融入了远与近的透明，所以，才有这一特别的感觉。

　　附：少木森诗

秋　色

　　　赤裸的天空只挂一丝薄云
　　　风　是有点儿轻狂
　　　就那么吹着
　　　那些落叶　像在
　　　回味什么　眷恋什么
　　　弄出一点点伤感的样子

　　　我觉得　我和秋色是有一些距离
　　　这个距离　很透明
　　　像你想起许多往事时　那种远近
　　　你想忘记　它偏让你记起
　　　你想抓住　它已了无痕迹

　　　站在秋色里　我与伤感
　　　互相回避　有一种距离
　　　其实　比落叶离我更近

之五：偶然与必然
——读《偶然发现》

诗人生存的价值，在于善于发现、善于创造。而许多发现与偶然有关，也就是说，在一个特定的时空，给这一发现提供了良好的契机。面对一堵残墙上的一幅残画，触发了诗人少木森的灵感，诗人看到了相对的那一副表情："它们的表情，比我还要怀旧 / 为不断黯淡下去的光，缅怀！"或许，禅的要义不仅在于肯定生命，同时还要善于发现生命，挖掘生之灵动。在这一偶然的碰撞中，诗人看到了寓于自身的那一必然："反过来说，我涂鸦的诗句 / 像不像那堵墙，那幅画"。对于消逝时光的似曾相识，必然与现存的某种境遇或某一感觉相吻合，形成与过往相连接的时光通道，但诗人也发现，这一连接仍是有限度的："那一幅残画 / 把眼前的苔藓，滋养得很绿 / 隔绝望向深处的眼睛"。在这里，诗人实际上已经给这一发现做了概括性的总结：时光会给我们提供许多机会，但也会遮蔽更多更深的事物，这就是偶然之中的必然。

　　附：少木森诗

偶然发现

　　一堵墙，残墙！
　　墙上一幅画，残画！
　　残墙与残画，在我的对面
　　注视着我
　　它们的表情，比我还要怀旧
　　为不断黯淡下去的光，缅怀！

　　比憧憬还深，比破碎
　　还疼的那种缅怀，像不像
　　我涂鸦的诗句

　　反过来说，我涂鸦的诗句
　　像不像那堵墙，那幅画

比我过去的梦还要幽深

比怀旧还要怀旧

在逐渐黯淡的风景里

除了诗歌，我面对墙时

偶然还发现，那一幅残画

把眼前的苔藓，滋养得很绿

隔绝望向深处的眼睛

之六：有形与无形
——读《风中扁树》

或许，这个世界就是因对应而存在。矛盾是这个世界最基本的要素，比如地对立于天，地是我们生命行动的唯一平台，但天也是不可或缺的存在体，它提供了阳光、雨水，确保了万物的生长。这些形态都是可见的、有形的，有些不可见的无形物也是人类须臾无法脱离的，比如空气。假如缺少这一无形的构成，生命不仅不能呼吸，就连最基本的活动也无法展开，因为空间被有形物塞满了。因而，世界存在的布局是合理的。在这首诗中，诗人少木森从寨下崖口的两棵苦楝树身上，敏锐地发现了无形物对有形物的作用，即风对这两棵树持久的影响："风——什么样子呀 / 我没有见到 / 扁扁的树干　布满的 / 却是我对风的想象与猜测"。于是，诗人企图也将自身推向崖口。或许，这一努力并不是单纯的模仿；在风的背后，是诗人要终生探寻的秘密。这一秘密，因为无形，让精神凸显出它全部的价值。置身于风中，如同置身于精神之力的推动中，"让多年没有激动的情绪 / 好好张扬一次"。这一寓含，诗人并没有明指。诗忌讳公开的教义，它往往经由人与物的关系或经历给予合理的阐释，但这一阐释也具有极大的隐蔽性，这就是诗的科学。"风"是最好的精神代言者。

附：少木森诗

风中扁树

走进寨下的佛足崖口

就注定要走进一个故事

两棵苦楝树
长成扁平的树干

风——什么样子呀
我没有见到
扁扁的树干　布满的
却是我对风的想象与猜测

忽然就想　在这崖口
好好地站直了
和树一样　站得那么笔直
轰轰烈烈的　把自己
交给一阵又一阵风

风的夹击　也许真能够
让硬硬的树干长成扁平
又能使一颗软软的人心
被吹成　什么样子

风吹来了
风紧紧地吹了
我真的很想很想
让多年没有激动的情绪
好好张扬一次

之七：结果与凋零
——读《乌桕如梅开》

　　面对南方的冬野，一棵孤独的乌桕树，诗人少木森似乎有了一种新的发现，这一发现与远天上的鸟形成逻辑上的对接，以及禅意上的沟通，并呈现出视觉独具的美感。更重要的是：这一场景本身似乎已经构成巨大的禅意场，让我们用心驻足。我们可以设想，当一个孤独的老者，一动不动地盘腿坐在一片空阔的原野，我们究竟看到了什么？发现了什么？或许，这一禅意并不是一语可以道破的。但这一首诗，实际上已经构成这一具象的符号，以此带动更多的联想。但诗人少木森并不停置于这单纯的，却富有意味的现场，他对终极的好奇甚至超出了起始："拾起一粒散落的果实／谁忍心说这叫作凋零"。或许，在诗人眼中，完成了自身就如同"修身"正果。从某种意义上说，这是一种圆满的结果、一种自足的呈现，而不是悲观的"凋零"。用"禅"的心态看待世界，往往是乐观的，禅"让性情如花　开在风中"，也开在诗人少木森意识的"根部"。

　　附：少木森诗

乌桕如梅开

踏着南方的冬野　请别说
那儿一无所有
总会有一些风声
摇响　凄凄衰草
摇响　凋零着的荻花
也摇响　一些
灿烂着生命欲望的野卉

"远天上的鸟
呈现出原野的辽阔"

野旷天低树
那树　也就一棵
坚韧地站在寒风里
不能挪动脚步　一步也不能

这是一棵乌桕树
没有叶子　却有累累的果实
裸露着　犹似一树白梅喧闹

这一棵树　没有叶子
而果实　胸胆开张
硬语盘空似地
让性情如花　开在风中

拾起一粒散落的果实
谁忍心说这叫作凋零

之八：存在与起源
——读《原本》

追究本原，是人的天性，这一好奇产生了科学，但不管科学如何发展，对本原的探寻将难以穷尽，因为我们将跌入一个始无尽头的追溯之中。因而，诗人面对一只常见的鸟类，因为它取名的因素，带来了对现存答案的疑问，以及对本原的追问："这样的解释　并没有／像雨水洗过树叶那样／洗去心里的疑云——／原本？原本：／乌鸦又叫什么呢？"从某种意义上说，诗产生于不断地追问之中。尽管许多追问并不一定得到清晰的回应，但追问本身就如同真理的一种姿态。诗人的存在意义就是充分地使用这一姿态。在这里，诗人少木森的追问实际上在开始之时就已经搁浅，因为它没有给我们提供一个终极的答案，但这一行动的目的性已经完整地体现出来，或许这就已经足够。

附：少木森诗

原　本

一只鸟忽然停下来
在一棵枯死的松树枝头
叫声穿过树的阴影
抵达窗棂
原本很静的我
一惊！

那可是一只乌鸦！
乌鸦对着你叫
纵然　有一千道心理防线
有一千重门
也被它撞开了裂缝
慌慌张张　追问究竟

学生物的茶友　讪笑着
说　这种鸟
原本不叫乌鸦叫乌鸹
这几年
真正的乌鸦见不着
它才被人叫做乌鸦

这样的解释　并没有
像雨水洗过树叶那样
洗去心里的疑云——
原本？原本：
乌鸦又叫什么呢？

（原发《中外名流》2013 年秋季号）

郭志杰　福建福州人，《福建文学》原主编，中国作家协会会员，著名诗人、诗评家。

更在这自然风景之外

——点读少木森两首禅意诗

林如求

　　少木森的诗，以诗入画、以画入诗，他总能细腻地刻画出自然风物，读着这样的诗句，让人如入画中。然而，他诗的深味，不在自然风景，更在自然风景之外，在于自然风物之外，让人品读出禅意。

鸟飞声杳　叶落境空

　　"永恒"实在是个大题目。何谓"永恒"？词典上说：永远不变；永远存在。但世上哪有这样超时空的事物存在呢？因为我们现在知道，连宇宙也不是永恒的，它是从宇宙大爆炸中诞生的，至今不过 130 亿 ~140 亿年，永恒似乎不存在于我们所知的这个世界上。但哲学家说得比较辩证，永恒与瞬间是一对矛盾体，它们是相对的，没有瞬间就没有永恒，既然有瞬间，也就包含着永恒，所谓"一瞬即永恒"。这说得很抽象，永恒似乎属于灵魂感知又将灵魂感动的神秘地带，是由短暂的时空超脱而来的精神上的一种美好。例如：爱情永远让年轻人魂牵梦萦；友谊长存于朋友的心间而被称为地久天长；祝福的话儿可以永远说下去；无尽的财富可以让永生的灵魂永远也用不完……但从禅家看来，这种精神上的美好，乃至自然界的日升月落、春去秋来、流水落花、鹿奔豕突……都不过是外在的"幻象"，都是虚无的。因为禅是引导人们否认客观世界的真实性，泯灭人生的意义的。所以禅宗以无念为宗，除了自心本来的清净与空明外，世上一切皆幻。它所追求的是一种心空欲灭、物我两忘的境界。

　　少木森的《永恒》一诗，就很有禅宗的这种象外之意。全诗由三个意象组成：第一个意象是几只小鸟和鸣声——"唱出一些轻音　像水滴"。然后是小鸟飞走了——鸟逝声杳入于静。第二个意象是几枚树叶，"凝着水滴"。接着，"一枚树叶落了／又一枚树叶也落了／被风吹远了"——叶落境空归于无。第三个意象是既没有小鸟和小鸟叫声，也没有树叶的空寂虚无的世界（千万别误读为是冬天），那就是"永恒"。鸟和鸟声、树和树叶都是暂时的，而静和无才是永恒的。因为小鸟是留不住的，它终究要飞到别的地方去；树叶也是暂时的，不可能永远留在树上，而终究要飘落。小鸟和鸟声以及树叶是直观的，一旦鸟飞声杳、叶落境空，时空便被勘破，禅者于刹那间顿悟到了永恒的意义。所以，那没有小鸟和树叶的凝固静止和虚无的风景才是"永远的永远"，这是禅家万境归寂的意境。

　　这首诗从实景写到虚境，从人们感知到的现象中获得本体，在对自然的片刻感悟中，让人悟到了那作为真正的不朽者的永恒的存在。那不朽，那永恒，似乎就在这自然风景之中，然而更在这自然风景之外——所谓"形而上"者。换句话说，那运动着的时空景象似乎只是为了呈现那不朽者——凝冻着的永恒，即那常驻不灭的本体佛性。于是，你从中体尝到了宇宙生命的内在律动和心灵深处的空寂之乐——禅悦。

　　以禅入诗有不同的境界。以禅语、禅理入诗固堪称禅诗，以禅意、禅趣入诗才是高明的禅诗。少木森的《永恒》一诗虽通篇没有直接谈论佛理，却充满着禅趣和禅机，颇有"不著一字，尽得风流"之妙。读这首诗，可以让你澄怀净虑，身心都融入这无言的禅悦之中。这对终日奔竞忙碌、身心俱疲的现代人来说，不啻是一方可以让心性得以休息的宁静的精神家园。

　　附：少木森诗

永　恒

　　　几只不知名的鸟　在我窗前
　　　好几天　她们几乎都那样
　　　唱出一些轻音　像水滴
　　　而后　飞走
　　　带给这个冷冬　几分鲜活

几分的期待

后来　发现有几枚树叶
也很像那些小鸟
是不是　也学着这鸟儿
独独地站在那里　凝着水滴
顶着一片银灰色的天
让风景因此雷同

可是　窗外一直有风
不一会儿　一枚树叶落了
又一枚树叶也落了
被风吹远了

我知道我无法留住什么
包括曾经的小鸟
也包括这几个叶片
于是　我去拍了几张照片
风景也就成为永远的永远

会心不在远

　　读《知音》一诗，首先让我想到的是《日近长安远》的故事。据《晋书》记载：晋明帝司马绍"年数岁，尝坐置膝前。属长安使来，因问帝曰：'汝谓日与长安孰远？'对曰：'长安近。不闻人从日边来，居然可知也。'元帝异之。明日，宴群僚，又问之。对曰：'日近。'元帝失色，曰：'何乃异间者之言乎？'对曰：'举目则见日，不见长安。'"西晋的首都在洛阳，离长安数百里。是太阳离洛阳近还是长安离洛阳近？司马绍的回答前后异辞：前一天回答说长安近，因为从来没有听说有人从太阳那边来。对于同一问题，第二天他又回答说太阳近，因为太阳只要一抬头就能看到，而长安哪怕是把脖子抻成一根丝那样长也看不到。前一个答案自然是对的，但后一个答案也十分在理，因为就视觉距离而言，能见到自然比见不到要近。这故事说明了一个道理：远与近是相对的，若从感觉上说，完全没有绝对的远，也没有绝对的近。

现在回到《知音》这首诗："我"坐在电脑面前上网，"电脑的背面"有一个"她"在与我交流。这个"她"究竟是"离我好远"，还是"也不远"？她也许就在我的隔壁、楼上楼下、同一个城市，也可能在另外一个离我很远的外省、外国……互联网使得人与人之间的交流"天涯变咫尺"，若是再装上视频、接上QQ，哪怕天远地远、在空间站、前往火星……彼此都能见到对方的图像。在这里，哪个是远，又哪个是近呢？所以这个远近的问题越来越变得相对性了。

不过，少木森的《知音》一诗并不是在与读者讨论远近的相对性，而是在传达一个像《拈花微笑》那样的问题。拈花微笑的记载出自《大梵天王问佛决疑经》，说的是佛将入灭，鼓励弟子们问法。释尊将大梵天王刚刚奉献的莲花拈在手上，目视与会的百万人天及比丘众，大家面面相觑，不知释尊何意。唯有摩诃迦叶顿悟，破颜微笑，合掌正立，默然无语。为什么？因为摩诃迦叶心有灵犀，与佛祖心通，就是"佛心相印"。既然心通，两心相印，话语已属多余，故只微微而笑。后来，佛的无上心法便由迦叶来传承。古语云："会心不在远。"远与近，贵在两心相通，心不通，咫尺如隔天涯；苟能心通，天涯可以变成咫尺。

"人生难得一知己，千古知音最难觅。""相识满天下，知心能几人？""欲将心事付瑶琴。知音少，弦断有谁听！"我们仿佛听到古人在连连叹息。其实知己、知音都在于知心。心通便无阻隔，便能心心相印，不仅能超越空间的远近，而且能感受到对方的"微笑"仿佛"近在眼前"，甚至连"绿叶红花"的"清新的味道"也能"闻到"。

附：少木森诗

知　音

有一个人就在电脑的背面
　告诉我　她那里
正经受零下28度的严寒
最后的一些叶子也黄了
黄了的叶子　散发冷冷的味道
电脑的背面　离我好远

我闻不到那种严寒的味道

我只顾自说自话　我说
我这里是暖冬　树叶偶然也落着
一整个晚上　沙沙的响
可我这里的天　真的不冷

有时候　电脑的背面也不远
她的微笑　近在眼前
她说　逗逗你呢
这里也还有绿叶红花呀
清新的味道　过一会儿
也会让你闻到的

（原发《中国纺织报》，后选载于《少木森禅意诗精选精读》中国文联出版社 2010 年 2 月）

林如求　福建福州人，《福建文学》原副主编，中国作家协会会员，著名作家。

虚实之间　意在留白处

——简评少木森二首禅意诗

于燕青

诗人少木森的博客里诗配图很美，图文并茂。我喜欢美的东西，于是就常去看。后来觉得即使没有那些美图辅佐，他的诗也很美。现在知道，他的诗就像树，那些美图就像风。

少木森的诗常有些意念超出物质世界的常规，这也许就是禅意。据我了解，对于少木森的诗，喜欢的人就非常喜欢，不喜欢的另有一番说道，本来萝卜青菜各有所爱也无可厚非，我只是想说，少木森看似简单甚至略显传统的文字里有一种悟。看少木森的诗要有一双内心的眼睛，要带着"悟"，因为"禅"本身就是灵界的东西。我对禅没有研究，而是比较喜欢西方的哲理，我读过《圣经》，那是一本拒绝用人的理性去解读的书，因此我也能触类旁通地读少木森的诗，这里将我悟到的一点东西与看到这首诗的人共赏。

我非常喜欢《树与风》这首诗。其实，少木森的每一首诗都有一幅图藏在里面。此刻，我看到了那棵银杏树，看到了它的静默，连自然界所有的声音都是静默的。我还看到了风，我用第三只眼睛看到的。这首诗以"树与风"为标题，树是可见的，可是，有谁见过风？通篇都围绕着树与风，谋篇布局看似简单，却隐含了深意。树与风就是实与虚，虚实相间是生命的奥秘，树与风就像人的肉体与灵魂。

诗的第一自然段，从"静默了—倾听—稀稀疏疏的落叶声—叶的淡定"，这是从外界的静一直写到内心的静，从一系列的量变到最后的质变。第二段有"风声突然响起来"的句子，从静到动，一下子让这首诗有了张力，也因此有了美感。接下来第三段："也许这时 树倒更像是树 / 而那些多事的风 / 最多是一种助阵呐喊 / 最少也是一种助阵呐喊"，使人豁然开朗，把读者带到了禅的境界。这第三段因为风的助阵呐喊，真是树欲静而风不止。看起来还是动感的，其实已经静了。这首诗，从第一段的静，到第二段的动，再到第三段的静，这样一个回归零度的过程。"树倒更像是树"已经点出了和第一段的静不同，更像是树了，虽然被风吹得摇摆不止，但它其实是静的，不静的只是你的眼睛；更像是树了，就像一个经历了生死考验的人，其人性的光辉使他更像一个人了，一个大写的人。这是一种质的变化，是更高境界的静。这首诗写得很妙，静与动是那么自由、那么蹊跷，又那么自然。

我觉得这首诗更妙的地方是我无法解读的，只能意会。

树与风

那棵银杏树似乎静默了
一树黄叶在微风中 倾听
自己稀稀疏疏的落叶声
让我迷上一种 杳杳然
叶的淡定味道

不过 这种感觉没有维持多久
就匆匆过去了
只听见 风声突然响起来
那些热热闹闹叶碰叶的声音
或许 才是树真正的心跳
毕竟有风 树就要摇

也许这时 树倒更像是树
而那些多事的风
最多是一种助阵呐喊
最少也是一种助阵呐喊

诗人少木森最新的禅意诗《做一件事》以哲理开头，告诉我们，一个人一辈子能把一件事做好，就很了不起。这一件事是什么事呢？那个弥留的人说了什么庄重的话？也许是交代把他的丧事办好，也许是要求丧事从简。诗人没有说，给读者留下了想象的空间，这空间就如同绘画讲究的留白，这留白也符合禅意。我不喜欢把话说得太明白的文学作品，文学作品首先是艺术，我觉得太明白的已经不是艺术了。加缪说过："文学作品通常是一种难以表达的哲学的结果，是这种哲学的具体图解和美化修饰。"

最近刚好看了朱以撒的散文《隔岸的花树》："……想一想人之生、人之死真是一件麻烦的事，尤其是死，让许多活人停下手头的工作，折腾数天。尤其是一些大官僚之死，整个过程就是一场大铺陈，说到底就是表现给活人看……对已经走到彼岸的人的送行，简单，再简单些，应该像英国教会在殡葬仪式上所用的语言：'来自泥土又归于泥土，来自灰尘又归于灰尘，来自粉末又归于粉末'，既然如此自然而然，也就无须如此多的工序。"我想拿这段话来填充空白处，因为诗人的作品发表之后就不再属于诗人了，我指的不是知识产权问题，我说的是读者品读一篇文章本身就是一次再创造，且与作者无关了，正如我的这篇诗评。

由此想来，这件麻烦的事要做好确实不易，必须是"众人忙着"，"而后当然还在忙乎着/别的一些事"，这"别的一些事"很快就把那件"很了不起"的事淹没了吧？从这里我确实读出了少木森的聪明，我甚至想象少木森在夜幕降临时，伏案电脑前，却非闲敲键盘落灯花的雅致，文字也非如磅礴作势的江河，而是将浩茫的心绪贯穿十指，虽简笔轻点，惜字如金，却给人多少想象的空间。

诗人少木森这些留白的文字，永远高过夜晚的灯光。

做一件事

一个人一辈子
能把一件事做好
就很了不起

那是一个弥留的人
庄重的话
说过之后　众人忙着

把他这一件丧事做好

而后　当然还在忙乎着

别的一些事

（原发不详，后再发于《中外名流》2022 年夏季号）

于燕青　中国作家协会会员，著名散文家，作品见诸《大家》《北京文学》《散文》《散文选刊》《作品》《青年文学》《诗刊》《诗选刊》等，被各种年鉴和年选收入。出版散文集《逆时花开》《跌倒》《情感档案》《内心的草木》，获福建省优秀文学作品奖、首届林语堂散文奖、《作品》期刊奖等。

茶的福建　禅意的诗

——读少木森诗集《福建：诗与禅之旅》

黄长江

　　少木森是当代文坛胹月渐丰的大师级诗人、作家、思想家和艺术家，同时还是教育家。见我此言，或许有人会说我这是井底之蛙的狂鸣，实在不知高低深浅。这里且让我以他的诗来谈谈作一小证。

　　与少木森接触，已有十年之久。其间，选编过他的小小说、诗歌、散文，出版过他的中短篇小说集《少木森小说今选》、教育文化随笔集《少木森教育文化随笔今选》（上、下册）等。更知道他发表了不少作品，在多种渠道和出版社出版了十多部个人著作，而且几乎每年都有年选或较为权威的选本选入他不同体裁的作品，可以说，少木森是一位多产优质作品的作家。当下，他又要出版这部诗集《福建：诗与禅之旅》，令人期待。

　　《少木森小说今选》印数3000册，已售罄；《少木森教育文化随笔今选》印量6000套，出版发行的同时，《今日文艺报》以专版形式连载了一些，反响不错，收到了不少评论文章，以"研讨专版"的形式在《今日文艺报》刊登了四个整版，还有部分尚待刊发。并且有读者陆续发来评论文稿，评论作者除中国外，还涵盖"新马泰"等国家和地区。书已畅销于含新华书店、图书批发市场、民营书店和网络书店等在内的全国各类书店。可以这样说，少木森已出版的每一部书都是充满思想深度、内容含量和艺术特点的；都是令人咂舌、让人不读则罢，一读则爱不释怀、恨不得从中获取大量知识金矿和艺术涵养的。于是便会一遍遍地读、一遍遍地乐在其中，在这阅读中思考起人生、思考起社会、思考起历史、思考起未来的憧憬。

　　这部《福建：诗与禅之旅》诗集亦然。这便是少木森文学作品的魅力、共性和特点，这便是一位大师级作家、思想家和艺术家作品应当具有的魅力、共性和特点。

　　少木森的这些诗，表面上是在写福建，实质上是在写茶、写禅、写一种超然的境界。且看：漳平的水仙茶、台江的龙团珠茶、龙泉寺的橄榄茶、永春的佛手茶、将乐擂茶，等等，均从地点而茶而禅而超然。

　　《台江区：记忆的码头》："福州台江码头的记忆 / 是那些茉莉花茶的记忆 / 虽说，茉莉花茶已不再 / 走水路行销世界。茶在 / 花香在！那么，'吃茶去！' / 一杯龙团珠茉莉花茶 / 内质香气鲜浓、滋味醇厚 / 足够 / 我又在台江码头逗留半晌"。

　　读少木森这部诗集，我们发现，诗中除福建的许多地名和茶外，也充满着灵魂、高山石、鸟语林、石竹山、菩提树、弥勒岩、塔、海、黄檗寺、僧众、香客、寺庙、石塔、一片瓦、华安玉等禅意具象，且这些禅意具象都各自寓隐着一些深刻的内涵。如：马尾区的罗星塔（中国塔）充满着历练；福清的弥勒岩、黄檗寺、瑞云塔，永泰的"一片瓦"，长乐的龙泉寺等各自凸显着历史的深邃和沧桑，以及后人的观览、调侃、揣摩和思考。然而，作者的笔不止于此，他还通过写茶、写禅彰显着福建，彰显着福建的人文、文化，以及福建人的禅意人生。

　　不论是写茶，还是写福建，抑或写历史名人等其他何事何物，少木森的诗都在一种特殊的意境中，这种意境展示着一种静悄悄的动作、运动，或者说变化，如瑜伽、似静夜的花开放，又如"蝉噪林愈静"的山坳树荫里和蟋蟀弹琴的夜室，静而不孤、寂而不独。这就是禅。少木森的诗充满着这种禅的意境，即禅意诗。《有仇（1）》："寺庙的花工和我闲聊 / 他说：我种了几盆菊花 / 花叶上有一些蚜虫 / 蚜虫和我有仇吗 / 我得想方设法除灭蚜虫呀 / 后来我改种兰花了 / 蚜虫咬不动很硬的兰花叶片 / 可是，没过多久叶片上长出 / 另一种介甲虫 / 又得想方设法除虫呀 // 他一再问我：/ 我和这虫儿算不算有仇"。这样的禅意，嵌融着至深的哲理，读之使大脑得到洗礼并注入新的精髓。

　　《镇海楼和三坊七巷》看似写景点、写古迹，实又是在写一种力量和重量。一种"静"的力量和重量。楼、坊和巷当然是不动的、静的，但在少木森的诗中，这镇海楼却具有了镇海、阻击台风的力量。当然这不是少木森一个人说的，而是古镇海楼被毁之后，台风过境袭击福州，人们如此说的。"而风和日丽的时候""福州人较少说起镇海楼"，经常说"三坊七巷"：光禄坊、文儒坊、衣锦坊，黄巷、塔巷、宫巷、杨桥巷、吉庇巷、郎官巷和安民巷，同样是一个个充满静的力量和重量，尤其是重量的地方。因为这些地名能穿透历史，它们通过林觉民、冰心、陈宝琛、沈葆桢、林则徐、叶向高等许多重量级名人的故居，"从民国往前，可以一直看到 / 清朝和明朝，甚至可以 / 历数宋与唐"。但由于"修旧如旧的老屋 / 默默在那儿，呈出的名片"或许过多，或者说有些泛滥或破立不当，其"呈出的欲望，呈出的心跳 / 都在指指点点之间"。加之"今天是台风过境"，诗人等对新修好的镇海楼之"镇海"这一功能力量也产生了怀疑。"如今 / 这镇海楼也修旧如旧。今后 / 台风会不会正面袭击？"尽管如此，诗人还看到了文化力量的一面，镇海楼"也在我们指指点点之间 / 成为一种文化，人气也在 / 人间的苍茫也在！"它成了一处不可忽视的景点，引来了很多游客，当然也避不了人世间的一些是非评说。于是乎，诗本身充满了张力和感悟，饱含了禅意和哲理，富有了很强的生命力。

这是一种境界，一种至高的层面性境界。这种境界充满着人生的阅历、感悟，以及思想的前沿性探索，乃至为人处世，是一种极纯极佳的人生境界。这种境界充满着理解、充满着乐观和阳光，同时也折射出"阴凉处"的格外清晰和透彻。

《听山》："一杯橄榄茶　缓缓释放清淡绿色 / 独自轻轻摇晃杯子 / 这种橄榄心情　能再忆起几次"。多么美的境界，多么禅意的诗啊！然而这样唯美、纯净、超然的诗句，在少木森的诗集中，却比比皆是。因此我说少木森，倘与当下名噪位高的许多大师、大家或说名家相比，作品数量或许有过之而无不及，诗文的内涵质量或许有过之而无不及，思想的渊度和知识博度或许有过之而无不及，真正不及的，恐怕就是他的知名度、身处位置的高度以及年龄的高度。那么，读少木森的作品，我们或许就真的看到了一位大师的崛起。

（原发《中国国门时报》2016年8月16日）

黄长江　贵州人，现居北京，中国作家协会会员，北京儒博文化艺术院院长、中外名流出版社社长，发表文学作品300余万字，出版有文学作品集及序跋评论集十余部。获冰心散文奖等奖项。主编出版《散文今选》《诗歌今选》等图书1000余万字。

诗禅与禅诗

蕉　椰

古今禅诗我读过不少，但以禅意诗来写地志与旅游的，而且是整本诗集干脆就以《福建：诗与禅之旅》命名的，却是首见。

这本诗集出自老友少木森兄之手。

当他面赠此书时，一看到书名，我就向他表示大感兴趣。我也好禅，偏喜古今禅意诗，当代诗人中尤其倾心于洛夫老兄的禅诗。

少木森是一位文学多面手，但以禅意诗独树一帜。一位诗人偶尔写几首禅意诗，还有可能，但像少木森这样几乎每天都能写一首或多首的，大概少之又少，甚至可以说是福建独此一人。

少木森的《福建：诗与禅之旅》，共收入 138 首禅意诗，覆盖福建九市一区的 85 个县区，独缺尚未踏足过的金门县。

这本诗集，是诗人用生命进行的寻诗问禅之旅。他诚恳地反省：我仍然要说，我写的，多数都还不是严格意义上的禅诗，而只是在诗里写出了一点禅意，或力求写出一点禅意而已。

我也曾探索过所谓的禅诗或禅意诗，发现创作起来有难度，即禅诗可遇不可求，无法想写就写。

少木森现任福建省人力资源和社会保障厅福建省技工教育中心主任，本职工作非常繁忙，况且与文学无关，可他却能做到在红尘中保有一颗坚定清静的禅心，出版了诗集《花木禅》《谁再来出禅入禅》《少木森禅意诗精选 99 首》《少木森禅意诗精选精读》等。实在是悟出了生活禅，才能处处捕捉禅意。

当下社会，人心躁乱，企业家们也热衷于参禅问道、打坐修心，何况文化中人，更应静下心来问一问禅：吃茶去。

不是凉茶或奶茶，而是心茶！

因此，我不得不赞一赞少木森，这位在工作与生活中入禅出禅的禅者诗人。

(原载 2014 年 3 月 31 日菲律宾《世界日报》"蕉椰杂谈"专栏)

蕉椰　王勇的笔名之一。王勇先生，20 世纪 70 年代末定居菲律宾，现为菲华商联总会外交委员、菲华各界联合会顾问、菲律宾中国和平统一促进会顾问、菲律宾华文作家协会副会长、菲律宾博览堂总编辑、《菲律宾华报》董事，著有《王勇诗选》《开心自在》《冷眼热心肠》等诗文选集。

娓娓道来，尽是自己的禅悟

——读少木森新书有感

林朝晖

  读少木森老师写的禅意诗、评的禅意诗，我最大的感受是通俗易懂、耳目一新。这些有立意的禅诗不但以生动的禅理给我们提供了体悟人生的独特方式，而且以幽深新奇的意境给我们带来一丝丝清凉，让我们在烦琐的生活中，也能体验到不同程度的超然物外的感受。

  由于禅本身的空灵无相，以及由此而生发的无住无着、任其自然的禅学思想，使得少木森的那些诗歌焕发出一种特有的芬芳，书中的诗、评、说都较为简短，禅意悠长。在我看来，禅有着深奥的哲理，少木森借助于诗歌，娓娓道来，尽是自己的禅悟，从而丰富了参禅悟道的方便法门，特别是他也讲到了禅意与初心，呼应了当下"不忘初心"的主题。这让这本书与时俱进，打上了新时代的烙印，这诚如元好问赠嵩山隽侍者学诗中所说："诗为禅客添花锦，禅是诗家切玉刀。"

  此书的第二辑《以心读诗，以缘评诗》，在我看来，这是本书的亮点，甚至可以认为是第二辑让禅意有了更广阔的空间与舞台，依然是娓娓道来，尽是自己的禅悟。他的诗评，写诗的人可读，读诗的人可读，甚至原本对诗一知半解的人也爱读，也感兴趣。

  在此，我对少木森老师有个小小的建议，如果有出下一本关于禅意方面的书的打算，能否结合乡村振兴这个当下最热门的题材进行创作，体现新时代乡村里的诗心禅意，让禅与新时代找到最佳的结合点，助力乡村文化振兴。

  （原发《中外名流》2022 年夏季号）

林朝晖 出生于福建省福州市闽清县，中国作家协会会员，现在福州市文联任职。出版个人小说集《英雄的走向》，长篇小说《飞翔的白鸽》《我的兄弟我的兵》《寻找红军爸爸》等，小说曾被《小说选刊》《小说月报》《中篇小说选刊》转载，多次获福建省百花文艺奖。

道在日常功用间

——读少木森《诗与禅可以这么说》

万小英

禅诗不好写，也不好读懂。现在很多人喜欢说禅，但什么是禅，不一定能一下子说清楚。就连真正的禅修者，面对这个问题，也不大会给出确切的答案。所谓"说似一物即不中"，所以我们看到很多禅宗公案里，禅师面对那些关于禅理的提问，常常顾左右而言他，或者指指庭院前的柏树，或者说吃茶去，或者干脆打一顿。有一句话是，"禅客相逢只弹指，此心能有几人知"，看起来比较玄妙，但对参悟了的人来说，是一件自然的事情。

禅宗是中国化的佛教，禅是禅定，是静虑，是解决内心的事情，所谓"明心见性，见性成佛"。而诗歌也讲究心与性，讲究意境，两者都有"只可意会，不可言传"的特点。一首禅诗的成立，要具备三要素：一是要是诗；二是要有禅；三是诗与禅要结合好，传达的境界能被读者接收到。

少木森著作《诗与禅可以这么说》有一个小标题——读出的禅意，也就是说，书里的诗歌更准确地说是禅意诗，而不是禅诗。在书中，作者对禅诗与禅意诗的区别有特别的说明。简单来说，禅诗要能演绎禅理，表现禅机，相对较为严格；而禅意诗只是对生活中所蕴含的禅意的发现，在取材与表达上比较宽泛。

道在日常功用间。日常事物都可以契禅，因为禅是修心之事，由心而外的行为表达，由心向外的观察万物，会产生五花八门、有深有浅的境界。《诗与禅可以这么说》由此选取了50种生活状态和人生体验，比如禅意与静坐、禅意与英雄、禅意与偶然、禅意与方向等。

此书有两个特点：一是表达坦诚，不隐藏。这原是作者的博客之文，所以有明显的与网友互动的痕迹。"路逢剑客须呈剑，不是诗人莫献诗"，作者将生活中的经历与内心所想很真诚地表达出来，这是需要勇气的，因为对于诗与禅来说，这就是一张答卷，是你内心或说人生修行层次的反映。

从字里行间，可以看出作者认真地习禅，对待与他交流的文友也非常诚实。但是有的地方也难免有敝帚自珍之嫌，从网络文字到印刷文字，缺乏剪裁，不够严谨。有些时候过于直白啰唆，反而将诗歌的意境美破坏了。

二是表现形式有新意，将传统的古典禅诗推进到禅意白话诗。禅与诗在历史中关联极深，禅心、诗心原为一件事，都是直观世界的外露。元好问曾说："诗为禅客添花锦，禅是诗家切玉刀。"诗与禅结合，相得益彰。禅诗成为中国诗歌文化里的一枝奇葩，留下了很多名诗，如王维、苏东坡、常建等大诗人，以及皎然、贯休、寒山等僧人，都是此中高手。这本书用的是现代诗，合乎时代的特点与需求，这是一种很好的尝试，也是对禅文学很好的探索与深入。

唐代禅师惟信有一段话："老僧三十年前未参禅时，见山是山，见水是水；及至后来，亲见知识，有个入处，见山不是山，见水不是水；而今得个休歇处，依前见山只是山，见水只是水。"这是参禅的三种境界，也可以说是认识事物的三个阶段。在禅诗创作过程中，第一个阶段与第三个阶段，可能都是作品产量稀少的时候，第一个阶段见山是山，见水是水，一般没有意识去写、去表达，因为都是习见之物；当我们经历了很多，返璞归真，到了第三个阶段，再一次见山是山，见水是水，那时候表达也不会多，可能寥寥几言，甚至沉默，因为一切尽在不言中。一般只有在第二个阶段，看山不是山，看水不是水的时候，有可能是表达欲最强的，因为在认知的差异与新鲜感的驱使下，需要不停地振振有词地说服别人或自己。

有人说，诗歌要写得好，首先诗人要成为诗。禅更是如此，说到底，它并不是一门学问，而是一种生活理念、一种观念、一种觉悟。禅诗中的技巧、文学品味、艺术性，对于"不立文字"、警惕文字障的禅来说，实在是不很紧要的东西。诗与禅要有机地结合在一起，应该是诗人禅心的自然流露，是诗人心性的体现；不是挖掘，不是无中生有的创造，仅仅是释放而已，或者最多是对作者禅悟的一种印证。

少木森在这条道路上继续前行，不断探索更深层的禅与诗的内核，有理由相信，将会收获人生境界与文学创作的新的一重天。

（原发《福州日报》2022 年 5 月 22 日）

万小英　出生于江西南昌。大学毕业后在媒体工作二十多年。《福州日报》专副刊中心副主任、主任编辑。福建省作家协会会员。福州市晋安区作家协会主席。在市级以上媒体发表散文、杂文、评论等数百万字。策划、编撰《寻脉——福州非物质文化遗产》《传承与守望——老福州的记忆》《口述福州解放 1949》《礼赞新中国　幸福新福州》《重走初心路　讴歌新时代》等十多部书籍。著有《福州的底色》。

两层半

——少木森诗歌印象

万重山

满天飞，满天飞，还是满天飞。

时下写分行的人多如浩瀚星辰，每日生产的诗歌正以飞秒的速度一首紧挨着一首嗖嗖嗖如子弹般射了出来，让人目不暇接，甚至怀疑人生了。或许是本人已经审美疲劳了，总感觉绝大多数分行无病呻吟、苍白空泛，摆脱不了雪花柳絮的宿命——眨眼之间就随滚滚红尘纷纷落了地。但有一个人，他那孤勇与偏执的坚守，他那拿骨血与灵魂来换的锐志，给我很大的触动。他用了大半生的时间只做一件事，即写禅意诗、评禅意诗，出了十几本禅意诗选读，且屡获大奖。当今诗坛有没有像他这种近似痴狂的大叔（他还不到三十五公岁）？恕我孤陋寡闻，如果有，估计也为数不多了。感动着你的感动。因之，他的诗于我而言，就多了一份与众不同的色彩，分量不轻。

墙下红

以冻紫的手
乞向
冷瑟的季节

握　夕阳
暗淡如烟蒂

点着
墙下
鞭炮热闹

几时
学会和墙说话

这首诗的作者，就是本文的主人公——少木森。

像《墙下红》这类诗歌，在少木森的作品中居多。

我特别喜欢这首诗，在于它格调轻柔，亮丽宛如白月光，不炙热、不沉重、不晦暗，读来没有丝毫的障碍感；在于它营造的在场感极其贴切、天然，无一丝刀砍斧凿的加工迹象；在于它温婉的禅说，给人的感觉就是在情与景猝然相遇中突然迸发出来的毫不粉饰的妙想；还在于它是刊发于当年名刊《当代诗歌》月刊 1989 年 3 期的《花木禅》组诗的第一首，几十年时间过去了，再读时依然生鲜。

里尔克说，把艺术"带到我们的居所里来，就像人们把神从高大的教堂里带到亲切的卧室里一样，这样，它便不再仅是神秘和令人畏惧的，而且是亲切温和的"。奥尔森也说，诗本身就是一种能量的建构体。他们的观点启发了我的心智，我想诗歌本身就是一座房子，用来储存能量和发射能量的房子，用甲骨和灵魂铸就的房子。如果地球不灭，这样的房子便永不坍塌。

写诗，就如同造房子。

我把少木森的诗歌读来读去，读去读来，豁然发现，他的诗写有一种构造模式，品之有味，我戏谑地将之归结为"两层半"构造。

"两层半"，是当今农村流行的小洋楼结构，它有天有地，独立门户，独立院墙，有一定的自由空间。用"两层半"来形容少木森诗歌的构造，土，但实在，形象，好记。当然，如果你是雅人，不喜欢太俗太土的说道，我也可以说，少木森那是"赋得诗楼二层半"。

一层，接地气。也就是古人所说的"即日"，即眼光看到的场景，心里想到的事情。这是第一层，属于起始状态的诗意表达。《墙下红》落笔就是诗人眼睛看到的场景：在无人问津的墙旮旯或者在人声鼎沸的街角，诗人蓦然发现那里冒出了一串串小花，红红的、静静的，在寒风中摇曳着，孤独着你的孤独，飘逸着你的飘逸。这是映入眼帘的第一感观，也是眼前的表象。

二层，提升。对表象有的放矢地进行再渲染或者再扩张，也就是古人所说的"直寻"，即直接从表象中找到或挖掘到有价值的联想，进行必要的填充、润色，拓展诗意的增值空间。做到既脱离表象，又不离表象；既使意象的内蕴有所抬升，又看不出声息。这是开动脑筋，烧脑的活。诗中用"握""点着"两个动词，形象、传神地将墙角的花儿，那形如鞭炮的一串串花儿，红得像火的花儿，逼真地勾勒出来了。又用"暗淡"与"热闹"的对比，进一步烘托在场感和氛围。

三层，留白。为什么是半层？大有讲究。盖一半，留一半，显得不生硬、不呆板。那留着的一半，可摘星辰，可与日月言欢，可禅茶一味。体现在诗歌的构造上，就是把留白留在了最后，将诗歌的主旨升华到天道禅理上来了。《墙下红》一诗，静与动、暗与明交相辉映。诗人瞬间感悟到了一种生存状态，是寂寞、孤独，还是一种随遇而安的坦然自若？诗人不由得放缓了脚步，弯下腰身，与它久久地对视着。"几时 / 学会和墙说话"，这几乎是脱口而出的自白，独立成段，放在了半层位置，留足了感悟的时空。当然，墙是一种喻体，喻顽劣、固执、无明。我们什么时候学会了与"墙"打交道，什么时候心就放下了，日子也就顺了。这是该诗最后的升华——在半层。诗，已超出诗外；意，在语外。一种活着的淡然与潇洒，跃然纸上。

那天在做笔记

我端坐于案前　做着笔记
墨迹把白纸一行行覆盖
其实　恰恰是一行行揭开
如揭开一层层遮盖　一些
杂与乱　就拥堵眼前

白纸的安静　包容
让笔　稍稍犹豫
稍稍　不安

灯光　想隐瞒着什么
或者想　读透什么

一半亮堂　一半阴暗
看上去就有了深度

　　这首诗同样可以套进"两层半"里，需要说明的是，诗中三个意象都是隐喻体。一层，做笔记的状态；二层，纸和笔的新生态；三层，灯光的处世哲学，"一半亮堂　一半阴暗"。呵呵，中立，两边都不得罪，两边讨好。这就是古人常说的中庸之道、难得糊涂吗？难怪"看上去就有了深度"！想想当下过于理性、过于功利、过于浮躁的"二流社会"，不禁掩卷哑然。

　　少木森这种"两层半"的构造诗，并非单纯以三段式段落来完成的，而是以要义来区分，在段落上可以是两段，也可以是四段、五段、六段，甚至多段。

草　尖

草尖上有一颗露珠
晶莹地　等待我们目光穿透
像哈哈镜　等待捕捉
我们的笑声

突然想　我得轻轻地
聚焦我的目光
尖尖细细的　像草尖
还要轻轻　比微凉的风还轻
轻轻地刺破露珠
会不会　就倒出一串笑声

　　这首诗虽然仅两段，但第二段最后一句："轻轻地刺破露珠 / 会不会　就倒出一串笑声"，让禅意盎然生机。还有《烟花》："我看见　空中只有一种时间 / 叫做——茫然"。《重阳》最后一句："九月九　到江边漫步 / 只想给自己找个理由微笑"。"给自己找个理由微笑"，成了我俩第一次碰头时的暗语。因之前他托至交郭亚字送给我十几本诗集，其中的一本书名就叫《给自己找个理由微笑》，我觉得很吉祥福报，一见便入心入脑了。

　　少木森这些两段式诗歌，最后一句才是结晶。虽然形式上是连在一起的，但隐含的禅意可拆开来赏读，可视为高于其上的有留白空间的半层。《风中扁树》虽然有五段，但第二至第四段可视为第二层，风和树还处在本义上的延伸与外扩，只是表达的角度不同。只有第五段，也就是最后一段，仿佛酝酿了许久，纠结了许久，时机到了便倏然一跃，达到诗歌想要表达的终极目的。"我真的很想很想 / 让多年没有激动的情绪 / 好好张扬一次"。

少木森这种"两层半"诗意构造风格的形成，除了如蜂取蜜，博闻强记，还在于修。师父领进门，修行在个人。这话一点没错。少木森是有修为的，对禅宗、禅理研究得比较透彻。他本人曾经到访浙江普陀山、南京栖霞寺、福州开元寺、厦门南普陀寺等寺庙，拜访过雪烦法师、广霖法师、本性法师等高僧大德，曾经在惠安净峰寺、福州圣泉寺闭关数次。

正因为他对禅宗要义的熟稔，就有了一种不落俗套、拈手即来的洒脱与大气。经常听少木森讲，写禅意诗要"以禅眼看世界"。戴着这种"有色"眼镜去"沾花惹草"、去闯荡江湖，就能从中发现点什么，提炼点什么，告诉点什么，在同频共振的人群里或许就是美的东西、美的分享。时时处处，皆有凡夫俗眼所无法发现的美好，无法获得的惊喜与回报，无法验证的人生觉悟。如果看花是花，看草是草，看云是云，看雾是雾，看飞鸟是飞鸟，那定然写不成禅意诗呀！当然，少木森不像时下有些诗写者为禅而禅，为赶潮流、蹭流量而挖空心思，用玄而又玄的语言、复杂多维的构架写就的禅意诗。他的作品里更多的是一种心为物役，看似随心所欲，其实是喧嚣沉淀以后的一种冷静、一种哲思、一种返璞归真的入定。王夫之在《姜斋诗话》中说："景以情合，情以景生，初不相离，唯意所适。"也可以说是少木森诗作的自然风格。

> 一个人一辈子
> 能把一件事做好
> 就很了不起
>
> 那是一个弥留的人
> 庄重的话
> 说过之后　众人忙着
> 把他这一件丧事做好
> 而后　当然还在忙乎着
> 别的一些事

　　这是少木森写的小诗《做一件事》，也适合"两层半"构造。"而后"之后，便是留白，读者可自己填空。我觉得在他那朴实无华、率真自白的口语式文字里，我们还应该悟到点什么，关于生命，关于无常——这个不容回避的噬心拷问。

　　人生海海。世间是借住的。谁能用家财万贯买个太阳不下山？尽管岁月老去，肉身松弛得掉了渣，但文字在，诗在，张力在。或许多年以后，它们躲在一个无人打扰的角落，像一块会说话的石头，静享着流年。

　　我衷心希望天底下真能有一座两层半的小楼，装得下少木森的所有诗歌。

　　"人间万事消磨尽，只有清香似旧时。"我期待。少木森继续做一件事，即将禅意诗进行到底。

　　万重山　　原名甘忠国，著有诗歌集《极简》、中短篇小说集《豆田狼烟》等，现为福建省作家协会会员。

禅意中的诗意

剑　钧

　　诗是要讲究意境的。情随境生也好，移情入境也罢，诗人往往是带着情感去触摸景物，然后将其融入其中，又借诗句抒发出来。譬如崔颢的《黄鹤楼》："日暮乡关何处是？烟波江上使人愁"，便是情随境生，进而达到意与境的交融；杜甫的《春望》："感时花溅泪，恨别鸟惊心"，便是移情入境，以主观感染客观，进而实现了情与景的交融。在诗人眼里，山川草木、日月星辰，都与情感相依，形成了一种诗意的情愫。

　　读了《少木森禅意诗精选99首》，我产生了一种感觉：这些诗中的禅意充满了诗意。恰如已故诗人李小雨在为此书作序中言："一片叶知秋，而整个草木无疑都通人性，跳动着一颗世界的心灵。"诗集的开篇《林静鸦惊心》写了林静与心动："偶尔　和你们踏入静林/谁不想把脚步放轻/对话　细语轻声/甚至　默然无声/只让　心与心彼此倾听/或者　倾听天籁清音"。读之，感觉意境出来了，诗意出来了，禅意也出来了。诗写到这里，诗的主角鸦还没出场，随之一阵鸦噪，诗人用了一个词"石破天惊"，又问了一句"惊着了谁的心"？结论很精彩："没惊动　一片林子的静"。诗不长，且大部分为铺垫，似乎只为了结尾一句的"静"，却让我读出了"工夫在诗外"。这样一种诗意，是只能意会，不能言传的。

　　若要读懂诗集，首先要懂得何为禅意。禅是一种基于"静"的行为，源于人类的本能。自从印度佛学传过来之后，禅的内涵便在不断演化后，成为系统的修行方法。真正的禅意，虽以人为对象，却超越世俗中的一切，在摆脱外在及自身欲望的牵引之后，达到某种自在的境界，也就是王阳明提出的"此心不动"。若将禅意所呈现出的意境运用在诗中，也就演化为诗的意境了。

少木森的禅意诗取自生活。他擅长在喧嚣的尘世中，闹中取静，选取一个灵光的镜头，利用场景的反差来寻找诗意的那个点。或者移花接木，或者触景生情，凝神于此，启发灵性，"悠然望南山"，可谓情景通透。他的《散落的枫红》写于秋天，全诗只有一句提及了枫叶："树叶儿纷纷扬扬"，还没出现一个"枫"字。他写了晴空，写了秋风，写了夕阳，写了蝉音，似乎都与枫树没有什么关系，但一句点题之句，诗意便出来了。他提到那个题诗的人走远了，那个题红的人走远了，但"剩余的微笑乃如春风荡漾"。明明写秋天，却言春风，活生生地将此诗开头那个题诗作画的人的情感表露了出来，看似写枫红，实乃写人的情感。这也正是写诗的高明之处。

我国诗歌进入唐代，达到了鼎盛时期，也是禅诗不鸣惊人的高光时刻。白居易在任苏州刺史时，写过一首《寄韬光禅师》，其中有句"遥想吾师行道处，天香桂子落纷纷"，就是将诗句归结到杭州天竺寺的韬光禅师身上。佛经中有"天女散花"的典故，"天香桂子"正合其身份。盛唐之时，以诗人入禅，以禅入诗，已是一种潮流。如果把诗歌比作土壤，那么禅意就像是诗意的种子，让诗衍生出活脱空灵、情趣盎然的意境来。少木森的《微雨》很短，写了送别，全诗只有四十一个字："微雨中故事多　微雨中/故事很浪漫//留恋的总留不住　分手时/送你一个无声的笑//微雨中　风景因此灿烂"。同样写了一个"静"。微雨中，没有写情话绵绵，没有写一路踏歌，只用了一句"送你一个无声的笑"，就达到了此时无声胜有声的意境。

少木森这99首禅意诗，多为花木禅，形成了这部诗集的植物花园，但透过这些多彩的花木，可以清晰地看到诗人心中的情感是在默默喷发的。他笔下的《篱影观花》《梨花一枝》《白杨林初霰》《桂树》《梅》《野百合》《桃花》《含羞草》《斑竹》等，都写的是身边的花草树木。写的是风物，抒发的是情感。"死了，那净洁的魂/只有一片极淡的幽香/从记忆的底层飘起"（《野百合》），描绘出的是野百合的高洁，勾勒出的却是人的品格。这种品格与禅意又是息息相通的。诗人在《代自序》里坦言："有些禅理在诗里，定题为《花木禅》《一支秋禅》等，陆续以组诗发表。今天，尽管我依然相信'还是银灰的天撰写着一种高远'，'雁过蓝天/依旧古典着一群意象'；但望着秋空时，我已经没有了写诗的冲动。我觉得，一旦生命的天空被岁月的风尘所遮蔽，诗意会随之淡去的。"

依照诗人的自我解读："禅，说到底，其实就是一个'净'字。"从这部诗集里，读者也可以看到少木森创作理念的成功实践。这种禅意运用到诗句中，就形成了一种诗意。这是我读这部诗集的初步感受。

现代人写诗也是要写出韵味的。这种韵味不一定出自一种固定风格，但在诗坛的百花园中，禅意诗读起来很美，也很有诗意，无疑应当占有一席之地。

剑钧　本名刘建军，中国作家协会会员，现居北京，从事文学创作。迄今结集出版长篇小说《爱情距离》《古宅》《巴黎背影》等9部，长篇纪实文学《黎明再出发》等6部，散文（诗）集《写给岁月的情书》等10部，累计25部，600余万字。

少木森的阐述艺术

——评《读出的禅意：诗与禅可以这么说》一书

胭脂茉莉

禅，从宗教中来，最终又超越宗教，它是中华文化几千年遗留下来的一颗璀璨明珠。从古至今，无论文人墨客，还是普通百姓，以至于我们生活中的言谈举止都受到禅文化潜移默化的影响。它以各种形式浸润在我们的每一个日常中，如同凝聚在中国人骨子里的一条文化血脉。为了让这颗明珠的光辉不被淹没，让这一文化血脉不至于断裂，让更多生活在喧嚣中的现代人学以致用，很多文化研究者都在为此不懈地努力着，少木森老师就是其中之一。从 2015 年开始，他每年出版一本的"读出的禅意"系列书籍，就是他为此努力结出的果实。

《诗与禅可以这么说》中阐述艺术分析

每年，这个系列书籍都是选编现当代诗人的诗作，然后附上他本人的点评，旨在把从这些诗作中读出的禅意传达给广大读者、诗人和当今的禅文化研究者。无疑，被选入这个系列选本对我们之中的每一位诗人和作家都是一种荣誉。

少木森这本 2021 年 12 月由河海大学出版社出版的《诗与禅可以这么说》，也是"读出的禅意"系列书籍，但是与往年有很大不同，不仅书名有所变化，而且书的内容也有了充满创意的变化，这个变化最主要的部分在这部书的第一辑《禅眼观物，诗心生活》中，就如少木森自己在这部书的导语里谦虚地说，这些都是他的创作谈。把这部分称为创作谈也没有错，但是事实上，这一辑包含的内容非常多，不是创作谈这么简单。这部分以一个诗人及多年对禅文化研究专家独特的视觉和感触，带给我们禅意和生活中大大小小事件之间的联系和思考。

综观这本书的第一辑《禅眼观物，诗心生活》，共 50 篇，涉及生活中的各个领域，给我们呈现了一幅幅活泼从容、充满无限生机的禅和生活相融的画面。作者清晰地向读者展示了以禅眼对各种事件的观察判断，似乎信手拈来，却又妙语连珠，独特的视觉和娓娓道来的禅意阐述，让人耳目一新。

作为一个现代禅诗写作者和禅文学的研读者，我尤其感兴趣的是本书对禅诗和禅意诗、禅意与迷信、禅意和哲理、禅意与术语等问题的探讨，特别是这些被作者置于日常生活的事件中进行禅意阐述，充满浓郁的生活气息，没有一般文论学术探讨的古板。

《诗与禅可以这么说》中阐述艺术具体体现

《诗与禅可以这么说》中阐述的启发艺术。禅宗讲不立文字，台湾罗光教授主编的《哲学大辞典》对"不立文字"有过解释，不立文字并不是不用文字，而是要善用文字。如何找到文字启发点，引导读者越过对禅意认知上的障碍，这一点非常重要。在本书开篇《禅意与静坐》里，少木森就首先以启发式的提问，展开了关于禅诗和禅意诗的区别的讨论，启发读者产生读下去的兴趣，起到了导向作用；然后他又以一首自己的诗《在家静坐》来诠释什么是禅意。在家静坐是来自日常生活中的一个经历，"心被托了出来 / 像一只风铃被悬在半空 / 只需一些风 / 就响了"，这是他这首诗中的诗句，也是在静坐过程中，他对于禅意的理解。这首诗从生活中一个静坐的日常行为启发读者：禅意不是死寂的，而是我们静坐时，那颗鲜活的感知和体验这个世界的心。关于禅诗和禅意诗，2021 年初夏，现代禅诗流派同人也有过针对性的研究和讨论。根据现代禅诗的定义，用现代诗的形式和表现手法写作具有禅味禅境界的诗歌，从这一定义延伸，禅味禅境界的诗歌肯定也包含禅意诗，所以用现代诗的形式写的禅意诗，应该属于现代禅诗的范畴。可见，少木森老师虽然不是现代禅诗流派的成员，但是创作目的和创作初心是一样的，少木森老师这种启发式的对禅意艺术性的阐述，如同佛祖拈花，定会推动现代禅文学的良性发展。

《诗与禅可以这么说》中阐述的情感艺术。艾青在《我爱这土地》里有一句诗"为什么我的眼里常含泪水？因为我对这土地爱得深沉……"被很多人引用，同样，我们做一切事情，都是伴随着情感，然后在情感的动力下进行的。在本书中，有一篇关于禅意与迷信的讨论，关于这个问题，少木森注入了充沛的情感，他引用了佛门的一个古偈"佛在灵山莫远求，灵山只在汝心头"，他认为，人生走过，不计较浮华得失，到最后只剩下这一颗包含禅意的心和诗意地栖居。他讲起了自己的诗歌《净峰寺夜谈》缘起于生活中和两位禅友住宿于惠安净峰寺夜谈的一件真实的事情，而这种缘起，也正是佛家的因缘际会。当我读到这首诗中"灵魂　本无究竟/白茫茫　一张无声白纸/悲欣交集"时，也禁不住"悲欣交集"，禁不住想起在现代禅文学调查问卷之"你认为当下现代禅文学的创作所面临的最大困难是什么"一问中，我也回答过此类相似的问题。是啊，世事无常，主宰我们自己的唯有这一颗心，还有什么其他的呢？我相信，这绝不是迷信，而是禅意！对于我的悲欣交集，从一个读者的角度分析，正是本书充溢了饱满情感的禅意阐述艺术激起了读者的同频共振。

《诗与禅可以这么说》中阐述的风趣艺术。一般人的传统思维是，对那些自己不熟悉的领域，总以为会有一个准确的答案，就如同大多数人对禅意和哲理的认知都是这样的：相同处是都属于一种生活的智慧，不同处是哲理是一种生活的道理，可以直接阐述和表达出来。禅意是一种体验，用文字也不能完全表达，即使表达出来也是雾里看花终隔一层。但是，在本书《禅意与哲理》篇里，少木森却用他的言说，让我们对禅意和哲理的区别有了更加趣味性的活泼而迷人的认知，他认为禅总是以它独特的思维和感悟来表达"人生哲理"，也就是说，把这些哲理表达成一种"禅意"。接着又用他的一首诗《古莲的传说》作为例子分析，这首诗是他当时在细细揣摩镜清禅师的"禅式思维方式"后写的，在他这首来自生活的诗里，已经分不清何谓哲理、何谓禅意了。其实根据"禅式思维方式"，也没必要人为地刻意区分，就如他这首诗中所描述的：只要我们能感知阳光响亮的西天，把我的心灵照彻，心灵的空寂就又深又远……可见，风趣而不失逻辑性的语言，总是让人如沐春风，化解很多困境，解决那些不必要的尴尬。

《诗与禅可以这么说》中阐述的谦卑态度。谦卑，是对万物、对自然的一种敬畏的态度，从本书关于《禅意与术语》一篇中就能深深地体会到这种阐述中的谦卑。正所谓道不远人，真佛只说家常话，一个越接近事物本质的人，就越会对事物保持谦卑的姿态，而不会去故弄玄虚。真正的禅文化研究者和禅诗写作者，很少说那些玄而又玄的术语。在这一篇的阐述里，少木森又引用了他的一首《荷塘听箫》作为这篇讨论的小结，从诗题就可以看出来，显然，这又是一首生活之诗，同时这也是非常美的一首诗。全诗没有一个"禅"字，却禅意盎然、诗意盎然，而在此诗中，禅又是什么呢？答案或许就是诗中写的："雾一般弥漫的微笑 / 在我心田的淤泥里 / 长出一片歌谣"……在今天很多人会把谦卑混同于卑下的社会意识形态下，这篇《禅意与术语》的探讨从侧面提醒我们，不管是写诗还是写评论，抑或写其他题材的作品，除非不是特别需要，最好用朴实易懂的词汇，少用那些貌似深奥，其实连自己都解释不清楚的东西。这种禅意阐述中的谦卑态度，是阐述中的艺术，也是发自内心的一种高贵，更是一种深深的救赎！

小　结

本文开头就提过《诗与禅可以这么说》这本书涵盖的领域非常广，在这里，我只是针对几点进行解读，本书还有很多值得解读的地方。一个普通读者，要想和这本书走得更近，充分体验禅眼观物、诗心生活中那些融于生活的禅意，并且从中发现本书禅意阐述的艺术性，除了要对作者笔下呈现的一个个生活的具体画面进行有效感知，还要充分结合我们现在生活的时代大背景进行解读，任何一个作者的写作，都不会脱离那个时代，时代会赋予作品更大的意义。今天，在这个科技飞速发展的时代，关注禅文化、进行禅文学创作，以及对禅的认知和解读都越来越有必要，正如少木森在本书《禅意与现实》篇中所说的：我们为生活而忙碌，工作停下来时，如果有一片天空可以仰望，便是灵魂的一种松绑……我愿意为头顶上这片天空献上我的这首诗……

附：少木森诗歌 6 首

在家静坐

一千个人有一千张脸
各不相同　互相辨认
一千个人只有两种状态：
在家。离家。交替进行

静坐一会儿

远来的风携点儿香
侧身挤入门缝
心被托了出来
像一只风铃被悬在半空
只需一些风
就响了

净峰寺夜谈

风清月白　展读玲珑山石
一部清瘦的线装书
沧海桑田的回声
扬起　渺寂
一阵风　追逐另一阵风
如同送别的歌声
温暖　凄凉的芳草夕阳
如同烟雨中　折丝柳
装饰　古典的行程
如果说　弘一法师慧觉的微笑
是一轮朗月挂秋空
那么　远去的那人　明净的那人
带着被证实的永恒和空无吗
或许　正以另一番心境临近
烦恼与忧思
撷　相思树为风声斑斓的笔吧
写一行诗　把寂静点亮——
远离喧嚣或者贴近喧嚣
走向纷扰或者作别纷扰

灵魂　本无究竟
白茫茫　一张无声白纸
悲欣交集　绘

幽草晚晴　自芬郁　自清凉
或　霁月交映
滴水松涛　沐浴后来者的景仰
当旭日平和地升自这块净土
有鸟声　吟唱木樨的馨香
透彻迷惘

古莲的传说

他　一切皆空的和尚　倾血
浇醒寂寞千年的灵魂　为花

然后圆寂　笑意写在脸上
映　一池红莲如炬

这其实只是一种传说
事实是　荷花不开
他　溘然西去

又该是敲木鱼的时候了
阳光响亮的西天　又深又远

荷塘听箫

浑然，一只红蜻蜓
误入藕花深处
使一种无法深入的境界
一览无余

风读你的潇洒
雨读你的纯真
我读你

雾一般弥漫的微笑
在我心田的淤泥里
长出一片歌谣

不知是一个真实的存在
抑或只是一个梦
凝然　惟余静静的月色一片
浅浅深深里　偶尔
真实地飞出数只红蜻蜓
汪洋恣肆地撞碎寂静

现　实

那片我常仰望的天空
今天有云　就像
心中偶尔泛起的无奈

这都很平常　合理
我能够理解和接受
还有一点——
我对天空知道得很少
这不影响我一直看天
也看那些草树的指向

我看看天　再看看天
我看着　看着
隐约地感觉到
我似乎看上了瘾
和那些草啊树啊一个样

草凌乱

风合拢而来　陷我
入一片风景深部
草凌乱　目光凌乱
那些头绪呢　那些有序呢
终被摒弃

响晴的天　被一片秋声洗过
湛蓝如初　如果有人站在彼岸
如一只鸣虫　写意于叶尖
饱蘸王维遗韵　唱一声
空山新雨人心如秋

草凌乱时　是否
陷阱在乱草里
蛇蝎在乱草里
唱歌的人　照样把歌
唱得高迈　歌声在他身后
又唱彻百年　千年

（原发《中外名流》2022年夏季号）

胭脂茉莉　女，江苏人，原名刘彦芹。作家、诗人，年少习诗，评论及随笔见诸网络媒体及报刊，诗歌被选入海内外多种选本及刊物，主要代表作有现代禅诗系列、"胭脂茉莉十四行诗""真实的风景"系列等。著有《摊开画布的人》《这独一无二的人间》等，合著《现代禅诗流派诗人十二家》等。"好诗选读"执行主编。中国诗人微刊2018年名誉诗人、渤海风十佳女诗人，曾获第二届莲花杯世界华文国学大赛铜奖、首届唐刚诗歌奖等奖项。对汉语十四行诗的突破创新，是把古老禅融入现代汉语新诗的探索。

一知半解也谈禅意诗

——从 1989 年的高考作文说起

青　鸟

喜欢诗很有些年头了。

还记得 1989 年，我参加高考，作文是一个自主命题，看材料写文章，体裁不限。材料给出的是一首诗，其中几句如下："既然选择了远方 / 便只顾风雨兼程""既然目标是地平线 / 留给世界的只能是背影"。那时我对诗一窍不通，只模糊地感觉到这几句话的意思是叫人奋发向上，毕竟我们当时是"八九点钟的太阳"。因而在考场上奋笔疾书，胡乱涂鸦，写了八百多字口号式的作文，得分估计不高，忘记了。

高考作文虽然没写好，这些优美的诗句却牢牢地记住了。

后来因此就喜欢上了新诗，迷恋上了汪国真、席慕蓉、北岛、海子等一批诗人，尤其是席慕蓉的诗，一首首背得烂熟。当时《一棵开花的树》最受少女欢迎。在那个没有手机、没有电玩，几乎人人都是文艺青年的年代，同学们聚在一起就是背诗。那些如水的夜里，我们的眼睛在一行行诗句中闪闪发亮如天空中的星。

我喜欢诗，可是从来没听说过禅意诗。自从长大以后，一直趔趔趄趄地奔波于人世间，被生活一路裹挟前行，禅离我太遥远了。"禅意诗"这个名词之所以撞入我的视线，缘于一本名叫《极简》的诗集。这本书由龙海本地作家万重山老师所著，我很荣幸地获赠一本。那天翻开书本前页，我先看了看序。我有一个习惯，看书特别喜欢看序。序分为自序与他序。自序叙说的是作者自己创作的心路历程，他序是别人对其作品的评价。我觉得无论是他序还是自序，所记载的都比较真实可靠，因此每逢开卷必先看序。

这本诗集的序是一个叫少木森的作者写的，叫作《禅意·诗意·妄想》。我第一次看到诗竟然可以和禅联系在一起，不免好奇心顿起，好像无意中窥探到一片神秘的领域。就这样，少木森老师的诗序，将"禅意诗"这块晶莹剔透的玉石引入了我的视野。

读完序，我先有了一点禅意诗的模糊概念，再回过头来细细品诗，真是别有一番滋味在心头。万重山老师的诗短小精悍，却意味无穷，留下大量让人想象的空间，是少木森老师点评的优秀的禅意诗。我在中年的心境里读到这些与此前所见风格不同的诗句，不禁耳目一新。再细一思量，竟宛若看到有"明月当空照，清泉石上流"。年华匆匆走过，当生命褪去一袭华服，如此清新淡泊的诗无疑更合我的口味。

少木森老师给予《极简》这本诗集很高的评价，恰如其分地解释了什么是禅。

他说："什么是禅呢？禅是大彻大悟的生命智慧，是澄明透彻的人生境界，是超然自在的生命态度与生活方式。如此一说，或许我们就心下明白了——禅是我们永远也不能抵达的境界。但我们可以尽力接近禅，尽可能地接受禅的那种境界。这里，我们的每一次接近，我们的每一步接近都会显现出禅的某些意味，这——便是禅意。"

这些闪烁着智慧光芒的语句让我既欣赏又不解：既然禅是我们永远无法抵达的境界，为什么要诞生禅意诗呢？于是在网上搜索什么是禅意诗，就看到了许多介绍少木森老师的文章。原来少木森老师在禅意诗门派里，还是一个领军人物呢。我心下十分敬佩，又了解到他是家乡走出去的诗人，更是感到亲切。机缘巧合，在龙海作协构建的一个文学群里我遇到了他，得以学习到他许多宝贵的思想，更是拜读了他许多充满禅理的诗歌，受益匪浅。

我开始关注禅意诗。可是寻常的诗都不好理解，遑论禅意诗这种需要用心领悟的文体呢？

诗是人类情感迸发的产物，诗歌咏物抒情，抒发的是作者的主观感受。都说苦难出诗人，作者把心中的千千结，用含蓄的语言表达出来。设置各种隐喻，使得这种只有寥寥几行的高度浓缩的文体模糊得如同蒙上一层薄纱。网上说"诗佛"王维那首著名的《鸟鸣涧》就是禅诗："人闲桂花落，夜静春山空。月出惊山鸟，时鸣春涧中。"可是我在年轻时读来，只读出一种闲静的气度、一种幽雅的环境。只是觉得诗的意境极佳，哪里想得到其中蕴含人生道理，更哪里能体会到此中幽幽空冥、禅意无穷呢？现在回头一看，还真是的，这首诗隐隐有出世的态度。

可见，接受和理解禅意诗，需要一定的年纪和阅历。

年轻时，我们追求风花雪月、激情四射的诗句，当人生沉淀到一定阶段时，我们反倒以淡泊为惬意。"白发渔樵江渚上，惯看秋月春风"。杨慎《临江仙》里的那位白发渔夫，也许斗大的字不识一升，却已勘破世情，把古今多少事尽付笑谈中。这不就是禅意吗？或许年纪大了，顺天知命，禅意也就油然而生了吧。可是看看自己，如今鬓发已染微霜，隔三岔五就要拔掉几根新长的白发，对于禅意，似乎还一知半解，应该是悟性太低了。转念又想，不解就不解好了，随他什么时候解。能解就解，不解也罢。

少木森老师赠我们他新出的书——《诗与禅可以这么说》。

我细细端详这本书的封面。说起来毛病挺多，我看书又有个习惯，拿到书，要先欣赏封面照片。这书的封面是这样的：在一片如暗夜一般的漆黑处，伸出一只手来，五指展开，手掌上方，一缕轻烟自顾自地袅袅上升。这只手是想要抓住些什么吗？可是见那五根手指自然安详，并没有抓取的动作。或许手也明白，一切想要抓住的，都是徒劳？手掌向上托起主题"读出的禅意：诗与禅可以这么说"，那轻烟渐行渐远，隐入文字深处。

禅意诗还未读，先就被这封面引入禅境。也许一千个读者，对这个封面有一千种看法。

文友梅子说，这本禅意诗集要是在古林寺的禅房里朗诵，一定别有一番风韵。在古林寺，龙海作协有个创作基地，文友们常常在此读书品茗。梅子的提议实在是雅妙之极！在禅寺读禅意诗，会不会悟得更快呢？那一天早上，我们朗诵了少木森老师的《秋分》。

秋分前后三天，叫秋彼岸
红花石蒜——开在秋彼岸期间
就被叫作彼岸花

我知道，此岸的我
以一种寂寞！守着
一些无法实现的承诺
在嘈杂喧闹的年代
写着一些诗歌！也就

被人认定——有一些可笑

而秋已过半，虫鸣渐稀
那些彼岸的花儿，又以什么心事
一束一束地开着——不避秋风
开得——像一首首诗歌一样
谁会说，这有什么可笑呢

彼岸的花——红花石蒜
红花石蒜——彼岸的花
秋分前前后后的几天
它就是能够开得那样
——不管不顾，灿灿烂烂
是不是真的像诗歌一样？

　　读完以后，我们又互相讨论，仿佛明白了一些什么，又仿佛什么都不明白。也许悟并不是每个人都能达到的境界吧？就连已故的美学哲学大师李泽厚先生，一生游弋于智慧的哲学海洋，晚年时接受采访，也说他自己还是不能悟。可是他悟或不悟又有什么关系呢？他人生的使命已然完成。愚钝如我，更可能永远也悟不了禅。每念及此，就会想起少木森老师关于禅的诠释：禅是我们永远也不能抵达的境界。但我们可以尽力接近禅，尽可能地接受禅的那种境界。
　　于是我和梅子不再讨论禅意，我们再次大声朗读最喜欢的那首《读书的姿势》：

　　…………
　　读书为了沉醉自己
　　一如　临江楼上有人把盏唏嘘

（原发《中外名流》2022年夏季号）

　　青鸟　原名李淑贞，女，福建龙海人。福建省作协会员，龙海市作协副秘书长。文章散见于行业期刊、报纸副刊、文学杂志等。著有个人散文集《乡愁如绿茶》。

禅味人生

——禅意诗人少木森

王小艾

不认识少木森，只读少木森诗的人，多说少木森悠闲；而认识少木森的人，都说少木森忙碌。

那么，少木森是闲还是忙呢？先读他的禅意诗："终归是一些不太安分的文字 / 像被风从彼岸吹来的落叶 / 沙沙的弄出一点声来 / 就像是谁在唱着歌 // 终归是一盆案头清供 / 已经把花开过 / 寂静的冬月 / 仍散发着清新 / 伴我 / 想一点儿 / 自己爱想的事 // 你问我：看过去你真悠闲！/ 呵呵！我说：/ 写几个句子的时间 / 终归是有的！/ 于是　一夜的文字 / 又串成句子 / 终归还是悠闲"（《终归》）。这诗里的确看不出忙碌，看到的是闲静和雅趣，让人心羡。

可是，认识少木森先生后，知道他是我省一所较大规模职业院校的办公室主任，工作的忙碌与烦琐自不待言；何况他还是省内有活力的知名作家，采风、写作、开讲座、当评委，许多文事活动，都有他的身影，这也够他忙的；还有他来自农村，农民的孩子、乡亲们的孩子读书或遇到什么事，乡亲要到省城找个人、办个事，就先找他帮忙，他是个热心肠的人，能帮上忙的就帮，帮不上的也会请乡亲到家吃饭喝茶，或陪陪乡亲，为乡亲出出主意。我感叹，这样一个忙碌的少木森，又怎么写得出那么"悠闲"的禅意诗呢？我就这个问题，问过少木森先生，他笑着说："在努力学习让心可以闲出来呀！"

这是多好的状态啊！心闲身自远，无须逃离街市、逃离红尘，假如真的能修炼到"让心闲出来"，何处不"闲"，何事不"静"呢？

我认识的禅意诗人少木森就是这样一个人，忙碌的身影里揣着一颗"悠闲"的心。

用心才会悠闲

在写这篇文章前，读到别人写少木森的一篇短文章，题目叫《读书，教书，写书》。这篇文章有两点给我极深的印象。

一是题目让人过目难忘。这题目实际上极"直白"地呈现了少木森作为一名教师、一名作家的生活状态，这状态或许让人称道，但背后的代价肯定是"忙"。一个人要把书教好，本身就是一件不太容易的事，所以总被形容为辛勤耕耘；教书的同时还写书，又是一种更为勤奋的笔耕；教书、写书之余，一有空暇就要读书。少木森先生一定是把时间分配得很细，点滴时间都利用的人，是一个忙人。

采访得知，少木森是"七七级"大学生，也就是新时期恢复高考后的第一届大学生。时间已经把这届大学生推向社会前沿，他们中的很多人都在政府、事业单位和企业单位的关键岗位上。少木森自谦说，在同届大学生中，自己是最没有出息的了，至今还是在学校里，还是个"孩子头"。是啊！以世俗眼光来看，能成为某级政府的领导、某大企业的老总，自然是很出息，很让人仰慕的。但依我看，一个人哪怕一辈子教书，哪怕一辈子只教出一两个好学生，也值得了。而少木森教出来的好学生肯定不少，他于1980年2月被分配到永安一所厂矿子弟学校——纤城中学，到1998年任书记、常务副校长主持工作时，学校从企业剥离，由政府接管，之后他于2001年7月调离永安，到了福州的职业院校。他在那所中学共待了22年。现在他津津乐道的仍然是他原来任职的那所中学，与他一直保持密切联系的学生仍然是那所中学毕业的学生。我采写此文时，少木森的一位学生正从北京打来电话，那学生在中央电视台工作，是北京大学的毕业生，正在和少先生谈民国名人辜鸿铭的一些趣事，原来那学生要写辜鸿铭的文章，向少先生请教一些细节。我见少先生和学生谈笑风生的样子，真是羡慕那学生啊！他给人一种平易近人的感觉，给人一种亲切感。我猜想他的这种作风，一定会使他和学生们之间的沟通变成一种没有距离的、自由的、平等的交流。这样更有利于学生意见的表达、师生思想的交流、理念的沟通、问题的解决。学生当时听少先生的课时，肯定是一种享受。

少木森说，他原来任职的那所中学在地方上很有名气，因为学校不大，但高考升学率很高，每年都有人考入清华、北大等名校。说这些时，少木森满脸自得。

其实，少木森从1991年初起就不再是纯粹教书了，他任学校政教主任四年，1995年初任副校长，然后是常务副校长，再是书记兼常务副校长并主持学校工作。在这期间，他坚持自己带班上课，而且都教高三，从不因行政事务而误了教学。高考时，他执教的学科成绩一直很好，数年间都是学校一等奖！有点不可思议，但这是真的！真是够他忙的！少木森现在是办公室主任，在我看来，也是一个比较忙乱的职位。可少木森说，现在好多了，没有那么忙了，写文章的时间也更多了。

二是文中说少木森无论做什么事都很用心，让人沉思。文中作者说，少木森用心读书、用心教书、用心写作，所以，做什么像什么。同时，少木森还是一个用心生活的人，比如会带孩子去郊游，辨认植物（他和女儿都特别喜欢植物），带着孩子去钓鱼、挖野菜，生活颇有情调……我对这话琢磨了好久，首先，少先生要做那么多的事，还都很用心去做，忙得过来吗？还能那么"用心生活"，有心带着孩子挖野菜和钓鱼，简直是一种悠闲，不可思议。其次，我们说用心，也就是做什么都认真去做，都比较执着，而认真执着了，就容易放不下……执着追求，可能会有事业的成功，可哪来"心闲"呢？甚至太认真、太用心了，还难免"心累"呢！

采访少木森之后，我才终于理出一条思路，觉得这显然是一个有趣的悖论：无论你做什么，只有用心了，才可能感受和发现其中的隐秘道道，才可能得心应手、游刃有余，于是做起事来，才轻松自然，于是才会有"悠闲"感，心才有可能真正地"闲"下来……另外，少木森为了"让心闲出来"，还真是十分"用心"过！从20世纪80年代后期开始，他有意识地探索写作"禅意诗"，曾经多次到寺庙住下来，体验佛家丛林的"寂静"，到现在，他还坚持每天至少"坐禅入静"半个小时以上。他戏称为"切换频道"：一天烦琐忙碌之后，静坐下来，把那些杂事杂念暂时清空，换一种清心悠闲的状态来享受一下生活。他说："这有如电视机从这一个躁闹的娱乐频道，切换到一个文化探索频道或读书频道。"

是啊！要是不"切换频道"，他怎么能从那些事务性的烦琐中抽出"心"来，写下那么多的小说、散文和诗歌呢？这次采访时，委托了一位网友去少木森家要一些文字资料。那网友说，少木森除了给几本已经出版的书外，给的文字资料极少。倒是那网友得知少木森有一个书柜专放发表了他文章的杂志报纸的样刊样报，随手翻了翻，在《人民文学》《北京文学》《青春》《中华散文》《散文百家》《中国校园文学》《教师博览》《诗刊》《诗潮》《诗歌报月刊》

《延河》《百花园》《时代文学》《四川文学》《福建文学》《杂文选刊》《杂文月刊》《领导文萃》《散文诗》《微型小说选刊》《视野》等二三十种刊物上浏览了少木森的作品。他问少木森总共在多少种报刊上发表过文章，少木森笑着说，没有算过。看少木森把发表作品的样刊样报随意塞进书柜的样子，肯定对发表作品早已习以为常。但对那网友而言，可不一样，见到一个人发表了这么多作品，真是羡慕和佩服啊！所以，他在那书柜前待了好久，把那些样刊样报翻完，又翻少木森出版的样书。至今少木森已经出版了十多本书，其中一本 20 万字的长篇纪实文学标出的印数是 20000 册，《作文大革命》也是 20000 册，诗集《少木森禅意诗精选 99 首》标出的印数是 6600 册，《少木森小说今选》标出的印数是 3000 册，据说诗集《给自己找个理由微笑》和《少木森禅意诗精选精读》也都是印 3000 册以上。这在文学日见边缘化的今天，是很不容易的事啊！那网友还摘录了少木森获奖和被选载作品的主要情况：

主要奖项：2000 年 1 月，《和平（组诗）》获澳洲杯新诗成就奖（最高）；2001 年，散文获河南省首届"中原杯"全国征文一等奖；2004 年，禅意组诗获"诗星杯"征文一等奖；2005 年，《少木森禅意诗精选 99 首》获福建省第 20 届优秀文学作品奖暨第二届陈明玉文学奖二等奖；2008 年，获福建省第 23 届优秀文学作品奖暨第五届陈明玉文学奖佳作奖；等等。

主要选载：《花木禅》组诗四首选入《中国新诗·1991 年卷》，禅意诗《失恋的红豆树》选入《新星诗历》，禅意诗《渴望》选入《中国诗歌选·1999 年版》（台湾），禅意诗《和平》选入《中国诗典》（1999 年），禅意诗《红木棉》选入《福建文学创作 50 年选·诗歌卷》，散文《养鸟喝汤》选入《福建文学创作 50 年选·散文卷》，散文《鸢飞鱼跃读朱熹》选入《二十世纪中国文化散文》（2000 年），禅意组诗《诗的冷暖》选入《2002 年中华诗歌精选》，散文《夜读笔记》选入《21 世纪年度散文选·2003 散文》，禅意组诗《渴望》选入《2004 年中华诗歌精选》，散文《古典的妻》选入《一个世纪的经典》（2004 年），散文《把一个天才教成淑女》选入《中华散文百年精华》（2004 年），小说《小说里和小说外》选入《金牌小说》（2005 年），禅意组诗《渴望与坚持》选入《中国诗萃》（2005 年），禅意诗《渡头》选入美国《新大陆》诗刊第 90 期"中国诗歌学会专号"（2005 年），禅意诗《痴癫》四首选入《诗歌今选》（2005 年），小小说五篇选入《小小说今选》（2005 年），散文《看这虫子怎么变》选入《2005 年散文随笔新选》，禅意散文《梦的背面》选入《菩提树下——现代禅意散文选》（2006 年），散文《把一个天才教成淑女》选入《中学生魅力阅读——影响你一生的经典美文》（2007 年），小小说《上帝的迷惘》选入《保持学生良好心态的故事全集》（2008 年），散文《看这虫子怎么变》选入《收获灵感与感动——60 位著名作家和青少年共同阅读》（2009 年），禅意诗《一个屈原已经足够》（外二首）选入《福建文学创作 60 年选·诗歌卷》，小小说三篇选入《福建文学创作 60 年选·儿童文学卷》，《一贴神批》等三篇选入《小品文今选》（2009 年），等等。

看来，人们介绍少木森是我省的实力派作家，这说法是没有错的，一笔一画地弄出这么多的文字来，没有实力还真不行。特别是少木森的主业不在写作，作为一名业余作家，没有文化资源可与写作界的人交换与分享，真刀真枪发表那么多作品，真不容易啊！

少木森笑着说："我只是做什么都比较专心，能排除杂事的干扰，用心写点东西就是了。"但我对这种自谦不感兴趣，倒是对他所说的"切换频道"的"屏蔽"功能颇感兴趣。选读他的一首诗，据说这是他刚刚经历了堵车的烦恼之后，"切换心情"而写出来的："看过　萧萧落叶／从很高的地方飘然而下／偶尔在风中打一二个旋儿／／看过　一只奋飞的鹰隼／突然不飞了　拍动着翅膀／定点在空中　随意歪歪头／往下看着什么／／看过　一只钟挂在墙上／阳光反射在上面／指针看不见／只看到光斑／／现在　看着十字路口车来人往／过街的情绪堆积在一起／我站在阳台上"（《放松》）。真够有禅意的，堵车回来，站在阳台上"放松"地看人家"过街的情绪堆积在一起"，这让人感觉他"很旁观""很局外人"，他简直是站在红尘边缘的人，因此也就"很有心情""很禅"。

2008 年，少木森用将近一年时间于境外的《菲律宾华报》开设《禅眼觅诗》禅意诗专栏，主张以禅眼观物、以诗心生活。从《放松》这首诗中不难读出少木森确有独特的"禅眼""诗心"，才能在红尘中觅得清净，在忙碌中觅得"悠闲"。

给自己找个理由微笑

这样说少木森，似乎容易让人感觉他"逃避现实"，至少是一种回避。

其实，少木森并不回避现实，相反，他的一些文章是对现实的直面，很关注现实。读过他发表于《杂文选刊》《杂文月刊》《领导文萃》的"杂文"，那都很"现实主义"，很犀利。比如，他有感于我们现实中干部考核的一些怪现象的《赵国式的干部考察》，有感于监督机制疏漏而造成腐败现象的《看这虫子怎么变》，有感于用人机制问题的《"三顾茅庐"与"绑来见我"》，等等。可以说，在这些文章里见到的少木森几乎是"作为一个时代的忧患者"，"那种隐藏着平时不肯轻易显露的忧患意识，像一层心灵底色，时不时以一种时代责任感与使命感下意识亮了出来。而这种下意识恰好说明，他的忧患已切入血脉、深入骨髓"（评论家刘忠诚对少木森的评语，见《福建文学》2002 年 3 期）。

"他（少木森）匠心独运，或叙述，或抒情，或议论，随意运笔，不拘一格。真实与真诚的基本精神与品格得以很好地体现，在观照外在生活的同时又'向内转'，营造着理想的精神家园，藏刃于和风细雨之中，读来使人振聋发聩，却又心有所托，而且所托的还是一个清纯的理想世界。"（许莉评少木森语，见《文艺报》2003 年 11 月 6 日）

少木森有一部诗集叫《给自己找个理由微笑》，很有意味。我们都说："微笑不需要理由。"而少木森偏说："要给自己找个理由微笑。"如果换一句话说，是不是我们经常有笑不出来的时候，我们必须给自己找个理由，让自己笑起来呢？

我把这想法对少木森说了，他听后哈哈大笑，却笑而不答，只让我读他的一首禅意诗《重阳》：

> 以一个微笑
> 摇动了那枝野菊　花香弥漫
> 清冷的黄昏　似有音符跳动
>
> 没有等着谁　来访
> 也没有遍插朱萸　怀想着谁
> 九月九　到江边漫步
> 只想给自己　找个理由微笑

读过几遍，我似有感悟！
少木森为那部诗集作的自序，对此说得更清楚——

听说过"把烦恼写在沙滩上"的说法吗？这是禅者的一个重要法门，就是要人"放下"，人的烦恼是来自执着，来自对得与失的执着计较，如果我们让这种执着只像是写在沙滩上的字，海水一冲就流走了，"放下"就没有什么难了。

哈，烦恼还要写出来，还要找个沙滩，把烦恼写在上面。这，不也是找个理由，让自己笑笑吗？不是也有点儿傻，有点儿痴吗？但想过去这方法一定有效，那我们就找沙滩去吧，把烦恼写在沙滩上，让海水一冲就流走了……那么，我的沙滩在哪儿呢？在纸上，在屏幕上，我找纸去，找电脑去，找诗去，把烦恼写在诗里了，而后，读读，笑笑，傻傻的，痴痴的，却也淡淡的，像已经让海水冲过一样……

少木森说他写诗就是大致如此呀——给自己找个理由微笑。他还打趣地说："有人说这是傻笑，有人说，这是痴。是啊，细想想，是有点儿傻，有点儿痴呀！哈，哈，这样想想，挺好。想想自己的傻，说说自己的痴，不也正是'给自己找个理由微笑'吗？"

（原载《中外名流》2011 年冬季号，选载于《我的感动》新华出版社 2011 年 9 月）

王小艾 女，福建建阳人，福建省作家协会会员，自由作家，著有《我的感动》等。

禅：日常事物中的表象和符号

——读少木森《福建：诗与禅之旅》

孙欲言

禅是什么？在一般人的脑海里可能有各种不同的概念，但我敢肯定地说，大部分人对禅的概念都是模糊和似是而非的。时下流行的是：郁郁黄花，无非般若；青青翠竹，尽是法身。所谓行住坐卧、运水搬柴、嬉笑怒骂，等等，皆是禅。

可是这些到底是不是禅呢？可以说是，也可以说不是。

说是，是在对禅有深切体验和感悟的人心里，这些的确就是禅。因为禅是自然的存在，无造作、无乖曲，天真本然，活泼灵动，没有什么附加。日常生活里平常的一切，行云流水、市井尘嚣、雨电风雷，岂不就是禅吗？

说不是，是因为在庸碌平凡的生活中，又有几个人可以细腻、深切地体验到这种纯真、素朴、直白的简单存在呢？人们蒙蔽在物质生活的泥淖和深渊里，麻醉在感官的刺激和迷乱中，早已对身边无关于己的一切熟视无睹、漠不关心。禅，对他们来说，也许只是一种时尚的标签、新潮的概念，甚或是如健身操一样的体育运动。

相较而言，诗人对禅的体认和感知，是超胜一筹的。这源于诗人对生活的敏锐观察力、深刻的透视力。以禅诗创作为主体、为"鹄的"的诗人则更接近禅。少木森先生正是这样一位执着坚定、不忘初心的诗人，而他的新书《福建：诗与禅之旅》，则正是这种诗禅结合、寓禅于诗的集中体现。

这些诗作是少木森先生数年来行走福建各个县区后，精心创作留下的作品。少木森先生在创作时，给作品的定位和要求是：尽量在第一次到一个地方时，把最初的那个感受写下来。这很有点古人参禅悟道的意味。不同的是，古人行脚参方，走遍千山万水，磨炼身心，乃是为了叩问善知识，求得一言半偈或饱受钳锤，以冀借此明悟真谛，解脱系缚；今人则悠然淡远许多，于无边的风物之中，取其精妙、摹其华彩，流淌出笔下禅意淙淙的诗句。

初读《福州：寿山石与鸟语林》这类诗，容易给人一种冗长的解说词似的感觉。但是，少木森先生的目的和旨趣显然不是只记述一篇"流水"游记。他在看似散漫其实细致的结构中，勾勒出一幅关于事物的整体素描，令人面前由无到有地出现了臆想中的图画。这图画也许正是作者"最初的那个感受"形诸笔墨后，留下的影像。其实这些只不过是层层铺垫，真正的画龙点睛之笔正是最后那一句带有自嘲和噱笑的肯定。是什么"肯定"呢？是对人的"欲望"、人的"执着"的一种很肯定的自嘲和噱笑。这确是禅，或如少木森先生所说的"接近禅"。

宗门中有一句话："只贵子见地，不贵子行履。"意思是如果理论观点精辟到位，那么达到目的便不难；如果理论观点不到位，则如聋似盲，根本找不到目标。显然，少木森先生是有着明确创作意图的，又于创作中捕捉到了诗意之外的东西——这就是对心灵的自我肯定和印证，就是禅。这种基于自嘲以显示对人生的旷达和包容，没有博大的心量、慈悲的情怀是无法做到的。

《观经》中说："是心作佛，是心是佛。"《心地法门》又云："心包太虚，量周沙界。"可见，心灵的渊奥和深邃以及巨大能量，是无可比拟、不能描摹的。少木森先生以诗之心、禅之眼，交融万物于笔端，在散淡、平缓的叙述中，牵引读者的思绪走向日常事物的精神内质和话语表达。就如禅门公案中的"标月指"，沿着指头的方向，就可以看见圆满无瑕的月轮，若执着于手指，便永远无法抵达事物真正的内涵、了悟它的真谛。

值得注意的是，少木森先生的诗句中，较少有一般禅诗的境象玲珑、空明澄澈的意蕴特征。他惯于使用平常自然的语言，不跳跃、不卓特，娓娓道来，如诉家常。如《厦门：在海沧吃土笋冻》这首，全诗如幼童呓语，从头到尾没有跌宕的段落、特设的悬念，只是平实地叙述一件事，一件吃海沧的特色小吃土笋冻的方法和经过。按照一般诗歌来解读，它几乎找不出什么禅意。但是，这又给我们提供了另一种看禅的视角，读着这诗，的确吃"土笋"就不再是吃那虫子一样的"土笋"了，而竟是"品尝土笋冻，也品尝着／幽幽闪动的星和初夏的风／以及，他们那些话语里／诸多的内涵"。顺着这"标月指"式的诗语言的指引，是否看到"禅"的"月轮"呢？

我们似乎不能纠缠这些诗句的技巧、意象等葛藤，恰恰要远离这些枝节条蔓，从更远处的宏观一作瞭望，而非微观切入。这样，我们才能体会少木森先生诗作中整体的禅意内蕴和精神指向。那么一种大象无形、大音希声的昏蒙境界便会兀立于意念之内。当联想的思绪经过层层细化、析离后，一个灵光独耀、迥脱根尘的消息也许自会传来。这是什么呢？这即是禅的状态！或"接近禅"的状态！

金人元好问在《答俊书记学诗》中说："诗为禅客添花锦，禅是诗家切玉刀。"将诗与禅的辩证关系做了很好的阐释。这譬如一件事物的外相和内涵。外相当然是诗，诗句所写却是日常生活的表象，汇集所有的表象，经过归纳、分析、消融后，便化解为实质可感的符号，可以把它理解为禅的化身，或曰：不二法门。这样，我们也就可以理解《莆田：和妈祖雕像一起望海》《南平：大圣崇拜》两首作品中抒情和议论的相互对照、有机结合了。其中，《莆田：和妈祖雕像一起望海》诗中"心海"与"大海"的比对与融合，确具巧思，且由"妈祖的心海"与"我的心海"的对比，见出了境界，也"接近了禅"。《南平：大圣崇拜》以"苍天"和"苍生"为意象，大气苍茫中，"把缘于人心深处的传说／再演绎到人心深处"，不也正是一种灵魂且苍茫的禅意吗？

"初发心即成正觉"，佛教修行中有此断言，写诗亦不过此句的注脚。少木森先生以数年辛勤恒心成就此一部力作，可见其于诗禅的精进，令人钦佩、赞叹。但少木森先生是谦逊的，他只承认自己的诗包含了一些禅意，而不敢确定这些诗是严格意义上的禅诗。其实少木森先生大可不必，一滴水和大海水的本质没有区别，一缕光和太阳光的差别仅在量上。实际上，大和小、多和少这样相对的概念，正是误导人们入禅的障碍。只有突破了这些，人们才能达到精神自由，没有拘束、限制的绝对境界。

如同美的原则，禅并不缺乏存在，缺乏的是发现。但愿少木森先生在禅诗的道路上奋力开拓、勇猛向前，在自己取得大成就的同时，做众生的不请之友，一个明眼的指路人、慈悲的接引者。如此，则诗界幸甚、大众幸甚！

（原发《今日文艺报》2014 年 3 月 20 日）

孙欲言 本名孙涛，出生于 1978 年，在《青春诗歌》《诗歌月刊》《参花》《北方作家》《关东文学》等刊物上发表作品数百首，出版诗集《影尘无踪》《虚空里的盛宴》两部，系中国诗歌学会、吉林省作家协会会员。

品读少木森两组诗

孙欲言

读组诗《龙海听禅》

文坛诗界中，一直流传着一种惯性的理论，认为愤怒出诗人。的确如此，若没有慷慨悲歌的激昂，就写不出振奋人心的笑傲；若没有忧国虞民的悲愁，就抒发不出痛彻心扉的沉郁。然而，还有一种朴素的情感，也可以让人为之缠绵倾吐，一歌而快，这，就是情切意真的故园眷恋。

读少木森老师写他老家的诗，便总能给人这样一种印象：十分鲜明的故园情怀和芬芳馥郁的乡野幽思。这种情怀细腻、委婉，温暖如玉，让人读之心绪微澜，如清风拂面，如醇酒入口，不禁为他那种深沉、炽烈的赤子之情油然而生感动。而那清雅淡然的乡野幽思，也给他的诗歌融入了一些淡淡的禅意美韵。

少木森老师曾经有一篇解释关于禅意诗的文章，概括起来，有两种观点：一种是有禅之"禅意诗"，另一种是无禅之"禅意诗"。有禅之诗，一目了然，形象色彩鲜明，似乎就是带着禅的标签而创作的；无禅之诗正好相反，未言禅，而禅味十足，化有形为无形，这其实正如禅家之最上乘，达于无相。两者性质虽然各有千秋，但后者显然略胜一筹。

少木森老师的这组诗就属于后者，它有两个特色，正可以诠释少木森老师禅意诗的亮丽质地。从整体上看，诗句的细线条勾勒和白描，占据了整个画面，局部细节则被显微且变得突出。这细节里面包含着时空，包含着诗人内心的情愫和诗人的思悟，读者才会被其吸引着，跟着诗人向诗句中投注情感。如《鸟窝》中细节丰富、情感起伏，尔后来上这句："命运如此偶然　我原先／并没有想到",这是点睛之笔。起伏过后,哲理性的思索带着平静的叙述,会给人一种自然而然的造境体验:禅存在于一切事物之中。

还有另一个给人印象深刻之处,让人无法绕开,就是诗句中悲天悯人的情怀。"这一些树 / 有充分的理由述说苦难""作为一个游人,我 / 看看羸弱的树,看看 / 满园衍生的白蚁,拍拍照 / 想留住一些什么,就是 / 不忍心说出怜惜和悲悯"。人的悲悯和良善,不但使诗句富于高贵,而且更加彰显了人性的崇高和丰满。

读少木森老师的诗是一种享受,享受它的宁静、深邃和博爱。而这些,全都是禅的分子。透过它们,我们自然会感到诗人那敏感、丰富而灼热的心灵。在天空和大地之间,在故乡和心灵之间,连接着一个生生不息的母题,它正通过辽远悠然的诗句,被不断地讴吟、激扬着。

　　附:少木森《龙海听禅》(组诗)

海上火山口听禅

一片海滩,有那么多黑石头列阵
像十面埋伏的战场。战鼓隆隆
那是一种幻觉,一种苍茫
毕竟辉煌热烈的时光转瞬即逝
火山喷发,和人类一场战争一样
肯定极其短暂。留下
这一片玄武石的海滩
却亘古绵长。我拼尽气力
也再难想象火山喷发的模样
这里早已成为另一种自然风貌
大海旷森,天空蔚蓝
石头乌黑,海水清新
这里,适合游览拍照
适合临风远眺,适合
凝思遐想,也适合于讨小海
捕捉一些小蟹小虾与螺贝

准备丰美的晚餐

故乡的山还是山，水还是水
那些列阵的黑石头与咸咸的海水
达成了生活的和谐
石临风，水如琴
为这一片向阳的海滩
制造了缭绕的音乐和情调
千万别把这里说成海上兵马俑
说成列队或不列队的僧侣吧！让它
适合于平息内心的欲火尘烟
哪怕不诵经听禅，就现在这个样儿
无妨——多一份生活的慢和慵懒

生　态

这一些树
有充分的理由诉说苦难
黄泥色的树干让我知道
一种生的欢乐，如白蚁的利齿
能轻易刺穿，另一种生的欢乐
朽蚀，一步步逼近
那些树的生命根脉

只有，倔强的野草
似乎躲过了一场绞杀
凌乱地竖起了耳朵
倾听，这些树
一遍又一遍的呜咽

这里称为龙佳生态园
竟然是漫山的白蚁

和漫山果树，构成
一种生态的平衡
虫声雀起，草木无声

作为一个游人，我
看看羸弱的树，看看
满园衍生的白蚁，拍拍照
想留住一些什么，就是
不忍心说出怜惜和悲悯
但既然到过这里呀
关于生的真谛，似乎
就有理由去想得更多更多

鸟　窝

拔掉一棵草还有许多草
摘下一朵花还有许多花
抬头望去，只见
一个正在草滩上割草的老人
践踏那么多的野花
野花依然享受荒滩的恬静

我只是偶然说一株野花特别
老人微笑着去摘那花给我
无意中掏到了一个鸟窝
两只惊飞的鸟悲切地看着
几个鸟蛋被老人取走
命运如此偶然，我原先
并没有想到

依　然

据说，江东的水流到哪儿
鲈鱼鲜味就飘过哪儿

我的老家紫泥镇
就是江东水入海的地方
记忆中，入海口
有飘着鱼鲜味的草荡子
一杆杆的钓竿，一张张的渔网
在那儿，多么张扬

乡亲说，如今已经难得钓上
野生的江东鲈鱼了
夕阳下，只有古老的石桥
依然卧波不语
依然的野花
依然默默地开

然而，江东鲈鱼馆
生意意外地更加火爆了
没有了鲈鱼的江水
依然风味独特
流到哪儿
哪儿就有鲈鱼鲜味飘过

（组诗原发《厦门文艺》）

读组诗《独立寒秋》

　　欣喜地读完少木森老师的《独立寒秋》这组诗，不禁让人产生了两个感觉：一个是"熏风自南来，殿阁生微凉"的词清意足；另一个是"采菊东篱下，悠然见南山"的天机雅趣。这么说，似乎还忽略了诗的禅意，一个最重要的主题，但其实不然。

众所周知，禅是不可说的，那是"言语道断，心行处灭"，讲究的是个人的体悟和绝对认知，只可意会，不可言传，是释迦拈花，迦叶微笑。若说出来，便是头上安头，是第二指，月影星光，不见真谛了。所以，南朝傅大士登台讲《金刚经》，但见抚尺惊堂，然后一言不发，直下台去。众人惊疑，良久方悟，讲经已毕。

禅师的潇洒作风，奇特行藏，于此可见一斑。诗人也是，敏感的内心和智慧的思索，最后都会化成流水般的诗行，让人流连徜徉，内心喜悦。比如《白露》中这几句："落了那么多的叶子／谁知道，哪一叶可以知秋呢／不过，我总是想／叶落今日——算是恰好吧"。

最后一句，真是点睛之笔，有如神来，但是又平实如常，内蕴深远。诗人内心的感受和识见可谓纤毫毕现，毫无保留。这也是诗人的真性情，无此性情，写不得诗。

如果说《白露》这首诗中诗人的直观感知是清晰呈现，那么《秋分》中的情感隐喻，则是隐隐倾诉："彼岸的花——红花石蒜／红花石蒜——彼岸的花／秋分前前后后的几天／它就是能够开得那样／——不管不顾，灿灿烂烂"。

开头回互，正加强白描叙说的力度，末尾一句，才落笔定音，又著精彩。正因如此，其禅味、诗味反而更加鲜明彰显，让人印象深刻。

少木森老师浸淫禅意诗多年，出版了众多著作，可谓积有所成。其诗作形式多样、主旨各异，虽特色卓具、各有不同，但是其带给人巨大的审美愉悦，则是一致的。

这里，可引一则公案以为发微逗明：

《碧岩录》中云岩禅师问道吾禅师："观世音菩萨有千手千眼，请问师兄，到底哪一个眼睛才是正眼呢？"

道吾禅师淡然一笑，说："你晚上睡觉，枕头掉到地下去时，你没睁开眼睛，手往地下一抓就抓起来了，你用的什么眼去抓的呀？"

"遍身是眼。"云岩禅师快速答道。

道吾禅师又是淡然一笑，说："你只懂了八成！"

云岩禅师疑惑地问："那应该怎么说呢？"

见师弟已渐有所悟，道吾禅师便进一步开示道："通身是眼！"

一句"通身是眼"，真是振聋发聩、如雷贯耳。通身是眼，哪里还有什么角度的切入和引申呢？的确，观少木森老师的禅意诗，大约也该这样！

附：少木森《独立寒秋》 （组诗）

立　秋

一说到秋天，好像
就要把身上衣裳加厚了
那些的花草，好像
也不想再喧闹下去了
只在一旁，听凉风轻唱

可是，那么深的绿
那么深的红，凉风
怎么一说凉就能把它们唱凉呢
何况，在最后面的
还有天空红云
还像，拥有火苗一样

是什么嘶鸣起来
一腔热切和渴望，如落叶
从一处树荫奔跑到另一处树荫
从一棵树桩飞窜到另一棵树桩
并没有真的让人感受平静
没有让人感觉落叶归根的平淡
似乎让人感觉到幽玄而峭寒
那才几片树叶落下呀？怎么就
那么样让人感慨万千，无端寒凉

其实，今天就是立秋
一个多热的天气呀
干啥就是觉得寒凉呢

处 暑

在处暑这一天
我父亲特别关心园头的草
毕竟这是一个过渡时节
最后的热量来了又去
水火博弈，险象环生
父亲学会了从这一天
被折断草秆的多少
预言——这一个秋天
收成的好坏，年景的吉凶

是不是遗传密码的作用
在处暑这一天
我也特别关心花和草
下午三点钟，我就说
听到秋天的声音了
那是雨夹着风……

不过，在城市阳台
做一株小花小草
很安全！风吹过来
它摇晃几下
没有腰杆被折断的痛
没有——落红纷乱
花季陨丧！

因此，我有时
会用手摸摸它们的叶子
怀疑它们是不是真的
只是，无论怎么看
它们毕竟就是花，就是草

和我父亲关心的花与草
没啥两样
你能说它不是真的花草吗
看来，再不能用这样的花草
来预言秋天的吉与凶了

白 露

落了那么多的叶子
谁知道，哪一叶可以知秋呢
不过，我总是想
叶落今日——算是恰好吧
早一些，可能是病叶子
晚一些，众叶纷纷
就难得记起你是哪一片叶了

露水也是——从今夜白了
虫子的嘶鸣，该是
被露水打湿了吧
带着微凉，甚至寒凉
也容易让人感伤
容易给人较深刻的印象

我知道——这是在写诗
我不知道的是——现实中
有几人在微凉中——
数着落叶，听着虫鸣
又有几人——真的想
从一片叶子知道秋天

秋　分

秋分前后三天，叫秋彼岸
红花石蒜——开在秋彼岸期间
就被叫作彼岸花

我知道，此岸的我
以一种寂寞！守着
一些无法实现的承诺
在嘈杂喧闹的年代
写着一些诗歌！也就
被人认定——有一些可笑

而秋已过半，虫鸣渐稀
那些彼岸的花儿，又以什么心事
一束一束地开着——不避秋风
开得——像一首首诗歌一样
谁会说，这有什么可笑呢

彼岸的花——红花石蒜
红花石蒜——彼岸的花
秋分前前后后的几天
它就是能够开得那样
——不管不顾，灿灿烂烂
是不是真的像诗歌一样？

寒　露

相约登高，本不因为今天是寒露
朋友从外地来，中午喝酒
下午喝茶，傍晚和他爬爬山

游人都为风景指指点点，我们也眺望着
远处的树，一大片叶子和一些鸟
那些鸟和夕阳，似乎都倦翅聆听
和进入冬天没有太大区别

风和树叶，摇得很慢
看那样子，很静
只觉得从那儿吹来一些寒冷
尖着耳朵，似乎
也听不到别的什么特别的声音
眼睛却还是看到被摇落的树叶
一会儿消失在寒冷的凋零声中了
霞光——也正在消散着
空气越来越凉了，一层层一点点
在这里氤氲开来……

想起今天是寒露了，就好像
看到了依次嬗递过来的历史
其实——人的心情犹如这季节
只被分为冷暖两界
该暖就暖，该冷就冷
也就那么地不动声色
没有改变的——似乎
只是夕阳落下的心情
你说它该温暖还是该冷瑟呀……

霜　降

有时候，季节非常凌厉
像一个词：霜降
一朵花要想在这个时候
慢慢打开自己

需要足够的勇气

有时候，季节只是虚张声势
也像一个词：霜降
一朵花就在这个时候
慢慢打开自己
我还是看见
一种神秘的微颤

(组诗原发《北京文学（精彩阅读）》2016 年第 9 期)

(此文原发于网络，分次选入《2015 年度禅意诗选读》和《2016 年度禅意诗选读》)

"三心"观物，触目皆禅
——品读少木森组诗《香港就是香港》

星儿叶子

    少木森先生的现代禅意诗非常著名，可以说已经到了炉火纯青的地步。他提出了禅意诗写作中的"三心说"，确有深刻意义。他在《读出的禅意：中国当代禅意诗选读》一书的序言中说：禅意是什么呢？禅有"三心"，即平常心、自由心和慈悲心，故尔，禅意是智慧，禅意是和谐，禅意是简单，禅意是清净，禅意是无为，禅意是放下，禅意是慈悲，禅意是大爱……这些都是，也都不是。

    我很赞同少木森先生提出的"三心"之说，这确实点到了禅的本质。如能具备这"三心"，就是不必修禅，也是禅者了，而这"三心说"恐怕是他创作禅意诗的指导思想。所以，他所提倡的是生活禅，也就是生活本身即是禅，生活处处有禅意，并不需要刻意为禅和寻禅，而是在具备"三心"之时，则触目皆禅，万生万物皆有禅意。少木森先生的组诗《香港就是香港》正是他这种生活禅观念的体现，是他的生活禅意诗的典型之作。

    通常，我们看待一个事物会把着眼点放在哪里呢？这肯定由一定的目的和观念决定。至于诗人写诗，如果没有什么既定任务必须完成，那就一定会按照自己的实际感悟去写，写真实的体验和认知。比如，少木森先生去香港参观游览，他本来也可以写大家都关注的繁华事物，或名胜，或辉煌耀眼的地方。可他偏偏把笔墨放在了那些不起眼的地方，那些很真实随意的香港普通人的细枝末节的生活点滴上面。正是由于他的平常心、自由心与慈悲心，才使他有这样的视角和写作现实。

    对于香港之行，诗人印象特别深刻的一件事竟是"独自在小吃店吃晚餐"，他说: "这是一种慢 / 我以一个旅人的身份 / 以另一种速度抵制喧闹",恐怕这是诗人内心平静、平和的一种体现吧,是平常心、自由心的体现吧。他在明星大道上感受到的是明星与普通人的亲近之感: "而明星的手印与字迹 / 随便可以亲近和模仿"。他看到深水湾浅水湾的飞鸟众多而且与人亲近, "那是在深水湾浅水湾的沙滩 / 是成堆成群的白头鹎与麻雀 / 那些鸟 与人很亲近",由此诗人联想到了"一定也会有香港人和我一样 / 这么近地 看看这些鸟 / 听一听鸟声",这是一种多么宁静祥和的生活状态呀,也是与大都市所给人的印象多么不同的生活状态呀!没有平常心、自由心和慈悲心,是不会在繁华的大都市里看到这一些,关注这一些,关心这一些的!少木森先生一贯主张"以禅眼观物,以诗心生活",难怪他流连在世界著名的维多利亚港湾,看到的是那悠闲的垂钓者,目光多么与众不同呀!而《风水》一诗中,他写香港人非常看重"风水"这回事,也只写生活细节,写得生活气息浓郁,禅意禅思隐现。诗人眼中的这些细微毫末之处正是诗人对香港普通人生活的观照,体现了诗人的平常慈爱之心。可以看出,即使身在繁华都市,他更加关注的还是那些繁华辉煌背后的东西,关注着普通人的生活。而这可能是我们更想了解和触摸的关于香港的另一种真实,有着更温和的体温和情感。

诗人的眼光是特别的,禅意诗人的眼光就更加独到了。而作为禅意诗人的少木森先生,在这样的诗歌抒写之中则给读者带来更多独特的感悟和艺术享受,他的艺术追求是高远的。当你平和了自己,你便看到和感到了更悠远深广的世界。

附:少木森禅意诗《香港就是香港》 (组诗)

心 情

> 我只是一个旅人
> 旁观而饶舌
> 说起香港之行的印象
> 印象最深的是
> 独自在小店吃的晚餐
> 这是一种慢
> 我以一个旅人的身份

以另一种速度抵制喧闹

这可能是一种习惯
与心情无关！
香港就是香港
十分高速度　十分繁华
面对繁华
谁也不应该心情不好

明星大道

香港人　走路都很快
看过去总是匆匆忙忙的
像要赶着办一件什么事
独独在这条滨海大道上
侧身　在人缝里挤来挤去

明星肯定很难邂逅
而明星的手印与字迹
随便可以亲近和模仿
李小龙　成龙　刘德华
张曼玉　黎明　张柏芝
这一个个手印与手迹
肯定是一个个隐喻

一位同行者　意态悠悠地说
香港　那才是明星成长的好地方
另一位同行者却有些偏激　他说
没有历史的地方
明星璀璨成长

我们　竟这样乐此不疲

像嗑瓜子一样　叨嗑明星话题
也在人缝里挤来挤去
从大道的这头到那头
是否　自得而悠闲

深水湾、浅水湾

读过汪曾祺写香港的文字
汪老说　香港鸟很少
天空几乎见不到一只飞着的鸟
鸦鸣鹊噪都听不见

香港的餐桌上鸟却很多
串烧麻雀　焗乳鸽　焗芒雀
各自炫耀不同的滋味
汪老还说　对于某些香港人
鸟是可吃的　不是可看和可听的

可这一次　我在香港
最深刻的印象是　看到了鸟
那是在深水湾浅水湾的沙滩
是成堆成群的白头鹎与麻雀
那些鸟　与人很亲近
拍照时他们几乎冲着镜头
不飞不惊　雀跃如常
甚至有一只鸟　在我的镜头下
冲击着汽车玻璃　稚态可掬
一定也会有香港人和我一样
这么近地　看看这些鸟
听一听鸟声

看垂钓

到了香港　还去看垂钓
或许让人匪夷所思
可这是真的！在香港
在维多利亚港湾
看人垂钓

同行者这一时刻流连于繁华大街
只有小崔与我
专注地　看人垂钓
在这世界著名的港湾
垂钓的人极少　长长的一条海堤
只见到四个人
钓上一些小鱼　其中
有名贵而味美的小红斑
让我的味蕾充满想象

回来后　有一段时间总谈着香港
但很少谈起——
我在维多利亚港湾　看人垂钓
或许　香港可谈的话题太多
或许　觉得谈这个
有点儿可笑

风　水

港人说　香港没有资源
要发展只能靠天靠地靠智慧
所以　他们特别重风水
还说　香港没有大的自然灾害
这和人人重风水懂风水有关

在我们听来
或许　有点儿不以为然
可港人信这个　而且
总是说得煞有其事

一位友人来看我
先是探头窗外　顾盼端详
然后幽幽地说　这栋楼横对码头
太没有风水了
友人还说　怎么不找个好宾馆
这会影响这次行程的

我细看　景观够丰富了
一幅都市风光
就挂在窗子外面
感觉挺好呀！我笑着说
不在乎这个
见机而作　随遇而安嘛！

几天的行程结束时
与友人电话辞别
友人先问行程与收获
然后　还是强调
下一次　一定记住
找一个有风水的宾馆
不然　干脆就到我家挤挤
我家风水肯定比这儿好

（组诗原发《诗词》2017 年第 3 期）

（原发网刊《诗原野》，后选入河海大学出版社《2017 中国禅意诗选读》）

星儿叶子 本名胡彩霞，1971 年出生于河北省涞水县，河北祖冲之中学教师。中国诗歌学会会员，河北作家协会会员，保定作家协会理事，涞水县历史文化研究会研究员。担任《诗导刊》和《诗词》杂志编辑，《当代汉诗》编委。正式出版诗文集《轻轻走过》一书，在《文艺报》《关雎爱情诗》《中国诗歌》《河北作家》《诗选刊》《荷花淀》《当代汉诗》等几十家报纸杂志发表作品六百多篇（首），并创作发表评论文章十几万字。作品入选大型抗震诗集《五月的祈祷》《中华美文新诗读本》《世界现代禅诗选》《读出的禅意：2015年度禅意诗选读》《读出的禅意：2016 年度禅意诗选读》《汉诗三百首鉴赏》《保定文学评论作品选》等多部诗文集。诗歌及评论作品在保定人民广播电台《枕边书》节目中连续播出。 荣获首届"骑士杯"诗歌大奖赛特等奖，第三届、第四届荷花淀文学奖等多项文学奖项。

禅茶一味

——读少木森禅茶味浓郁的诗

周夏莹

　　第一次知道白芽奇兰，是在一次有福建诗人少木森的茶会上。深绿油润的茶叶，干嗅便已幽香扑鼻；冲泡之后，茶汤愈显娇嫩清澈的黄，闻之兰香浓郁；品一口，茶味更是清雅醇厚，流连舌尖，久久不去。

　　据说平和有"三宝"：琯溪蜜柚、白芽奇兰茶以及林语堂。比之蜜柚盛行南北、林语堂大师蜚声海外，白芽奇兰茶尽管自明清年间就有记载，却还是经历了相当长"养在深闺人未识"的岁月。

> 那么，一棵茶树要长出兰的幽香
> 需要怎样的折腾呀！要向土壤要些什么
> 还要阳光雨露、流岚岩韵
> 是不是还要有个人间的传说，以及
> 人类文化的格调。
> 　　　　　　——摘自少木森《白芽奇兰》

　　"有素心兰的神秘香，也有墨兰的幽香"，正如少木森诗里所写，白芽奇兰为人称道的便是它奇特的兰香味。"铁观音中也有兰韵的茶，但都没有白芽奇兰明显，白芽奇兰的兰香味，是任谁喝都会承认的。"上个世纪90年代中期，当少木森第一次在平和尝到此茶，白芽奇兰仍是默默无闻，鲜有人知。"我觉得这个茶很好啊，为什么人家都不知道它，甚至连漳州本地人都不知道，就觉得很可惜。"直到 2005 年，他再去平和，发现经过茶客们的口口相传，白芽奇兰已经开始声名鹊起。少木森与白芽奇兰的缘分一直在继续。两年前，他和文人朋友们又访平和，偶入一间茶庄，发现主人在做茶和禅修相结合的活动。雅致清和的禅境氛围，散发独特兰香的白芽奇兰茶，正是"禅茶一味"的真实写照。禅眼诗心品茶韵，少木森写下了一组与茶有关的诗，题为《平和的心情》。

白芽奇兰主要产于福建平和县的九峰山上，属于高山乌龙茶类。作为半发酵茶，白芽奇兰比清香型的铁观音要发酵得更"过一些"。"乌龙茶最忌讳两条，一是杀青杀得不够，喝起来都是青草味；二是又怕做得太过，有了炭火的焦味。而白芽奇兰的味道，就属于刚刚好。"少木森道。此茶口感清雅醇爽，就像经过勾芡附上了胶质，茶香饱满蕴在舌尖。品来满口生香，回味甘醇，确实是独特的味道。

> 我努力观想，宁静从哪里来
> 你看见的，我也许也能看见——
> 宁静，只是心灵的井然有序
> ——摘自少木森《龙泉寺拜百丈禅师》

由于兰韵幽雅，白芽奇兰常常作为少木森禅意诗写作时的案上佳客。先贤称"凡人喝茶是茶，禅者喝茶是禅"，而少木森说："我们是凡人，是普通人喝着普通的茶，喝出普通的心情。只是对于写作者来说，茶许多时候可以作为引发思维以助清兴的手段，喝茶写茶，有点儿清兴，有点儿诗意，甚至可能有点儿禅意。"

早在农禅时代，茶就与禅结下深深的缘分，唐朝百丈怀海禅师力行倡导"一日不作，一日不食"，过着农禅并重的生活。梵乐声中，种黍种茶，自食其力，体悟大道。传闻有一日，弟子体谅禅师年迈，将耕田工具藏起来，怀海禅师当天被迫无法耕作，于是，他也拒绝进餐。从此，再没有人阻止怀海禅师劳动了。禅师的这种身体力行，使禅与茶在世俗层面结合，又在精神领域共通，确实令人感怀。

"和敬清寂"的茶道精神也与禅非常契合。"茶可以清心也。"少木森说，"参禅的人一般也是品茶、懂茶的人，反过来，懂茶懂得深了必然也就跟禅意、禅境挂钩起来了。"茶是禅定入静的必备之物。如同西方心理学"内心成长"的概念，"禅茶一味"，是让修行者通过种茶品茶，把禅意体悟入心，体会人与自然的和谐共生，使自身精神得到开释与寄托，从而修心养性，达到灵魂的诗意栖居。

明海大和尚对于喝茶悟禅有过一段精妙的论述："遇水舍己，而成茶饮，是为布施；叶蕴茶香，犹如戒香，是为持戒；忍蒸炒酵，受挤压揉，是为忍辱；除懒去惰，醒神益思，是为精进；和敬清寂，茶味一如，是为禅定；行方便法，济人无数，是为智慧。"

返璞归真，一味清净。在白芽奇兰的山骨风韵中体会清淡、平和、宁静致远，或许茶道与禅宗，真也就殊途同归。

附：少木森几首禅意诗

白芽奇兰

饮一杯茶，都来说说它的香气
或说有素心兰的神秘香
或说有墨兰的幽香，或干脆说是混合的
有素心兰的神秘香，也有墨兰的幽香
总之，就是说它有奇特的兰花香

那么，一棵茶树要长出兰的幽香
需要怎样的折腾呀！要向土壤要些什么
还要阳光雨露、流岚岩韵
是不是还要有个人间的传说，以及
人类文化的格调。

总觉得，这茶不止是给人品味的！
那些迎着春风钻出来的芽尖是白色的
风也来品品它，雨也来品品它
还有鸟儿，还有虫儿
都跟着风来了。茶农与茶客
恐怕是最后来的，但不知道
是不是茶农与茶客才把这茶香
品味成了奇特的兰花幽香？

龙泉寺拜百丈禅师

也许是必须的！必须在夕阳下
找到一把残损的旧农具
锄去迷离的杂草，才能见到
百丈怀海禅师的风骨，见到
农禅时代近于完美的劳动

观想那些锄下的杂草，堆积起
浓郁馨香；观想一阵一阵晚风
送来清新；观想一日不作
一日不食的怀海禅风
这会儿，一切那么深远杳然
一切也那么井然有致
一杯茶，有了甘醇的味道
一钵饭汤，也有了禅的意味
我被苍茫与宁静充实着。暮色
渐次覆盖下来，寺内寺外
灯光与香火闪烁时间的幻觉
那一些贴紧现实的执着
穿越了时空，在
茶雾中袅袅飘散，连同
我的躯体逐渐淡化以至消失

虽说，仍会有一些东西
比梦还深，比萤火虫还迷离
比刈下的草茎还乱
我的灵魂想拥抱我的生活
拥抱城市和村庄，执着红尘
龙泉寺外吹来的风，还会
吹得我的内心一阵一阵

起些褶皱。虫声四起
蛙声聒噪，趁此暮色
我努力观想，宁静从哪里来
你看见的，我也许也能看见——
宁静，只是心灵的井然有序

心境渐凉

以渐凉的心境　将一生写成格言
听过唱过遗忘过的歌或诗　很多
不论感官也不论灵魂　没有谁
能预言最终的旋律

殷殷地向往　然后
认真或随意地　听一首
谁写的歌或诗呢
如　望着望不见底的茶杯
以一杯茶的姿势　自觅怡然

一愣神　便是一生

（此文原载《三联生活周刊》）

周夏莹　女，出生于 1990 年，浙江绍兴人，港大硕士生，《三联生活周刊》编辑。

以一种姿势微笑

——读少木森的禅意诗

雨　云

读诗人少木森的禅意诗有好几个年头了，从《少木森禅意诗精选 99 首》，到《给自己找个理由微笑》，再到现在手头上这本少木森的新书《少木森禅意诗精选精读》。记得新浪博客初建，少木森的博客就是比较引人注目的一个，他的"临风听暮蝉""每日一禅"吸引了不少诗迷，有的甚至是从别处一路追寻过来的。在这个诗歌"退隐"，有些浮躁的年代，能够静下来坚持写诗，能够静下来坚持读诗，都是一件不容易的事，甚至是奢侈的事。

中国诗歌，在唐朝达到巅峰，禅诗彼时悄然来临。以诗入禅、以禅入诗，诗歌有了质的飞跃，有了空明灵动的意趣。少木森说他的诗不是禅诗，是禅意诗。关于禅意，我看到少木森是这样定义的："（禅意）是自然的生活，是随缘洒脱、逍遥自在；'禅意'就在我们的身边，是我们对事物的一种看法和态度。""所谓禅意，应该是禅者对这个冷峻世界的一种温暖的注释和向往。"什么是自然的生活，当然就是日常的生活，吃饭穿衣睡觉之类，用心了，就有了禅意。这样说，我似乎明白了点。少木森将禅学思想中的"任运自在""随缘而适"以"拈花微笑"的姿势运用到了他的日子里，就有了少木森的花鸟虫鱼、春夏秋冬、花开花落的诗心生活。

读少木森的禅意诗要有一颗宁静的心去感悟。我不太懂诗。静的时候，也愿意去读读少木森的诗，收获一点禅意。少木森的《茶》诗写道：

茶叶不是茶

> 茶是滚烫的水浸泡后
>
> 叶子里流出的像血那样的东西
>
> 这就像是我的诗歌
>
> 可是　我被什么浸泡过了呢
>
> 流出的那一点儿东西
>
> 就被读作诗歌
>
> 一首又一首
>
> 也许有好多首呢

在《少木森禅意诗精选精读》里，我看到了 2006 年 11 月我在《茶》诗下的留言："泡一壶岁月的茶，温暖！"我不知道这是我当时的解读，还是感悟。禅，我不懂。茶，我喜欢。茶叶浸泡过是茶，我们被岁月浸泡过是什么呢？少木森是一首又一首的诗。读一读，确实很值得回味。

我非常喜欢少木森的禅意诗透露出的空与静（如《心境渐凉》）、微笑与温暖（如《两棵树》）。2008 年暑期，我带着两本书回乡看望母亲。一本是北岛的《青灯》，另一本是少木森的《给自己一个理由微笑》。现在，我随身装着《少木森禅意诗精选精读》。有一次，在坐车的空隙我拿出来，一位陌生小姑娘探着头和我一起读，我感觉到她脸上的平静与笑意。窗外是闽南的春天，杧果树细碎的花开满了枝头。

与另外两本诗集不同，《少木森禅意诗精选精读》多了个读。每一首诗歌后都有读者的评论，或诗人，或网友。这是写与读的一种互动，这也许就是少木森禅意诗的魅力所在吧！诗集刚一出来，北京的一家新刊物就拿出六个页码，做了个《走进少木森和他的禅意诗》的专辑。书的第一首诗《远远的一声是你》，评论者是厦门诗人、诗学评论家陈仲义（也是著名诗人舒婷的爱人）的《鸟啼花落，皆与神通》，他肯定了少木森禅意诗清淡旷远的境界，"除故""忘言"的语言方式。书中第二辑"独自叙说"有 17 篇少木森谈禅意的小文，很值得一读，可以帮助我们理解禅意诗的韵味，比第一辑"纷纭众说"（评读了 50 首诗）更精彩。就个人而言，我不太喜欢有点评的阅读，就像我以前说过的标签式的阅读，剥夺了读者的"初夜权"。悟与不悟，都是自己感觉的事，别人的终究是别人的，代替不了自己的感受。何况禅这种东西，比较会意，说出来的总是不及一二。当然，作为诗集呈现的一种方式，这种诗加评论，甚至争鸣、探讨的方式还是有意义的。那就说说我新近最喜欢的《霜降》吧：

有时候　季节非常凌厉
像一个词：霜降

一朵花　要想在这个时候
慢慢打开自己
需要足够的勇气

有时候　季节只是虚张声势
也像一个词：霜降

一朵花　就在这个时候
慢慢打开自己
我还是看见
一种神秘的微颤

诗中，恶劣季节如霜降，一朵花却慢慢地打开自己，季节的凌厉成了虚张声势的摆设。这该具有多么强的生命韧度呀！这又需要多大的勇气与爱呀！这是我敬佩的一朵花，微笑在花蕊中摇曳，荒漠的世界从此有了暖色，有了旷野中一棵树的力量！

少木森在《禅意与微颤》中说：微颤，不是禅！但微颤与微笑对应，就是禅。诗人用一朵花的盛开告诉了我们。

（原发《今日文艺报》2010 年 5 月 20 日）

雨云　原名张美高，号云一斋主。祖籍湖北，出生于江西九江，1997 年移居厦门。厦门六中教师，福建省作家协会会员。2000 年开始创作发表作品，作品散见于各地杂志与报纸。出版有散文集《温暖的味道》、读书手记《花下喝茶为读书》等。

评《少木森禅意诗精选 99 首》

天涯海角客

　　说是评论少先生的禅意诗，无非是给自己的脸上贴金。就像有的文人一样，总喜欢当着别人的面，说自己那年那月见过某位著名作家和诗人一样。只不过有一点我不明白，他见过那些个著名的人，他的文才是不是也会跟着提高呢？

　　说起这样的话，也算是丧气的了，对当今的文坛来说，这样的人真的是太多了，如果想一个个揪出来，恐怕三天三夜也揪不完。

　　我这是在做作什么，评少先生的禅诗，尽说这一些丧气的话。

　　两个多月前的某一天，我收到少先生给我邮寄过来的禅意诗，当时我自然是欣喜不已。刚从邮递员手中接过信封，那颗心还是滚热的，就迫不及待地打开信封，一本白皮书带有一些红色，上面印有"少木森禅意诗精选 99 首"。当时一看，咧开嘴微微一笑，内心比夏天饮了一杯冰镇的啤酒还要美。

　　当我翻开一页的时候，少先生亲自题笔的几个字着实让我直冒冷汗，只见上面写着"天涯海角客指正"。我发觉自己的双手好像直打哆嗦，不知是少先生客气，还是跟我开个小小的玩笑，对我这样一个对禅意诗完全是门外汉的人来说，看到这几个字无疑是脸红不已。可单单从这几个字就能看出少先生为人谦和，性情平淡，平易近人。不似我辈，肚子里没多少墨水，还一味发着众多牢骚。

　　从少先生的简介里得知一些少先生的往事，不对，应该是他从文写禅意诗的往事。少先生获得了很多奖项，最高奖项是澳洲杯新诗成就奖（最高）。出过几本诗集，如《花木禅》《谁再来出禅入禅》等。我想这些对少先生来说无非已经成为过去，他的禅意诗正向更高的山峰攀登，我辈只能站在那里远远地瞻仰。

禅意诗在我的眼里犹如一座智慧的高塔，靠不得，近不了身，只能远远地瞻望，读起来自然有些赶鸭子上架。

嘿，总算还好，最近空闲的时间比较多，每天抽出一些时间硬是把少先生的禅意诗给啃了下来，看完少先生的禅意诗之后，好像感觉自己脑袋里充满了智慧。这不，前几日与一位朋友交谈的时候，当时朋友就用惊讶的目光看着我，我问他这是做什么，他对着我笑了笑道："嘿，朋友，一段时间不见，你的脑袋里长出智慧了。"我被逗乐了。要说长出的这些智慧，恐怕也是从少先生的禅意诗中所获得的。

翻开禅意诗看到第一首《林静鸦惊心》：

> 偶尔　和你们踏入静林
> 谁不想把脚步放轻
> 对话　细语轻声
> 甚至　默然无声
> 只让　心与心彼此倾听
> 或者　倾听天籁清音
>
> 一阵鸦噪　石破天惊
>
> 惊着了谁的心
> 没惊动　一片林子的静

读这首诗的时候，我不由得想起 2003 年 12 月在榕树下女作者"凉月满天"的版块里面因少先生的禅意诗有一场小小的争议！对于文坛来说，争议并非一件坏事；对于个人来说，可以从争议中认清自己的不足之处。最后那一场小小的争议不了了之。但我从这场争议中却看到少先生的为人处世都是我辈所敬仰的。

我在凉月满天的版块里看过少先生禅意诗集中的很多诗，对于其中的评论，我不能一一点到。一则禅意诗并非我辈所能评及的；二则有自知之明；三则对禅意诗的理解，本人就像一个咿呀学语的娃娃。不，应该说连这也算不上，根本就什么也不是。自然欠缺这三方面，还是不要乱写为好。

不过当我看到其中一首《树下驻足》的时候，还真觉得不能不写了。

在树下　飘逸着绿云的树下
我们相对了许久
默契了许久　是谁
把清寂的心情　装饰如树叶
一叶叶多汁而饱满

风依依　雨依依
篱菊疏影　依依
秋声秋韵　依依

依依　是我们心中那一点冷暖
依依　是树叶扑向尘泥的声响
依依　是秋雨空蒙中
那一朵　不肯老去的美丽

悠然望南山
　　南山远不远呢

　　这诗，让我想起在榕树下与少先生相遇的情景，当时少先生贴出来的时候，我并不明白这诗中的意思。后来少先生告诉我们，这一首诗送给凉月满天与我及那个版块的所有朋友，是一首离别之作。我看到的时候，不免有些惆怅。当时盯着电脑屏幕发起呆来。就在这首《树下驻足》贴出来后两天，少先生就离开了凉月满天的版块，那一刻，我的内心好像失去了一位良师一般。

　　那个时候，我记得自己好像说过，每日一读少先生的禅意诗是一件幸福的事情。但是到了今日，我才发觉这句话说错了，因为每日一读少先生的禅意诗不仅可以清洗肝肠，将肚子里装满的污垢全部排掉，还可以让自己的智慧得到一定提高。真是一举三得。说这些不过是客套话而已，不然有人认为我这是在吹捧！

　　入禅是一种心态，是淡泊、清幽、脱俗、空寂的，把人的心灵推向另一个高度。可惜在我辈看来，如对于禅来说，无非只有干瞪眼的份了。

对于这个时代来说，写诗是一件不讨好的事情，特别是禅意诗，现实中有几个人愿意去出禅入禅的，大家各自忙于名利的追逐，忙于权势的争夺，那些出禅入禅只不过是嘴巴里抹油，滑而贼溜！在人前好像装成一副对任何事物都看透的样子，其实只要有人问他，什么才叫作真实的禅，他肯定回答不出来。但是少先生不同，他是一个真正懂得禅的人，而他却在别人面前说自己并不真正懂得禅，只不过偶尔写写所谓禅诗、禅意诗，正是他这所谓的禅诗、禅意诗，让我辈虚叹不已！

从诗集中看到时任《诗刊》副主编的李小雨为他写序，说他是一个"诗僧"。

如今，少先生是做不得这僧人了，因他是有妻室之人，但佛家还存在俗家弟子，说起这佛，我满肚子来气。气什么？只因我被几个剃了光头的和尚骗过。一直到现在，我对和尚都不抱什么好感。幸亏少先生只是佛家的俗家弟子，不然我这样的偏见还不知道会不会放在他的身上。

看到有位朋友的一句话说得很好：诗者，"寺"与"言"的结合。就是一个人站在寺庙旁边低低自语。真是妙绝！我看那些古代的前辈造字真是一绝，把这诗造得如此生趣，如此匪夷所思！而少先生正是那位好像站在寺庙旁低低自语的诗者，因为他是一个真正懂禅、悟禅的前辈。

对于禅，我辈是不懂得的，写完这个评论，直觉得手心直冒冷汗。

对于禅意诗，我是门外汉，可是有人当然不是了，在"凉月满天"的版块，我找到一位"彼岸7766"先生对少先生的禅意诗做的一番评论，我辈觉得恰到好处，就贴了过来，帮我结束此文：

初读少先生的诗，觉得写得很认真，每一首都很精致，给人的感觉很好，但实际上并没有真正读懂。这几天沉下心来细细又读了，也就真有了一点体会，我在这里说一说，请朋友们指正。

少先生禅诗最严重的缺点是没有时代背景，没法直接读出现代生活的影子，甚至连所选取的意象都是那些亘古不变的东西。这也就没法让现代人感觉到他所写的到底与我们生活有什么关系，甚至可以怀疑这是现代人写的吗？都说些什么话啊，怎么离我们生活这么远呢？这就很难引起太多人的共鸣了。

然而，我又看到这缺点其实恰恰是优点，是少木森禅诗的高明之处。由于没有表面生活场景的限制，往往让诗人更能发挥想象力，把一些象征性很强的意象编织在一起，也就形成了诗的内在特质，从而使所有愿意读它，又读懂了它的人，能以各自的生活阅历和生活经验去体会它，而产生共鸣。正如自古以来，所有际遇不佳却人品高洁的人都会被陆游的《卜算子·咏梅》所打动一样，许多人生曾经辉煌而有成就的人，现在由于什么原因受到挫折，正处在人生低潮期时，也许就会被少木森的《渡头》所打动，并有所共鸣。"也许　希望有人注视你的背影／也许　期待有人在你的脚印里／辨认你所走的方向／你的心情　因此而凄美／／然而过去的历史早已忘却／一只鸟飞回渡头／是不是原先远去的那一只／难道　你有心体察过？"真是智者之言！一个人能算是什么呢？不就是和一只鸟雀一样吗？飞去了，飞来了，谁那么在意它呢？谁非得认出那一只是谁谁吗？少先生在回"凉月满天"时说："总是回头看时，可能就要错过眼前不错的风景。"这恐怕就是最好的注脚吧。他不是说给我的，但我流泪了。

[原发《福建作家》2007年第1期，同步发于《博客世界》（纸刊）2007年8月10日]

天涯海角客　浙江人，新浪网红，网络名家。

放松与低调

——读少木森最新禅意诗琐记

陈柳傅

时常以为写诗是一个"退步"的过程。我的意思是：当一个诗人达到某个高潮——他自己认定或多数人认定——某些诗人有几次高潮，某些诗人说不定就是一次高潮。他开始越写越差了。对于那些"衡产"诗人，我们常给以"越写越好"的期待，而"越写越差"似乎更是规律。

对少木森，说实在的也在期待中。去年年初，他出了第四本诗集后，他的博客呈现出一片喜气，多为已发表或已入诗集的作品被一些报刊转载的重登……至 2008 年 7 月中旬，终于看到他的博客贴出署名"最新禅意诗"的诗作，至 2009 年 1 月 19 日，共 21 首。

让《杂碎》不是杂碎确实不容易。"碎砖"变成"杂碎"，是"偷天换日"。因为长城，诗有大背景。背景淡了，诗的空间却宽了，这首诗的迂回曲折在于"巧言"。

导游说：长城边收来的成块的都被捡走当文物了，剩下是这些碎砖，虽然比不上《红楼梦》中独遗一块的补天石，但与"当文物"的兄弟一比，也有"怀才不遇"之叹，"一瞬间 这砖就有了沉重的质感"。但话锋一转，又说其实世界从来都是"疮痍满目"，最终都不过"杂碎"而已，连长城也做了背景，在"疲倦的历史"中，实在不过让你自以为是，也不过可供人"调侃"而已。最后又"峰回路转"，正言结论：正是"杂碎"如"碎砖"这样（回到原点），我们才摆脱枯燥无味的"概念"，让人有鲜活的感动。

少木森是个多面手。但是若说他的随笔写作帮助了他的诗,那么这里的"巧言"(一种思辨)则是他的美学观点帮助了他的诗。"杂碎"如细节,决定了一首诗。达到"一首诗"比"一首诗"更大的空间。

《登长城的感觉》是他写长城诗的另一首,不知道写于同一次之行还是其他时间。

诗需排除"公共意象",建立"个人意象",而"个人意象"需具体地、细腻地扩大……《登长城的感觉》里的长城"像蛇腹在蠕动",不属于个人。登长城的所谓"豪气"大部分应该说是用于"应景"的"正确"的思路。

"站在这里 能看清 / 平常没有看清的另一面 / 或者从猎猎的风声里 / 找出感觉 给平庸生活 / 添加一个豪气的梦"。但是"像蛇腹在蠕动"的长城,向上攀登的过程中,人真应看到"豪气"是个梦,"天堂 不可能因为攀援 / 而越来越近", 天堂也是个梦。在历史潮流中,在平庸生活中,人真不过是被机械地"吞吐"而已。

《登长城的感觉》给人不是红色,而是灰色的感受,给人这种与"豪气"相反的——有点伤感,也许就是禅意。

这里事实上将"个人意象"套于"公共意象"之中。多数人将自己置于"蛇腹在蠕动"之外,而"他"将自己送入"腹内"。只有如此的个体体验,才有清澈的禅悟。

杂　碎

阳光照彻一堵残墙　也把
墙角一些杂碎的废砖照彻
该明的明　该暗的暗
多少来往的游人　举着照相机
本来很少对它拍照　可就是
导游一句话　让闪光灯不停闪动
导游说:这是长城边收来的碎砖
成块的都被捡走　当文物了

一瞬间　这砖就有了沉重的质感
过往的历史　疮痍满目

是不是让它觉得太沉太重
但我知道　我以它为背景
肯定　是一种调侃

疲倦的历史　并不说远去就远去
犹如杂碎的梦境　很多时候
使我们真切感觉它不可或缺！
你看　一只偶尔爬过的昆虫
就让我们感觉　生命
和它贴得那么近
你看　一阵风过尘起
都能牵引出另一种苍茫
我们　有时就需要一些杂碎
被按在概念里　让人感动

登长城的感觉

沉重的石头　竟昂着头
模拟我们的欲望
偾张　收缩
沿山脉向上攀蜒
长城　也就像蛇腹在蠕动
游人像被它吞裹的食物
向上反刍　欲吞欲吐

天堂　不可能因为攀援
而越来越近
只想站在这里　能看清
平常没有看清的另一面
或者从猎猎的风声里
找出感觉　给平庸生活
添加一个豪气的梦

谁知道　最终感觉

自己只是蛇腹里

蠕动的食物　不断地

被欲望　向上反刍

少木森从 20 世纪 80 年代末开始经营"禅意诗"。2006 年，他有一阵停了其他写作，在博客上写"每日一禅"，一禅，就是每天一首"禅意诗"。这一年，我认为他的"禅意诗"成熟了。

少木森诗作语言优雅、语气平和，诗的空间疏落郎阔。"禅意诗"适合他的个性。"禅意诗"与他的淡泊、恬然胸怀相联系。所以他的诗风总体上变化来得慢。但集中欣赏这一批"最新禅意诗"，我看到：相对于他的早期多数"禅意诗"的语言追求精练，"板上钉钉"的简明……一路而来而至最新的作品，我感觉他写得越来越"松懈"——虽然早期诗作中也有这一类，而现在这一类表现得更突出。

我列举写于 2006 年之前的《墙下红》。这样风格的诗，他可能还会写。但随着年龄、阅历以及阅读、世态的变化，他的禅意诗也不能一成不变。诗从"精练"到"具体"（诗的"具体"叙述，是现代诗的"主趋势"的技艺，一些所谓"精练"诗句，因世人读诗心态的演进而渐显枯槁、渐失精彩，本文为不枝蔓未展开），反映出他独创的禅意诗有种种写法的可能性。

《姿势》读起来很有亲切友好感。写照相：如痴如醉地　变换过 / 几种拍照和倾听的姿势。人的姿势与自然的姿势在这诗中之所以"相去无几"，是因为人爱自然，与自然相敬如宾。

墙下红

以冻紫的手

乞向

冷瑟的季节

握　夕阳

暗淡如烟蒂

点着

墙下
鞭炮热闹

几时
学会和墙说话

姿　势

红树林　只是大海的一个角落
好像它已经大得无边无际　一些飞鸟
因自由而任性地鸣叫　姿势和海一样低

它们不是有高飞的翅膀吗
远天的霞彩　却似乎与它们无关
它们的飞翔与鸣唱
只在这一片矮矮的树梢上

听到涨潮的声音　也低低地响着
泥滩上那些小小的招潮蟹　开始
从那些低的地方爬上来
寻找　高处的细小的缝隙
在那儿招摇着　好像
潮水涨落真与它们的招唤有关

一片苍茫的红树林
那么多树的暗影　那么多的沟与滩
我知道　作为一个匆匆来去的旅人
我无法深入其中　无法破译更多
只能为低低树梢上那些自在的鸣叫
如痴如醉地　变换过
几种拍照和倾听的姿势
好让自己一些零碎的心事

也以低低的姿势　随意地
挂上某一枝低低的树梢

　　《草尖》是智性的一首，类似历史上所谓小诗的优质产品，是特别悠闲中出来的巧诗。谁对着一颗露珠像哈哈镜那样照过？但这是合理的，真实的。在我看来，《草尖》表现了生活的快乐。他想象露珠里装着笑声——聚焦我的目光／尖尖细细的　像草尖……轻轻地刺破露珠／会不会　就倒出一串笑声。

　　对于《草尖》诗题的由来，我认为与其认定为对生活的观察，不如将之认定为生活的想象。说起来，这首诗并没有什么大技巧，只是情趣，像童话一样思维。特别聪明。

　　想象产生诗，想象在诗中使人心很细，"动作"很细。

　　读这样的诗，人会细心。不再撞伤，哪怕一颗露珠。

　　正是无大技巧的诗，才是好诗。

草　尖

草尖上有一颗露珠
晶莹地　等待我们目光穿透
像哈哈镜　等待捕捉
我们的笑声

突然想　我得轻轻地
聚焦我的目光
尖尖细细的　像草尖
还要轻轻　比微凉的风还轻
轻轻地刺破露珠
会不会　就倒出一串笑声

　　《邂逅灿烂》与《偶然发现》都是写物。其中，《邂逅灿烂》关于一棵桃花心木，《偶然发现》关于残墙上的一幅残画，两首基本含有人与物的"互动"。

　　我总认为，"互动"是关于"物"的"落后"的写法，愈"互动"愈"落后"。这里树的主动相对少，而且处在诗人的调动中。两首诗较为成功之处在于整首诗很立体，很"全面"，这样的意味才出来了。我更喜欢《偶然发现》。这里的"互动"弱了。

我们可以比较一下人邻的诗《整整一箱子刀子》，我暂时将这样的诗称为"客体诗"。因为他不是"主观"地写，而是让物自己"写"。

尽管这里——与相比之下发现能发现写"物"上的不同。"物"，残墙上一幅残画，有一两行像第一人称，让"物"自己表现了自己：……残墙与残画，在我的对面 / 注视着我 / 它们的表情，比我还要怀旧 / 为不断黯淡下去的光，缅怀！// 比憧憬还深，比破碎 / 还疼的那种缅怀，像不像 / 我涂鸦的诗句。

从中可以看出，少木森的禅意诗在"物"这一方面做得不彻底。当然风格的大变是艰难的。如果加上适于自己，就更艰难。因此绝大多数诗人往往"从一（风格）而终"。

邂逅灿烂

在漳浦，我邂逅灿烂
那是在盘陀镇天福茶博院
实话实说——那是
邂逅了一棵开花的树
一杯清茶氛围里开得过于灿烂

这一棵在茶博院见到的树
满树黄花，犹似紫藤花穗
一串串垂挂着，旗帜般猎猎迎风
或仰面或侧目，我变换不同视角
看着她！似乎是我炽烈的目光
看得她亢奋起来
她的那份灿烂热烈，使得她
不像一株植物那样置身于人世外

我总感觉她跃跃欲试
一直渴望参与我们人世的生活

那些人来人往的喝茶品茶声音
是不是把她的心情踩踏乱了
每一个开花细节，都染着人的气息
像人要做些什么，要做成什么一样
她要开些什么花，播些什么香
似乎都构思过度啦——繁花似锦
为这人间茶肆营造炽烈的渴望

我当然也想象着她简单的一面
披着每年如期长出的绿叶
素面朝天，没有什么人会在意
她可能是一棵与众不同的树
她那简单的一面，事实便是
始终不为人所知！于是——
她没有那么简单活着，她渴望这样
开着自己喧喧闹闹的花儿
迎来送往，招惹更多更多蜂蝶
招引更多更多的注目

为什么有人叫她腊肠树呢
就因为她结的豆荚果像腊肠吗
又为什么有人命其名为桃花心木
是因为她的木质艳如桃花吗
人的每一个渴望与企图，其实
都破译不了她，只能虚构着她
每一个结论都是徒劳，站不住脚
她就只管开着她灿烂热烈的花吧

我其实也喜欢这样一棵热烈的树
一些人叫她腊肠树
一些人叫她桃花心木
管她名叫什么，管她是谁

我在她树下转了一圈又一圈
我渴望如此这般邂逅灿烂

偶然发现

一堵墙，残墙！
墙上一幅画，残画！
残墙与残画，在我的对面
注视着我
它们的表情，比我还要怀旧
为不断黯淡下去的光，缅怀！

比憧憬还深，比破碎
还疼的那种缅怀，像不像
我涂鸦的诗句

反过来说，我涂鸦的诗句
像不像那堵墙，那幅画
比我过去的梦还要幽深
比怀旧还要怀旧
在逐渐黯淡的风景里
除了诗歌，我面对墙时
偶然还发现，那一幅残画
把眼前的苔藓，滋养得很绿
隔绝望向深处的眼睛

整整一箱子刀子
人　邻

刀子太紧了。
积满灰尘的废旧仓库里
它们无法

取出自己。

它们的呼吸隐秘，

停在过去的哪一秒？

被仓促抽干的哪一秒？

整整一箱子刀子，

最后插入的那一把

插入了整整一箱子的尘土。

少木森第四部诗集《给自己找个理由微笑》出版两个月后，一回碰面，他说了一句："集子销路不如前——在书名上我犯了个错。"前三部诗集，书名都带"禅"字，像《花木禅》《谁再来出禅入禅》。第三部定了专有名词，称《少木森禅意诗精选99首》，第一次印，发行了六七千册。少木森说书名犯了个错就是指不该不含"禅意诗"这个称呼。

少木森的写作涉及散文、小说、理论诸方面，他也研究过禅学，写禅。但我了解他不会去当禅的研究家（他将来可能涉入研究的是宋代理学）。研禅，醉翁之意不在酒。他说过的一句话很有禅意："总是回头看时，可能就要错过眼下不错的风景。"此言可以作为他对禅意诗写作的信心。书名之叹，亦可看出他会将禅意诗不"回头"地写下去，因为他不放弃"当下"的努力。

年末，我看到他的"最最新的"禅意诗《一只不叫的蝉》。这里的哲理具有他自己的体温。这里，蝉之于声音的精确（非常简单的精确），最能表现出他对诗的"一锤"把握：

我总在揣摸　没有蝉鸣

还有谁说：这是一只蝉

而后他进入"人蝉合一"，又自如而出，因为他写的竟然是一只不叫的蝉！

"一只不叫的蝉"有何寓意？我这样理解：一个人以他"最主要"的部分出现过、出彩过、"出声"过，哪怕后来不"出现"、不"出彩"、不"出声"，一生也就足够了，甚至只有后来的不"出现"、不"出彩"、不"出声"才更让人"牵肠挂肚"。

也许这才是人生的苍凉，才是为何人们这样地爱生命。

一只不叫的蝉

认识蝉
从它的声音
蝉鸣　也许就是它的一切
我总在揣摸　没有蝉鸣
还有谁说：这是一只蝉

裹在树叶里的蝉　很模糊
而裹在声音里的蝉
很清晰

很多年过去了
我还在想起那一只蝉
那可能就是我
偶然一次　最专注的
在看一个生物
也可能是我　最执着的
要记住　那一刻
有一只蝉　它不叫
让人　牵肠挂肚

　　少木森不是"高调"的诗人，所以他生产"低调"的禅意诗。

　　《那天在做笔记》很有意味。诗的"主题"，我想是说曹丕之"文章，经国之大业，不朽之盛事"，"文章千古事，得失寸心知"，至少给人这样的心理背景。

　　换个高调的诗人，就不是《那天在做笔记》这样的题目，也不是现在这个内部样子。

　　从《那天在做笔记》以及《放松》，我发现：禅意诗最大的特点就是营造一种氛围。

　　《那天在做笔记》说笔下无小事，有一种神圣。但诗并不危言耸听，是具体地营造一种让人几乎有呼吸其中的气息。做笔记，抒写"墨迹把白纸一行行覆盖"，却"如揭开一层层遮盖"。你再读下去，他扣住的完然是"抒写"，但上下左右是"杂""乱""拥堵""不安""隐瞒""透""亮堂""阴暗"……这里的名词，充满了力度，超出名词范畴，是动词，充满动感，说穿了，这首诗让人置身于已经出现的浓而深的、作为重要抒写的"千古事""寸心知"气氛中，使人不得不小心，正如拿破仑所说的"字是不能写在纸上"的教诲。

在少木森博客《放松》一诗的留言中，我读到这一段："放松有两层意思，一是说肌肉松弛，二是说消除紧张。放松训练的直接目的是使肌肉放松，最终目的是使整个机体活动水平降低，达到心理上的松弛，从而使机体保持内环境平衡与稳定……放松成功的标志是，面部无表情……"

我觉得《放松》确乎"面部无表情"。

也许只有放松才能看见，落叶如何于风中打一两个旋儿，才能想得出一只鹰隼"随意歪歪头／往下看着什么"。后来他拉到近景，看到自家的钟挂——放松，已经不计时间，注意钟形体或指针之后淡薄的光斑。我想最后点到的"我站在阳台"，看见十字路口"过街的情绪堆积在一起"，其实这里面对更多的人，无论视而不见还是司空见惯，已经没有多大意思，足见以前诗人说，诗不是要追求有多大的意思，甚至不要意思——其实对于诗而言，就是如此。《放松》而"面部无表情"，因此能容下各式各样的表情。

这首《放松》倒对少木森的诗写作有象征意义。他的禅意诗经历了近二十年，他的诗内部"松绑"——放松了。从当初到"严谨"到"放松"，语言质地更显示诗的材料"力学"——他对诗的意象"数量"减少，对一两个意象"细水长流"式具体化。或者说，他运用意象不再"骤变"，而是自如缓慢，有更多的无意之勾勒、无形之牵动，少木森曾说："禅与老庄有许多相通之处，老庄说无为而为……"这种"松懈"是否可以理解为写作上的"无为"或为诗心态的"自由"？而"无为"或"自由"反而使诗超然、有高度，出现内心的清澈与大境界。

那天在做笔记

我端坐于案前　做着笔记
墨迹把白纸一行行覆盖
其实　恰恰是一行行揭开

如揭开一层层遮盖　一些
杂与乱　就拥堵眼前

白纸的安静　包容
让笔　稍稍犹豫
稍稍　不安

灯光　想隐瞒着什么
或者想　读透什么
一半亮堂　一半阴暗
看上去就有了深度

放　松

看过　萧萧落叶
从很高的地方飘然而下
偶尔在风中打一二个旋儿

看过　一只奋飞的鹰隼
突然不飞了　拍动着翅膀
定点在空中　随意歪歪头
往下看着什么

看过　一只钟挂在墙上
阳光反射在上面
指针看不见
只看到光斑

现在　看着十字路口车来人往
过街的情绪堆积在一起
我站在阳台上

【附记】

年前，我将少木森博客上的"最新禅意诗"前13首打印成一册题名《草尖》的书模样，进行一番欣赏。新年又读到七八首新作，花几天"断点续传"写成这篇"琐记"。

学习这21首诗时，我还顺带阅读了他的禅意诗"理论"。以下是我从他的随笔与谈诗论说中归纳出来关于他的禅意诗十条主张：

1.主张诗的纯净，精神的纯净，语言的纯净。

2.主张叙述是现代诗的主趋势。致力叙述，诗歌才有更丰富的可能性。

3.主张诗的主要张力在于表现的"精准"，主要防止"硬拔"。

4.主张诗歌"先锋"，特别是实验性的先锋。

5.主张诗歌要有诗人自己的体温。

6.宗教既然已经渗入我们的血液，是我们生存的一部分，思考的生存的一部分，我们写诗就不要回避。

7.口语诗应该流行，但它必须是"诗"，而不是"口语"。

8.怎么写都可以，只要不"硬写"；真诚地写，怎么写都会有好诗。

9.主张诗是人的一种独白，但也像一种对话。它是需要有第二者倾听的一种独白，某种意义上是一种对白——永远必须有人参与创造，才会有诗！

10.诗有本性是善良的，正是她使人的自性永远怀抱善良，也正是她使人生永远充盈诗意。

（以上均系少木森原话。引出处从略。）

（原发"陈柳傅的新浪博客"，后被新浪"新千家诗"论坛广泛传播，选载于中国文联出版社2010年2月出版的《少木森禅意诗精选精读》）

陈柳傅　原名陈祥龙，福建省作家协会会员，《海峡姐妹》月刊编辑、知名散文家、诗人。

读少木森的节气"禅意诗"

——【龙爪抓诗】之三

陈柳傅

少木森是多面手。他的写作若找个比喻，颇像电脑硬盘分区：D 小说，E 随笔（包括理论文章），F 诗歌。直接与世道及其炎凉的作品放在 D、E 区，纯粹的禅意诗则放在 F 区。

F 区弥漫着中国节气的气氛，还有鸟兽飞翔奔跑，草木缤纷——呈现出他所期待的姿态……在这里，他感应"冥冥"律动的人与自然，对世道无端、偶然及其炎凉的关心与体会不再那么直截了当，所有对大自然的敬重与"形而上"，神秘情结都写进他特定的"禅意诗"——"节气诗"是其重要部分。

（关于少木森的禅意诗还有一段话要说，为不枝蔓，详见【注】。）

今年大暑（7 月 23 日）过去近半个月后，8 月 5 日，少木森给自己博客贴上《大暑》。诗后说一句话："节气的诗，争取不漏，补上！"这算不算他写诗的小秘密呢？

我想起我国台湾散文家陈冠学的日记体散文集《田园之秋》（东方出版社以书题《大地的事》出版），这是一本与节气合作的书。

《田园之秋》之"九月一日"有一段："……人生自幼而少，自少而壮，自壮而老，不也正是这般地在不知不觉间变换着的吗？在自然里，在田园里，人和物毕竟是一气共流转，显现着和谐的步调，这和谐的步调不就叫作自然吗？这是一种生命的感觉，在自然里或田园里待过一段时日以后，这是一种极其亲切的感觉，何等的谐顺啊！"

少木森节气"禅意诗"也是写于"生命的激荡归于完全的平静"，获得"沉淀和澄清"之后。

写诗需要激情，而平静是必要的背景。激情于发现或爆发，可能够了，会冷静下来——我甚至怀疑一些诗于平静中发现或爆发，是平静的产物。

写禅意诗的少木森特别轻声轻调——他已经没有了在 D 区或 E 区那样沉重、理性甚至沉闷了。

与节气谐顺——少木森相信人与节气之间有"冥冥"的东西，他体贴着其中的律动。他根本不想在诗中"大彻大悟"或一手统统拨开世俗、浮躁，来什么"大虚无边"。他只是想在喧哗的世声之中，听一听节气的脚步声——中国人心中特有时间的脚步声。

大概他就是特别想做一个中国人，像自古以来中国古代诗人那样。

他只是换成新诗。

于是节气成了他的一种象征，一块心灵的圣地，甚至成了他一种（或一类）思考的依凭。他要从节气这个中国最古老的东西之一中，获得"三种纯净"（诗的纯净、精神纯净、语言纯净）——其实不少诗人这样做过，只是不如他坚决与坚持与注入执着的禅意。

他在诗里还经常解剖当下的诗心生活（包括如何写着诗）。正如他说的："我追求的是能给人'净、静'的感觉。"

"节气"自然而然也包括中国传统节日及与之有关的人物。如《一个屈原已经足够》（此系《和平（组诗）》之一，荣获 2000 年澳洲杯新诗成就奖，属最高奖项）。

在节气与传统节日的氛围中出现的人物是他的禅意诗升华或结果。

【注】这里提一提少木森关于：禅诗和禅意诗应该是两个有区别的概念的多次声明。我读了他大部分的禅意诗（结集为《花木禅》《谁再来出禅入禅》《少木森禅意诗精选 99 首》三册出版）后，我认为他要区分禅诗和禅意诗的苦心——因为如果是写禅诗，他可能仍然待在 E 区。禅诗和禅意诗属于两种不同的创作心态。禅诗和禅意诗都有机趣、顿悟，像"蓦然回首"或"豁然开朗"那样……但写禅诗可能要累一点、理一点，而他要的是心态上自由、感性上轻松，而且他只要禅趣一端。

我将禅意诗与禅诗进行"简陋"相比，前者的"顿悟"比后者"迟慢"、机趣比后者自然，其顿悟是圆润的，不让人感到太过于"惊险"……他的"禅意诗"是感性的，总有具象的东西。他说：我写诗是有点追求唯美。一是语言美，二是情绪美，三是意境美。这是一般禅诗不容易达到的。

附：少木森的节气 "禅意诗"（四首）

雨　水

当节气又要降临
我应约再写一首小诗

写诗的过程，说到底是
一个自言自语的过程
一个独自笑笑的过程
片章断节的情绪，像毛毛细雨
有一沓没一沓飘落着
也像默默的对视与低低的倾述
有一些轻轻的梦——已然生长

读诗的人呢——会不会
也有一些轻轻的梦生长
你看嫩芽，在薄薄的雨雾里
对我——行鹅黄色的注目礼
而清唱的鸟声
在很空旷的地方
拷问着我：独自一人在笑什么？
我回答：笑我独自一人在笑呢！

阳历 2 月 19 日，阴历正月初二（雨水）

惊　蛰

与茶友说惊蛰的意象
茶友说——那就是
一条蛇已经伸够懒腰

165

猩红的蛇信子，将人的眼睛刺疼
似乎也将人的一种蛰伏的梦搅醒
让许多人，其实一时无所适从

我总感觉这样说太张扬了
我宁愿含蓄一些，说惊蛰
像一树梨花默默地
绽放于温暖的阳光下

当雷声一再劈响飘雨的天空
把万点梨花打落
梨树还是那样的素白恬静
默不作声

而嫩嫩的果蕾儿，已然从蛰伏中
找到了精神的出口

阳历 3 月 6 日，阴历正月十七（惊蛰）

立　秋

一说到秋天，好像
就要把身上衣裳加厚了
那些的花草，好像
也不想再喧闹下去了
只在一旁，听凉风轻唱

可是，那么深的绿
那么深的红，凉风
怎么一说凉就能把它们唱凉呢
何况，在最后面的
还有天空红云

还像，拥有火苗一样

是什么嘶鸣起来
一腔热切和渴望，如落叶
从一处树荫奔跑到另一处树荫
从一棵树桩飞窜到另一棵树桩
最后到了地里，散成花泥

其实，今天就是立秋
一个多热的天气呀
干啥也能够如此风扫落花
让人感觉寒凉呢

阳历 8 月 8 日，阴历六月廿六（立秋）

一个屈原已经足够

被阳光吻香的草蔓　　端坐额际
稍有风　　心底便一片湿润
生命里有几次　　清泪如汨罗江水
构成世界的深远

一个屈原已经足够
支撑　　中国的文学和人格
以及历史的取向
沐浴屈原的光辉和荣耀
我们捆粽划龙舟　　采撷水边艾草

血性在叶尖喘吸　　这个端午
一股苦味从谁的唇边滑过
一种痛苦之后的忧患　　或者
忧患后的痛苦　　濡湿我们

167

艾，当然是避邪的
庇佑我们趋吉避凶　远离事端
如果当年　屈原懂得　或者
他人为之悬挂艾草　以避邪
——汨罗江　凉风荡漾的水声
两千年　又为我们背诵什么故事

阳历 6 月 19 日，阴历五月初五（端午）

（原发"陈柳傅的新浪博客"，后在网络多个论坛传播，选载于中国文联出版社 2008 年 2 月出版的《给自己找个理由微笑》）

以心读诗，以缘评诗

——简评诗人与诗评家少木森

梦云天

　　少木森说，需要写诗的人，需要读诗评诗的人，更需要写诗的人来读诗评诗。

　　这话说得好！原先少木森写诗，现在少木森既写诗，也读诗评诗。他的诗评写得好，出版社约写，一年出版一本他的诗评集，总题叫《读出的禅意》，颇有市场。

　　认识少木森是一种文缘。多年前，我写了一部长篇小说《三道情网》，送省作家协会评奖，没有获奖。过后，却在网络上看到少木森的评语，他很肯定地说，这书会有人看、有人买的。后来知道少木森是位评委，读得认真、评得认真，推荐语写得让我这素昧平生的作者很感动。

　　2014年秋天，省委宣传部和省作家协会联合在白云宾馆举办一期"纪实文学和报告文学读书班"，听取了全国顶尖报告文学家的学术报告，因此认识了少木森，知道他写小说、写散文，更写诗，专意探索"禅意诗"，经过几十年努力，少木森成为"禅意诗派"的创始人和代表人物，入列"闽派诗歌百年百人"诗人。没有想到相处几天时间，便成为能说心里话的朋友，更没有想到我会成为他的禅意诗铁杆粉丝。

　　上世纪八十年代初，少木森一边教书，一边读书，一边写书。所写诗歌、散文在不少报刊上发表，上了《诗刊》《诗歌月报》《当代诗歌》《人民文学》《北京文学》等颇有影响的刊物，得到读者持续好评，《诗刊》原常务副主编李小雨三次为他的诗集写序。更有人就以《读书，教书，写书》为题，评说少木森，那种人生状态让人羡慕。

少木森已发表 400 多万字文学作品，其中诗歌数百首，出版了《花木禅》《谁再来出禅入禅》《少木森禅意诗精选 99 首》《给自己找个理由微笑》《少木森禅意诗精选精读》等十几部诗集。少木森诗歌的主要特点是"禅悟"和"禅意"。

"禅悟"。少木森观察事物很仔细，能领悟到不同事物的不同内涵，对不同事物会产生诸多联想，并用诗歌表达之，让读者觉得平凡的事物有了深度和高度、寂寥的事物有了温情与温度，还深蕴着温润的禅理。如《散落的枫红》："不想用什么打湿你的晴空 / 画一会儿画写一会儿诗 / 说一些风儿一般舒畅的话 / 所有的情绪都被你映红 // 秋风凉了　夕阳凉了 / 散落的禅音演绎什么 / 树叶儿纷纷扬扬 // 那个为你题诗的人走远了 / 那个把你题红了的人走远了 / 剩余的微笑乃如春风荡漾"。这里有禅理，更有人情味，温暖着人心。

"禅意"。少木森写禅说禅，但他写的禅意诗不故作高深，他向古代诗人学习，诗句明白晓畅，又很有古典风范。如《草凌乱》："风合拢而来　陷我 / 入一片风景深部 / 草凌乱　目光凌乱 / 那些头绪呢　那些有序呢 / 终被摒弃 // 响晴的天　被一片秋声洗过 / 湛蓝如初　如果有人站在彼岸 / 如一只鸣虫　写意于叶尖 / 饱蘸王维遗韵　唱一声 / 空山新雨人心如秋 // 草凌乱时　是否 / 陷阱在乱草里 / 蛇蝎在乱草里 / 唱歌的人　照样把歌 / 唱得高迈　歌声在他身后 / 又唱彻百年　千年"。

少木森的诗句饱蘸王维遗韵，读它，自然会想起王维的《山居秋暝》："空山新雨后，天气晚来秋。明月松间照，清泉石上流。"少木森这些明白晓畅而又禅意悠悠的诗句让人一看就喜欢，一读会再读。所以，《少木森禅意诗精选 99 首》成为我的枕边书，每天必读之。

少木森说，他读诗时爱做"读书笔记"，也就是"读诗笔记"。诗人少木森"读诗笔记"角度新颖，在现代和当代各诗人的诗歌里品出了禅意。在刊物上，少木森陆续发表一些读诗笔记，很快就被出版方看上。2015 年 7 月，河海大学出版社出版《读出的禅意：中国当代禅意诗选读》。此书一出，得到了读者的喜爱，于是河海大学连续几年，每年都出版一部少木森读诗系列，现已出版四册《读出的禅意》，第五册、第六册也已成稿，将与读者见面。

少木森便这样走上了评说诗歌之路，由诗人而成为诗评家。诗评家少木森主张"以心读诗，以缘评诗"，以读诗和评诗而致力于传播和普及新诗，推动新时代诗歌的发展。

2020 年 7 月，少木森在朋友的推动下，在《中国诗歌网》注册了户名，很快被该网站《每日好诗》公开征集网友评论栏目所吸引，用心读诗歌，评说该网站每周指定由网友公开评论的诗，每周与几十位参与评说的网友角逐网站"最佳点评"和"优秀点评"。

少木森说，他喜欢《每日好诗》的栏目，努力去读去评，却又不在乎是否被选为"优秀点评"，因为这符合他平常主张的"因上力行，果上随缘"，既有压力又不会有太大压力。少木森已经"力行"11 周，点评了 11 位诗人的诗歌，其中有 1 篇荣获"最佳点评"，还有 4 篇荣获"优秀点评"，命中率之高、诗评之精彩，让人佩服。

以下选列少木森诗评二则，以飨读者。

其一，《拾大豆的农民和写诗的诗人》，诗作者苦海，本诗评斩获《中国诗歌网》"最佳点评"。

兄弟。村野上，遇到一个农民兄弟。大地上
我看清楚了，我的亲兄弟。一个衣衫褴褛的

拎着袋子捡拾大豆的兄弟。原来，除了写诗的我
四面楚歌，还有一个捡拾大豆的兄弟

与我栉风沐雨。阳光在空中铺陈金子
我们，捕捉劳动的快乐：诗歌和瘪豆

我妈说，百无一用是书生；弯腰捡拾大地的人
叫我想起自己已经置身亲爱的故乡

世上哪片土地是故乡的？
一定有个人在你眼中弯腰捡拾田野中的什么东西

少木森点读：

这并非一首悯农诗，而是一首关于诗歌和诗人的反思之诗。至少写三个层面：第一层面，写诗人和捡豆农民是兄弟，诗歌和"瘪豆"是兄弟。第二层面，写捡拾豆子和写诗都"栉风沐雨"，也都在阳光下"捕捉劳动的快乐"。第三层

面，写诗歌的归宿与诗人的乡愁，其实也就是"诗意栖居"的乡愁。

诗人对诗歌如此冷调与沉郁的叙事，产生了一股撞击心灵的力量，尤其用"瘪豆"这个意象诠释诗歌，真有撞击人心的力量呀！

有人说，诗意栖居是一种乡愁。这话有分量。真正的乡愁是我们再也回不了心中那个家园故乡，哪怕你回去了，而那儿其实已经不是你心中的家园故乡了！诗人和诗从哪里来？从那个"有人弯腰捡拾田野中的东西"的地方来啊，那是一个让人心安的地方，那就是家园故乡啊！可是，在那儿的那个"衣衫褴褛的／拎着袋子捡拾大豆的兄弟"心安了吗？那儿是那兄弟所向往的"诗意栖居"地方吗？显然不是！这里就有了一个深刻的悖论：那一个捡拾"瘪豆"的兄弟在向往着另一个"诗和远方"，另一个"诗意栖居"的地方呀，然而他还没有到达，也可能永远不能到达；而你——诗人兄弟向往着回归那片有人弯腰捡拾"瘪豆"的家园故乡，也回不去了。一个到达不了，另一个回不去了，这就是乡愁，真正深刻的乡愁。

其二，《芒康的日子》，诗作者麦歌，本诗评荣获《中国诗歌网》"优秀点评"。

芒康没有必要记住一个行旅的人
食物已经开始加价，语言开始生疏
去拉萨的车一天只有一个班次
只有巨大的候车室在等待着衰老
只有越来越时尚的女人在走动
歌厅、麻牌室和美容院恍如故乡

芒康没有必要记住一个行旅的人
芒康寺院矮小，但宏大、辉煌
朝拜的人们不仅是转动的经筒
出租车却始终等待着去拉萨的客人
在芒康有两条贯通的街道
繁华与冷寂，不由路灯明灭显示

芒康没有必要记住一个行旅的人

在芒康触及蓝天的空透

一直把雪山拉进瞳孔

而晴空莫名滚过的云朵

又必是暴雨和雷电的挥臂而吼——

芒康没有必要记住一个行旅的人

少木森点读：

芒康何地？西藏的一个县，高天白云，一个天堂般的存在。旅人们向往之，到这里走走，暂时疏离生活的琐碎烦恼，心胸开阔一些，灵魂放飞一回。然而，这个芒康"食物已经开始加价，语言开始生疏""巨大的候车室在等待着衰老"，芒康有越来越时尚的女人，有歌厅、麻牌室和美容院。旅人啊，因为你们不断地到来，芒康也在越来越融入你们的生活了，来来去去的人也没那么简单纯粹，"朝拜的人们不仅是转动的经筒／出租车却始终等待着去拉萨的客人"，就如同"在芒康有两条贯通的街道／繁华与冷寂，不由路灯明灭显示"。这诗写得舒缓抒情，却带着透骨的忧伤，有一股直击人心的力量，特别当那一句看似随性的诗句"芒康没有必要记住一个行旅的人"复沓而来的时候，读者的心会一再被揪扯。芒康是在人来人往中成了如今的芒康，是在一个个旅人的脚步声中演进成如今的芒康。诗人这是在游览着芒康，更在忧患着芒康。然而，说到底，芒康有着自己演进的轨迹、有着自己的必然，芒康始终就是芒康，"晴空莫名滚过的云朵／又必是暴雨和雷电的挥臂而吼——／芒康没有必要记住一个行旅的人"。那么作为一个行旅人，你会记住芒康吗？你将记住芒康一些什么呢？这是作者更深一层的忧思，也是读者应有的忧患。

少木森说，读诗评诗犹如诗歌创作，得用自己最得意的文字表达自己最真挚的想法，才能写下好的点评文字。少木森总是在诗海中挑出认为可点评的诗歌，从不论诗作者是否有名气，哪怕是刚刚写诗的草根诗人，觉得诗写得好就评说。

少木森说，诗人诗歌被诗评者选中那就是有缘，有缘就得用心去读，从每个字眼审视诗人的寓意，悟出诗人要表达的思想，通过悟诗与作者续上一份缘，然后写出文字，让作者和读者产生共鸣。

作为少木森诗评的忠实读者，我很愿意通过少木森老师的诗评，与那些诗作者结上深深之缘，悟出自然与生活的真谛，当然希望不时地读到好诗，享受另一种读诗的乐趣！

（原发《中外名流》2021 年冬季号）

梦云天　　原名章礼提，祖籍福州永泰，中国作家协会会员，已发表长篇小说《三道情网》（群众出版社）、《雾里飘落枫叶情》（海峡文艺出版社）、《大爱无垠》（作家出版社），散文《古道依旧笑春风》《追逐梦想》《桃溪岸上花正红》，诗歌《极限》《海桥》等文学作品，现正与文友合著小说《乐圣陈旸》。

谈禅片语

——读少木森诗集《花木禅》

李　斐

　　倘若晴日临窗，焚香烹茗，静室清茶来读少木森的诗，那是再好不过了。可惜我是在一天奔波劳累下来，斜躺沙发睡眼蒙眬来读少木森的《花木禅》的。就算这样，我也被诗中的淡泊、清幽、超脱、空寂、一无挂碍的氛围所陶醉了。

　　《花木禅》在艺术风格上承续了唐代诗人贾岛和孟郊之风格，颇似唐人王维的"以禅入诗"。其实，禅与诗的结合很早就有，诗和禅的沟通，表面看来似乎是双向的，其实主要是禅对诗的单向渗透。诗赋予禅的不过是一种形式而已，禅赋予诗的却是内省的功夫，以及由内省带来的理趣。关于禅，简而言之，不诉诸理知的思索，不诉诸盲目的信仰，不去雄辩地论证色空有无，不去精细地请求分析认识，不强调枯住冥思，不宣扬长修苦炼，而是在与生活本身保持直接联系的当下即得、四处皆有的现实境遇中"悟道"成佛。现实生活中是普通的感性，就在这普通的感性中便可以妙悟，可以达到永恒——那常住不灭的佛性，这就是禅的特征。这对诗创作来说，不正是很熟悉、很贴切和很合乎实际的吗？诗不是靠逻辑思维，审美不同于理知认识，它们都建筑在个体的直观领悟之上，既非完全有意识，又非纯粹无意识。禅接着庄、玄，通过哲学宣酿的种种最高境界或层次，其实也是诗歌的规律。在这里，禅承续了道、玄，禅毫无定法，纯粹是不可传授、不可讲求的个体感性的"一味妙悟"。禅宗非常喜欢与大自然打交道，它所追求的那种淡远的心境和瞬刻的永恒经常假借大自然来使人感受或领悟。禅多半在大自然的观赏中来获得对所谓宇宙目的性。在禅宗公案中，用以比喻、暗示、寓意的种种自然事物及其情感内蕴并非都是枯冷、衰颓、寂灭的东西；相反，经常是花开草长、鱼跃鸢飞，活泼而富有生命的对象。

少木森诗中的禅意，集中表现为空与寂的境界。在现实中，他难以找到这种境界，便寄予花卉草木，到大自然中去寻求。《花木禅》只写花卉草木，并没有谈禅，但在笔墨之中、笔墨之外寓有禅意。如《墙下红》："以冻紫的手 / 乞向 / 冷瑟的季节 // 握　夕阳 / 暗淡如烟蒂 / 点着 / 墙下 / 鞭炮热闹 // 几时 / 学会和墙说话"。一切都是动的。非常平凡，非常写实。但它所传达出来的意味是永恒的静、本体的静。在这里，动亦静、实却虚、色即空。这便是在"动"中得到的"静"，在实景中得到的虚境，在纷繁现象中得到的本体，在瞬刻的直感领域中获得永恒。这也就是"无心""无念"而与自然合一的禅意。又如《夜来香》："蝉声，撕咬什么 / 如翻阅一本艰涩的辞典 / 读——/ 夜是什么"。作者欣赏着环境的冷漠，体验着内心的孤独，沉浸在寂的快乐之中。蝉声的撕咬点缀了环境的凄清，这正是少木森所追求的远离尘嚣的空而寂的境界。再如《雨中太阳花》："雨声，数着多汁的叶片 / 一群湿知了"。以动态衬托静态，仍是一片空寂。如果剥去"禅意"的宗教信仰因素，实质上它不正是非理智思辨、非狂热信仰的宁静的审美观照，即"悦神"层次的美感愉快，它是感性的，并停留、徘徊在感性之中，然而又超越了感性。这也正是由于感性的跃升和理性向感性的深沉积虑而造成的人生哲理的直接感受。

除动中静外，禅的"妙悟"的另一常见形态是对人生、生活、机遇的偶然性的深沉点拨。就在这偶然发生的点拨中，在这飘忽即逝不可再得中去发现、去领悟、去寻觅、去感叹那人生的究竟和存在的意义。

"不再流浪你不高兴么 // 挂鞋作 / 钟 / 历史 / 嘶哑地 / 撞响所有寺庙 // 你不走了 / 但还是有人去化缘"（《僧鞋菊》）。"人间如梦"是早就有的感慨，但在少木森这里所取得的，却是更深一层的人生目的性以及宇宙存在性的怀疑与叹喟，它寄寓着随缘任弦的禅理。

在艺术上追求一种"超尘脱俗"的"仙境"美感，这正是少木森创作上所要达到的价值取向。"……秋风凉了，夕阳凉了 / 散落的蝉音演绎什么 / 树叶儿纷纷扬扬"（《散落的枫红》）。"……几许浮云，几许凉风 / 从你头顶掠过 / 山前旧日 / 雨儿三二滴 / 临风听暮蝉 / 绝域苍茫"（《观朝槿》）。这是移情手法，已被诸诗人所采用，为了说明他们的喜怒哀乐，在诗歌的表现手法上，诗人在有所不能或不宜直白的感情时，便往往借助拟人手法来表达他们的思想感情。少木森在诗中使一切没有思想感情的花木人格化，但并没有直接用来说明什么，而这种没有什么意念的意念正是《花木禅》中的意念。"津津有味,／我把你望成风景?／你把我望成风景?"(《桂树》)在不言中,诗人也和大自然合为一体。这里要说明表达的就是一个人、物、情、景、天、地皆融为一体的和谐淡泊的恬静心理。可少木森却在诗中用禅理的方法来表现。诗中的客观对象不是再现对象,而是内在情智的载体,激活的质量取决于内心的深度。

少木森很注意处理智性的深化和节制情感之间的关系,他总是小心地不让他的情感越过顶点,不让情感爆发出来。为求不让情感浪漫地向极端强化,他似乎喜爱一种超脱的风格,从容的姿态。虽然在意象上,有时他不得不运用强化及至极化的效果。但在直接抒情时,他就软了下来,以一种刚柔相济的风姿出现。在《红木棉——英雄花》中,他先想到"你,轰炸天空／灿烂了一瞬",又想到"设若血能开成鲜花／该是所有人的血　不唯英雄／许多事物需要慢慢咀嚼"。意向分明是在两极之间,但是,情感却是冲淡的:"街景里,格外醒目的／乃是你且开且落"。屈诗那种强烈执着的情感操守,那种火一般的爱憎态度,那种对生死的执着选择,在禅中早已看不见了。无论是政治斗争的激情怨愤,还是人生感伤的情怀意绪,在这里都被"淡化"了,既然要超脱,又怎能容许情感泛滥激情满怀呢?

梅尧臣说:"作诗无古今,唯造平淡难。"苏东坡说:"大凡为文,当使气象峥嵘,五色绚灿,渐老渐熟,乃造平淡。"虽然司空图《诗品》把"神出古异,淡不可收"只放在"清奇"品中,把"远引若至,临之已非"只放在"超诣"品中,其实,在其他品中也大都有着"镜花水月"的先声。而它们不正是组成"冲淡"风格的具体形象特征吗?所以,比起庄、屈来,充满禅意的作品更具有一种智慧的技巧美。它似乎以顿时参悟某种奥秘而启迪人心为特色。

语言是用来表现人的思维活动的,它只是一些有组织的声音符号。这些符号本身并没有可以被人直接感受的形象。但是语言可唤起读者的联想和想象,使读者在自己的头脑中形成具有光、色、态的具象。少木森的《花木禅》虽用语言为媒介,却突破了这种媒介的局限性,尽可能地发挥了语言的启示性,在读者头脑中唤起对光、色、态的丰富联想,组成一幅幅生动的图画。少木森善于从纷繁的景物中略去次要部分,抓住它们的主要特征摄取最鲜明的一段和最引人入胜的一刹那,加以突出表现。如"以冻紫的手／乞向／冷瑟的季节／／握夕阳／暗淡如烟蒂／点着／墙下／鞭炮热闹／／几时／学会和墙说话"(《墙下红》);"阳光响亮的西天　又深又远"(《古莲的传说》);"雨声,数着多汁的叶片／一群湿知了"(《雨中太阳花》)等诗句,含蓄蕴藉而又洗练传神。

诗集《花木禅》中可摘的好句子不少，读者会比我有更多更深的领会。

诗人写诗，大都出于一种爱憎之情的驱使。激情的诗人，容易倾向于理想的追求，对未来做浪漫的憧憬；情感比较温和的诗人，则往往以一种缱绻于人生的爱，去寻求值得歌咏的善和美。但是，在城市生活中，市场的铜臭、白云苍狗的世态、扑朔迷离的人情，不能不使诗人慨叹。正如少木森所说："纷乱的现代世俗生活的压力，竞争之压力，现代人的神经几乎全绷紧在即将裂变的那个兴奋点上，现代主义的诗便在这个点上大作文章，读之每有震颤，然感官刺激之后是加剧的兴奋和空虚，是更急剧的裂变，于是便被禅所吸引，以禅来达到自己生活状态的放松，求得'酒肆淫房，遍历道场，鼓乐音声皆谈般若'。"

也许"走向自然"会使诗人的灵感较为容易启动。当然，"走向自然"的诗不容易有社会轰动效应，诗人自己必须有淡泊的胸怀、恬然的心境，好像心中只有一泓清水、一盏山泉，也甘洌，也明净，也平淡，邀风邀月地自斟自饮。我看到少木森走向了这一类诗人的天床野帐，感到他做了一个适合自己个性的艺术抉择。

（原载我国台湾《世界论坛报》，1992年8月28日）

李斐 原名李祖仁，福建永安人，福建省作家协会会员、作家、记者、电视人、书法爱好者、法律工作者、全国优秀策划专家，三明地区首位国家注册高级策划师。

不言之言

——读少木森《语言》

芦　忠

语　言

雪轰然袭击　南方的这个冬天
我所在的城市　没有雪
只是比往年要冷得多
雨下个不停

如果　没有亲眼见到
我不会相信那是真的
一丝丝细细的雨竟也比刀还利
冻雨　昨夜杀死了
朋友家两只小小的鸟儿
那是一对精巧的斑文鸟

今天下午　我的一位学生
开始把小文鸟制作成标本
我们谈着关于文鸟的一些话题
谈论标本　也谈着生命的痛
谈着谈着　跟前的冷

似乎就已经退场

就像雪　只飘在

我看不见的远方

谈论雪灾　只是一种隔靴搔痒

这是一个奇异的语言现象

这样一个连天气预报

都让人发怵的季节　竟然可

以这种方式取暖

就像我们　可以

为标本的逼真生动而陶醉

而忘却一些本不该被忘记的什么

说起诗，条件反射到诗人，这近乎本能。画家德加曾经对诗人马拉美说："你的行业是恶魔似的行业。"（瓦雷里《诗与抽象思维》）诗的语言，在审美域场，要艺术地表达对世界的感受、体验，以及对生活的欲求、憧憬，乃至说不清、道不明的微妙心绪，甚至是超越语言之外的"不二"，诗人用语言去表达语言不能表达的，言"不言之言"，如此悖论，难怪有"恶魔行业"说。

"不立文字，直指人心"，乃禅宗"不二"法门。禅不能说，一说即非禅。这不是不需要语言，而是禅之意超越了语言，是立在语言之外的存在，如此，禅意与诗之意，这两条不可言说的河流一旦交汇，就会晃漾奇妙的波纹。

少木森《语言》以日常的生活体验为观照物，诗在寻常世界里，也在语言之外。

第一节，诗写以"雪"破题，写天气，呈现自然世界的现象。"雪轰然袭击"南方的冬天，"轰然"反映突发性，以及力度烈度，天气骤变，气温下降，但诗人内心很平淡，因为"我所在的城市　没有雪"，置身"雪"外，只感觉到气温"比往年要冷得多"。但有雨，"雨下个不停"，如此，没有一丝情感介入，叙述而已。

第二节，写"斑文鸟之死"。因为"冷"，丝雨变成"冻雨"，性质由柔软变成"比刀还利"，进而引发命案："如果　没有亲眼见到／我不会相信那是真的"，尽管充满疑讶，但是真的："昨夜杀死了／朋友家两只小小的鸟儿／那是一对精巧的斑文鸟"。"精巧"加深了诗人对生命被动死去的感伤。

"斑文鸟"与"我",虽然均为同一世界的生命存在,但是,"人""物"本质有别。从雪到雨,诗人的感受是物理层面的冷,从冻雨到"斑文鸟之死",则进入生物层面的生命体验,这既有诗人经验之内的认知,也有经验之外的讶异,诗人对这些只做现象化处理,叙述,客观且冷静。

第三节,写"我"与"人(学生)"。同一生命在同一维度的交流,斑文鸟变成"标本""话题",诗人敏锐地捕捉到心绪颤动,痛感、冷感退场。

"今天下午 我的一位学生/开始把小文鸟制作成标本",斑文鸟死了吗?诗人用"杀"延迟了它在生物意义上被冻死的感知;而标本意味着在物质场,斑文鸟并没有消失,它继续在物理空间中存在;不仅如此,"我们谈着关于文鸟的一些话题","话题"属于语言场,斑文鸟的存在随语言由实体物质转入符号空间、意识空间。

在语言的场,"谈论标本 也谈着生命的痛/谈着谈着 跟前的冷/似乎就已经退场"。痛感、冷感是生命"在场"的体验,为什么会退场?甚至"雪"也开始退场,"只飘在/我看不见的远方",甚至"雪灾",也"只是一种隔靴搔痒"。"退场"意味着什么?在"交谈"之中,不同生命获得重构,文鸟的生命在标本中重现意义。痛感、冷感的退场,这细微的体验有更深的意味,即"我"对生命的感触变得麻木,甚至"雪灾"也是麻木的。诗人客观记录,不做情感介入,不做价值判断。一切都很平静,似乎都很正常。

第四节,诗人观照点回归自身,发出感叹:"这是一个奇异的语言现象","这样一个连天气预报/都让人发怵的季节 竟然可/以这种方式取暖/就像我们 可以/为标本的逼真生动而陶醉",而"忘却一些本不该被忘记的什么"。

那些本不该被忘记却被忘记的是什么?诗人发现了什么?是生动逼真的标本,还是超越语言的"不二"之境?像是一道闪电,忽然撕开夜空,诗意之境与禅意之秘瞬间交汇。

痛感、冷感,既是感知,也是生命的在场,更是对生命中美好的价值和意义的体认,而遗忘,意味着生命体验的一种麻木,这种麻木,何尝不是精神层面的"死"。

诗人的内省,不用喻象,而是用事态,从雪的麻木、冻雨的疑问,到斑文鸟的感伤,再到痛感、冷感的消失,以及雪灾的退场,客观记录,呈现世界的场,以及微妙的生命颤动。

每一个人都是一条河,都有自己的认知、体验,都有自己的场,但是,人不是河,人是在"人"之中,在世界之中,而世界是生命的。人与人、人与物、物与物，异质的、同质的，意识之内的、意识之外的，甚至感知之外，浑浑然，大千世界是一个生命整体。

言语，能言的，《语言》已诗；语言之外，生命永恒，《语言》诗味虽淡，意蕴浓稠。品悟，在心。

（原发 2023 年 9 月 30 日《今日文艺报》总第 175 期）

芦忠　曾用笔名一心，出生于 1973 年，福建省作家协会会员，"诗三明"成员。有诗集《我门已开》和散文集《遥听天籁》问世。作品《燕城赋》获永安市"联华杯"征文比赛第一名。诗歌《观察春天的八种方式》和散文《天宝岩主峰穿越记》分别获"三明市文艺百花奖"二等奖、三等奖。

天真一如你一如我

——读少木森诗集《花木禅》

罗春波

"尽日寻春不见春。芒鞋踏破陇头云。归来笑拈梅花嗅，春在枝头已十分。"这是一首精妙的禅诗，不仅写求道悟道之艰辛和蓦然顿悟的欣悦，更写出禅者"拈花而笑，春在枝头"的纯阳心境。

说起禅，说起禅者的纯阳心境，我就想到佛陀在一部经中说的一则寓言：

一个人在荒野行走，遇上一头老虎，他拼命逃跑，老虎在后面紧追不舍，迎面是一堵悬岩如壁。一根枯藤垂着，给他一线生机，他急急抓攀而上。但抬头一看，崖上也早有一头老虎朝他吼着，往下看去，追他的那头老虎张着血盆大口。他心惊胆战地悬在半空摇荡，那枯藤维系着他的生命，然而，就在这时，一只白鼠和一只黑鼠吱吱有声，一点点啮蚀那条枯藤，叫人惊魂裂魄。此时，他忽见附近崖间有一粒鲜美的草莓，于是他一手攀藤，另一手去采草莓，将它送入口中，尝一下：味道真美呀！

这就是禅！禅使人变得简单。生活中那些烦恼失望，甚至切痛绝望，纷纷扰扰，错综复杂，纠缠着你，使你陷入重围，无法挣脱；那么，你参点禅悟点道，那一粒鲜美草莓便会使你一下子变得简单。

或许，这就是我喜欢少木森，喜欢《花木禅》的原因吧！李斐先生说："倘若晴日临窗，焚香烹茗，静室清茶来读少木森的诗，那是再好不过了。"这是一种境界。但我以为在烦恼苦闷之时，倘若能稍静心神来读少木森的诗，那也是"再好不过"的，诗中的淡泊、清幽、超脱、空寂、一无挂碍的氛围可能一下子感染了你，有如"一溪清水穿胸而过／荡漾着很纯美的兰香"（《弄错情绪》），你就可能"逃出躁闹的街市"，你贴近了自然，你的烦恼苦闷就可能烟消雾散，你的情绪很纯粹，如这幽兰香气。

"以冻紫的手 / 乞向 / 冷瑟的季节 // 握　夕阳 / 暗淡如烟蒂 / 点着 / 墙下 / 鞭炮热闹 // 几时 / 学会和墙说话"（《墙下红》）。这首诗有不少人品评，自然就有不少人喜爱，我就是其中一人。它是写花的，写一种叫"一串红"的花，开起来很热闹，像一串串鞭炮，可它很普通，常被种在墙根，俗称"墙下红"。就是单论状物手法，诗也颇让人叫绝，短短36个字，写得神态毕现，传神而洗练。当然，它不是纯粹状物，它还是一首禅诗，说穿了，这诗正是上文提到的寓言的演绎。生活中，我们遭遇两只老虎前后突击的时候不多，而迎头撞到墙壁的机会却不少。"人心的隔膜如墙，恶意的中伤如墙，谣言的重围如墙，告密的罗网如墙；有时候墙会生出'伪足'来，追赶你挤压你。"（少木森语）而你如能进入如此境界——学会和墙说话，你的心灵里不正结着一粒鲜美草莓吗?！"季节在一蓬蓬枯草中 / 埋葬你与我的遥想 // 遥想是止不住的布谷声声 / 啼在冬天外面 // 忘却最寂寞的岁月 / 忘却无渡的此岸 // 假如世界真有天真 / 天真一如你一如我"（《冬原，忘忧草》）。这诗写得天真，诗人是天真的，禅也天真，禅者也天真，甚至佛陀也天真，崖上那人也天真。天真，如草之忘忧；天真，如那一粒鲜美之草莓。

然而，天真并非虚幻和偏见，并非不着边际。相反，《花木禅》写宇宙空间与时间的苍茫，营造出圆融的意境。往往使人挣脱虚幻和偏见，因感悟而获得真知，把握事物的本真。"一百年 / 老了许多人死了许多人 / 而被随意抛下的一些风景 / 沉浮，在季节的冷暖中 / 永久的回声　依然是风"（《白杨林初霭》）。"又该是敲木鱼的时候了 / 阳光响亮的西天　又深又远"（《古莲的传说》）。"秋风凉了，夕阳凉了 / 散落的蝉音演绎什么 / 树叶儿纷纷扬扬"（《散落的枫红》）。"人生如梦"这感慨是深沉的，同时也颇消极，少木森的诗也有此感慨，只是他努力袪除消极情绪，在禅境中探究着人生目的性和宇宙存在性的契合。"不再流浪你不高兴么 // 挂鞋作 / 钟 / 历史 / 嘶哑地 / 撞响所有寺庙 // 你不走了 / 但还是有人去化缘"（《僧鞋菊》）。"几许浮云，几许凉风 / 从你头顶掠过 / 山前旧日 / 雨儿三二滴 // 临风听暮蝉 / 绝域苍茫"（《观朝槿》）。"诗曰——太白邀过，东坡约过 / 依旧圆于中天，那轮 / 秦时圆过的月"（《月光花》）。这既是一种苍茫，又是一种潇洒，一种以人为主体的随缘任弦、无为而无不为的高境界。有时，少木森更是潇洒到十分自信，自信自己离英雄并不远。"设若血能开成鲜花 / 该是所有人的血　不唯英雄"（《红木棉——英雄花》）。佛陀说，众生皆有佛性，皆可成佛。少木森说，所有人的血都可开成鲜花，不仅仅是英雄的血。这且歌且泣的吟唱，回荡着历史沧桑的声音，簇拥着人的沧桑容颜和洒脱心态，且饱蕴天真。

天真，可以说是人对自然的回归，自自然然，洒洒脱脱，便是天真。但无论佛家和道家如何主张回归自然，都不是原生态的回归，原生态是愚顽、麻木不仁的，在自然面前显得渺小可怜；而带着文化的回归才是博大的，是以人为本的天地人合一，是顺应自然而又驾驭自然的人类精神和意识的回归。庄子曰："圣人安其所安，不安其所不安；众人安其所不安，不安其所安。"我们当效法远古之圣人，安于顺乎自然之性，而不安于违逆自然；努力克服普通人易安于违逆自然之性，而不安于顺应自然的弱点，从而达到"知慧外通""达大命者随"（《庄子·列御寇》）。足见，回归自然是一种智慧、一种文化，精深而博大。"扫叶老僧　蚕食着 / 寒寺的萧索　遗下 / 一声又一声宁静 / 如钟　敲瘦老朴树的黄昏 // 人到忘机处　只让　心随落叶　一泅一荡"（《远远的一声是你》）。"津津有味，我把你望成风景？你把我望成风景？"（《桂树》）"一笑　而你成 / 斑竹一枝"（《斑竹》）。"梨花一枝　春带雨 // 那该是谁的泪　竟如此 / 楚楚动人　挂上我眼角"（《梨花》）。少木森是想让这浸透着文化浆汁的回归，带着历史苍凉感濡染人们，同时带着智慧之美启陶人们，使人"知慧外通""达大命者随"吗？真是一派的天真可掬！

"历史乃是一册泛黄的古籍 / 写满谶语任人破译 / 深浅横斜疤痕裂缝 / 是某位先贤额际的光辉 / 以一幅坐禅的风景破译我么"（《梅桩盆景》）。我想，少木森的确需要破译，尤其在商品大潮鼓涌得人心浮躁，文化人纷纷改弦更张、下海捞腥的今日，能"小炒"股票，发点小财的他竟无大的"金钱欲"，而一味地淡泊、清奇、纯阳、天真，等等，似乎颇有些"愚人自乐"的味道了。只是读这诗又的确是一种放松、一种享受，我愿意跟着少木森当几回"愚人"，一道吟诵："假如世界真有天真 / 天真一如你一如我"。

有人这样说：我们的文化就是"愚人们"创立的。这话如果不是嘲讽，那么说这话的先贤也十分天真。

这世界真有天真?!

（原载《中国纺织报》1996 年 7 月 20 日）

罗春波　福建福州人，记者、专栏作家。

读少木森《野地寻禅》

余　晴

少木森那些标有"禅"字的组诗，比如《花木禅》《一支秋禅》《谁再来出禅入禅》，被不少评论家说成禅诗，少木森自己似乎也认同了这种说法，他说过"尝试着写过一些禅诗"，还有一篇宣言式的随笔——《禅与诗在人生的背面》，真是把禅与诗联系起来了。

江西著名评论家刘忠诚干脆给少先生的诗作做了这样的归类：少木森的禅诗有两种类型。一类是直接引禅入诗的禅诗。诗的终极指向在禅，诗只是禅的载体或形式，整个诗的诗心是禅，是禅理的生发与点拨，我称之为禅意诗。"不再流浪你不高兴么 / 挂鞋做 / 钟 / 历史 / 嘶哑地 / 撞响所有寺庙 // 你不走了 / 但还是有人去化缘"。这首《僧鞋菊》就是这样一首禅意诗，寄寓了随缘化弦的禅理。少木森的禅诗还有另一种类型：禅境诗。这类诗的最终指向并不是禅，诗心不再是禅，而是一种心情转录、转化、转换的诗，其最终指向就是生命体验。少木森在谈及自己的《花木禅》时就说："禅历代以来不断被引入诗文图画，事实上早意味着它作为一种方式来作为潇洒的显示，早就以空的形式来装上不空的内容。"需要指出的是，在这种心情转录的过程中，禅不纯然只是起转录作用，它还有转化、转换功能。它把世俗的心情、心境、浮躁与烦恼转化、转换为大彻大悟、太虚无边的虚静之美的心情、心境。这样，既转换了人的心态，在心理学上起到了心理大调适的作用，又在审美上给人以天外仙境般的心境大享受。禅与道的这种安静闲适、虚融淡泊，真有如净几明窗之下焚香掩卷，每当会心处，欣然而笑，更觉悠然神远。少木森的禅境诗所极力创造的正是这一种境界。在他的《散落的枫红》中，不仅"秋风凉了"，而且"夕阳凉了"。尔后，很自然地引渡到"绝域苍茫"的境界。《对面一墙迎春花》更出境界：

"沿淅淅沥沥的水声走下去 / 土墙上飘起的歌 / 金黄亮丽　生动如微笑"。《古莲的传说》参悟的是"阳光响亮的西天　又深又远"。这种天际苍茫、人寰恬远、天人合一、仙凡无界的境界不正是典型的禅式境界吗？然而这境界后面所隐含的又不仅仅是禅。

但也有人说，诗中有禅意和禅诗并非同一回事。这观点影响了我，我反复读了少先生的诗，觉得真可以不这样归类，因为其中有些诗似乎不能算是直接与禅有关的，如此归类，就容易引得争议与质疑：那哪是禅诗啊！不过，少先生那种禅式的静气、禅式的悟性，的确隐约于诗里，他常写风，但读他的诗，你能够感觉到再肆虐的风吹到少先生的脸上时，却永远是和风细雨了。你看这一首《草凌乱》，表面上看是那样"凌乱"，那草地是那样"无序"，可他有的是定力，他希望的是"那些井然有序""那些羁绊"终被摒弃。他在榕树下网刊谈过这首诗："是啊，有的时候管它'陷阱在乱草里，蛇蝎在乱草里'，那种无序还真是有魅力的。"应和他的是一位很有才气的女作者凉月满天（笔名），她说："先生此诗，我最欣赏一句：那些有序终被摒弃。每个人都按照既定规则和轨迹行走与生活，但心总想生出翅膀，随着长河落日，秋草连天一起飞扬，像一面风中猎猎作响的旗帜。当终有一天能够稍得解脱的时候，是怎样的畅快和适意。我们的生命中，不能光有一个夕阳无限好，只是近黄昏的慨叹，还当有一些适时和不适时的放纵啊。"细细琢磨，少木森禅诗最严重的缺点是没有时代背景，没法直接读出现代生活的影子，甚至连所选取的意象都是那些亘古不变的东西。这也就没法让现代人感觉到他所写的到底与我们的生活有什么关系，甚至可以怀疑这是现代人写的吗？都说些什么话啊，怎么离我们的生活这么远呢？这就很难引起太多人的共鸣了。

然而，我又看到这缺点其实恰恰是优点，是少木森禅诗的高明之处。由于没有表面生活场景的限制，诗人往往更能发挥想象力，把一些象征性很强的意象编织在一起，也就形成了诗的内在特质，从而使所有愿意读它又读懂了它的人，能以各自的生活阅历和生活经验去体会它，从而产生共鸣。正如自古以来，所有际遇不佳却人品高洁的人都会被陆游的《卜算子·咏梅》所打动一样，许多人生曾经辉煌而有成就的人，现在由于什么原因而受到挫折，正处在人生低潮期时，也许就会被少木森的《渡头》所打动，有所共鸣。

"远行的人　远在秋雨里了 / 就像一只鸟雀飞去"。起句不凡，设定了一个人生离别的氛围，但他能化沉重话题为淡淡的忧伤，那只不过如一只鸟雀飞去的寻常事罢了。渡头不知道每日要演绎多少这样的人生画面，你看"渡头的船

依旧忙碌 / 争渡　如同鸟雀竞飞 / 却是　一道永恒的风景"。

然后，他笔锋一转，唱道："也许　希望有人注视你的背影 / 也许　期待有人在你的脚印里 / 辨认你所走的方向 / 你的心情　因此而凄美 // 然而过去的历史早已忘却 / 一只鸟飞回渡头 / 是不是原先远去的那一只 / 难道　你有心体察过?"真是智者之言。他在回复凉月满天时说："总是回头看时，可能就要错过眼前不错的风景。"这恐怕就是最好的注脚吧! 他不是说给我的，但我流泪了。

"天下的失意和惆怅是一样的，天下的孤独和悲哀是一样的，敝裘和鹤氅包裹的心是一样的。都是一样的。"凉月满天说得真叫犀利。当我在失意与惆怅中，情不自禁要低声吟起少木森这样的诗句了："假如世界真有天真 / 天真一如你一如我"。

(文章来自新浪博客，后在《三明青年报》《永安报》等报刊登载)

余晴　福建三明人，中学教师，新浪博友。

读 你

——致少木森

梅子欣

引用你的一些话："你对文学的那种'家园感'打动了我……如歌所云：回家的打算，始终在心头！当你疲倦的时候，你想回家吗？当你无奈的时候，你想回家吗?"

你是幸运的，文学已经成为你避风的港湾，你的精神家园。你有家可归。那家还特别温静，特别古典。"汉唐流韵已远 蓦然回首 / 雁过蓝天 依旧古典着一群意象 / 你只是淡淡一笑 难道花就红遍"（《来年花事》）。我觉得有了如此温静的诗句，花事已过又有何可惋叹呢？"一株秋葵 开得纯粹 凋得纯粹 / 纯纯粹粹一株草 我渴望拒绝 / 在守望秋葵时 萌生 / 什么寻找家园的 渴望 / 或者 什么心灵的驿动"（《渴望》）。这是一种返归自然的情绪吗？这是回家的感觉吗？你说文学的世界精彩丰富，有时也透着点无奈。你毕竟是个有内省力的诗人，你把无奈点化成美、点化成诗，如你的《雨声》所云："听雨时最好读些听雨的诗 / 让一种虚拟的深远暖意 渗透 / 我们的生命和形只影单的灵魂"。真的，你找到了一种回家的感觉。可能是一个虚拟的家，但绝不是虚拟的感觉！

多年以来，我读过你的一些小说、散文和诗歌。我喜欢你的散文和诗歌，个人认为，你的小说太文人化、太书卷气。这样的小说不好读，离生活太远；而诗里、散文里有点文人气、书卷味，却别有意趣、别有理趣，有一种深远阔大的意境……但是，你最能打动人的，其实是诗文里的那一种家园感。现实生活中总有一些不如意，总有一些不能说……于是你写作，你诉说，静坐一隅，面对万家灯火。"写作时，你不一定有什么美丽的故事，但你有不灭的良知和美好的渴望，你就美丽，你就获得一种归属感，一种回家的感觉，就在心灵中留下一角属于自己的晴朗天空……"（摘自你的信，我觉得这话写在这里最合适）

说心里话，你的平和温静给我太深的印象，我熟悉你那毫不慌乱的调子："漫种秋兰四五茎　等待 / 凉风卷疏帘　那个日子 / 徐徐降落 / 在花香里"（《等待》）。然而，你在禅意的空间里往往隐隐地透出心灵激动的消息。你在《最后的绿意》一诗里说：蚂蚁如人厮守着那么一点绿意，而人的手对蚂蚁的生存构成威胁，最终被同样厮守那么一点绿意的人用手捏死……然后你这样说："设若　人们当真惜叶怜花 / 歌吟着哀怨悱恻的《葬花辞》/ 苍白的祭奠　也定然 / 不奉献给那曾经的蚂蚁"（《最后的绿意》）。这是哲理的审视，似乎有一种穿透的笔力，把你的一以贯之的温静平和穿透。我看到的是你禅意的心中的一抹迷离的云彩。唯其有云彩，这天空才生动，天空的蔚蓝才更显可贵……

你的诗恐怕难于有什么轰动效应，但这是你的艺术个性的选择，无可厚非。淡泊也罢，寒伧也罢，你所获得的那种家园感，首先就让人称羡。而你内心的深沉，又使人在以诗入禅之外，读出诗的内核与本质。你的诗的价值也就不只在于禅意本身了……

（此文从 1996 年 7 月 10 日《福建双轮报》获得，发表时注明：此文发表于《文艺周报》，此次转载略有删节。至今未得《文艺周报》原发稿，遗憾!）

梅子欣　北京人，时任北京联合大学讲师。

诗在彼岸

——评少木森禅诗

许　莉

读少木森的诗往往会想到茶。

陆游谈茶时说,独饮得神,二客为胜,三四为趣,五六为泛……也就是说,独自一人沏茶饮着,是神思飞扬的最好境界。

我读少木森由时代文艺出版社新近出版的诗集《谁再来出禅入禅》时,体验到这样一种生活情调:一间陋室,一壶清茶,几种沏茶品茶的姿势和声响,一副安然的神态,谛听着远处"扫叶老僧　蚕食着 / 寒寺的萧索　遗下 / 一声又一声宁静　如钟　敲瘦老朴树的黄昏"。

这是一种恬淡,一种和谐,一种包容,一种心灵的放松与飞扬。

少木森诗题也设得很妙——《远远的一声是你》,这远远的一声敲得"人到忘机处　只让 / 心随落叶　一洄一荡"。

淡泊、空灵、幽深,在少木森的诗集里,禅与诗不仅是互动的,还伴着清远的茶香。这么说吧,少木森什么时候终于找到了一条属于自己的诗歌路子,述往思来,赏花悦鸟,品茗论禅,营造了一个深文隐秀的梦里家园,他就在这"家园"里,"以杯茶的姿势 / 凉凉热热泡残　几瓣沧桑"(《拈秋芙蓉而笑》)。

以禅入诗自然并非新法。早在唐代,禅诗已自流行,而王维更是把禅诗禅味发展到了顶尖层级。只是,我想王维的禅诗是不是太专注于一味的妙悟,而失之于消极或"冷淡"呢?可不可以说,少木森诗的精神主要是儒家精神,而非佛家或道家精神,是"入世"而非"出世"的?"所有的窗口都有眼睛 / 所有眼睛都艳羡过英雄 / 书架,便金戈铁马了 / 画笔,便剑锋火舌了……设若血能开成鲜花／该是所有人的血　不唯英雄"（《红木棉——英雄花》），不能说这是对"英雄主义"和"英雄"的否定，却是对"英雄主义"和一些所谓"英雄"的冷峻的、深层的思考。这是很"入世"的，只要你把耳朵贴近诗人的心灵，便不难从他血液的流动中听出一种沸腾，那是一种社会良知使然的感喟与幽怨，甚至是一种远胜于感喟与幽怨的痛楚。只是少木森太儒雅而中庸了，他竟然能压下那血的沸腾，笔锋一转，冷静地说："许多事物需要慢慢咀嚼／街景里／格外醒目／乃是你且开且落"。欲说还休，情绪内敛，但这诗撞在你心头，肯定有一种"钝器击打"的分量，难怪这诗被收入了《中国新诗年卷·1991》和《福建省建国五十周年优秀作品选》。

在中国，中庸、和谐、包容、入世的儒家精神是最具群众性的精神体验，是平民向往的生活情调。因中庸、儒雅而不冲动，而冷静，使少木森的诗获得了比"一味遁世"更多的共鸣。然而，这种共鸣圈也越来越小了，商业主义、物质主义刺激着人欲望的膨胀、行为的失范和心态的浮躁。诗可以有人写，但是，诗肯定是越来越少人写、越来越少人读了。诗瘦了，诗人瘦了，绝不可能有那种物质主义的"肥痩"的诱惑力。"午窗偶成／这诗是瘦了些／瘦如一堵古典篱墙／／篱墙／使某种现实潜消／成一种深远"（《海棠篱墙》），诗在本质精神上的空灵恬淡，是可以创造一种超越"逼仄"现实的深远心灵空间的。只是已经不是很多人想去厮守的了，它已经是《最后的绿意》了："有人／在阳台上厮守那么一点绿意／直到叶子们最后枯萎／有人／在自己的影子里唱歌／歌声／是否丰富过生命的意义？"好在少木森对诗有刻骨铭心的钟情，诗几乎已经是构成他生命的有机质之一，"听雨时／最好读些听雨的诗／让一种虚拟的深远暖意／渗透／我们的生命和形只影单的灵魂"（《雨声》）。他要让"雁过蓝天　依旧古典着一群意象"《来年花事》），他说在欲望疯长的城市"实在是无处可去／在这一半阴影一半夕照的阳台里／如果读起你的诗／或许／有另一种韵律／由灰暗而明朗／那些／写你的诗句／重新涌起血／如这不知陌路的红花草"（《分裂诗人》）。

王蒙在《高原的风》中借人物之口说过："人生是痛苦的，当生活是痛苦的时候，我们为了生活而痛苦。当生活不再痛苦的时候，我们为了自身而痛苦。"少木森为何而痛苦呢？为诗！也就是为精神家园、为自由的精神而痛苦了！"季节在一蓬蓬枯草中／埋葬你与我的遥想／／遥想是止不住的布谷声声／啼在冬天外面／／忘却最寂寞的岁月／忘却无渡的此岸／／假如世界真有天真／天真一如你一如我"。生活不是诗，沉重与压抑是生存的必然。少木森多次说过，世事洞明容易，人情练达难。他说他的沉重主要来自"人情的苦海"。我理解，像他这样具有"诗人式的天真"的人，在"人情之海"中沉浮，不要说是"苦海挣扎"或灭顶之灾，至少也是他难于"泅渡"的。请读《拒绝菊展》里这样的诗句：

> 而世界为何这般残酷　竟不放过
> 一二个孤高或悠然
> 让她　反串热闹
> 就像不放过鱼儿　在冷水坑里
> 偏要鱼儿于蓝天下　反串飞鸟
> 透明着　那种悬浮的热闹
> ……

但是，少木森已经冷静到不再有尖锐的情感表露了，他只告诉人们"忘却最寂寞的岁月／忘却无渡的此岸"，这既是一种无奈，也是一种反抗。接着，他又说"假如世界真有天真／天真一如你一如我"。这还是一种无奈，也还是一种反抗，但又包含了对世人的劝诫："天真"有什么不好?! 天真是一种防御社会压力的武器，是生存的一种艺术、一种境界。在这里，我是真正品尝到少木森诗独特的"禅味"了，全诗平淡如飘着的云絮，读之却令人如钝器击心，震撼不已。

少木森诗的那种冷静是令人叹服的，这应是与其对禅的领悟以及深厚的文学功底和自身修养相联系的。只是有时少木森的冷静也让人纳闷，不露声色中似乎在回避着什么。这不由得让我想起少木森曾经有过这样的诗句："这是一个后英雄时代／没有战争／但似乎故事还很多／没有战争／杀人不需要动用见血光的刀子／没有战争／杀人或者被杀／其实只是一种感觉／甚至／那只是一种错觉……"如利器剜肉，令人毛骨悚然，却也让人觉得痛快淋漓。可是，到了他写《心境渐凉》之时，他却这么写了"以渐凉的心境　将一生写成格言／听过唱过遗忘过的歌或诗　很多／不论感官也不论灵魂　没有谁／能预言最终的旋律／／殷殷地向往　然后／认真或随意地　听一首／谁写的歌或诗呢／如　望着望不见底的茶杯／以一杯茶的姿势　自觅怡然"。他已然是一位儒生、一位雅士了，与先前判若两人。我这样想，少木森的心底该有一块不容触及的领地吧? 不触及便罢，一旦触及，他还会一面谦卑儒雅地微笑，一面拔剑以待……只是他已太会回避，太不"惹事"了，到后来，他似乎越来越不容易激动了："倚墙而立／割取一方天空　装框把玩／平息高飞的欲望　照例／炫耀每一缕辉煌"（《鹤望兰》）。如果说，他的诗已达到禅的"放下去"的境界，似又不像。因为"割取一方天空装框把玩"的诗人并没有看破红尘，而是充满了对现实的嘲讽与不满，试想，连自由的天空都可以装上"框框"了，还有什么事物没有令人无奈的"框框"呢?! 只不过，少木森的嘲讽太隐晦了。这样一来，这"冷静"或许当是在一定程度上对社会的积极参与又在现实中不能得到认可的必然产物，诗人正是借助这种"冷静"去防御、抵抗巨大而残酷的外界压力，从而守护心灵的宁静，如诗人自己所说的："谁还抱紧许多忧伤的诗句　呵护／我们彼此隐藏心底的一些什么／如我们　呵护这一塘碧荷的残影"（《雨声》）。

也许，这种回避，算是一种懦弱退却吧。这，肯定是我所不喜欢的一种为人的品格。但细思之，那一种拔剑以待，对社会究竟能有多少匡扶呢？倒是"冷静的回避"有时确能保全自己的思想，也能让体味者获得心灵的共鸣与瞬间的解放，这不能不说也是一种难得的境界。想起他诗集封底上的一句话了："几时，学会和墙说话。"乍一想，"和墙说话"该是一种怎样的清淡与雅兴，但事实上远非如此，雅兴的背后是一种身陷囹圄的沉默与小心翼翼，以及面对"墙"挤压时的心灵寄托，有着诗人的精神固守，多少有一些悲壮的意味！

平常，我老爱尝试着用一句传神的话来概括一个事物、一个地方或者一个人。但是，对于少木森，要说一句话来概括他是困难的，勉强为之，我觉得还是他自己的诗句稍能概括：他要"让一种虚拟的深远暖意　渗透／我们的生命和形只影单的灵魂"。而给他这"暖意"的是诗，他清醒地说"诗在彼岸　生生死死却在此岸"，因此，他很"入世"，他关注着此岸的生生死死；可他仍然时常神形专注地倾听着"彼岸的风／在落叶里／向你细诉什么"。这样一来，他就活得很"诗化"了，也就活得很"虚拟"了。当代堪称诗人的人是不是都这样生活呢?!

（原载《海内外文学家企业家报》2000 年 11 月 20 日）

许莉　福建厦门第六中学语文教师，省内名师，有《诗歌文本细读策略》等作品。

止水难涉又不得不涉

——读少木森禅意诗系列

许　莉

读过海德格尔的人，不会忘记他那些著名的论断。他认为，诗（注：真正的诗）不是诗人刻意写出来的，而是"自然"借助诗人的思维而"显现"出来的，"诗人道说是对（自然）这种暗示的截获"。这也就是我们传统里常说的"灵感可遇不可求了"。

是的，很多时候，我觉得诗的写作，技巧在其中的位置微乎其微。一个人，可以用适合或者不适合自己的语词方式说出内心的秘密，以及对周围事物的发现乃至对梦想的理解和仰望。可以说，这种纯粹自然的文字行为是最朴素也最结实和真诚的写作。一个真正意义的诗人，不一定是一个产量极高的诗写作者，更不是那样能适应和迎合所谓"社会主流意识"的人，他应该是在个人的人生路途中边走边看、边走边唱，无意中就"唱"出了一些"诗"来。这样的诗，就成了他的心声，其实也是他真实生活的旅伴了，字里行间必然就充溢着爱与梦想，也伴随着一些痛与忧伤，读来令人心有所动，泛起涟漪。

少木森爱写禅意，写拈花观鸟，写风雨人生，写友情亲情或男欢女爱，都像透过一层捉摸不透的东西去触摸更深处的生命奥秘。可以说，在他这几组总题为《禅意诗》的诗里，你完全可以感受到它是"一种接近或者说贴靠生命、命运、爱与梦想、疼痛与现实的理性写作"，是"一种可以释放心灵隐秘，打开命运、人生和梦想之门的情感、意绪"。他的文字轻盈、淡雅、精致，而又有着非常动人的人情和人性的温暖色泽。这就是少木森自己说的："禅，就在生活中。禅，就是生命本身了。"当然，他也对"禅"和"禅意"做过这样的解读："禅，是一种生存的智慧；禅意，是生存智慧对生存的一种个性化发现。"

可以说，他对禅的解读是深刻而独特的，所以他创作出来的组诗确有"禅性禅理"在闪动着，我们只要读一读诗题，诸如《禅意诗之〈坚持〉》《禅意诗之〈随风而去〉》《禅意诗之〈合欢〉》《禅意诗之〈仰头〉》《禅意诗之〈忘忧草〉》《禅意诗之〈玄想〉》等，似乎就有所感悟了。再读诗，自然又是另一番滋味在心头了。

他这些组诗在新浪网发表后，我看到一些解读他的诗的帖子，都说得颇准确，也颇耐读。我周围的几个朋友更是对少木森的诗每首必读，并多有讨论。总体认为少木森的心情是平和的，目光却是有穿透力的。"他的《说一个童话》写那种几乎到了'左手不相信右手'程度的'信任危机'，让人全身发冷"；"《对谁含笑》所写的'美好的脆弱'，令人扼腕"；"《蒲公英》写尽'我们有如童蒙，谁识生存滋味'，让人深思"；"《弄错情绪》征询着我们'对现实逃逸的那种心情，你有没有？'"这些看过去都不是"出世"而是"入世"的问题，却在此中真能读出一点"超然""超脱"的禅意来。我以为，这就是少木森常说的："人生不可能没有不如意处，但有一种境界就是对不如意要做到不经意，如扫帚扫去落叶，如拂尘掸去尘埃。"应该说，这样的禅意禅境诗确实具备了思想的深度和诗意的智慧，从而使文字有了一种丰厚的立体感和张力。当然，也有人埋怨少木森的诗"不通俗"，要读几遍甚至十几遍，谁还去读？

少木森的诗的确不是"通俗的诗"，可我想问："诗有通俗的吗？"

我借用朋友的一句话来说读少木森禅意诗的感觉吧："他的诗有一种止水难涉而又不得不涉的韵味。"

我觉得对诗有真正接触，并对诗有所期待的人，是会想读这样的诗的，我就是其中一个，我期待诗人少木森能持续地为我们写出更多这样的诗。

（原载少木森的新浪博客，后选入中国文联出版社 2008 年 2 月出版的《给自己找个理由微笑》）

能治心病的禅意诗

——读少木森的禅意诗

水中仙子

认识少木森源于海角天涯客，当时我们刚筹建博文会，海角特别推崇少木森的诗歌，向我推荐了他，我打开他的博客，初读觉得没有激情，太平淡了，有点现代朦胧诗的韵味，并没有太吸引我的眼球。因为那时我比较欣赏"秦堤"爱情诗，喜欢那种激情洋溢的情诗，对禅意诗却不太理解，甚至一窍不通。

随着时间的推移，我逐渐从其诗歌中咂摸出一点禅意来，且自得其乐，宛如哥伦布发现新大陆般惊喜，我逐渐喜欢上他的禅意诗，且受益匪浅。

他的诗歌多是写自然、节气、花鸟的，很少写情感，即使偶尔有几首写情感的，让人读起来总感觉淡淡的，在他的笔下，浓得化不开的情竟然也是风清月朗般的清爽。虽能参悟出一点沧桑与释然，但从中也能品味出淡淡的寂寞，让人有点怅然若失。他极少写悲伤与痛苦，想来所有的痛苦与磨难，在他创作的过程中，已随着一首诗歌的诞生被化为乌有了，剩下的只有平和、淡然的处世态度，不以物悲、不以物喜，仿佛刚经历过一场生与死的考验，看开了，放下了。他常以禅心观物，以诗心生活。他常给人错觉，仿佛是一个四大皆空、没有七情六欲的非俗家弟子。难怪有网友问他：你是否出过家？

我认为他最具代表性的爱情诗（也许他并不认为这是情诗，但我认为是谈情的）当属《两棵树》：

你竟是我记忆里未开花的那棵树
虽然　你与我一样

沧桑的心　早已落红满地
风雨飘摇的暗香　且期许来年

我们是不是互相地追逐过　或者
只是经过我们身边的风　让我
一厢情愿
感觉已接近而抬眼还是那么遥远

想来　一片抽象的许诺　继续悬空着
树与树之间　谁懂
花也许不再开了　而微风里
只要回音　一如微笑仍在
那风中一叶　就不会
孤独

　　这首诗歌表达的是朦胧情感，或许只是一种单相思、暗恋，那刻在记忆深处的思念，竟然是一直没有开过花的、甜蜜而又苦涩的无花树。想来承诺总像一片叶子，在空中飘浮着，永远无法兑现，错过了季节，树就再也无法开花了。但那熟悉的微笑还依然在微风中传送着，哪怕只有风中的回音，风中的叶子也就不会孤独了。
　　他的很多诗歌，一句话就是一幅图画，比如：我最欣赏的一首诗歌《梨花一枝》全诗就三句：

梨花一枝　春带雨

那该是谁的泪　竟如此
楚楚动人挂在我的眼角

　　这首诗是写春雨后的梨花，看后，眼前却浮现出两幅画面来，一幅是春雨后飘着淡淡清香的梨花花海，另一幅是一个幽怨美丽的女人眼角挂着滴滴泪珠。以人喻花、用花喻人，当这种比喻给想象插上了翅膀，让人感觉意境很空灵，读了就无法遗忘。

还有他刚出版的新诗集《给自己找个理由微笑》里，最具代表性的写传统节日重阳节的诗《重阳》：

> 以一个微笑
> 摇动了那枝野菊　花香弥漫
> 清冷的黄昏　似有音符跳动
>
> 没有等着谁　来访
> 也没有遍插朱萸　怀想着谁
> 九月九　到江边漫步
> 只想给自己　找个理由微笑

这首诗写的是在重阳节，作者并没有等待、没有思念，只是在江边漫步。虽然他没有写微风，但能感觉江边秋风习习，有点清冷，野菊被秋风轻轻摇荡着，他呼吸着被花香浸染的气息，一丝微笑浮上唇边，被他笑成了月牙，轻轻的、淡淡的，与江边的野菊一样，让人感觉温馨可爱，生活原来如此美好，说明作者时刻带着一颗感恩的心，对生活充满了热爱。如果没有满腔的爱，便无法写出这样的诗句来。

还有一些很富有哲理的诗歌，如《坚持》《真理》当属这类诗的代表作。

> 在稀薄的阳光里
> 我　读出这样的诗句——
> 没有意义的坚持
> 就像鞋底粘牢的泥
> 最终成了地毡上
> 尘埃飞起
> 　　　　——摘自少木森《坚持》

有些坚持难能可贵，而有些坚持却徒劳无益，不如放手，人要懂得放手、学会放弃，不能太过执拗地坚持，否则只会给自己倍添绝望与伤悲，伤害自己的身心健康。一些没有意义的坚持，最终只能成为地毡上的尘土，被人遗忘、轻视，甚至唾弃。

漫长的人生路上，人需要不断思考、不断辨别，避免走弯路。柳青说过，人生的路很漫长，但关键的只有几步，错过了一步就错过了一生。

而少木森说，人生走的是一条条巷道，"行路者　一个个／在陌生中迷失过方向"。这没有关系，我们会因此获得"暗示"，获得"真理"，"一条又一条刻在大脑上／大脑沟回　仿真着／一条又一条的巷道"（《真理》）。

读少木森这样的诗句，不能一目十行，不能简单浏览，而是需要咀嚼，就像牛肉干，越咀嚼越有味，也像一杯淡淡的清茶，袅袅升腾着香气，越喝越有味。

就是这样的诗句吸引着我常去打开少木森的博客，悄悄走进他的心灵空间，他宛若就坐在窗前，月光透过窗棂的木格子，稀疏的树枝摇曳着投射在他的身上，明朗的月光幻化成背景，如油画勾勒的色彩与线条，斑斓而深沉。品味他的禅意诗，感觉他既像一个长者，更是一个智者，诗歌总如一盏灯塔，在茫茫大海给我启迪，打开我封闭的心窗，让我在瞬间感觉心明眼亮，一扫灰暗低沉。

每次总能从中读出一种恬淡、悠远、与世无争的境界，一切诗词在他的笔下仿佛信手拈来，不费吹灰之力，但又韵味十足，耐人寻味。他仿佛具有点石成金的本领，简单的方块字在他的笔下经过简单的排列组合，竟然都被赋予了某种魔力，让人总是欲罢不能，读过就再也舍不得放下。

读他的诗歌，犹如品一杯清茶，只有慢慢地品味，才能感到余味隽永、香气萦绕，让思绪随着那袅袅上升的茶香而飘荡，宛若一个面壁打坐的禅师，入静、入静……

远离尘世间的所有繁杂、浮躁、患得患失，抛却尘世一切的恩恩怨怨、爱恨离愁，遗忘所有爱与恨，让自己的心绪和作者一起缥缈，浸染到他的世界里，把全身心融入他的鸟语花香的世界里，给自己的灵魂来一次沐浴和彻底洗涤。

所以，每当我面临生存的困惑、人生的孤独寂寞、爱与被爱的苦恼，竟然不知活着的意义和生存的目的，感觉特别苦闷抑郁的时候，我总是拿起他的诗集，为自己沏一杯茶，让身心沐浴在温暖的阳光下。翻开他的诗集，慢慢咀嚼诗里的每一句话，抬头遥望天边飘动的云朵，心逐渐平静下来，心胸豁然开朗，从一个阴暗的角落看到了蔚蓝色的大海，想着给自己找个理由微笑，为自己找个理由坚强地活着。

我想，他的诗歌很似一剂良药，能医治人的心病，假如你正在痛苦的深渊里挣扎，那么我建议你读一读他的诗歌，也许你能收到意料不到的效果。

一个小女子能引起一场战争，一篇文章能影响并改变人的一生。

让我们跟着作者指引的世界，感受他带给我们的山清水秀，体会他的铁血柔情，与他一起骑在马背上，在草原驰骋纵横，让我们拈一朵鲜花，为自己找个理由微笑，像阳光一样无私地温暖别人。

读着作者的诗，相信你也能如我一样融入作者诗画般的心境中，在优美的诗歌中，坐禅、听蝉，看雨点打碎的池塘和那被醉过的一尾池鱼，听远处山上传来的阵阵悠扬……

（此评文 2008 年之前广泛传播于网络，后收为诗集《少木森禅意诗精选精读》附录）

水中仙子　原名姜玉华，河南省作家协会会员，中国博客研究会的十个发起人之一，《博客世界》报纸编委会成员，博客网知名专栏作家，著有《情劫》等。

从容、豁达、恬静之美

——读少木森禅意诗有感

柳似伊

北方的 5 月，清新明快，朵朵白云如棉絮般在空中飞舞，只有在中午时分，才能感觉到夏的气息与热情。5 月是绿的天地、花的秀场。鸟儿鸣唱，轻风细语……这样的天，寻一个雅室，一边品着香茗，一边读着少木森新出版的《给自己找个理由微笑》禅意诗集，既是一种享受，又是一件非常惬意的事。他的诗能让你去燥纳凉……洗净时而混浊的思绪，给你的内心一片纯静和超然。

博客真好！在这里有幸与博友们相识、相知。尤其是与诗人少木森博友相识好像是在两年前的 6 月，正是端午节前后，他的一首获奖诗歌《一个屈原已经足够》进入我的视线，尽管不懂诗，但能感觉到诗人的一腔热血及忧国忧民的心，这首诗更能震撼读者的心，使之产生共鸣。最初读他的诗，有一种似懂非懂、雾里看花的感觉，读了两年，渐渐才读懂他的禅韵。

他的诗唯美，恬淡自然，轻盈飘逸，寓意深远，哲理性强。"以禅眼观物，以诗心生活"是少木森独创禅意诗的主题。他的诗给人一种乐观、从容、豁达、恬静之美。他写的《重阳》，给我的感觉就是他生活的写照，就是他的生活态度和生活状态。这样的状态，简直让人羡妒。请欣赏《重阳》：

以一个微笑
摇动了那枝野菊　花香弥漫
清冷的黄昏　似有音符跳动

没有等着谁　来访
也没有遍插朱萸　怀想着谁
九月九　到江边漫步
只想给自己　找个理由微笑

　　他喜欢和擅长写节气诗，写全了二十四节气，不同节气的特性触动着诗人多思的神经，把节气与生活中的酸、甜、苦、辣紧密地串联起来，从而抒发诗人的感叹、感悟。在四季的轮回中品味人生的真谛，反复细品，耐人寻味。如他写的节气诗《霜降》：

有时候　季节非常凌厉
像一个词：霜降

一朵花　要想在这个时候
慢慢打开自己
需要足够的勇气

有时候　季节只是虚张声势
也像一个词：霜降

一朵花　就在这个时候
慢慢打开自己
我还是看见
一种神秘的微颤

　　他的诗富有灵性、鲜活性，诗人的敏感、观察力、洞察力极强，能把生活中的小小细节美化成诗，给人以美好的意象空间。从诗中感受诗人对生活的热爱及诗人淡定、随意、超然的性情。请读他的《期待谁的来临》：

期待谁的来临
我泡一壶茶　茶香袅袅
门外有风

风把门吹得像有人敲过

风把门吹得像有人敲过
门外有风
我泡一壶茶　茶香袅袅
期待谁的来临

他在等着谁的来临，没有说出，也不像那种浓情蜜意的诉说，既清淡如茶，也香醇如茶，越品越有味道。读他的诗多有这样的感觉：暮色黄昏，微风习习，品味茶汤，聆听蝉鸣，高山流水，潺潺不绝……

（原发《博客时讯》2011 年春季号）

柳似伊　原名赵朝晖，黑龙江齐齐哈尔人，网络作家、诗人。

评少木森《给自己找个理由微笑》

靓了点儿

　　《给自己找个理由微笑》是少木森的又一本禅意诗集，文笔是作者一贯的风格，行云流水般，气韵淡远。诗中所述多为平凡生活中平常的细节，信手拈来，恬静从容，读来仿佛走入作者的生活，与作者分享着当时的心情。而且，少木森先生似乎总是把心情调整得很到位时才写诗，而他的心情就总是隐现于他所描述的事物中，读时，你就觉得亲切、饱满，就容易被引入一种他所设定的诗化的生活中，生活中的诗情呼之欲出。请读《风中扁树》：

　　　　走进寨下的佛足崖口
　　　　就注定要走进一个故事
　　　　两棵苦楝树
　　　　长成扁平的树干

　　　　风——什么样子呀
　　　　我没有见到
　　　　扁扁的树干　布满的
　　　　却是我对风的想象与猜测

　　　　忽然就想　在这崖口
　　　　好好地站直了
　　　　和树一样　站得那么笔直

轰轰烈烈的　把自己
交给一阵又一阵风

风的夹击　也许真能够
让硬硬的树干长成扁平
又能使一颗软软的人心
被吹成　什么样子

风吹来了
风紧紧地吹了
我真的很想很想
让多年没有激动的情绪
好好张扬一次

　　少木森的诗，看上去就是用心在说一件件小事情，在说一个个小感悟，所以，他的诗有一种偶然邂逅的感觉，他不知道要写什么，只是他总在注视着可写的事物，当事物触发了他的感悟的时候，他就有诗了。这样说，应该是扣准了少木森的写作特点的，但这样说还未能把少木森的创作与别人的创作区分开来，毕竟成功的写作都不是"硬"写出来的，而是有感悟才有写作。但少木森的写作在这一点上似乎典型一些。可以说，很难在少木森的诗中找到"原初事物"的描述，而是他心情化、感悟化的事物进入了他诗的个性化语境。看一看《霜降》，这个特点是不是很突出呢？

有时候　季节非常凌厉
像一个词：霜降

一朵花　要想在这个时候
慢慢打开自己
需要足够的勇气

有时候　季节只是虚张声势
也像一个词：霜降

一朵花　就在这个时候
慢慢打开自己
我还是看见
一种神秘的微颤

不妨这么说，少木森似乎总是在寻找原初之物的意义，找到了，他又不说出那意义，而是让原初之物与心灵之物在新的嫁接中凸显出了诗情。自然，少木森诗歌的最突出特点是禅意。我与少木森聊过"禅意"问题，他的一句话让我印象深刻。他说："我觉得，所谓禅意，应该是禅者对这个冷峻世界的一种温暖的注释和向往。"这的确很"禅"，很智慧。难怪读他的诗，除了恬静淡泊外，还有的就是温暖了，而且是一种面对"冷峻"、面对"艰难"、面对"忧患"的温暖，是一种充满歧义的"温暖"。

请读网友"平和"和"罗飓"对《霜降》的不同评说，平和说："一开一放，有非常固定的法度，虽然季节在变，可是在变的当中，还有不变的法度。外变、内变，使人知道惧怕，人生都处在小心谨慎中。看人生，看世界，一点一滴都要小心，天天在忧患中、天天在恐惧中，为什么有许多事情，不动则已，一动便会招来痛苦与忧愁？"罗飓说："花，总想打开自己，但在霜降时节，是何等艰难。但，它还是打开了，在白霜的凝视中，它笑声微颤，人们想送点温暖给它，但却被它给温暖了。"

我不知道评者是不是深研禅的人，只觉得这些评论的确在禅语境中，两人的观点一结合，禅的意味就出来了，诗的禅味就被读出来了，于是少木森笔下的"霜降"不再凌厉，而是温暖。

（原发《菲律宾华报》2008年9月25日）

靓了点儿　原名左淮丽，河北邢台人，新浪博客网红。著有《读书识人》等。

少木森禅意诗的三个印象

阳揭方

福建诗人少木森喜欢写禅意诗，不久前，他的诗集《少木森禅意诗精选99首》获得了"福建省第二十届优秀文学作品奖暨第二届陈明玉文学奖"二等奖。是他自己告诉我最近几乎停了全部写作，致力于在博客上搞"每日一禅"，即每天都要写一首禅意诗。如果参禅悟道算是一种行修，是日日可以做的，只是谁都不可能每日有悟，或者说每日一悟呀。所以，我对其诗是不是都有禅有悟，是不以为然的。不过，我还是欣赏和佩服少木森的努力，每天创作一首禅意诗，那得有什么样的心境才行啊！我很认真地跟读了少木森《每日一禅》里已经贴出的八十多首禅意诗，得出了三个印象，写出来，也算表达我对少木森的敬意，同时也就教于少木森和读者。

第一个印象是，少木森的诗确有禅意。以诗入禅古已有之，抛开那些演绎禅理的"禅诗"不谈，唐时王维、柳宗元，宋时苏轼都有很鲜活的禅意诗。请读王维的《鸟鸣涧》：

　　人闲桂花落，夜静春山空。
　　月出惊山鸟，时鸣春涧中。

此景此情，何等静谧！前两句刻画出一个静寂的氛围，第三句是动的，在极静的情境中，月亮升起，惊动宿鸟而使之飞起，末句的鸟鸣声则使本已极静的境界演进到更加寂静的境界。这是禅诗中经常运用的以"动"来表现"静"，以动写静，动中求静，喧中得寂，表现充满禅意诗情的境界。更重要的是，禅这种东西既抽象，又具体，禅可以玄、可以平白，但必须有个意象，有个"核"在里面，方可引领人去读去悟。细品这首诗，你真的会有一种"天心月圆"或"万古长空，一朝风月"的感受，这就是禅的境界了。

少木森以现代诗写禅意，似乎比古诗写禅意要难。毕竟诱惑已多、浮躁成风，写诗已是不太讨好的事，专写禅意诗可谓找了冷门中的冷门，岂止不讨好，还可能讨嫌呢。没有一定的定力，如何可以达到动中求静、喧中得寂，表现充满禅意诗情的境界？看得出来，少木森是一位颇为沉静的诗人，他在语言上尽量摆脱逻辑与理则的约束而服膺于心灵的自动表现，也就写出了"静""寂"的禅意。读读他的《林静鸦惊心》吧：

> 偶尔　和你们踏入静林
> 谁不想把脚步放轻
> 对话　细语轻声
> 甚至　默然无声
> 只让　心与心彼此倾听
> 或者　倾听天籁清音
>
> 一阵鸦噪　石破天惊
>
> 惊着了谁的心
> 没惊动　一片林子的静

有博友这样跟帖："读这诗的时候，一股莫名的清凉沁人心脾，渐渐地浮现出一片林子的轮廓，那是一片静静的林子！我希望：没有乌鸦！要是真有乌鸦叫起来，真是大煞风景啊！我可没有那种定力，被惊了心的肯定是我呀！"

另一位博友点评道："读你的文字，依然有一种回应：恬淡、悠然、置身世外的宁静。难以想象生活中的你如何面对尘世的纷繁？如何让心在烟火中不受煎熬？"

我想，这林子是一种象征吧，或者是一块心灵的圣地，在现代世界之外难以寻得啊！但这林子毕竟空气清新多了。少木森的诗把这有清新空气的林子推介给我们了，我们不妨如组团旅游一般去走一遭吧！

但是，我也要说，少木森的禅意诗也不全有禅意，有些诗是明显禅味不足的。从少木森一些谈禅的文章、讲稿上可以看出，他是深研过禅学的。但研究和创作毕竟是两码事，要从懂禅到能圆融地写出禅诗，还有很长的路要走。少木森有一些诗真的是好诗，但禅味不足，还是还俗吧，我觉得当俗诗读更可爱。

第二个印象是，语言精美，诗意沛然。少木森很重视诗的意象营造，总能创造出一种柔和温软的美，语言锤炼得几无一字多余，意境幽深、鲜活、丰满。

记得少木森有一谈诗言论："诗的纯净，是精神的纯净，语言的纯净，三者不能剥离。"为何是三者呢？少木森又说："诗、精神、语言，三者在一首诗里是同一的。"这就是说，诗是语言的艺术，诗境的高低，实际上也是语境的高低。请看少木森禅意诗中的一些精彩句子："一愣神　便是一生"（《心境渐凉》），"风不再孤独于叶 / 雨不再孤独于根"（《鹤望兰》），"假如世界真有天真 / 天真一如你一如我"（《冬原，忘忧草》），"远来的风 / 携点儿香 / 侧身挤入门缝 / 心　被托了出来 / 像一只风铃 / 被悬在半空 / 只需一些风 / 就响了"（《在家静坐》）。这是鲜花般的语言，是真正的诗的语言，对诗情、诗意的表达，准确、鲜活而又传情。读着这些诗句，有强烈的阅读快感。

少木森的诗还有整首的优势几乎全在语言魅力上的。请读《霜降》：

有时候　季节非常凌厉
像一个词：霜降

一朵花　要想在这个时候
慢慢打开自己
需要足够的勇气

有时候　季节只是虚张声势
也像一个词：霜降

一朵花　就在这个时候
慢慢打开自己
我还是看见
一种神秘的微颤

读着这首诗时，我在想：假如换一种表述，或者说把这首诗用另一种语言翻译过来，或许就没有这一首优美的《霜降》了。当然，我不是说这首诗只在语言方面可取，实际上这是一首浸润着生命意识的诗，读后，"我还是看见 / 一种神秘的微颤"。而且，这首诗很讲究景物和意象的融合、情思和意境的紧密结合，在诗的意象和形式上也是独具匠心的。

第三个印象是，借禅思考，内涵丰富。少木森在每一首诗的前面都挂着一句宣言式的话："以禅眼观物，以诗心生活。"的确，他的许多观察角度、思考深度是独到的，但那是不是就算禅呢？我有所保留。不过，这不打紧。实际上，即使少木森只是借助禅来表达自己的所思所想，那也足以说明他是一位有思考的诗人。与少木森聊天谈诗时，他说："诗只靠灵感是不够的，还得有思想。"

少木森这样说过："这世界最大的痼疾之一，不是我们已经有的框框，而是我们刚刚挣脱了一个框框，又立刻钻进或准备钻进另一个框框。而没有框框的时候，我们还真觉得茫然，无所适从。"

看来，少木森对此感慨良多，所以，他写《真理》，写《鹤望兰》。

"从一条深深的巷道走出 / 仿佛走进了 / 又一条更长更深的巷道 / 行路者一个个 / 在陌生中迷失过方向 / 巷道　因此灌满了 / 追寻的欲望 // 或许　这只是一个隐喻 / 可我　就在隐喻中误入过 / 一条又一条巷道　而后 / 读懂了它的暗示 / 并将它们叫作真理 / 一条又一条刻在大脑上 / 大脑沟回　仿真着 / 一条又一条的巷道"。这就是少木森《真理》全诗。

有人用这样的话来注释少木森的这首诗："通常人们所谓真理往往只是一种信念：我相信这是真的，所谓真理——这是那些关于真理的断言的真实意义而已。一个人宣称或断定：'真理就是 a'，其实他的真实意思是：我宣称的真理是 a，我认为的真理是 a，我主张的真理是 a，如此而已。但是任何别人都有同等权利主张相反的观点也是真理：我认为的真理不是 a 而是 b！"我觉得，这样的解读还是中肯的，但还应该看到这诗的另一层深意，那就是我们"就在隐喻中误入过 / 一条又一条巷道"。

另一首题为《鹤望兰》的诗，全诗如下：

刻意雕琢的欲望
以弥漫的姿态扩散
几只夕鹤飞翔天外

> 最初的日子轰然结束
> 风不再孤独于叶
> 雨不再孤独于根
>
> 倚墙而立
> 割取一方天空　装框把玩
> 平息高飞的欲望　照例
> 炫耀每一缕辉煌

这首诗也许可算作咏物诗，借助一种名叫鹤望兰的花卉来表达诗人的思考。那花长着一副鹤飞蓝天的样子，却始终只能匍匐于地上，不能冲天而起。第一节是不是说我们都有向往飞翔、向往自由的欲望呢？第二节有很妙的诗句"风不再孤独于叶/雨不再孤独于根"，但我不知如何解读更好，或者不用解读，只要诵之也不错。第三节非常精彩，先是慨叹：我们连自由的天空都可以拿来"装框把玩"了，那么，我们还有什么没有"框框"，还有几时没有"框框"呢？接着又说："平息高飞的欲望　照例/炫耀每一缕辉煌"。这就是说，精神自由是弥足珍贵的宝藏吧？这诗句具有特别的冲击力。

在现代股市上有一种现象，叫作"借壳上市"，我想问问少木森，他是不是也在借"禅"的壳来表达一些禅以外的什么呢？他的这一类诗似乎不少，如《深刻》《附着》《预言》《遗产》等。

总体来说，我很喜欢少木森的诗，希望这些有活力的诗能够广泛流传。我脑海里有如少木森《蒲公英》所写的那样的一幅图：爱诗而天真的人，如孩童在找真理的花朵或种子，找到种子，就在风中播扬吧。无论它从何处来，无论它被吹向何处，它将萌芽、开花，甚至结出些果实来。

（原发《菲律宾华报》2008 年 5 月 25 日第 5 版"新天地"）

阳揭方　原名杨芳，广东汕尾人，广东省作家协会会员，博客网红。

读懂诗心了吗?

樟 青

(一)

1.梦回西楼的时候 / 也不敢把楼板踏响 / 我很小心 / 那个轻柔的梦不能吵醒 / 让她 / 月色朦胧中 / 装饰着别人的梦 (《西楼》淡远)

——心中的梦,美丽的梦,不可惊醒,因为,人需要美丽的梦;心中的她,圣洁的她,不可吵醒,因为,她正梦着他人的梦……

2.到了十字路口 / 有人左拐 / 有人右拐 // 有人一直向前 / 也有人回头 // 当然 / 还有人徘徊…… (《十字路口》淡远)

——有人爱说如果:如果有这条道,有这座山;我想说:世间没有如果,就像太阳不会从西边升起,因为,路在脚下……

3.我很喜欢阳光 / 阳光下自己却有阴影 // 我很喜欢梅花 / 梅花开的时候却很寒冷 // 我很喜欢秋天 / 秋却不雨很干燥 // 我很喜欢顾北 / 吃了他两次招待 / 心中有点过意不去 // 我喜欢的 / 都让我苦恼 / 自己又不能没有喜欢…… (《我很喜欢》淡远)

——如果她是白云,我希望我是蓝天,可是她已化作雨点。// 如果 她是

213

小溪，我希望我是大江，可是她已流入农田。// 如果她是月亮，我喜欢月色清朗，她却悠然地玩起迷藏。// 如果她是太阳，我喜欢阳光灿烂，她却淡然地落下西山。

（二）

1.一只鸟忽然停下来 / 在一棵枯死的松树枝头 / 叫声穿过树的阴影 / 抵达窗棂 / 原本很静的我 / 一惊！// 那可是一只乌鸦！// 学生物的茶友　讪笑着 / 说这种鸟 / 原本不叫乌鸦叫乌鹩 // 原本？原本：/ 乌鸦又叫什么呢？（《原本》少木森）

——原本乌鸦不叫乌鸦，原本乌鸦叫什么？原本就没有"原本"，就像原本没有"如果"。

2.看到经幡　似乎也就明白了 / 有精神的树　一直生长 / 在远方的远方 // 难怪一曲《青藏高原》/ 唱得我一定要做这一次远行 // 韩红现在唱着《天路》了 / 不一样的歌曲　一样的心情（《远行》少木森）

——天路，青藏高原；青藏高原，天路。不一样的人，一样的歌；不一样的心情，一样的远行……

3.一对嬉闹的麻雀　为春天 / 营造一种风格 // 那片高得让人发虚的天空 / 似乎总有什么痕迹隐藏在深处 // 风　吹落几片羽毛　荡悠悠 / 如拨弄着谁　心旌招摇 / 目光凶猛如斯　让人意外 // 我知道　我无法把天空读懂 / 只是　那两只小鸟 / 让我读到了　错愕的欲望（《欲望》少木森）

——我无法把天空读懂，但我可以从身边读起；我无法让麻雀快乐，但我可以让心灵放飞……

4.送别的诗 / 多数浸着泪 // 而我送别了多少多少次 / 偶尔才含过一二滴泪（《送别》少木森）

——平静的心告诉我：只要有缘，还会相会；偶尔的泪告诉我：还会相会，需要有缘！

【后记】本文中，破折号之前为淡远老师与少木森老师的禅意诗（多为摘录），破折号之后为我的读后感。两位老师的诗作自然、空灵，禅意绵绵，读之宁静、愉悦，遐思翩翩。真希望能读懂诗心，读出美丽；真奢望不全是"狗尾续貂"。

（原发《博客时讯》2011 年春季号）

樟青　福建省永泰县某中学教师，福建省作家协会会员。

网评少木森诗集萃

柳　柳

　　我到少木森家喝茶，并言明要再写他的一篇诗评，少先生说："该评该说的也都说了，不要再弄了，倒是网上有些零碎评帖，说了些东西，你可以看看。"

　　我看了，还真有点东西，是在那些评述少先生诗的文章里没有见到的，于是我就决定弄这一个集萃了，献给和我一样"爱上"少木森的人。呵呵！

主题：从少木森与邓丹晴的诗看"新千家诗"
作者：567138s　　发表日期：2005－03－09 12：51：18

　　首先要说明的是，从诗风上说，少木森有玲子之风，邓丹晴有山东十一傻之风。那我为何不以《从玲子与山东十一傻的诗看"新千家诗"》为题呢？原因很简单：玲、山二位是"斑竹"（版主），我怕被人误解为"托"——按照文雅的说法，则叫"新闻发言人"。而且，我已经被"永远的等待"同志误解一回了。

　　关于少木森的诗，如禅意诗，用比喻来概括，可谓"和墙说话"；用哲学语汇来概括，可谓"形而上的玄思"。请注意：这绝非在揶揄少木森。因为如此诗风可以溯源到战国时期的《庄子》以及唐代的李贺。再请注意：李贺是毛泽东生前最喜爱的唐代诗人。更请少木森注意，不要滑入"东晋玄学文派"的"野狐禅泥巴潭"。

　　关于邓丹晴的诗如"组诗十二首"，用比喻来概括，可谓"和梦里友人或者情人说话"；用哲学语汇来概括，可谓"形而下的通俗"。请注意：这绝非在揶

216

揄邓丹晴。因为如此诗风可以溯源到春秋时期的《诗经·国风》以及唐代的白居易。再请注意，白居易的诗大都具有生动的故事性，启迪过洪升《长生殿》、中央电视台《唐明皇》等著名的戏剧和影视作品。更请邓丹晴注意：不要滑入"晚清鸳蝴文派"的"庸俗泥巴潭"。

愿"新千家诗"在"玲斑诗风"与"山斑诗风"的基础上，涌现更多能够抒发真性情的诗风。我认为，所有拒绝"无病呻吟、假、大、空"式"八股腔"的诗都是好诗。

抒发真性情的"新千家诗"，我爱你们！

主题：有人说思考人生不重要，我要说，这样说的人思想是肤浅的！
作者：春江花月夜0110　发表日期：2005-03-10 16：27：35

少木森很静，诸葛亮说"宁静以致远"。心甚明，窃以为是！

主题：少木森静吗？
作者：遥望高空的鸟　发表日期：2005-03-10 16：59：53

我怎么读不到他的静？在"新千家诗"，我只在玲子的大多数诗里读到这么一个抽象的概念，我理解的"静"或与你的看法不同。

主题：守静？……不是守静……
作者：遥望高空的鸟

第一，读少木森的诗，平面意象的繁变中，诗意化的禅意是在里面，但就静的理解深度或你称之为的"境界"来说，你能从"要蹚过什么情绪的河／才能让你读出暖意"这样的句子中读到吗？少木森的诗歌中有他独特的张力和对诗的理解，有最纯粹的生机和冷暖在里面。几年前在读李清照的诗歌时，我也有这些感觉，但比之李清照，少木森的诗歌（或大部分诗）少了些活力，对于活力，我的解释就是生活的一部分，要以什么现代诗歌的走向而言，未免托大了，不错，每个人都有自己对诗歌的写法或理解法，我学习了少木森在语言上的一些表现手法，也读到一些理性的含义，但就静而言，我惭愧了。

第二，静。我认为诗歌的静来源于生活，一种在立体中呈现出来的心态，

217

而不是平面化、单纯化的静，那些静你可以通过读泰戈尔初期的散文诗，甚至读聂鲁达的爱情诗或汪国真的小品诗来感受。对于诗歌的静，我理解为镇静，在烦琐的生活中、在风格多变的表现手法中不经意体现出来自己对生活的一种态度。通俗到生活，在《天龙八部》中，当我读到第四十三回《王霸雄图血海深仇尽归尘土》时，有一种不可思议的石破天惊的感觉，这是我从未有过的阅读经验。这种石破天惊的感觉，后来我只在读博尔赫斯的时候才又出现（最近读张五常又有这种感觉）。老僧的声音先于本人出现，他出现时，没有人认识他，就连少林寺的和尚也叫不出他的名字，只知他是个扫地打杂、地位最低微的服事僧，"只剃度而不拜师，不传武功，不修禅定，不列玄、慧、虚、空的辈分排行"。可后来他说的、他做的，我们不怀疑，即便出任少林方丈甚或武林盟主（他完全有这能力），他也不会和扫地时有本质的区别，我必须说，人和人是不同的。如何让道路遇合自己的天性和心灵的要求是一种大智慧。万丈红尘功名利禄中的静才是我们看得最清最深的静。在我所读过的作品中，唯一与这个无名老僧相近的人物是毛姆《刀锋》中的莱雷。在经历了漫长的阅读、思索和寻求后，莱雷选择了做一个出租车司机来安度余生。去年10月，在采访一个纵横诗坛三十多年的诗人时，我谈了自己一生的理想：走过大地，不留痕迹。守是刻意的，而在诗行中述说千变万化的生活中表现出来的镇静才是另一个层次的静。

　　第三，从玲子的《我寂静的时刻》读到"幻觉系列"的《虚影》，再读到《生日》，她的诗歌，或许在表现手法上和我有相似的地方，所以通读了她文集里的诗歌，我觉得舒婷的影子很重，在很多诗中，我读到了《纷乱中的镇静》：

　　　　给自己一个借口　　不要
　　　　让时光利刃
　　　　剥夺那重垂帘的资格
　　　　我们穿着鲜亮　　羞于
　　　　挂在神坛的位置　　就像
　　　　玉米羞于成熟　　盖着清香的叶子
　　　　才有理由走向死亡

　　　　说白了　　神是人的影子
　　　　能否举起　　那块

自己也举不起的仙石的预言
根本不是悖论　矛盾的狐臭
炒作了五千年　不如夫子
一夜风干的三条咸肉
臭味如兰芝招摇
何人　去训诂验证它
曾经被谁
不折不扣地烹饪
并满足无奈的口腹之欲

天下大白　即使兑取
几个愿望　一生也是贫儿
走在越来越近的彼岸之岸
不带去首饰和胃囊
不击退鞋子的方向
把婴儿的纯粹　月光般
运回胎中　含一粒籽种
自在地发芽　數上
曲终人散的优雅和年轮
不抱怨雾霭远处的疑虑
亦不必打碎现世里
仅有的重心

生缘　也是一种镇定

　　第四，再回到理解的角度，还是那句话，每个人都有自己的学习经历，对诗歌，扩大至哲学，都有自己的套路。

主题：谢谢这么多朋友的关注和解读!
作者：少木森 2004

"遥望高空的鸟"对诗的感觉是敏锐而准确的，听你几句话，有时候竟有一种被"剥光"的感觉。

依我看，诗肯定是一种倾诉，不管哪个诗人，如果他不再需要倾诉了，他就不需要再写诗了，如果他不会倾诉了，他也就写不出诗了。

曾经有朋友要我写"创作谈"，我说过，我最希望出现的创作状态是，心底千重浪，笔尖一滴水。但我知道自己始终没有达到这种状态，所"得到"的这一滴水肯定不能够"映衬"那些浪的微光。但我愿意这样一直努力地去写。也想把这想法告诉愿意这样写作的人。我们共勉吧！

主题：生存智慧——读少木森《低调的生活》
作者：只读不写也好汉

少木森自称要"变脸"了，然后就贴出了几组不再标禅意诗的诗来。这几组诗的确与他那些禅意诗有所不同了。不过，我细细读了，发现从根本上看，少木森并没有变，他仍然喜欢禅意，仍然在述写着"生存的智慧"，特别是这一组《低调的生活》，更是很好地体现了他那种"禅式的生存智慧"。

茶和诗都应该是生活的雅事吧？可雅事照样不是轻松的事。生活里没有轻松的事啊！就像这茶是要"滚水"冲泡出来的，而诗"要用什么浸泡"出来呢？"茶是滚烫的水浸泡后／叶子里流出的像血那样的东西／这就像是我的诗歌／可是／我被什么浸泡过了呢／流出的那一点儿东西／就被读作诗歌"（《茶》）。这茶与诗的雅事，被他说得凝重了，说得不轻松了。读这样的诗句，感觉就是沉沉的，但似乎也有一种泰然在里面：浸泡吧，只要我们的生命有足够的韧性，什么时候我们还真"泡出诗来了"。你看，这不是也有点禅味了吗？甚至是一种"禅式的幽默"了。

少木森非常善于写细节、写"幽微"的心理和情绪，他常常是在一种看似不经意中，在一种看似轻描淡写中去描摹一种"热切"的情绪，他曾经的知名诗篇《守望昙花》是那样写的，小说《海茫茫》是那样写的，今天这一首《期待谁的来临》也是那样写的。你看他在喝茶等人，没有说出"等"的心情，可心情已跃然纸上了，尤其是他巧妙地用了一个回环诗的形式，使得那种"期待"几乎有了一种画面感。可惜我画技不行，不然画一幅国画人物图，再题上这首诗，那该是一种怎样的意境啊?！请读《期待谁的来临》：

期待谁的来临

我泡一壶茶　茶香袅袅
门外有风
风把门吹得像有人敲过

风把门吹得像有人敲过
门外有风
我泡一壶茶　茶香袅袅
期待谁的来临

少木森善于透视人生、透视人性，最近我正在参与运作的其《"人性伽马刀"系列小说自选》小说集全是透视人性的，许多地方是"赤裸裸"的毫不客气的。这组诗里有一首小诗也有这样的特性。"送别的诗 / 多数浸着泪 // 而我送别了多少多少次 / 偶尔才含过一二滴泪"（《送别》）。我们谁都喜欢美化自己的行为，我们往往会把我们送别的行为"诗化"了，"诗化"得泪涟涟的，"诗化"得情深意切，我们真的是那样吗？不！少木森说，不，我只是"偶尔才含过一二滴泪"。我们能因此判断诗人是一个"冷漠""寡情"的人吗？而《沟通》《读故事》《低调》所述写的也是人心的隔膜、沟通的艰难，也还是人性的问题。

应该说，整组诗中最打动我的是《远行》。是什么打动着我呢？是"远方的远方"的那个"精神家园"！是的，文学的意义就在于为我们提供一个也许永远都遥不可及的精神家园，不然，我们要文学何用？就像有人说的那样：这是"低调地生活，高调地歌唱"。我觉得这是可取的生存状态，可贵的生存智慧！少木森确有这样的智慧！至少他的诗里是让人读出这种智慧的！

当然，与他原来那些禅意诗比起来，似乎这组诗写得更随意些，更不精粹些，有些诗句似乎拖沓了，没有了他一贯以来对诗的语言的那种锤炼，也就没有了他的诗一贯给人的那种阅读快感。我还是希望少木森在使诗更生活化时，别丢了原有的语言意味！不过，话说回来，要是少木森真的那样炼字炼句了，也就没有我为之改诗的机会了。真的，以前在多次编他的诗、评他的诗时，曾经对他一些不合我口味的诗句试图改一改，结果改出来的都不如他的原句。今天，我可逮住他一句了，那就是《远行》的最后一句："目标嘛　也许就一个 / ——远方"，我觉得可改成："目标嘛　也许仍在 / ——远方"。我以为，这"绝对"更好了！

主题：王传先评少木森禅诗

作者：王传先

再一次读少木森的大作，觉得上面的评价过于肤浅，这是我再读后的一点心得，愿与朋友们分享，也希望少木森老师指漏。

少木森老师以禅诗著名。"禅是东方智慧，也是中国传统文化之一，与佛教、哲学、科学等都有关，但又不是佛教、哲学、科学，在时间空间上有一种独特的表达方式与审思，自身就存在无穷大的时空之中。无我，是禅的境界。"他的这几首诗处处散发着禅的芬芳。

在《拒绝菊展》中，诗人用菊把陶潜的"悠然孤高"和现在很多自诩的所谓"悠然孤高"并立在一起，说明了现代所谓"悠然孤高"的虚伪性，"演员"而已，搽着"香"的"演员"而已。他们只是"花样翻新地抄袭着 / 采菊东篱下那种心境"。然而，滑稽且可悲的是这"竟也如此诱人的 / 帮助我们忘记许多什么 / 不知不觉的融入通俗的热闹 / 再无人问起：有谁抄袭到陶潜 / 原汁原味的悠然"……其实，在这样"残酷"的世界，就算有一两个人想做真正的陶潜也是不可能的，他们"不放过"你，会让你"反串热闹 / 就像不放过鱼儿在冷水坑里 / 偏要鱼儿于蓝天下反串飞鸟 / 透明着那种悬浮的热闹"，那么就让真正的陶潜"拒绝菊展"吧！让"让自己的菊花仍在灵魂深处"，为真的陶潜芬芳！——结尾透出了一种无奈，但是积极的。

在《失眠者》中，诗人明显在写一个孤独的斗士，在"深夜"，别人都睡了，而"你还点亮那只窗"，目的是"让街市略显不安"，多么勇敢而执着的先知形象！就算"我"不能让黑夜的街市变亮，"我"也要让你不得安宁！然而英雄也是人，有时也担心多年之后发现原来是自己跟不上，所以"有时也起疑 / 随便想想：这里正发生着什么"。"倘若你闭灯，失眠着自己的失眠 / 街市的思想会变得单纯"，这句是诗人在发"牢骚"了，或者说是一句反讽、"气话"，我们应该会读出相反的意思。

《仰头》透露出一股勇往直前的积极意味，由此也可以看出作者的人生观，"诗如其人"是也。且看这样的句子："我们有仰头的欲望 / 于是 我们仰头""即使一无所有 / 我们或许仰之弥高"！就算是"落叶"也不但"留一串 生存密码"，而且"和缕缕风声 支撑 / 大片大片浮动的阳光"！何等积极，何等有力！谁说禅意诗不能表达积极的意思？不能波涛起伏？

《朽木图腾》不但写一种传统的文化遭遇和作用，而且是描写人生的绝妙篇章。老了吗？朽了吗？深奥吗？不，"跪拜者"等了"千年"，终于看清，被现代人"风化着"的"你"原能"知华萼枝叶之徒荣"，"你"的被"风化"是文化之悲剧也！

写到这里，才发现自己原来不是在写少木森老师诗歌的"禅"！但时间已晚，便将错就错了。而且，不用我说，大家都能看出。

（此文从新浪"新千家诗"论坛收集而来）

柳柳　原名柳时平，福建福州人，就职于某企业宣教部门，新浪网红。

与少木森谈诗

柳　柳

　　5月25日晚上，由我做东，约上少木森、潘凌、罗春波和陈宇，我们在三杯咖啡厅的一个角落谈起了诗歌，特别就诗集《少木森禅意诗精选99首》，与诗人少木森本人进行了交流。现将主要内容整理如下，以飨读者。

　　潘凌：老兄写了一整本的禅诗，数量让我吃惊。但要我看，你的诗倒都可以称得上是哲理诗，说都是禅诗，我觉得未必。我不知道是不是所有的诗都可以解释为禅呢？

　　少木森：我首先得解释一下，禅诗和禅意诗应该是两个概念，要把我的诗往严格意义上的禅诗去靠，可能就会发现许多诗不是那么回事了。但要说它可能写出一点儿禅意来，或许还行吧，不算太牵强。

　　我确实尝试着写了较多的禅意诗，也得到了一些认可，既以组诗形式发表了一些，也被报刊多次论述过，还获过奖，于是就出了诗集《花木禅》《谁再来出禅入禅》《少木森禅意诗精选99首》。但我不认为所有诗都可以解释为禅，我也写过、发表过一些不能标出禅意诗的诗。这次集子收入的诗，我觉得还是写出一点禅意的，也曾经有人论述过，基本是认同的。

　　罗春波：那么，禅意和哲理是同一回事吗？

　　少木森：我反问一下，哲理是什么呢？就是人对世界、对人生的一种形而上的认识，是生存的智慧。禅应该也算一种哲理吧！它也是一种生存的智慧。但我觉得，禅意中既有"理"，也有"趣"，比起哲学和哲理来，它要灵动得多、活泼得多。它不是一种"哲理"的说教，而是给你一些形象、意象，你从中去体味、领悟，"由象得理"。

224

罗春波：我觉得这么说还不足以说明哲理与禅的区别吧？比如，朱熹那首著名的《观书有感》是哲理诗，但它又很形象、很生动。你看："昨夜江边春水生，艨艟巨舰一毛轻。向来枉费推移力，此日江中自在行。"它也是禅吗？

少木森：我觉得朱子这诗确有禅意。就是这首诗，说读书的顿悟境界，不难读出禅机。

陈宇：这样说会不会成"泛禅说"呢？比如"蓦然回首，那人却在灯火阑珊处"，比如成语"豁然开朗"等，难道也可以说是禅机吗？

柳柳：你的两个"比如"好像不是同一回事吧？"蓦然回首，那人却在灯火阑珊处"，我还真读出了一点禅意，禅式思维；而"豁然开朗"要说禅好像就牵强了。少老师，是不是这样？

少木森：嗯，你说的也许有道理。突然的醒悟，是人类普遍的一种思维模式，或许谁都会有突然醒悟过来的那种思维经历。显然，不能说那就是禅了，不能说那就是禅式思维。禅式思维应该是在生活中，从某些具象的东西发现机趣，使思维变得生动有趣，并从有趣中去顿悟。

至于禅，那也不能说成禅式思维，而是应该倒过来说吧，是禅式思维带出禅悟，收获所悟的禅理、禅趣！是不是这样呢？

柳柳：禅，真的太深奥了。你能不能具体谈诗呢？你的诗除了禅意，我觉得还有点唯美，似乎还有乐感？是这样的吗？

少木森：我写诗是有点追求唯美。一是语言美，二是情绪美，三是意境美。我老说，诗是纯净的，它的语言、意境和情绪，如果能给人"净、静"的感觉，那肯定是好诗了。

但诗毕竟是一种倾诉。每位诗人的秉性不同，倾诉的方式也必然不同。从理论上、逻辑上说，本来只要是真诚、率性的倾诉，就该算是好诗了。可是，那些太丑、太脏、太俗的话，如果也算一种倾诉，好像也说得过去，可它的听众是谁呢？有谁愿意整天听这东西呢？所以我觉得，诗意首先应该是一种美，甚至必须唯美。我的诗的确有这个倾向。

罗春波：我会背你的好几首诗，背一首吧：

> 不想用什么打湿你的晴空
> 画一会儿画写一会儿诗
> 说一些风儿一般舒畅的话
> 所有的情绪都被你映红

秋风凉了　夕阳凉了
散落的蝉音演绎什么
树叶儿纷纷扬扬

那个为你题诗的人走远了
那个把你题红了的人走远了
剩余的微笑乃如春风荡漾
　　　　——少木森 《散落的枫红》

潘凌：确实很美。

柳柳：确实唯美。

罗春波：真正的好诗就是动人！少老师，我还真不知道你这诗写了什么？可它打动我，我一读再读，甚至像读古诗一样背下来了。

少木森：关于这首诗，我其实写过"创作谈"。当年学禅时，曾到南京栖霞古寺拜访雪烦大师，周围一片斑斓秋色，那红色的枫叶格外惹眼，一团团、一簇簇被阳光照得明丽，风吹过发出的瑟瑟声，给人一种非常旷远博大的感觉，置身此境，自有超凡脱俗的感觉。当时就感觉生命的红叶似乎被谁题上了诗，那人可能走了，离去了，渐行渐远了，"秋风凉了　夕阳凉了……树叶儿纷纷扬扬"，可"剩余的微笑乃如春风荡漾"，始终伴着我，在我身旁，在我的心宇……

柳柳：哦，这样说，我似乎就有感觉了，好像也用不着问写什么了。我也来背背这首诗……

少木森：其实，我觉得诗有很多写作的可能性，我只是学了一种写法罢了。我希望诗歌界多些宽容，真诚地写，怎么写都会有好诗。我就是喜爱禅的那种静气，于是就把写诗和它结合起来，觉得真的写出点禅意来，所以就叫禅意诗。我觉得我这探索算是我应该有的自由吧！可有的人就说：你干啥不好好写诗，干啥老是说禅呢？让人心烦！我说，您啦，就少些"心烦"吧，我其实是在认真写诗，主要还不是说禅呢。我还真不大敢谈禅，禅深奥博大啊，所以，我说我的诗不是禅诗，而是禅意诗。我只想把诗写好，出那么一点儿禅意，自己最好也生活出那么一点儿诗意和禅意，如此而已！

陈宇：我知道，少兄这话是有感而发的，网上网下都有人这样质疑。我以为这没有什么，真的！呵，少兄这表现可就不够"禅"了，禅讲空无呀！禅谈

"放得下"呀！

少木森：哈哈，不说禅，不说禅！

潘凌：现在很多人都在说，诗歌在走向末路，有的喊着要振兴诗歌，有的说诗歌振兴无望。你是怎么看的？

少木森：我当然很怀念 20 世纪 80 年代那样的"诗歌热"的年代，但细一想，那种热是畸形的，是当时文化沙漠化之后的必然反应。现在，不那么热，恰好说明文化形式的多元化到来了，甚至文化内容也相对多元些了，就把许多人分流过去了。这没有什么不好，似乎也用不着拯救！

诗歌应该是一种安静的事业，有一些人安静地甚至默默无闻地写着诗，诗歌就一定会有希望。但要说"振兴"到某种程度，我想那不可能，也没有必要！真的，我真觉得新诗不可能再有一个"20 世纪 80 年代"的现象，也不需要再有那样的现象！

柳柳：你说得让我有点寒心。

少木森：哈，或许我太悲观了，但我觉得好像也不需要怎样的乐观啊！我再强调一句：诗歌是一个安静的事业。有一些诗人在安静地写着，并时常有些让一些人想读的好诗发表，我看就够了！

（原发《南方诗报》2006 年 7 月 10 日）

最近见到的少木森

柳时平

一、聊天

与少木森老师聊天总是很愉快的，但约不上，他太忙，今天约上了，我太高兴了，就到他家泡茶、聊天，问了几个问题。其中有两个问题，我觉得少先生回答得特别独特而经典，就列了出来，奉献给大家：

柳： 最近读一些文化名人的东西，其中让我触动最大的是流沙河的一些话。他的大意是说，现在人心乱了，主要是都没有读古文。真正的文化在远古，而不在现代。所以，他提议中学阶段通通读古文，不必读现代文。

少： 哈，我还没有认真想过这问题呢，流沙河先生是一个很有思考、很深刻的文化人，他这话或许只是某一场合下的"即兴感慨"吧？不过，细想，真正的文化在远古，恐怕只对了一半吧！也就是说，我们的远古祖先创造了灿烂的文化，要去读它，要珍视与珍藏它。但现代难道没有文化吗？白话文不是文化吗？好像不对吧？这里恐怕还有一个重大问题：对文化，我们要如何界定，总不能说"古文才是文化"，"文化就是古文"吧？

柳： 最近还听说了一句话："上帝创造了乡村，人类创造了城市。"老师怎么看？

少： 这话有诗意，也很智慧啊！我喜欢这样的说法，贴近自然，离自然近一些，一定也离"上帝"近一些。我们也可以套用这一句话说："上帝创造了物种，而人类让它们转基因。"城市好像就是"乡村转了基因"，本意、动机可能是好的，也可以克服了原基因的一些弱项，但也可能由于我们这一"转"而留下了许多隐患或顽症，"城市病"的出现，恐怕就是如此吧！

二、看照片

见少木森老师时，他正在电脑前整理照片，里面全是他个人的照片，二十多张啊，都是一个人、一个场面甚至同一套服装的照片。哈，显得有点"自恋"！

一问才知道，是一两天前拍的。

少老师笑哈哈地说了这些照片的来源。4 月 10 日晚，因工作需要，少先生要参加德国莱法州与福建省友好活动的一次葡萄酒品酒会，是受德国人邀请的。所以，他那天上班就穿上正装，系了领带。平常少先生基本不穿西装，这下可算亮了同事的眼。同事一看，连说："很帅嘛！"就用手机一口气为他拍了二十多张照片。

确实是新鲜事啊！于是我就向少先生要了几张照片。说："一起贴在网上，行不？"少先生说："行啊！既然照了，那就给人看吧，就像写文章，就想发表，就想给人看一样啊！"

哈，哈——还真是一种自恋！文化人啊！禅意文化人也一样啊！

（此稿从网络搜集而来）

把空气中最清洌的部分吸入

——点读少木森禅意诗七首

江苏红草

"天空是我们每天都要见的，却常看常新。"这是我读少木森博客，给他贴过的一句话。是的，读少木森的禅意诗，我有一种看天空的感觉，看过去很熟稔，却总有新东西让你看了又看。换一个比喻，读这样的诗，也像我们在天空下呼吸，一呼一吸无非是熟稔的空气，却像少木森诗句所说的——"把空气中最清洌的部分 吸入"，总有那一种清新感。于是我琢磨少木森的诗，写了几篇读后感贴在自己的博客上。少木森先生说要出书。好呀，到时候我也收藏一本，做个纪念。

隆冬的柔软原野

说起来，我是个疏懒之人。阅读少木森的诗，起源于诗友陈柳傅的推介。更进一步地阅读，则来自少木森的赠书：一本是小说集，一本是诗集。其实另有书写一半的阅读随感，可惜我一直未能竟篇。下午看圈子，读到他更新的作品《隆冬踏青》，当即忘却正值寒流，温度降至零下 11 度，不只眼前一亮，心下也甚光明，倒真是合辙春节里的喜乐气氛，正好赏读，分享一番，抵达吉祥的原址。

诗意与禅意的差别究竟在哪儿？这是我阅读少木森禅意诗时最喜欢琢磨的问题之一。要说他笔下的诗歌意象，基本上与新颖毫不沾边。可奇就奇在他的禅意诗歌里从不缺少清新的新，脱俗的意境使得诗歌不经意就焕发新彩，生出

230

最普通样式的新颖质感，仿佛深山清泉的清洌，千秋万代又青春长驻新颜。

小小诗行能载动几许诗意与禅意呢？人类迷惑实象至今，真正的家园所在，似不在，似在，禅意，可算是通向这个家园的其中一条途径。且看看少木森怎么找寻隆冬踏青的禅意所在——隆冬自有它的威严不可仰视。但我们可以俯下身子去看它的根茎：板实的泥土结了什么？放松身心先"把空气中最清洌的部分　吸入"，就有可能知晓"每一个细胞"的秘密流向所延伸的踪迹。隆冬，也自有它的荒凉不容漠视。但我们可以驰骋心地旷野去远眺它的前景：潜伏的水流倾听到了什么？就在近边的"不远处"，就是"几只小鸟跳跃"，就听"鸣叫一二声"，仅此，还不足以昭示春恰恰适合藏身于深寒里养生的真理么？

人世或许难免有它荒凉如隆冬的一面，但不妨事啊，像少木森先生这样借来禅心一颗，将"乱且坚硬"的"横折着真实的枝叶"舒展成"柔软"的"内心的原野"，还有什么样的"骇人的荒凉"不因这"漫不经心"的大明智落得个落荒而逃！呵，生命姿态，放得低一点，再低一点，这是诗意的，更是禅意的，滋润慧根的。

附：少木森禅意诗《隆冬踏青》

　　　　我把空气中最清洌的部分　吸入
　　　　细细看着它们流向每一个细胞
　　　　荒草　这时横折着真实的枝叶
　　　　乱且坚硬
　　　　我内心的原野　已经柔软

　　　　不远处　有几只小鸟跳跃
　　　　漫不经心的鸣叫一二声
　　　　就挤走了骇人的荒凉

圆满开落花香际

之所以这个阅读小札开初就拟写系列，是因少木森先生对于禅意诗的创作笔耕不辍，已有相当时日。而我的阅读接触却仍属短暂，眼光难免肤浅狭窄，利用零碎空闲一点点地阅读更切合实际，可以尽量少一些不完整、不系统阅读所造成的错觉，以求真正认识少木森禅意诗中可贵的平常心。都说禅只悟得，说不得。禅意诗阅读小札亦属于说不得的一种错，是得悟前必经的片面之词。其实我的阅读意图，并不为诠释它们，更为着心底的一片澄净雪亮。算是告慰尘世不安的灵魂——或隔岸观火，或凭水淹留，或秉烛夜游，皆美事——直将漫漫浮尘轻轻拂袖，知命，安神，喜乐是也。而读，不过是想尽力矫正所思误差率，以期顿悟。

今天下午，我选读的是少木森先生博客自选栏的第一首诗歌《等待》。

关于等待，是生而为人游弋红尘的俗世雅趣之一。但此趣需得根生宽广深厚之心域、平和温柔之心境。人生百年，凡事都是欲速则不达，生如何生，死如何死，总之都是急不得的因与果。就如阅读喜欢的诗歌文字一般，贪多嚼不烂，该接受的现实就是，一生中可能阅读到多少诗歌文字早就有一个既定的极限封顶。诗歌，只有慢悠悠地写、慢悠悠地读，才更利于健康的精神生活，这是我阅读少木森先生的禅意诗所发现的最明显的好处。禅意诗的文核，简洁而有涵养、浅淡而有余味、干净而有韵致，起落自然、节奏舒缓、张弛适度，很是益生。

不错，谁都有过各种各样等待的经历。但肯定不是每个人都能喜乐地领受到等待所包含的诗意与禅意。那么，少木森的《等待》是如何等出诗意又等出禅意来的呢？且看：

诗意，起首句即有。"那个日子　在花香里"，令人遐想的幽雅所在。什么香气呢？读到花期时，我们才知那个日子的花香尚在的未来遥远。但你大可不必忙着急不可耐地遗憾——诗人以一句"并不出人意料"转承他所悟得的"等待"的意义："就像你等待一些 / 比花开花落迫切得多的事儿"。我不清楚别的读者读这首《等待》可能读到哪一句最感动，我最感动的是这一句。此处可以看出少木森有着虚怀若谷的恭敬姿态与谦卑胸襟。自然，是我们最好的老师。但再好的老师，也只能是那个带领你到门槛边上的人，是否能在跨进门后将门内一切据为己有，老师是替代不了你的。我们拜大自然为师，我们就得在自然万物面前放下尘浊欲念，向万物学习。

等待花期的花开花落，秋兰它等待得迫切不迫切？怎么会不迫切？迫切啊！瞧瞧少木森先生在秋兰身上学到了什么？没有其他特别的，就是秋兰正在做的已经做到的等待本身："你也需接受　或准备接受 / 这一种遥远"。——因为"等待据说是无意中的圆满"。好一个"无意中"，好一个"圆满"！人生本没有圆满，但可以借由追求圆满的态度而修为圆满。凌空飞架的桥，正是我们各自需要学会体悟的"无意中"的有意。只有你有意于圆满，所有被你期望的等待过程才有可能获得最终的圆满。就像少木森，"漫种秋兰四五茎　等待 / 凉风卷疏帘　那个日子 / 徐徐降落　在花香里"。我们看到，整首小诗也是在"无意中"得以呈现完美的圆满：起笔花香萦绕鼻翼，落笔亦是花香萦绕鼻翼。

　　附：少木森禅意诗《等待》

　　　　那个日子　在花香里
　　　　一株秋兰和另一株秋兰
　　　　花期如此遥远　并不出人意料
　　　　就像你等待一些
　　　　比花开花落迫切得多的事儿
　　　　你也需接受　或准备接受
　　　　这一种遥远

　　　　等待据说是无意中的圆满

　　　　漫种秋兰四五茎　等待
　　　　凉风卷疏帘　那个日子
　　　　徐徐降落　在花香里

凡尘层累覆原本

　　今天选读《原本》，偶然？必然？无心？刻意？问出上述问题，答案中的"原本"已被我人为掩隐。很多时候，层累的问题弄得人们神经过敏甚至紧张，难免成病——患得所以患失，患失所以患得——但类似问题虽比尘芥更微末，思想起若不追究明白，却也难得自得：问时无非已然，自在仍当自在。如此领悟，非我生造，起源仍由少木森禅意诗《原本》提点。我对禅宗并不熟悉，也没有诵念过佛经。自然，我读少木森的禅意诗也不在于参禅，自知短缺斤两。斗胆，全仗一个禅意的"意"——私心只用于个人领会。比如读《原本》联想颇多，读之趣超乎少木森所写《原本》，而在整个联想过程中，读《原本》，亦放下《原本》，我只行走在我所要找寻的"原本"那条路上。

　　说来也怪,我首先想到小猴掰玉米,与追根究底之"原本"八竿子打不着。但世界万物皆联系。下午上班时,我路过停工很久的某大厦工地,见钢筋水泥支棱着戳向天幕——上午刚下过雨,那一带空气里还是夹杂着让人呼吸困难的浓重灰尘,我仰头望了望工地上空的天空,又望望工地最高处的平台——就算让谁站到它的顶端,谁能看出它的"原本"是什么?几年前它的"原本"呢?几十年前、几百年前呢……人类经历亿万年历史,那又怎样?追溯到自己那个本源的"原本"了吗?不是人类不努力挖掘"原本"。有人说掰玉米的小猴子三心二意,贪心不足,怕是有点冤枉小猴子——小猴子始终在把手里掰到的玉米和心目中那个永远比手中玉米更好更大的完美玉米做比较,它掰玉米的过程是认真的,一如人类文明进程中人类执着进步发展也是认真的——看看,总被聪明所累的人类像不像这只小猴子?人类做过的或正在做的类似的蠢事(姑且作此论述)少吗?做了许多蠢事,且世世代代地做着蠢事,所有蠢事都有所谓的充足理由。以后会少吗?照样不会少。只要人类希冀扫清层累的凡尘,找寻早已湮灭的大量存在于大自然的最久远、最神秘的"原本":一个不能由"人定胜天"抵达的层面,一个简单如"鸡生蛋还是蛋生鸡"的复杂问题,那么就会陷入一条越走越黑的死黑死黑的死胡同。叹只叹,人类追寻事物种种之"原本"属于本能,即便面临上述沦落混沌漆黑一团的尴尬,人类仍不惧背负层累的问号群山,仍相信解答疑问是天分的天职。

　　接着我就想到人类追踪自己生命密码的"基因"原本而生的克隆技术。一把双刃利剑,不是割伤自然,就是割伤人类自己。对于它的小利大弊,在它被诞下之前,人类便开始惴惴不安。研究克隆技术的原本起意理想而美好,但它最初短视与最终指向违背了生命规律,逆转了生命时钟——耽于深层次忧虑,人类对这种覆盖"原本的唯一的独特的"那个"本我"的科学技术有着巨大恐惧:人类不能消除对死亡等未知世界的恐惧,不能自觉停止对自然的掠夺性滋扰与摧毁,人类就永远不能与神秘极端的"原本"握手言和、相对言欢,更不能找到安置静谧灵魂的"原本"容身极地……显然,这么想脱离少木森的《原本》太远了,其实我不用再对我所想到的做更多复述,因为这些联想的"原本"全部一致曲折进入更深邃幽闭的"原本"的"原本"。我如同少木森在《原本》禅意诗中困惑"乌鸦"与"乌鸫"的"原本"以及它们"原本"的"原本"一样,我亦困惑这个世界种种之"原本"以及它的"原本"的"原本","慌慌张张"爬高的"疑云"压下重重恐惧:人类的某些好奇心、好强心、好胜心带给人类的永是"祸兮福之所倚,福兮祸之所伏"的残损破败、周章波折,而非初衷的光芒体面——比之乌鸦寓言死亡不祥的忧虑，隐匿黑暗更深处震慑的只限于心灵脆弱的人类自己，于乌鸦，本无虞。

不同者，少木森《原本》读起来非常简单，字面本身的"意"也很明了，不比儿童故事的热衷教益，也不比克隆技术的天使魔鬼变相无常，它更重于表达少木森思索中的"意"。从少木森发《原本》中，我们不难知晓"乌鸦"与"乌鸫"的混淆，一者概由"乌鸦"与"乌鸫"这对亲戚长得太同胞拜赐——哪里有理会一个音 yā、一个音 dōng 的物种不同呢？而更重要的原因则是少木森在《原本》中通过字面诗意的"意"尝试揭示的禅意的"意"：少木森的经历以及经验凸显了隐藏在乌鸦文化中惊怵恐惧的乌漆鸦黑对人们心理以至于生理的至深影响，少木森经由种种生理反应，经由连环问答的迷离踪迹，加剧表现出人们面对未知世界时因追索过度可能抵达的无穷循环未知的源自迷惑"原本"的更深的心灵困惑。这很有意趣。少木森所摄取的视角、所记录的隐匿结果背后的心路延伸，引发更多反思：人类，似乎必然要被更多"原本"的"原本"所缠身、所牵掣，人类似乎也很容易由此走进极端的虚无主义：走进玉米地的小猴子不掰玉米，这可能吗？正如克隆，立法禁止的研究方向反而更加刺激科学家们的想象极限，他们的触角距离克隆"原本"最近，但由此走得最远的也是他们——如果科学亦不能被探索的人类所窥测、所了解。这未知空白指向虚无，昭示自命不凡的人类深谙的道理：信仰，有它应运而生的时辰，有它应运而灭的虚无。

那么，原本，它究竟是什么？见山见水，还是在乎各个自己——那个渺小又渺小的自在存在大自然的大存在之中的小自然小自在的小自己——阿弥陀佛不需要每个人都天生有一颗智慧佛心，不需要每个人都去坐在佛身边敲木鱼，原本即原本，庸人多自扰：总是掰不到最想要的玉米的小猴子的妄动遗憾，克隆生物体与原本生物体之间的伦理悖谬，乌鸦与乌鸫的皮毛近似、习性异质，少木森的《原本》不过是一把小小的钥匙，谁用来开启心智哪片领域，各自生发、各自运道、各自多福：不外乎归结为一条，对自然、对世界、对人类、对别人、对自己，我们究竟该怎样爱？人啊，随着流年多舛，岁月转逝，是否始终记得你心底爱的"原本"是什么呢？我不清楚别人怎么解答并解决这个问题，怎么理解"原本"以及"原本"的"原本"，但我乐意将"原本"看作躲在镜面里的本相——众多芜杂镜像中的景象总是能够轻易重叠覆盖掉它。

乌鸦本无邪，剔除内心嫌恶，乌鸦同百灵、同夜莺、同喜鹊、同所有美丽鸟雀别无二致；情爱本无邪，剔除内心贪欲，亲情、友情、爱情，所有情爱的

"原本"都是美好；世界本无邪，剔除内心黑白，阳光、雨露、万物，所有世界的"原本"都是明丽。在那个最终只承认悲剧意义的时间旋涡内，不迷失"原本"，很是奢望。我们执念它，为的就是一颗心、一缕魂、一辈子。这个从生到死过程的"原本"是什么呢？当然就是这个过程本身，哪一点滴不是呢？包括每一瞬间，包括上述乱想，原本，由头在《原本》，收束在"原本"：少木森得的，我得的，路过《原本》的各个读者得的，看只看那颗寻思扫除层累凡尘的心是否实诚——世无难事，本心勿失。

附：少木森禅意诗《原本》

一只鸟忽然停下来
在一棵枯死的松树枝头
叫声穿过树的阴影
抵达窗棂
原本很静的我
一惊！

那可是一只乌鸦！
乌鸦对着你叫
纵然　有一千道心理防线
有一千重门
也被它撞开了裂缝
慌慌张张　追问究竟

学生物的茶友　讪笑着
说　这种鸟
原本不叫乌鸦叫乌鸫
这几年
真正的乌鸦见不着
它才被人叫做乌鸦

这样的解释　并没有

像雨水洗过树叶那样
洗去心里的疑云——
原本？原本：
乌鸦又叫什么呢？

镜像重重了无痕

很多时候，文字在我眼前，像门。推门而入前，并不清楚那里面是一所与门庭相映的雅居还是园囿，抑或一处石扉木栏的村野荒舍，又可能是意念异想的宇宙之外大虚无的大黑白。禅意诗，因其注重提供阅读者获得某些似有若无、似是而非的"禅"及"意"，而成为最有可能同时包含上述诸多意境的载体。至少最近的我便是借由阅读禅意诗，于生命牢狱的洞天千门内企图观望出别样情怀、别样宁静的平和：比如今天选读的这篇《随风而去》吸引我的首先是它门楣板框的陈旧斑驳之迹，我喜欢它昭示予人的破败寂寥，它诠释某些"不在"的智慧，它是豁达的适从顺从，也是义无反顾的叛逆离尘。

对于转眼即逝的尘事，我们最积极的做法无疑在于喜悦地接纳，无论它对我们来说多美好或多丑恶。这些世相投影心幕、刻录心碟、识记心音、谱写心曲，渺小的我们能够把握的只有见证——见证它曾来到并明了它必会走开——像我们镜像般的生命，相对张扬活力的整个进程来说，如何看待盛妍之后抵达终极空幻才是至关重要的。

俗世再好再恶，它终不是我们的归处，残枝也罢，好花也罢，他人眼光无非只是折射他人心中妄自揣测的镜像，其实质本来就应与我们自己的本心毫无瓜葛。所以，如果我们将少木森《随风而去》所表达的核心禅意看作枝头招展的一季芬芳花事或者眼前瓣落的一堆春秋心事，那我们将无缘得见本心所衍生的心花，并领受它随风而去的"飞扬"的那种美态。

这世界本身并无遗憾，是我们践踏了世相的尊严，迷失它所生成的种种镜像，挂虑了诸色人等约定俗成的所谓看高三分或看低一分，徒然增添在世离尘的留恋或沉重，空付了光阴，空惹了心思——我们那颗拳拳之心啊，重心不免倾斜失衡：归去来兮，依稀无痕——谁在执迷不悟？谁已幡然悔悟？谁在焦灼愤怒？谁已救赎自我？呵，花开花落，心门轩敞，何苦不容？何乐不为？

附：少木森禅意诗《随风而去》

花开那么久
无非还是　春去秋来一堆心事
曾有的芬芳已经了无遗痕

是谁说　花一旦开过了
再好的残枝也让人低看一分

难道是这一句话
击中了　花开的心情
看一片片花瓣
就在春去秋来一堆心事里
飞扬着　随风而去

闪念阅历几多欲

于是，红尘扬，意纷纷；于是，少木森疑惑心神抒怀述意，欲求诗意之内寄托禅意：诗写好坏，实在其次，而由此结出的"禅意"的果才是核，才是它阅历的纷繁欲念分支累累，缩影人生。对于参禅者而言，这样做也许可能因它不严谨而误入歧途险地，但对于凡俗者而言，确是诗情画意尘世庸常的一种先验或后觉，不失为趣味，为哲思，为信心。

此中"意"的表达不在乎技巧，不在乎智慧，因为它"意"在亲近"禅"。所以，它的字面合辙直接说白的明朗，或在它的题眼中，或在它的呼应间。比如少木森的《欲望》，所写对象是常见的麻雀。只是这次，它们在少木森面前扮演的并非乖巧安分于势单力薄的招人怜惜，反而是乖戾、乖张、乖僻的飞扬跋扈，凶猛得冲击意表：嚯，错愕的欲望！

欲望仿佛古希腊神话里那个完美女人潘多拉的诅咒，一旦心念惦记应验，所有灾难祸害便无孔不入、无隙不钻，遭遇诅咒的不是谁都能破解诅咒，更不一定获得机会再生自在，稍不小心，就可能陷落各种欲望诅咒的死局、黑局，比起少木森笔下两只小鸟的放肆野性，还谈什么暗含禅机，争什么得天眷顾，炫什么嬉闹鸿运？如果我们不能保护好雅典娜女神藏匿潘多拉盒子底层的最后希望，那么就会任凭泯灭智慧的贪婪欲望摧毁灵魂、糟践心田。

看啊！与其说欲望跌进诅咒的深渊意外得恍如神差，倒不如说它犹若鬼使——欲望，推演激情的剧目；欲望，错愕腥臊的血色——噫，欲望！这潘多拉诅咒中最恶毒的带血戈戟……定格的场景，别样阳光的莲花，少木森无法读懂那个瞬间的天空，而我们呢？读得懂吗？

但无论如何，为鸟，为人，就该有大不同的生命境界，禅或意的合辙更该有大不同：少木森从生活中读到了多少事物的欲望并诉诸他的禅意诗中？而我们又能从他的禅意诗中读到几多意？几多禅？几番进修、进深？几分坚持、加持？谁能将欲望之海，安息似镜面？谁能将欲望之山，平移成坦途？谁能将欲望之壑，植满莲花座？

人生之欲念，芜杂膨胀——满溢了，就需要倾空，但是又满溢，所以需要再倾空，如是我闻、如是我见，如是我生、如是我死，如是我来、如是我去，如是我悲、如是我喜。呃呃，天生我材不为用，留待金樽对空月：善哉，如雾、如电、如朝露；善哉，百般泡影何必惧；善哉，万形大法流心涧。

附：少木森禅意诗《欲望》

一对嬉闹的麻雀　为春天
营造一种风格

那片高得让人发虚的天空
似乎总有什么痕迹隐藏在深处
眼前又上演如此激情的剧目
谁的眼球　能够不经意闪开

风　吹落几片羽毛　荡悠悠
如拨弄着谁　心旌招摇
目光凶猛如斯　让人意外
不妨　再想象还有几滴血
好让这春天带点儿腥膻

这场景　竟然定格了那么久

一动也不动　　如同

一朵映着别样阳光的莲花

我知道　　我无法把天空读懂

只是　　那两只小鸟

让我读到了　　错愕的欲望

凉镜台里觅茶境

有禅意的诗，读之余韵萦绕，挥而不去，犹如月中天凉亭下赏夜露，依稀可见，迷津尽头——赤忱，痴嗔，辛苦执着，弃置敝屣——放生，方胜，走出迷津，神明悲悯。

少木森先生的禅意诗有一类是我尤其喜读的：甘中回味少许苦涩，苦中回味几丝微甜。比如《心境渐凉》。

十行，书写一生：仅用杯盏茶水自觅怡然，仅一愣神便轻轻跨越。

时间是人类最忠实的保姆，教会我们领悟死生同大，有一生，所以有一死，而一死乃为一生。这道经由人类无故叠加解答的原始命题，生生死死，复制无根的浅薄欢娱、无端的深沉悲情、无助的衰老疾病；死死生生，演绎无非的乌有一梦、无奈的空无一物、无由的造化一程。

十行，起自"渐凉的心境"，中有"殷殷地向往"，然后是"认真"时、"随意"处，只需"一杯茶"，就轻松地收纳天地，待到结句"一愣神　便是一生"写成惊醒尘世中人的格言，水到渠成，毫不费力。

将心境之凉写出成熟心态沁凉的清醒智慧，与其说是诗歌体式使之承载，不如说是禅意所给予的。禅意诗，诗中高僧，方中仙家。写禅意诗，即使做不了高僧仙家，但将甘苦人生活出略带禅意的诗韵，看起来倒是不难，就像少木森先生这样将自己的创作精力分出三分之一给禅意诗，不只自己得到了怡然，还可与他人分享裨益。死亡固然有它冰凉的面孔，但人类学会听取它召唤声中的"预言"，是唯一能够稀释浓缩成格言的一生的途径——先知死，再知生，是为天命真知；违拗，无知，无谓，更无生趣。不如静坐凉镜台里渡迷津，这一生便有望怡然自觅杯茶境了。

附：少木森禅意诗《心境渐凉》

以渐凉的心境　将一生写成格言
听过唱过遗忘过的歌或诗　很多
不论感官也不论灵魂　没有谁
能预言最终的旋律

殷殷地向往　然后
认真或随意地　听一首
谁写的歌或诗呢
如　望着望不见底的茶杯
以一杯茶的姿势　自觉怡然

一愣神　便是一生

没有理由不微笑

我想，诗歌于我仍是陌生的，在我以为熟稔时。

大半年以来，读诗减少，且更倾向于读点禅意诗。在我有限的认知世界里，禅意诗是明镜，美地，高天，净水。它指向空明的禅境，引领回归，宁静致远。它与禅之间有着微妙的距离，或者我们难得慧心体会虚无博大的禅中意，但尚能以拙志欣赏智性思辨的禅意诗，从而获得心灵的某种自由。

记得少木森在《给自己找个理由微笑》诗集自序里提到"把烦恼写在沙滩上"的说法，那是禅者的一个重要法门，即要人"放下"。而少木森先生个人对这一说法的领会也算得上有他自己的开悟：对于自己的痴傻并不避讳，不单细想了自己的傻，还细说了自己的痴，更细数由痴傻生得禅意诗的片片断断，将它们全部化为逗留尘世的一个个微笑的理由。能肯定自我诸多烦恼而如彼那般地说挺好，还愁投射眼界影印心灵的万事万物真有什么不好！

当初，没打开那本诗集正文，我想象不出"给自己找个理由微笑"的诗意与禅意会是出自少木森笔下的哪个诗歌意象。等到我翻至诗集第四辑《与谁邂逅》的《重阳》篇，一目了然：九九夕阳天，江边野菊无限禅意，而黄昏无限风景；那美，在欣赏美的心胸，那美，在漫步者报以世界的那个微笑以及那个微笑的理由。请读少木森《重阳》：

> 以一个微笑
> 摇动了那枝野菊　花香弥漫
> 清冷的黄昏　似有音符跳动
>
> 没有等着谁　来访
> 也没有遍插茱萸　怀想着谁
> 九月九　到江边漫步
> 只想给自己　找个理由微笑

人生苦短，人生如寄，人生浮华，若苦中亦得乐道，寄中亦得根系，浮中亦得沉淀，那么，我们是不是可以说，自在如野菊，挺好，不刻意动中求静；想读诗时读诗，挺好，不在于数量多少；为某些小小的理由微笑，挺好，不介怀时日日减。真的，哪怕在许多人看来，这似乎真是一种痴、一种傻，又何妨！

少木森说自己的痴，说自己的傻，说得让人嘴角含上微笑的还有一首《雨水》的季节诗，他说"当节气又要降临/我应约再写一首小诗"，而写诗这种事别人不知道怎么说，庄严吗？庄重吗？少木森却说，"写诗的过程　说到底是/一个自言自语的过程/一个独自笑笑的过程"。那低调，那亲切，在其中；那种痴，那种傻，在其中；那诗意，那禅意，在其中。读这诗，似乎真的"有一些轻轻的梦　已然生长"。这挺好！但少木森还嫌不够，他说自己的痴与傻让"清唱的鸟声"都笑了，都"拷问着我：独自一人在笑什么？""我回答：笑我独自一人在笑呢！"你读这诗时，没有理由不微笑。

附：少木森禅意诗《雨水》

> 当节气又要降临
> 我应约再写一首小诗
>
> 写诗的过程　说到底是
> 一个自言自语的过程
> 一个独自笑笑的过程

片章断节的情绪　像毛毛细雨
有一沓没一沓飘落着
也像默默的对视与低低的倾述
有一些轻轻的梦　已然生长

读诗的人呢——会不会
也有　一些轻轻的梦生长
你看嫩芽　在薄薄的雨雾里
对我　行鹅黄色的注目礼
而清唱的鸟声
在很空旷的地方
拷问着我：独自一人在笑什么？
我回答：笑我独自一人在笑呢！

[原发江苏红草的新浪博客，其中两个篇章选发于《博客世界》（纸刊）、两个篇章选发于《菲律宾华报》，全组选入中国文联出版社 2010 年 2 月出版的《少木森禅意诗精选精读》]

江苏红草　江苏省作家协会会员，新浪网红。

无绪与无措

——点读少木森六首禅意诗

古 堨

　　人生有太多无绪与无措。你说那就是俗世所说的焦虑的因吗？似是，亦似不是。少木森写"无绪与无措"，却绝非焦虑。这样的"无绪与无措"便成诗意，便成禅意。

　　少木森的诗常有一种不可捉摸的东西，隐现在语言中，让我读来，也常觉"无绪与无措"。聊以几则文字，呈现我在禅意中的"无绪与无措"，或许这便是我的"拈诗微笑"，悟得禅意了。

记忆还是禅意的误读

　　人有记忆，禅有禅意。

　　记忆久了会模糊，就有了记忆的误读。

　　禅意原本就模糊，却不会更模糊。禅意不能指认、不能定义、不能命名，所以只可意会，不可言传，所以"说中一物即不是"。

　　一脑子禅意的诗人少木森在现实生活里走失。他"在一些绿树掩映下走近了炊烟 / 探访着想探访的人"。

　　但他"走进去才发现想见的 / 已不是见上的人 / 注视你的目光虽也热情 / 谈着的　多是他在叫卖的物品 / 你显然一遍遍受着感染 / 买了一件又一件 / 回家后都被丢在哪个旮旯里了 / 要再记起它们是困难的"。

　　这是记忆的误读，还是禅意的误读？

　　想起一个著名的公案，说是宋代的禅宗大师青原行思在峨眉山修行，他参禅之初，看峨眉山是峨眉山；略有所悟时，看峨眉山不是峨眉山；到彻底觉悟时，看峨眉山又是峨眉山了。

少木森听到的乡音，是乡音吗？

附： 少木森禅意诗《你去了哪里啦》

那些你去的地方　我也向往着
那里曾经住着　许多
脱口就可以叫出绰号的人
我觉得很温馨　恍惚中
在一些绿树掩映下走近了炊烟
探访着想探访的人

但你说　走进去才发现想见的
已不是见上的人
注视你的目光虽也热情
谈着的　多是他在叫卖的物品
你显然一遍遍受着感染
买了一件又一件
回家后　都被丢在哪个旮旯里了
要再记起它们是困难的

你还说　让你真正提起精神的
竟然是听见吵架声啦
双方在脸红耳赤地谩骂
骂出的终归是亲切的乡音
你就在落日西沉中听一句句骂
然后　轻轻嘘一口气
——好奇　却无法参与呀

时空转换，怎不叫人茫然

从心理学的角度上讲，茫然，是指个人面对事物时完全不知原委又毫无头绪所表现出的心理感受。它好像是一个时间概念，是对发生着的事物、流逝着的时间的因果链无法把握而产生的一种无绪与无措。当然，它也可以是一个空间概念，是对发生着的事物的无法把握而产生的一种无绪与无措。诗人少木森就要把"烟花一瞬"这种时间概念切换为一种空间概念，他是"看见""空中只有一种时间 / 叫做——茫然"。

在视觉里发生时空转换，这只有诗人才能做得到，只有追求禅思禅境的诗人才能做得好。

佛家眼里万法皆空，空间是凝固的，时间也无从驻足。这境界既空虚，又圆满，它像烟花不能把握，却像茫然可以感受。时耶空耶，一辩即滞；艺境禅境，讲究顿悟。所以"郁郁黄花，无非般若；青青翠竹，尽是法身"。

我被少木森这诗引领着，仰着头，茫然地望着天空，天空中已经没有烟花，烟花散尽的天空在向我微笑，那是一种茫然，茫然，再茫然……其实，那也是一种苍茫，一种模糊了过去、现在和未来的苍茫，因此，也成一种禅意了！

附：少木森禅意诗 《烟花》

> 花一样的绚烂　令人疑惑
> 谁能触及生命的肌肤
> 握住你的一朵　注目片刻
>
> 还留下什么呢
> 张张扬扬　那朵美丽之后
> 我看见　空中只有一种时间
> 叫做——茫然

现实——天空的一片云

"我看看天　再看看天 / 我看着　看着 / 隐约地感觉到 / 我似乎看上了瘾"。是的，云朵是现实的借喻，云朵就是活泼的现实。人活着，现实就无所不在，上瘾也好，不上瘾也好，你都得看着它。诗人在诗里有一句重要提示：这都很平常　合理。这平常是特指禅宗的第一要义"平常心"吧？

平常心是什么？平常心就是"鸟啼花落，山崎川流，饥食渴饮，夏葛冬裘"。

如果用佛教的语境来述说，平常心即清净心。平常心为道，空空为道。空空：一空为一种物质，一种极微的物质，一种生命无限大的物质。一空为此物质所具有的特征和特性，即虚无自然，清静无为。空，生成万物，决定万物。万物虽在相上不同，但是，在本质上却是相同的。

平常心应该是一种"常态"，是具备一定修养才可以经常持有的，因为它属于一种维系终身的"处世哲学"。

任何一个人都可能具备平常心，但任何一个人要想始终葆有平常心，却是很困难的。所以，提倡平常心极有意义，读读这种提倡平常心的禅意诗，或者说在平常心态下写出的禅意诗，很有意义。

附：少木森禅意诗《现实》

那片我常仰望的天空
今天有云　就像
心中偶尔泛起的无奈

这都很平常　合理
我能够理解和接受

我看看天　再看看天
我看着　看着
隐约地感觉到
我似乎看上了瘾

坚持虚空

神秀在墙上题了一偈：身是菩提树，心如明镜台。时时勤拂拭，勿使惹尘埃。慧能认为神秀未解虚空要义，亦题一偈：身是菩提树，心如明镜台。明镜本清净，何处染尘埃？五祖认为慧能已得悟，遂把衣钵传给了他，于是慧能成了禅宗六祖。

少木森这首诗里"就像鞋底沾牢的泥／最终成了地毯上／尘埃飞起"的句子能不能这样理解：鞋底本清净，何处染尘埃？

当然，从大处来说，少木森这首禅意诗在探讨一个永远伴随人生的大课题："执着"！什么是执着呢？执着，就是对某一事物、某一方面、某一目的、某一理想的强烈追求之心。简单来说，执着就是强烈的追求之心。

禅学主张应无所住而生其心，就是要破除"执着"，破除"执着"也不是不要"执着"，而是回归自然，该如何还如何！这大概就是少木森之所以要把一种"坚持"界定为"没有意义的坚持"的原因吧！

有人对"执着"与"自然"做过这样的对比：

一潭静水，丢一个石子下去，激起一道水波，水波自然地会慢慢扩散、消失，如果你异常强烈地追求水波消失，不顾自然的规律，想继续用石子去砸水波，强行让水波消失，那么，水波会越来越多，适得其反。这，就叫违反自然，也就是去强行做本来做不到的事，反而失去更多。人的心，岂不是如这潭静水？

这很有见地，也很形象、生动，深可玩味！

附：少木森禅意诗《坚持》

　　一片蔚蓝的高远　是否
　　只证明　一种虚空的存在
　　把双手伸向空际　是否
　　就像伸着渴望的树枝
　　没有捞着　哪怕一小片雨云

　　对叶片上　那一点
　　风过尘积的坚持
　　对枝杈间　那一点
　　过隙鸟声的坚持
　　被阳光反复考证着：
　　存在的意义

　　和一阵落叶飘散有关
　　和一片蝉音消遁有关
　　在稀薄的阳光里
　　我　读出这样的诗句——
　　　　"没有意义的坚持
　　　　就像鞋底沾牢的泥
　　　　最终成了地毡上
　　　　尘埃飞起"

神女自无恙　世界不一般

　　文学的各种体裁中，诗歌是跟禅最接近的。诗歌的意象是多向性的，给读者的想象也是多义性的。这恰恰与禅的表述方法相似。诗歌那种跳跃式的、非线性的抒写，与讲究顿悟的禅宗公案十分接近。因此，禅宗文献中，禅诗特别发达。世俗诗人中，以写禅诗为乐趣的大有人在，而专擅"禅意诗"写作，如少木森者，却不多见。

　　这首《巫山神女》实际上是一首哀诗，感叹如巫山神女般固守无望爱情的诗，但在"如果你在红尘中　风姿绰约 / 故事深浅长短　微醉微醺 / 日子似乎也就滋润起来"的当代，犹显得稀缺而珍贵。诗人的高明之处在于他不做直白的诘问和哀叹，而是笔锋一转，插入似乎与前文毫不相干的意象："一只鸟　唱响了一片山水 / 唱亮　你和我的影子 / 与你作别　不给一点儿孤零 / 在无定的假设里 / 纯情点燃生命　或许 / 痛苦得很美丽"。

　　充盈的禅意从诗行中溢出，你感受到了吗？

附：少木森禅意诗《巫山神女》

　　如果你在红尘中　风姿绰约
　　故事深浅长短　微醉微醺
　　日子似乎也就滋润起来

　　楚阳台在哪里？　云散高唐
　　莽莽　江之上

谁还厮守那无缘无言的相思

一只鸟　唱响了一片山水
唱亮　你和我的影子
与你作别　不给一点儿孤零
在无定的假设里
纯情点燃生命　或许
痛苦得很美丽

为什么微笑

佛陀拈花，迦叶微笑。

四目相对，语言何用？即心即佛，交流无碍。

诗人从晚霞、从少女的双颊、从枝杈横斜深浅，甚至从茶杯中浮沉舒展的茶叶里，看到自然的美、生活的美、心灵的美，诗人微笑了。

这只是诗人的微笑？

这还是禅者的微笑？

这大真、美丽的微笑！

就诗意而言，这也是一首可读性很强的诗。诗中有许多鲜活的意象，多数是由通感织成的，先是芙蓉花成了火把，"烧出向晚的深度"；接着是"谁一展红颊浪涌霞云"，在"枝杈横斜深浅"间，"晾晒一声声微笑"。这种"状物"笔法在诗人的娴熟运用下，皆出新意。

这首诗很有诗意。

这首诗的语言很有韵味。

这首诗有一种不可捉摸的东西隐现在语言中。

附：少木森禅意诗《拈秋芙蓉而笑》

谁举那些火把烧出向晚的深度
谁一展红颊浪涌霞云
枝杈横斜深浅

晾晒一声声微笑

你可以任意在哪一棵树上
体味什么　　比如
秋声秋韵瘦成归雁或者相反
比如　　以杯茶的姿势
凉凉热热　　泡残几瓣沧桑

清静的鸟声沾满芬芳
飞花　　紧缠那些风
秋的脚步便慢了　　且成歌
歌是深远的……歌曰——
九九艳阳天九九那个艳阳天哟

你不知道远去的归雁几时还
你不知道冬季瘦成哪一种诗风

　　（原发少木森新浪博客，其中两个篇章选发于《菲律宾华报》，全组选入中国文联出版社 2010 年
2 月出版的《少木森禅意诗精选精读》）

古埧　　福建省作家协会会员，作家、诗人、编辑。

香雾袅袅，看上去好乱

——点读少木森先生几首禅意诗

苗得道

这次点读少木森先生几首禅意诗，是从少先生一句诗中找到感觉的。他写烧香，烧一炷香，本欲求得心灵的宁静，可他说："还有那一脸的表情／恰似香雾袅袅／看上去也好乱"。仅这一句，我便觉得足够沧桑，便觉得这些诗有味。于是细细读，也聊一回吧！吐一吐心中块垒，理一理心中的"乱"，透一透"内心的皱褶与沧桑"。

台风天里一些雀鸟拥成一团

现如今，同学聚会、战友聚会很普遍，写这类聚会的文章也多。这既是一种怀旧、一种诗意，也是一种沧桑。

今年 5 月，我就连续参加了两场同学聚会，一场是中学同学聚会，一场是师范大学同学聚会。无论在中学还是大学时，我都属于那种不善交际的人，原先与很多同学少有交往，有的同学甚至很少说上话。可十几二十年后相遇竟然觉得亲切异常，也有很多话说。还有，那些以前不涉及的话题，现在也可以落落大方地交流；以前存留心中的谜团，如今也可以一一揭开，岁月中的一些悬念也在交流中哐啷落地了……

只是谈过了以后，我们还能再谈什么呢？

诗人少木森的诗《台风天：我们聚会》给人留下很深的印象，也许就在这里。我们聚会，我们无话不谈。可是，那"像这雨中的树　远处的山"，是远去了的事物；而眼前只是："风吹过树梢　雨飘过树梢／我们站在风雨下面　相互打量"。毕竟社会地位已经拉开，有人当了不小的官，有人发了不少财，有人还是平头百姓，有人还一贫如洗。我们能是一路人，能有一样的话题吗？能谈在一起的，只是"一个绰号　一段故事／在我们的记忆里醒来／有的清晰　有的模糊"。谈完了这些，我们就会无话找话，甚至会完全找不到话题。

我不知道少木森这诗是想象，还是写实？他与同学真的恰好在台风天聚会吗？但"台风"这一意象确实有意味。每次聚会，我几乎都会想起少木森的诗句："这一天是台风天　风呼呼吹着／树上　真的有雀鸟拥成一团／偶尔的叫声似乎透着／内心的皱褶与沧桑"。

是的，同学聚会给人最深的感悟就是"沧桑"二字，真像每次台风天里看到的一些雀鸟拥成一团。

少木森的诗在这一点上很出彩，他总能把一些抽象的词说得具体可感，比如，把这"沧桑"说成"台风天里一些雀鸟拥成一团"。

附：少木森禅意诗《台风天：我们聚会》

风吹过树梢　雨飘过树梢
我们站在风雨下面　相互打量
一个绰号　一段故事
在我们的记忆里醒来
有的清晰　有的模糊
像这雨中的树　远处的山

笑声一忽儿飘向这一边　一忽儿
飘向另一边　有沙沙的质感
像一片片树叶离开枝头
偶尔有几片　借着风
像雀鸟一样飞起来

这一天是台风天　风呼呼吹着
树上　真的有雀鸟拥成一团
偶尔的叫声　似乎透着
内心的皱褶与沧桑

善良是什么

善良是什么？对此，一百个人也许会有一百种见解，但一条基本底线不会变，那就是心眼好。对"善良"一词，《现代汉语词典》中解释为"心地纯洁，没有恶意"。

少木森的诗《善良——答一位诗友》似乎新意并不是很多，它演绎和阐释的似乎也是心眼好。不过，读起来还是有点儿意思的。

我与少木森文字交往数年，少木森常说，文章可分为"有意义的"和"有意思的"两类，如果两者兼而有之，必是上品。他善于写一些抽象的诗题，如《真理》《欲望》《意义》《永恒》等，诗题抽象，诗却具体可感，很有意思。这首《善良》也属于这类诗，他没有直说善良是什么，而是以一场谈话（或许是纠纷、争吵）入手，"随着情节的进展"，"开始说一些言不由衷的话"，开始"把心情隐藏起来"，但没有"藏起表情"，让人感觉他是微笑的，"没有什么心情不好"。这真是一种善良。笑对人生，无须表白。是的，对于一个善良的人来说，面对恶意的伤害，表白是愚蠢的；而面对无意的伤害，表白又是多余的——从这个角度看，这种"善良"是一种智慧、一种禅意。

当然，少木森的诗不仅写到这个层面，不仅要"心地纯洁，没有恶意"地对待别人；还有一个层面，就是要善待自己，"我把心情隐藏起来／只为　回到最初那样"。最初是哪样呢？这里诗人留下了空间，你可以去"悟"！是没有谈话（争吵）前那个融洽的样儿？是"人之初，性本善"的那个"赤子"的样儿？或者是什么样儿呢？反正那是一种可回味的情绪、一种可回味的诗意。很美，可读，想读。一首小诗，不管有没有新意、有多大的新意，能做到这一点，便不容易了！

这是写诗的一种高境界，也是一个人心灵之所以充实、生活之所以快乐的根源！

附： 少木森禅意诗《善良》

随着情节进展　开始
说一些言不由衷的话
把心情隐藏起来

只是　没有忙着藏起表情
好让谁都感觉　我
没有什么心情不好的
甚至还像在等待一次嘉奖

都以为　我一直阳光灿烂
都以为　我一直在为谁着想
都以为　我可以替谁守住心房

事实是　我把心情隐藏起来
只为　回到最初那样

清新的爱

本来想问一问少木森先生：这首《莲瓣》是不是一首爱情诗，最终没有问，因为没有必要。他的禅意诗往往是多义的，多数借着自然景物抒写人生的感悟。但是，他的一些诗饱蕴着情感，如果觉得像爱情诗，往爱情上解读，似乎也是可以的，比如《两棵树》《婉约》《分手》等，我总是把它们当作爱情诗来读，当然那里有人生的感悟与禅意。

这首《莲瓣》，我也愿意把它当作爱情诗来读。是很美的爱情，如清水托着莲花瓣。我用解构的方法来读读这首诗，如何？

一池微绉的水　托着
一瓣瓣散落的莲瓣
就这么托着

是象征的写法，池水象征一位柔情似水的爱人。"清水托着莲瓣"自然很美，但是不是缺少碰撞与融合，还没有"过电"呢？结果是："一瓣瓣莲瓣 / 很难说幸福还是疼痛 / 轻盈　稍稍倦怠"。这里是不是既有人生的感慨，也有爱情的渴望？

所幸的是，有外界的推动，有风，而且，风"俏皮"地把散落的莲瓣"分拣"出来，像一个个"词语"，还"缀成一行行　诗句一样 / 让我读出清新的味

255

道"。这几句诗体现出少木森诗句的一个特点——精准。他能把抽象的事物说得具象，而且总让人感到说得很准确。这里，他把一种"新清"的感情比喻成"清水托着莲花瓣"，真是精准无比，也实在是"清新"。

谁拥有这"清新"的爱呢？真是幸福的人啊！

附：少木森禅意诗《莲瓣》

一池微绉的水　托着
一瓣瓣散落的莲瓣
就这么托着

一瓣瓣莲瓣
很难说幸福还是疼痛
轻盈　稍稍倦怠

风　有点儿俏皮
把那些莲瓣
像词语一样　分拣出来
缀成一行行　诗句一样
让我读出清新的味道
在无定的假设里
在不经意的回望中

给自己的心灵点一炷香

从少木森的诗论中知道，他始终主张"诗，要精准"。他的诗里经常有生动的细节，而那些细节之所以生动，往往因为那些细节是"精准"的。这首诗里也有很精准的诗句。比如，"通往天堂的路　原是一炷清香袅袅"，因比喻的精准而有了冲击力，有一种余音袅袅的感觉；再如，他说一个人的心乱了，他说：是那细细的香雾"缭绕啊缭绕　绕得心乱如烟"，然后，回到可视细节上描写："还有那一脸的表情　恰似／香雾袅袅　看上去也好乱"。

一个人为什么心会乱呢？诗人没有说出原因，但诗人说："通往天堂的路原是一炷清香袅袅"，这是不是诗人所说的"心乱"的原因呢？我感觉这首诗很微妙，寓意深厚，似乎是一首大题材的诗，比如，涉及信仰、信念什么的……当然，诗人没有这么说，诗人要说的是什么，似乎就是不肯说破，只是让读者自己来领悟其中的含义或暗示。

那就仁者见仁、智者见智吧！这诗，也许勾起了你很多心绪，可能包括灰色的、颓废的、消极的，但更是一些深沉的、积极的、正能量的……比如，这个时候，我就想起这样的话："求人不如求己啊。给自己的心灵点一炷香吧！"

我不管诗人写什么，我觉得自己读这诗时，有这么一些想法，已经是诗的成功了！

附：少木森禅意诗《一炷香》

通往天堂的路　　原是一炷清香袅袅
不像是张扬也不像是低调
飘起的香雾和飘落的香灰一样
你看不出那是执着还是散淡
是不屈从命运还是听从命运摆布
祈祷幸福　　是否招致祈祷的痛苦

那细细的香雾是最轻飘的
却又那么有分量　　把谁的心
缭绕啊缭绕　　绕得心乱如烟
还有那一脸的表情　　恰似
香雾袅袅　　看上去也好乱

（原发少木森新浪博客，后选入中国文联出版社 2010 年 2 月出版的《少木森禅意诗精选精读》）

苗得道　　原名沙木贤，1954 年出生，吉林辽源人，英文高级教师，从教于吉林省临江市第一中学，在本专业领域发表过些许文字，闲暇时在网上写一些诗词自娱。

少木森禅意诗讲座记录

萧萧春雨 整理

（一）

讲座时间：2005 年 4 月 23 日晚 8：10—9：50
讲座地点：归航 QQ 群   主持人：流云 1519
记录整理：萧萧春雨

流云：讲座开始，先由萧萧春雨致欢迎词。

萧萧春雨：

各位朋友，大家晚上好！

温暖的四月，春意荡漾，在这样一个令人迷恋的夜晚，为了一个共同的目的，即见识诗人少木森的真实风采、解决自己对禅意诗疑惑已久的问题，今晚，我们相聚在归航！我们归航文学社区是一个纯粹的文学网站，是第一次举办这样的诗歌讲座，在此，我谨代表论坛 900 多名会员对大家的光临表示热烈的欢迎，对大家对归航论坛的厚爱表示衷心的感谢！下面请大家用热烈的掌声欢迎著名诗人少木森登场！

老少（少木森）：谢谢！

流云：

1.请您做一下自我介绍，让诗友们对您有个了解。

2.请您介绍一下在诗歌方面的成就。

3.您是中国当代禅意诗的掌门人，请简单概述一下禅意诗。

老少：

大家好！见到大家，很高兴！

不好意思！这不算讲座，应该说是交流，是我很想和诗友交流交流。我和流云原本不相识，只是在新浪新千家诗坛子相处了一阵子。即使到今天，我也只是和他通通电话，并在前天预演时看了他的照片一眼。但素不相识，并不影响诗友间的交流。我觉得，诗人与诗人之间，多数是比较真诚的，或许可以说是惺惺相惜吧！开个玩笑的话，就像是当年的革命者唱起《国际歌》就能找到朋友、找到同志一样。在文学日益被边缘化，诗歌更是日益边缘化的今天，还爱好诗，还守着诗，真不是一件容易的事。我敬重所有的诗爱者，我愿意在我力所能及的范围内与诗友们交流。正是这样的想法，我来了，也是想唱一回《国际歌》，找一回朋友的。

当然，每一个人都难免爱面子，我也是。我当然也担心我来的时候，人家并不欢迎，并不理解我来这里献丑的初衷，怎么办？会不会太难堪呢？会不会灰溜溜地走呢？那岂止献丑，简直出丑出到底了！是一个人，一个我所景仰的写作界的前辈给了我勇气。这个人是谁呢？是 21 岁就编写了我们大家可能都读过、都迷过的《十万个为什么》，如今每年出版 10 本书以上，并且已经出版300 多本书的叶永烈先生。

前些日子，我执行策划一个十二集的光碟片——《作文大革命》，邀请了十位作品选入中学教材，并有大影响的全国顶级作家到福州来拍片子，与高中学生面对面谈高考作文写作。其中有谢冕、叶永烈、孙绍振、巢宗祺四位前辈，也有曹文轩、高洪波、梁小斌、北村、江浩五位实力派作家，还有我国台湾地区的张晓风。叶老前辈让我特别佩服的就是他的勇气。这几年，他竟然以 70 岁高龄四次充当普通考生参加高考作文的考试。然后，与所有考生一样，把卷子的名与号封起来，混在所有卷子中，交给评卷老师去改卷。没有满分过，但每次都得高分，最高的一年是 58 分。

我也权当一次赴考吧！在座各位就是我的老师。请老师给我一次考试的机会，也为我评评卷、打打分，不及格也不要紧。关键是要再点评点评。我很愿意听任何意见，说好说坏，诚意地说，就是我求之不得的！我感谢流云先生，感谢归航的所有朋友，给了我这一次考试的机会。

还有，我得纠正一样，归航打出的公告是不合适的，我不是什么著名诗人，不是我谦虚，真的不是，我诗写得极少，到现在发表的也就二三百首。没有一定的量，就成不了气候。说诗集的畅销也不合适，6600 册而已；说什么人气也不合适；还有掌门人什么的，更不合适。我基本上还算文学队伍中默默耕耘着，却还默默无闻的那一类人。我恳请尽快把那些说得过了头的文字删掉。

当然，我是喜欢人家说我是诗人的。虽然现在说"你是诗人"好像是一种揶揄，是嘲笑你不合宜或者"穷酸"。但我对此不介意。我爱听人家说我是一位诗人，真诚的！想想，如果一个写诗的人都不愿意人家喊他一声"诗人"，那诗也太惨了，我们这些写诗的人、守着坛子读诗的人也太惨了吧！

喊我一声福建诗人吧！

我写过一篇随笔——《诗人说不说人话》，其中有这样一段："诗歌是要见情见性的，它不太容忍像荀子所说的：'忍性然后起伪，积伪然后君子。'就是说，凡极善于遮掩自己的人，通常都会以伪善骗得大家的良好印象。诗人是不精于此道，不屑于此道的。诗的纯净是精神的纯净，也是语言的纯净，三者不能剥离。世人爱戏称诗客文人'穷酸'。我觉此为妙喻。写诗，不妨比之炒酸菜，最惧滥加佐料，加盐则使其咸味变矣，加甜则败其酸味。酸菜是开胃的。酸菜最妙者莫过于保持原有特色。诗人由'穷'而'酸'，如这开胃的酸菜！假使有更多的人都像诗人一样说话，这个世界就会变得美好一些的，因为他们不会隐匿自己的内心世界……"

我愿意一辈子当这样的一名"穷酸"诗人。

接着，我就来冒点儿酸，应朋友们要求，说一说自己吧！没办法，我们初次相见，既不做自我介绍，又彼此不认识，便拉不近距离，做这样的自我介绍又真有点儿冒酸。

我是福建龙海人，现居于福州市，当过校长、书记，为某中专学校高级讲师，发表作品 300 万字，散见于《中华散文》《人民文学》《北京文学》《诗潮》《诗歌报月刊》《青春》《散文百家》《时代文学》《百花园》等报刊，出版几部集子，如诗集《爱的潮汐》《花木禅》《谁再来出禅入禅》《少木森禅意诗精选 99 首》，散文随笔集《谎言硌牙》《忧郁边缘》，纪实文学《中国的诺查丹玛斯》等，还有《少木森小说今选》已付梓。

当然也获过一些奖，如 2000 年澳洲杯新诗成就奖（最高）、2001 年首届"中原杯"全国征文第一名、2004 年"诗国杯"征诗一等奖、福建省优秀文学奖等。

作品被选载的比较多。如果归航的朋友关注我，我提交一个最近（2005 年 1 月份以来）进入选刊、选本的作品索引，大家看到拙作时，务必多多赐教！

《为泰戈尔纠"错"》（杂文）原发《杂文月刊》，选入《百花园·中外读点》2005 年第 1 期。

《生灵》（散文）原发《散文百家》，选入《中外文摘》2005 年第 2 期、《新世纪文学选刊》2005 年第 3 期。

《一本书主义》原发《杂文月刊》，选入《东西南北·大学生》2005 年第 3 期。

《上帝的迷惘》（小小说）原发《杂文月刊》，后选入《微型小小说选刊》，入选《感动中学生的 100 篇杂文》（2005 年 1 月）。

《小说里和小说外》原发《微型小说选刊》2004 年第 6 期，选入《金牌小说》（西安出版社 2005 年 1 月）。

在《小小说月刊》《青春》《微型小说选刊》原创版上发表的《大舅母》《小说里和小说外》《一种状态》等五篇小小说一次性被选入《小小说今选》（内蒙古文化出版社 2005 年 1 月）。

小小说《抓周》见《微型小说选刊》2005 年第 7 期。

小小说《一生》见《杂文选刊》2005 年 4 月下半月刊。

"少木森禅意诗之《渴望》六首"选入《2004 年中华诗歌精选》。

"少木森禅意诗之《痴癫》四首"选入《诗歌今选》（内蒙古文化出版社 2005 年 1 月）。

"少木森禅意诗之《忘忧草》六首"选入《作家报》专版。

"少木森禅意诗 18 首"选入《中国诗萃》专版。

流云：

2000 年澳洲杯新诗成就奖（最高），2001 年首届"中原杯"全国征文第一名，2004 年"诗国杯"征诗一等奖等。"少木森禅意诗之《忘忧草》六首"选入《作家报》专版，近期将推出。

"少木森禅意诗 18 首"选入《中国诗萃》专版，近期将推出。

天界来音：看了这些简介，心中很是佩服，更敬重有加！

与世隔绝：到时一定拜读。

（二）

老少：

对不起，说得多了，不好意思！转入禅意诗吧！

要说禅意诗的写作，开始时并不是自觉的，当时我特别喜欢古文化，写出来的诗带点古典的味道。在《当代诗歌》《诗潮》以组诗形式发表时，有朋友来信说："你的诗让我读出禅味了。"这说法就引着我真的有意"专门"地学禅和写起禅意诗来了。为学禅，当年我还利用寒暑假到浙江的普陀山、厦门的南普陀寺和弘一法师"闭关"过的净峰寺分别住过。当然，后来我觉得自己学佛学禅无成，只不过真正感受到了一点禅式的"静气"而已，以后写诗，就尽量地沉静自己，以此来抑制自己的一些欲望与浮躁。写得多了，就以《花木禅》《一支秋禅》《谁再来出禅入禅》《禅意诗》《野地寻禅》等为题发表了一些组诗。1993 年，在南京出版了诗集《花木禅》；2000 年，在长春出版了第二本禅诗集《谁再来出禅入禅》。这次在北京出版的是《少木森禅意诗精选 99 首》。

当然，也有人批评我，说："好好地写，也许还算写出几首不错的诗，干啥非得往禅上靠啊？你那是禅吗？"

我也想，禅是什么呢？

禅是东方智慧，也是中华传统文化之一，是自身体验的一种方法，与佛教、哲学、科学等都有关，但又不是佛教、哲学、科学，在时间和空间上有一种独特的表达方式与审思，自身就存在无穷大的时空之中。无我，是禅的境界。禅与诗的结合，其实很早就有，王维就写禅诗，无我、无欲，沉浸在山水花木之中。貌似出走、逃避、消极，又是更高的人生态度，处处虚空清净、超然大度，印度、日本以及东南亚各地也都有禅的传统，日本禅学大师铃木大拙说得很妙："禅是大海，是空气，是高山，是雷鸣与闪电，是夏日与冬雪。不，它是在一切之上，它就是人。"在禅者的眼中，禅就是自然的生活，是人的精神，是宇宙人生的总源泉。禅讲悟性，反正靠人去悟就是了。

我觉得，我为什么而写作呢？一是为自我有所发展，二是为一点浪漫的情结，三是想有一点儿心灵的自由空间。我写的都是自己的体验，自己的心情。当然，我得想办法写得让读者也能共鸣，否则，就发表不了，也没有必要发表了。

那天，贴出两首诗后，刚才看了一下。看来也是有所共鸣的，但争议也很大。有争议其实让我很高兴。一味说好和一味说坏，对谁、对什么事来说都不是好事，捧杀或者棒杀都是悲哀的。

对于评说，我在此只听不说。这样，也许我会从中听到很多有用的东西，受益最大的应该是我！我只说说两首诗的写作背景吧，或许更有利于争鸣。

《林静鸦惊心》的写作背景：

那年，我出版了三本书，即《花木禅》《忧郁边缘》《中国的诺查丹玛斯》，结果挨了一阵批，特别是那"边缘"还"忧郁"；那"忧郁"还"边缘"。这真是够灰暗的，格调不高啊！我是老师，是个"主任"，当时也想着当副校长、副书记什么的，结果自然受到影响了。面对那样突如其来的"惊扰"，那一种"打击"，当时真有点受不了。可我想，不能放弃生存原则和生存的自我方式啊！不能人家说怎么写，我就怎么写，作遵命文章啊！不能没有自己心灵的那一点自由空间、自由思想呀！我就写了这首诗，想给自己打打气，说：要坐怀不乱啊！要静观其变啊！也就是要让自己"修炼修炼"那一个"静"字啊！我突发奇想：如果能像我常去的那一片林子那么"静"，那么扰不动的"静"，是何种有幸、何种境界啊?！之后，我常诵这首诗来"修炼"自己，特别是在每次又受"惊扰"的时候。

也许由于我用心去写，也就打动了与我有过类似经历的一些人；也由于写法有点禅意吧！就有一些不一定与我有相似经历的人也共鸣了、喜欢了。加上读者介入和再创造，好像就有不少人喜欢它了，就被发表和多处转载了。

其实，我的诗基本上都是这样有感而发的，也基本上只是写给自己的，我手写我心，写完，反过来激励一下自己，如此而已。如果您刚好喜欢它，我太高兴了；如果您不喜欢它，愿意对我说一说，哪样写更好些，教我一招，让我写得更好些，那我太感谢了！

附：少木森《林静鸦惊心》

> 偶尔　和你们踏入静林
> 谁不想把脚步放轻
> 对话　细语轻声
> 甚至　默然无声
> 只让　心与心彼此倾听
> 或者　倾听天籁清音
>
> 一阵鸦噪　石破天惊
>
> 惊着了谁的心

没惊动　一片林子的静

《渡头》的写作背景：

我当过校长、书记，后来不当了，就调走了。有人说我还是洒脱的，一拍屁股就走人。可我知道，在洒脱之余，其实，我心底还是有点失落，还是时时会去怀念那时候的"风光"的。人生这"渡头"还是让人感慨万千的。我就又给自己打气和警醒："总是回头看，或许还要错过眼前不错的风景的。"所以就有了《渡头》一诗。真的，别太把自己当回事，"过去的历史早已忘却"，别总想让别人注视你远去的背影，别想留下什么脚印让人去考证，你要活得轻松得多的。一个人能算是什么呢？不就是和一只鸟雀一样吗？飞去了，飞来了，谁那么在意它呢？谁非得认出那一只是谁谁吗？

我觉得，这多少有点悟性在，有点禅意在。

附：少木森《渡头》

> 远行的人　远在秋雨里了
> 就像一只鸟雀飞去
>
> 渡头的船依旧忙碌
> 争渡　如同鸟雀竞飞
> 却是　一道永恒的风景
>
> 也许　希望有人注视你的背影
> 也许　期待有人在你的脚印里
> 辨认你所走的方向
> 你的心情　因此而凄美
>
> 然而过去的历史早已忘却
> 一只鸟飞回渡头
> 是不是原先远去的那一只
> 难道　你有心体察过？

江西著名评论家刘忠诚给我的诗作做了这样的归类：少木森的禅诗有两种类型。一类是直接引禅入诗的禅诗。诗的终极指向在禅，诗只是禅的载体或形式，整个诗的诗心是禅，是禅理的生发与点拨，我称之为禅意诗。"不再流浪你不高兴么／挂鞋做／钟／历史／嘶哑地／撞响所有寺庙／／你不走了／但还是有人去化缘"。这首《僧鞋菊》就是这样一首禅意诗，寄寓了随缘化弦的禅理。少木森的禅诗还有另一种类型：禅境诗。这类诗的最终指向并不是禅，诗心不再是禅，而是一种心情转录、转化、转换的诗，其最终指向就是生命体验。少木森在谈及自己的《花木禅》时就说："禅历代以来不断被引入诗文图画，事实上早意味着它作为一种方式来作为潇洒的显示，早就以空的形式来装上不空的内容。"需要指出的是，在这种心情转录的过程中，禅不纯然只是起转录作用，它还有转化、转换功能。它把世俗的心情与心境、浮躁与烦恼转化、转换为大彻大悟、太虚无边的虚静之美的心情与心境。这样，既转换了人的心态，在心理学上起到了心理大调适的作用，又在审美上给人以天外仙境般的心境大享受。禅与道的这种安静闲适、虚融淡泊，真有如净几明窗之下焚香掩卷，每当会心处，欣然而笑，更觉悠然神远。少木森的禅境诗所极力创造的正是这一种境界。在他的《散落的枫红》中，不仅"秋风凉了"，而且"夕阳凉了"。尔后，很自然地引渡到"绝域苍茫"的境界。《对面一墙迎春花》更出境界："沿淅淅沥沥的水声走下去／土墙上飘起的歌／金黄亮丽　生动如微笑"。《古莲的传说》参悟的是"阳光响亮的西天　又深又远"。这种天际苍茫、人寰恬远、天人合一、仙凡无界的境界不正是典型的禅式境界吗？然而这境界后面所隐含的又不仅仅是禅。

我觉得他过誉，但又觉得归纳得比我好。我当时还真说不出自己诗的特点。我知道，写诗我不会有什么大的成就，但我觉得写诗对我的生活状态、对我的心态有利，会让我看起来要比实际年龄年轻些，而且有机会接触许多比我年轻得多的真诚而诗意的朋友！我在诗集里说过一句话："一个人能活得诗意一点，终归是好的！如果再活出一点禅意来，岂不更好?!"

我没有什么门派或者流派，也不喜欢那样来说诗歌，或者对待诗歌，我只是写我的心情、心境或悟到的一些什么，如果有人喜欢是我的幸运，没有人喜欢，我就留着鞭策自己。真的，我说的是真诚的话。所以我很少关心诗坛有什么派，而是关心有什么好诗。

至于问我的代表作，我觉得谈不上。我倒是有几首自己还是比较喜欢的。如《一首诗的冷暖》《冬原，忘忧草》《心境渐凉》《僧鞋菊》《墙下红》。

老少：《一首诗的冷暖》

郊野。冷寂
几竿劲竹挺拔　加上
一只鸟儿跳跃着　就有了
最纯粹的生机

古墓。让人揣测时光的寓意
就像风儿在瑟瑟的叶间
揣度　哪一片将要凋萎　腐烂
揣度　鸟儿的鸣唱
到底是忧伤还是欢愉

残照里。我微笑　我随手写诗
写在瑟瑟一片竹叶上
然后　折叠成一叶舟
随波逐流
要蹚过什么情绪的河
才能让你　读出暖意

流云：读出暖意。
有风想飞：轻爽。
鸟儿：微笑着写作，微笑着生活。

老少：《冬原，忘忧草》

季节在一蓬蓬枯草中
埋葬你与我的遥想

遥想是止不住的布谷声声
啼在冬天外面

忘却最寂寞的岁月
忘却无渡的此岸

假如世界真有天真
天真一如你一如我

老少：《心境渐凉》

以渐凉的心境　将一生写成格言
听过唱过遗忘过的歌或诗　很多
不论感官也不论灵魂　没有谁
能预言最终的旋律

殷殷地向往　然后
认真或随意地　听一首
谁写的歌或诗呢
如　望着望不见底的茶杯
以一杯茶的姿势　自觉怡然

一愣神　便是一生

流云："一愣神　便是一生"。好！
仔仔：强烈喜欢这一句。
与世隔绝：好快的"刀"。
有风想飞：我好喜欢这种风格。
鸟儿："一愣神　便是一生"——白驹过隙的境界。
大尾巴狼：精。

老少：《僧鞋菊》

不再流浪你不高兴么

挂鞋做
　　　钟
　　　历史
　　　嘶哑地
撞响所有寺庙

你不走了
但还是有人去化缘

老少：《墙下红》

以冻紫的手
乞向
冷瑟的季节

握　夕阳
暗淡如烟蒂
点着
墙下
鞭炮热闹

几时
学会和墙说话

对于后一首，我附一篇随笔吧！

《学会和墙说话》 / 少木森
（发表在《思维与智慧》2004 年第 2 期）

《短诗精读》一书要选用我原发于《福建文学》的一首禅诗《对面一墙迎春花》，并要我"随便说说创作的背景和思路"。我想了很久，才想起来这书是赠一位青年诗人的。

这位诗人来家里喝茶时，大谈他所在单位同事关系的紧张微妙，还念了两句打油诗句来形容他们的同事关系。诗云："四面楚歌如壁立，一头雾水鬼打墙。"但愿这里掺杂着诗人过分的敏感与夸张的成分，同事关系真到了这个份儿上，那是太怵人了。

常言道："我惹不起却躲得起！"

然而，同事是你想躲也躲不开的！每天二十四小时，我们八小时与亲人在一起，八小时睡觉，还有八小时就是与同事在一起。你躲得开吗？而且你无法选择同事，就像我们不能选择兄弟姐妹一样，什么个性、什么脾气，那都是一种天缘，我们只能"认命"，只能用心去学会与之相处。

怎么相处呢？首先要学会不在意。别总是斤斤计较，总拿什么当回事；别去钻牛角尖，别太要面子；别过于看重名与利、得与失；别孤芳自赏，顾影自怜；别那么多疑敏感，总是曲解别人的意思；别夸大事实，制造假想敌人，成天苦恼自己。

"可是，你不在意，别人要在意你；你不惹人，别人要惹你，要找碴儿整你。"这位年轻诗人说，"一个同事，对你来说简直就是一堵墙，随时准备着让你碰壁。"

于是我与他谈起了卡夫卡，我把卡翁的一则寓言送给他——

"唉！"老鼠叹道，"这世界真是一天比一天小。起初它无边无沿，大得可怕。我不住地朝前跑啊跑，当远远地看见左右两边有了墙时我还真高兴。可谁知这长长的墙会如此迅速地合拢来，将我逼进这最后的一间屋子，又落进了设在墙角里的圈套。""其实你只需改变一下你跑的方向就是了。"猫说着，将它吃了。

卡翁肯定不相信你迎面碰壁的机会还少，人心的隔膜如墙，恶意的中伤如墙，谣言的重围如墙，告密的罗网如墙；有时候，墙还伸出脚来，逼近你、追赶你、挤压你。然而，卡翁告诫："你只需改变一下你跑的方向就是了。"你改变了吗？茶喝到很迟，诗人走时，情绪仍然不好。第二天一早，我就写了这首《对面一墙迎春花》送给他："沿淅淅沥沥的水声走下去／土墙上飘起的歌／金黄亮丽　生动如微笑／／而那面壁不语的　是谁／／想想春天　想想一些温暖／植物渴望芬芳／人呢"。变换一下眼光，看那土墙，诗意尽在其中了，为什么我们不多"想想一些温暖呢"？

意犹未尽，我又录下更早些日子写的《墙下红》赠他："以冻紫的手 / 乞向 / 冷瑟的季节 // 握　夕阳 / 暗淡如烟蒂 / 点着 / 墙下 / 鞭炮热闹 // 几时 / 学会和墙说话"。墙下红，乃一种盆栽植物，也称一串红，花开有序，一串如鞭炮，其红艳热烈，运用通感，也能感觉其如鞭炮炸响。花落时，花托尚在，真像冻紫的手指，伸向夕阳。初读，这诗是冷色调的，似乎在说：你在一个冷瑟季节里乞求希望，希望是极暗淡的，你捞到稻草当大梁，你呀，怎么就学会和墙说话呢，墙能懂吗？这够冷峻灰暗的，似乎与禅的没有阴影的纯阳境界、纯阳心境相去甚远，可细品之，或许你能有一悟：季节是冷瑟的，希望是微茫的，但你仍然如鞭炮般热烈开放。你呀，竟然进入了如此境界——学会和墙说话！

我想，如能向墙走去，走向深处，学会和墙说话，你将是何等的一个自由自在的人，有着何等自在的人生！

这些诗就献给诸位，希望还能像前两首那样，争鸣着，我将收集所有的意见，作为我今后写诗的借鉴。谢谢，诸位！我先讲这么多。接着，大家提问题，我们来进行交流与探讨吧！不过，我的电脑技术比较差，速度比较慢，言不尽意的地方，敬请原谅！

（三）

流云：现在开始现场提问。

与世隔绝：请问禅诗和哲理诗有啥区别？

老少：禅是一种哲！

与世隔绝：哲是什么？

老少：哲理，哲思！或者说是生存智慧也不为不可！

与世隔绝：我觉得哲是一种工具，用其认识人生、认识时间等抽象的东西。

老少：禅，就是要从具象中去悟普遍而抽象的哲理。

阿手：呵呵，插一句，我觉得禅是智慧，是处世的智慧……

老少：是的，活出一点禅意，其实不赖啊！

流云：禅意是消极还是积极？

水晶颗粒：禅就是参透人的原本与来世，这与哲理多少还是不同的。愚见。

老少：禅与老庄有许多相通之处。老庄说无为而为。其实，禅悟与之相通处极多。

阿手：呵呵，如果有了禅意，我觉得就没有积极和消极一说了。

水晶颗粒：禅是以人的内心感悟为主，而哲理所要揭示的是整个世界万事万物的存在与发展的规律。

老少：比如说，潇洒应该不算消极吧！

水晶颗粒：当潇洒只是为了逃避时，它当然就是消极的了。

水晶颗粒：对，禅是以主观为引导的，不然我们也就无法将它导入主观意象的诗歌里了。请问，您说诗歌边缘化，为什么会边缘化呢？

老少：现代诗的确很难，既有语言的问题，也有社会发展的因素，现在可读的东西，渠道多了，诗难免边缘化。

与世隔绝：是我们跟不上时代潮流还是人们跟不上我们？

老少：是我们跟不上时代潮流还是人们跟不上我们？我看诗人应该有点超前意识、忧患意识吧。

鸟儿：我们知道，诗歌的优劣在很大程度上取决于语言，语言的节制对于诗歌是不是必要呢？那么诗歌的节制从哪些方面体现？

老少：写诗要讲语言、讲怎么说，否则就没有味了。

以我的一首诗为例吧！

墙下红

以冻紫的手
乞向
冷瑟的季节

握　夕阳
暗淡如烟蒂
点着
墙下
鞭炮热闹

几时
学会和墙说话

我觉得，这是重视语言，讲究节制的！

当年，我曾经是鲁迅文学院函授学员，通过鲁院找到北京著名老作家汪曾祺先生，把诗集《花木禅》寄给他，盼望得到他的指点。他读了诗，回复了一封短信，有一段话这样说："作诗文要知躲避，有些话不说，有些话不像人家那样说。杜甫有一句诗'身轻一鸟（　　）'刻本上一字模糊，几位诗人来猜这是个什么字，有说'飞'的，有说'落'的……后来找到善本，乃是'身轻一鸟过'，轻松自然，下字准而好，大家都佩服……"

汪老是一位造诣极深的语言文字大师，他的教诲，既深刻也实用。

鸟儿：对于诗歌中词语的运用，我们都有着各自的理解，布罗茨基曾说："名词具有不朽的魅力。"

老少：

也许吧！诗歌毕竟是形象艺术，名词许多时候会带来丰富的意蕴、联想和形象。不过，对于一首诗来说，我觉得"名句具有不朽的魅力"，也就是说，诗中若有名句，这诗歌就容易传播，甚至不翅而飞。

当然，我不是说要为名句而写诗，名句可遇不可求，往往是灵感的火花，也是一首诗的有机组成部分。

鸟儿：如何理解宗教在当代诗歌写作中的作用？

老少：

宗教与诗歌有深缘，许多宗教的教义都曾经以诗歌的形式来传播；反过来，宗教也成为诗歌创作的重要内容和营养。

更重要的是，我觉得诗歌最大的功能应该是倾诉和自省，这与宗教是相通的。宗教不是也提供着倾诉和自省的各种要素吗？宗教有宗教的思维方式，其对诗的作用是显著的。我们看一看禅宗对汉语诗的影响吧。禅与诗的结合很早就有，诗和禅的沟通，表面看来似乎是双向的，其实主要是禅对诗的单向渗透。诗赋予禅的不过是一种形式而已，禅赋予诗的却是内省的功夫，以及由内省带来的理趣。关于禅，简而言之，不诉诸理知的思索，不诉诸盲目的信仰，不去雄辩地论证色空有无，不去精细地请求分析认识，不强调枯住冥思，不宣扬长修苦炼，而就在与生活本身保持直接联系的当下即得、四处皆有的现实境遇中"悟道"成佛。现实生活中是普通的感性，就在这普通的感性中便可以妙悟，可以达到永恒——那常住不灭的佛性，这就是禅的特征。这对诗创作来说，不正是很熟悉、很贴切和很合乎实际么？诗不是逻辑思维，审美不同于理知认识，它们都建筑在个体的直观领悟之上，既非完全有意识，又非纯粹无意识。禅接着庄、玄，通过哲学宣酿的种种最高境界或层次，其实也是诗歌的规律。在这里，禅承续了道、玄，禅毫无定法，纯粹是不可传授、不可讲求的个体感性的"一味妙悟"。禅宗非常喜欢与大自然打交道，它所追求的那种淡远的心境和瞬刻永恒经常假借大自然来使人感受或领悟。禅之所以多半在大自然的观赏中来获得其对所谓宇宙目的性，在禅宗公案中，用以比喻、暗示、寓意的种种自然事物及其情感内蕴，就并非都是枯冷、衰颓、寂灭的东西；相反，经常是花开草长、鱼跃鸢飞、活泼而富有生命的对象。

当代诗歌也不例外。这样说吧，许多宗教其实已经渗入我们的血液，是我们生存的一个部分、思考的一个部分，我们写诗时能回避得了它吗？

鸟儿：口语诗歌无可置疑地成为一种流行，你对这一现象如何看待和评价？

老少：

曾经有过"知识分子写作"和"民间立场"的争论或争鸣，也有很好的智性诗歌和口语诗歌。

我觉得怎么写都可以，只要不是"硬写"，不是一定要学什么"流行"的东西，就有可能是好诗。这么说吧，从来都是先有好的诗歌、好的诗人作家，才有后来的理论总结，当然也算一种理论"规范"，而不是先有什么什么理论而引导好的诗歌、好的诗人作家。

我主张"我手写我心"，主张诗歌要有诗人自己的体温。我希望口语诗流行，但它必须是"诗"，而不是"口语"。现在有这个倾向！

鸟儿：实验性的东西，往往是一些短命的东西。但是，诗歌发展到一定阶段，总有一些人出来搞这样那样的实验，这是必然的。实验的意义自不必说，在文学史和艺术史上，第一个吃螃蟹的人总会得到艺术界的承认。这是正面因素。诗歌的实验性很强，对此你怎么看？

老少：

我赞同这样的说法——就全部文学形式来说，诗歌应该是"先锋"，大部分文学的实验都是从诗歌开始的。

既然是实验性的，自然难免有成功与失败，但诗作者仍然代不乏人，毅然前行，我十分敬佩这样的人，爱读他们的诗。

向左趴向右趴：中国禅意诗好像是从王维开始的吧？想问问诗人，你创作时是先诗入禅，还是由禅生诗？

老少：

禅是东方智慧，也是中华传统文化之一，是自身体验的一种方法，与佛教、哲学、科学等都有关，但又不是佛教、哲学、科学，在时间和空间上有一种独特的表达方式与审思，自身就存在无穷大的时空之中。无我，是禅的境界。禅与诗的结合，其实很早就有，王维就写禅诗，无我、无欲，沉浸在山水花木之中。貌似出走、逃避、消极，又是更高的人生态度，处处虚空清净、超然大度，印度、日本以及东南亚各地也都有禅的传统，日本禅学大师铃木大拙说得很妙：禅是大海，是空气，是高山，是雷鸣与闪电，是夏日与冬雪。不，它是在一切之上，它就是人。在禅者的眼中，禅就是自然的生活，是人的精神，是宇宙人生的总源泉。禅讲悟性，反正靠人去悟就是了。

我总是先有诗情，而后才去悟点东西的，悟出来的恰好有点禅意，就标上禅意诗。

流云的诗：《鸟巢》

鸟儿大了，巢小了
挥不动翅膀

换一个大一点的
再换一个

最后不需要巢
只需要蓝天和飞翔

改：《鸟巢》

鸟儿大了，巢小了
挥不动翅膀

换一个大一点的
再换一个
这只是
我们人的观感
或者愿望

其实
鸟巢始终没有更换

最后　不需要巢
只需要蓝天和飞翔

改过后，我觉得多少有一点禅意了。慧能的"不是风动，不是帆动，仁者心动"。恐怕人人都知道吧。这首小诗是不是可以理解成就是对此的"悟"呢：总是以我们的欲望、我们的好恶、我们的尺度去看世界，去判断他物，其实并非如此，也不该如此，就像我们看这么一个鸟巢，总觉得它得"换一个大一点的/再换一个"，其实，并没有更换，也无须更换，这鸟儿"活"得好好的！我们是不是常常这样"以己之心度他人之腹"呢？我们是不是可以考虑一下不要这样去猜度人家呢？这有多累啊！

流云：哈，俺的诗。谢了。

老少：这是流云的诗，我改了。

流云：老少改得好多了。

鸟儿：怎样看待诗歌上的主义和流派问题？怎样看待网络诗歌？

老少：我总体上不看好现代所说的流派，常常太草率提出，难免草草收场。

与世隔绝：我来说一句：流派的划分完全没必要？

老少：流派的事我刚才说了。网络会产生大诗人的，因为其自由度高。

与世隔绝：能不能不要分流派，把所有优点收为己用，形成一个"大杂烩"？

老少：这不可能！

鸟儿：当一首诗歌经过阅读之后，能够让读者在其中发现自己的生活内容时，这首诗就有了亲和力。共鸣共感，其实就是诗歌的亲和力。就我看来，当代诗歌的"亲和力"意味着：第一，以优雅的姿态引起读者或者大众的欣赏与赞美，而不是迎合他们的趣味。第二，以悲悯的情怀表达出现代人的生存状态，关注人本身，引起读者的震动与共鸣。你怎么看？

老少：太对了。受教！

鸟儿：你觉得自己有刻意去写的时候吗？关乎亲和力的问题。

老少：是的，诗歌一硬写，就变了味！我的每一首诗都有写作背景，都是心情驱使的！

鸟儿：你的诗很纯粹，纯粹的诗歌能走多远，你认为自己的创作有没有离开生活？

老少：应该不是，我手写我心。但我还是一直在注意读者的接受习惯的。我比较主张纯粹的诗，或许它走不太远，但我觉得这符合我的个性。

鸟儿：这就是诗歌的亲和力对你的影响？

与世隔绝：我们要做市场诗人，不要把自己清高得与世隔绝？

老少：这话是误解了。想发表的人，就肯定不全写给自己看。

与世隔绝：是这样，但很多是发表了，但没人去看。

鸟儿：我想，纯粹是相对于不纯粹而言的，纯粹的诗歌已经成为你的自觉追求，我和你相反，提一个尖刻的问题：离开土壤的花朵能够存活几天？你怎么看？或者说纯粹的诗歌能走多远？

老少：纯粹不是要束之高阁，纯粹是精神的纯粹，怎么想就怎么说，不做作。如果是这样，那永远是诗歌的精神。

与世隔绝：是，但有时想的却很难唱出来。

向左趴向右趴：少老师，当代一些所谓诗人把诗歌作为码字游戏，只顾自己自以为是的模糊主义和超现实主义，脱离读者和生活是在给诗歌自掘坟墓。你认为呢？

老少：是的，那是诗歌的可悲之处！

向左趴向右趴：诗人是悲哀的，因为他活在自己的想象里，好在少先生看起来不大是这样的。

老少：鼓励我！我努力吧！

鸟儿：谈民族性时顺便请少木森先生谈一下宗教在当代诗歌写作中的作用。

老少：宗教与诗歌是有深缘的。但这得有专文来说。

与世隔绝：老少，你觉得你的造诣能超过李白等那些在中华民族的传统文化中有深远影响的人吗？

老少：这是笑话我。我应该没在哪里这样胡说或者胡想过吧。不能这样比，两个年代。

与世隔绝：不，我言不由衷，我是想说我们怎么才能超过他们。

鸟儿："宗教与诗歌是有深缘的。但这得有专文来说。"让宗教成为自己的精神背景之一，应该具有一种积极的作用。这句话对吗？

老少：非常对！前段时间我到处说座的就是我们所缺的那种真正的宗教精神。

鸟儿：道教与佛教对于诗歌意象的提炼、意境的升华的诸多作用在你的诗歌创作里有没有作用？

老少：先诗情，而后升华为哲！谢谢。我看先交流到此吧！

流云：天界致欢送词。

天界：

朋友们：有句话说，乐恨时短。

今晚，在少木森诗人精彩的演讲和诗人对各种问题的仔细解答及大家的热烈讨论中，两个多小时已经不知不觉地过去，我们的活动也已接近尾声。

通过这一次活动，不仅增进了我们对诗人少木森的了解，增进了我们对禅意诗的了解，也增进了各位之间的友谊。在此，我代表归航管理层感谢少木森诗人，感谢各位朋友的光临！以后，我们将会经常举办这种类型的学术探讨和学术交流，届时，敬请各位光临！

再次感谢少木森诗人，感谢各位来宾！

现在，我宣布：活动结束。祝各位晚安！

（此稿是由 2005 年 4 月 23 日应归航文学社区之邀所做的 QQ 群讲座整理而成，后广泛流传于网络）

萧萧春雨　原名不详，新浪网红，新浪博客、"新千家诗"论坛和归航文学社区编辑。

关于《圈子》一诗与李方等网友对话

李 方 整理

李方： 少木森在新浪博客贴出禅意诗《圈子》，引来了我们的跟帖讨论。先出示这首诗吧——

圈 子

假如在地上画一个圈子
让你待在里面
你是不是　觉得好玩

绿树　花朵　夕阳
氤氲着诗意　在不远处招摇
只是　谁也不能走出那圈子
一些想离开的人
必须放弃一次次向往
守住　游戏规则

一切顺理成章
这一些把游戏最后做完的人
也许丢弃了什么　就是
没有丢了信守

游戏结束了
他们带着一脸自得
走出地上那一个圈子
心灵　是否
也走出了那一个圈呢

李方　2007-09-28 11：53：29
兄好！心被你震撼了一下啊！这个《圈子》，这一个圈子有宿舍的味道啊！
谁能走得出来啊！

少木森　2007-09-28 14：30：19
呵，谢谢各位关注！李方兄，说这圈子有"宿舍"的味道呀？有趣！

李方　2007-09-28 17：35：42
其实，我一直很喜欢你这一类抽象题材的禅意诗，除这首《圈子》外，
《真理》《深刻》等都让我震撼，你应该多写这样的诗。

李方　2007-09-28 17：45：50
少木森《真理》全诗

从一条深深的巷道走出
仿佛走进了
又一条更长更深的巷道
行路者　一个个
在陌生中迷失过方向
巷道　因此灌满了
追寻的欲望

或许　这只是一个隐喻
可我　就在隐喻中误入过
一条又一条巷道　而后

　　　读懂了它的暗示

　　　并将它们叫作真理

　　　一条又一条刻在大脑上

　　　大脑沟回　仿真着

　　　一条又一条的巷道

少木森　2007-09-28 17：51：48

　　几位朋友也说过喜欢这类诗，还转到纸媒了，只是我总觉得这类诗容易概念化，所以写得少，以后再试着写写吧！

　　李兄，还想问一问，为什么你在圈子读出了"宿舍"的味道？呵，真是有趣！

李方　2007-09-28 18：05：26

　　不好意思，上午下班前赶忙打了几个字，把"宿命"打成了"宿舍"，让兄见笑了！

　　我只是说不清为什么会有这种感觉。

少木森　2007-09-28 18：07：36

　　哈哈，原来如此啊，我说呢！

　　说是宿命也行，那只能就结果而言，带着因果关系，因而有宿命的味道。其实我赞同"性格决定命运"的说法，我还主张性格主要是一种养成，是在某一种环境中长期砥砺而成的。

李方　2007-09-28 19：29：48

　　不太明白，能否说得再清楚些？

少木森　2007-09-28 19：36：57

　　我曾经在一篇写老师的小说里这样说：如果你当了五年的老师就走出学校到社会闯荡，你可能是一把好刀。学校毕竟是锻炼人的，你的表达能力、组织能力、应急能力都可能在平常的教学和学生管理工作中得到强化，从而极大提高，而学校所特有的相对保守、相对脱离实际的习气又未深染你。你既有能力，又有冲劲，到社会上去你可能是帅才、是一把手。如果你已经当了十年老师，再到社会上去，你可能只是一把钝刀了，因为后来你深受学校习气浸染了，你分析起事来，或许滴水不漏；做起事来却瞻前顾后，甚至不着边际。你也许只能做个副手或谋士了。如果你当了十几年老师后，忽然又要到社会上去闯，我劝你就别去了，因为你已经只适合教书了……

李方　2007-09-28 19：41：37

是的！我读过你的那篇小说，也对你说过我有共鸣。我早该是你所说的只会教书的人了。我是走不出老师的圈子了。只是，这次读诗，更震撼——我们谁不在游戏中呢？谁不在圈子里呢？我们"自得"着，我们走得出地上的圈子，走得出心灵的圈子吗？我们被多少圈子圈着啊！

少木森　2007-09-28 19：48：20

这首小诗让李方兄如此感慨，倒是我没有想到的！

网友柳似伊也说："习惯了自己的圈子，不想到陌生的圈中游戏……"

这让我想起西方心理学所说的"舒适圈"问题。他们认为：每个人都有自己感到舒适的活动范围，也就是其"舒适圈"了，比如，家里一般就是每一个人的舒适圈了。而走出家，到别人的家，你必定有点拘束，有点不自在，那就不是你的舒适圈了。人就是这样，"习惯了自己的圈子，不想到陌生的圈中游戏……"

不过，人还是应该适时走出去的，按西方心理学观点，紧邻着"舒适圈"的是你的"学习圈"，只有一定的陌生感、不适应感，才是促你学习的动力，才让你学会适应，学习到新的东西……当然，这圈子要离得不远，如果太远了，完全陌生了，那也学习不了，也就不是"学习圈"了。

李方　2007-09-28 19：59：45

这让我想到了中西方的差异，中国人在聚会时往往会不由自主地寻找熟悉的人和环境，这让他们有安全感，而西方人往往把聚会看作结交新朋友，扩大交际圈的机会，所以他们往往会和陌生人搭讪，从陌生走向熟悉。

少木森　2007-09-28 20：08：51

谢谢李兄关注！更怀念这次网上的"手谈"。有事先下，以后畅叙吧！

李方　2007-09-28 20：10：06

谈到中外对比，不禁让我想起曾经看过的一篇文章，转帖于此，不知你看了会有何感想，是否会引出另一篇佳作？

我儿子正在读高二，考了一道历史题：成吉思汗的继承人窝阔台，公元哪一年死？最远打到哪里？第二问儿子答不出来，我帮他查找资料，所以到现在我都记得，窝阔台是打到现在的匈牙利附近。

一次偶然的机会，我发现美国世界史这道题目不是这样考的。它的题目是这样的：成吉思汗的继承人窝阔台，当初如果没有死，欧洲会发生什么变化？试从经济、政治、社会三方面分析。

有个学生是这样回答的：这位蒙古领导人如果当初没有死，那么可怕的黑死病就不会被带到欧洲去，后来才知道那个东西是老鼠身上的跳蚤引起的鼠疫。但是六百多年前，黑死病在欧洲猖獗的时候，谁晓得这个叫作鼠疫？如果没有黑死病，神父跟修女就不会死亡。神父跟修女如果没有死亡，就不会怀疑上帝的存在。如果没有怀疑上帝的存在，就不会有意大利佛罗伦萨的文艺复兴。如果没有文艺复兴，西班牙、南欧就不会强大，西班牙无敌舰队就不可能建立。如果西班牙不够强大、意大利不够强大，盎格鲁－撒克逊会提早二百年强大，日耳曼会控制中欧，奥匈帝国就不可能存在。

教师一看，说：棒，分析得好。但他们没有分数，只有等级：A！其实对于这种题目，老师是没有标准答案的，可是，大家都要思考。

西西　2007-09-28 21：11：33
每个人都在圈子里。

附： 几位网友的精彩"手谈"——

莫言听雪　2007-09-27 09：30：39
一次次放弃是一次次新尝试
行动上的放弃是暂时的离别
心灵上的放弃是永久的离开
没有丢弃信守的或许是没有游戏人生
只有心灵信守的才是真正的没有游戏人生

紫百合　2007-09-27 09：31：32

关于圈子，印象很深的是：孙悟空用金箍棒在地上画了一个圈子，让唐僧等人待在里面，千万不可跨出半步，这样妖怪进不得圈子，伤害不得唐僧。可是那无能且愚蠢的唐僧却望着圈子外面，心里那个急啊。

能够放弃游戏规则，走出圈子，需要勇气吧，或者是圈外的风景实在太诱人。

何其美　2007-09-27 09：40：48

俺不进圈子:)

柳似伊　2007-09-27 11：11：47

习惯了自己的圈子，不想到陌生的圈中游戏……

冰月松风　2007-09-27 13：02：33

"也许丢弃了什么 / 就是 / 没有丢了信守"。

人却为了信守，失去了许多。发人深思，哲理性的诗，欣赏！

柳似伊（悄悄话）　2007-09-28 20：55：00

你分析得真的很有道理。说得没错，我不喜欢接触陌生人，或者到陌生的环境和圈子里去，也许有种胆怯的心理，所以很少出远门，也注定是一个没有出息的人，不能走万里路，心胸定然不会宽阔，喜欢在自己的小天地中游戏……

知道不好，不知以后能不能改变这种不良的习惯，有时人很固执，明知道事不对、不好，可还是一如既往地要坚持走下去，也正如你所说的"可笑"二字（少木森注：可笑一说，见拙诗《秋分》）。在我的字典里，"可笑"二字是最真实的画面……

柳似伊（悄悄话）　2007-09-28 21：01：06

看到你们的精彩对白，感觉你真的找到了知音，能互动得如此好，也是很难得，很少见你这样谈笑风生……

（来源于新浪博客，李方整理成文后，广泛流传于网络）

李方　江苏宜兴人，新浪网红，中学教师。

蓬莱顶上，又新岁华
——《禅意诗十家》：生命中的旷世因缘

李云龙

2011 年末，正是又新岁华时节，我前后连续收到深圳蛇口的江南秋水与福州阳光（汪有榕笔名，下同）的电话和短信。

陌生的秋水和我通话的内容，使我既颇觉意外，又很是感动。因为我没有想到，阳光竟辗转托秋水给我寄来《禅意诗十家》。我同样没有想到，这些年来，诗人阳光居然一直惦记着从未谋面的我，而且他居然在茫茫人海中，用这种堪称艰难的方式与早已在网上隐去身形、全无踪迹的我取得了联系。这使我真实地体会到了什么叫"人世难逢开口笑，曲水流觞信有缘"。

想一想，这本得来不易的《禅意诗十家》，不也代表着一种因缘？

我和阳光的因缘始于新浪博客。2006 年煞尾，我偶然间读到了网上贴出来的不同门类的纯文学作品，觉得其中有些篇目含金量甚高，由此猛地扎进了一个虚拟世界。后来自己也摸索着建立起了个人博客，并和一些作家、翻译家、诗人们有了若干互动。自然，与阳光也常常彼此殷勤致意。大家读诗评文，用最朴素的方式交流看法、陶写情志，共享精神世界的载酒濯缨、振衣长啸之趣，远离虚饰，拒绝讨巧，出之本心，脱却羁绊，很是畅快淋漓。尽管与推杯换盏、觥筹交错毫无关涉，但大家心意相通、兴味相投，令人只觉春在左近、春在人间；尽管没有真正的四季更迭、时序轮替，而未有功利、心机、谋夺污染的网络缘与文学缘（诗歌缘），却如泉湤清洌，沁人心脾，这样一种磅礴氤氲的真情涌流，较之以纲常隳坏的物化世界之竞相啃噬，则何尝不是蓬莱顶上，又新岁华？称蓬莱顶上，是因为我和阳光们的结缘，超越了俗世的名利纠葛；称又新岁华，是因为在这种文字酬和过程中，我时时感到有天地清气充盈胸室，桃花红透杏花白，胭脂万点，尽是天姿国色，只齐齐换了浅斟低唱，犹胜蕙风如薰、霁景澄洁。

在诸多诗人中，阳光是十分勤奋的一个，他不喜裹足逡巡，总在疾步向前，而且创作力旺盛，不断贴出新的诗篇。他是那样恭谨恳挚，乐此不疲。他在诗歌版图当中寻找峰奇岭秀、骈列舒张；他在诗的国度里遥望岗峦起伏、横绝天表。诗歌成为他的生命路标，一径指向蓬莱顶上，珠玉万斛。这样强劲韧性、持续不衰且真诚追求美学意蕴的创作，使他的博客成为"又新岁华"的另一注脚。他的许多诗作，我觉得特别能洗人尘抱。所以，于心灵激荡之际，我也会为他那些新鲜出炉的作品写下断片的评析文字，算是在他博客里踩出的足迹，与"×××到此一游"大致相若。这类文字当有不少，不过，因自忖所评仅为随兴之作，野语村言，难脱粗拙，所以，直至今日，其中有许多已在我的印象里近于湮灭。真正记得的只有分别为他的《月光》《红玫瑰，白玫瑰》作评的两则。当时，我心里暗自惊叹，对于这种诗，阳光竟也能写出蓬莱顶上岁华新的独特样貌！因而对他的《月光》和《红玫瑰，白玫瑰》，我试着用了一种自认为能与原作诗意产生共振的方式进行解读。我是这样评《月光》的："这是有榕近期写得甚为成功的一首诗。席上的冰凉与四处水声，为本诗情境先期做了典型设置。听明月轻弹丝竹，就这样甘愿被浸没，不舍；月影，从高天倾泻而下，辉光斜织，使流连不已的邀月者，在沁凉无波的水色下，肩披一袭不见接缝的月光衣衫，成为一尊雕塑，显出无限贪恋，迎接水的霜墨，目光中总是飞翔的月形——这轮高古的明月，响亮着，成为盲女翘首等待的心灵笛音，为她驱赶生命的阴影，惊碎痛苦，那一头由如水的月华涤荡的黑发，就在幸福中飘扬成时光静默。那夜凉如水，已转成月的细薄柔韧，一切景物都在这样一种摇漾又止息着的横亘的笛的吹奏里，暗香浮动，鸟声寂然，夜深沉，细小而生动的月光，拂过盛开的荷花，拂过生命的翠色，拂过拨月的手，深入身体内部，在骨头当中栖息。"

我以为，月的宁静、水的喧响以及生命的唱和，或许难离某种禅意。

而评《红玫瑰，白玫瑰》，我留下了这样的文字："竟然很奇怪地想起李贺——远在唐朝的'诗鬼'。一种长着奇特脸孔的诗歌，不是在大地上行走或凝然不动的任何生物。它既像是云朵上落下的闪电，划出耀目的刻痕却难觅踪迹，且在你意想不到的时刻、意想不到的地方，朝你头顶直劈而下，让你感到震悚；又如心脏血管的突然裂开，鲜红的流水，汩汩而出，你手抚胸膛，却只能听见它以血的方式泻出，你倒下，最后的意识里，留存它火焰的瞳孔。"

其时，大概我也是因为灵魂受到震撼，而极愿意将"尊前谈笑人依旧"的情境，做非常自我的理解。这是未循常例的一种体验，虽然不免堕于"野狐禅"，但好歹也有一个"禅"的名号。

因了这样的缘分，也因了这样的自弹自唱，即使只能跻身于"野狐禅"之列，我也未妄自菲薄，而是对日月作环珮、云霓为翠旌，周回九万里，自在通达的诗性表述，就此格外多了一种关注。系念之深，大约是能称得上魂悸以魄动的。而后来与阳光的频频"脚印踩响烟云里／壑谷深处隐隐的回音"（少木森《桃源》诗中句），或者相约"几度看菖蒲九节花"，则让我认为自己于禅意、禅心或许已有更深一层的理解。所以，对禅意的经典解释，诸如心绪的清空安宁，或是意念的清静寂定，我是认同的，甚而在读宋代姚勉的《沁园春》时，也时常倾心地反复吟诵"元是仙家……长生药，在蓬莱顶上，不必丹砂"这类句子。

不过，其时品评阳光，我还只是略略看到了他诗中一些"以'赤子之心'观物"（语本少木森《禅意诗十家》'代序'）的成分，而且仅为一些朦朦胧胧的认识，对禅意诗骨子里那种"来自人生深处，来自大地边缘，天之高处"（语本少木森《禅意诗十家》"代序"）的机趣，既无法窥其堂奥，当然也就很难达至心领神会的境界。直到接获这本《禅意诗十家》，并且细读了有榕（阳光，下同）收入这本集子"卷十"部分的二十七首诗后，我才真正觉得，过去的解读，充其量只能算是对阳光的一种世俗化观照。如果说这种解读也能与禅意挨边，那么，它最多不过是临时起意的口诵佛号。这样的"蓬莱顶上"与法相庄严、空无一物，与越过无明山（贪、嗔、痴使人心智阻塞，如入无明山，堕进黑暗），礼拜智慧之光，是没有逻辑关联的。这样的"蓬莱顶上"也很难说就是诗中禅意。因为即使如智者所示，"蓬莱顶"其实亦是更多地存于人的内心。言及于此，则事实上形成了新的疑问，即禅意以及禅意诗果真只剩与佛学根须缠绕、枝叶纠结的形制吗？这样的解读是否又堕入另一虚幻妄说中了呢？这样的解读有没有在实际上被惯性思维所牵掣、所限死，是否在本质上仍然未离三界果报的言语架构呢？

对于这个问题，更易为大家接受的说法是，禅意和禅意诗到底应该是一个什么模样？

倘若诗学理论界以及诗歌创作界不太介意的话，则我们毋宁将禅意或禅意诗看作人对幸福与痛苦、光明与黑暗、生存与死亡的一种更具超脱意义的感悟。

它和一切物质形态有着无法割断的千丝万缕的联系，却又不能用任何一种物化方式来道尽其肌理。一方面，它既离不开有形基质；另一方面，它又在人的意识当中，表现为纯精神选择。它既可以是一种最简单的物象，又可以是最复杂的心理景观。它不弃在滚滚红尘中沾溉甚久的肉身，而又在更高处让灵魂经受洗礼。所以，它是一种启迪，也是一种因缘。

作为一种文学邀约，《禅意诗十家》就这样由阳光引导着，被我虔敬地迎进内心。

于是，《禅意诗十家》也便成为我生命中的旷世因缘。

如此因缘，让我对禅意和禅意诗有了更切近的、更细微的、更全面的观察体认。作为个人经验，我阅读《禅意诗十家》的过程，是登高望远的一种过程，是自由意识逐渐被诗性雨露浸润滋养的一种过程，也是生命升华的一种过程。阅读过程中所目见、所意会到的境域，无论美丽奇崛，不管宽广厚重，其幽澹处或深杳处，均如千岩竞秀、万壑争流，那种一波才动万波随的雄伟画面，那种沧海横流、千汇万状的宏阔背景，真是"只知诗到苏黄尽""奇外无奇更出奇"。

这最初的一波当属阳光在 2008 年写就的《风荷怨》《栊翠庵里话三杯》《冥想如禅》《众象》等十首。这十首诗，我视作年轻的诗人所开具的一副醒世药方，它针对的病症就叫耽于享乐、醉生梦死。从《风荷怨》的年轮节点上，我们可以读到阳光的禅悟方式，那是一颗尘劳欲息的玲珑诗心。"从荷叶上翻过也不过就是三两盏茶的工夫"，且看天风掠过处，荷叶摇动，尘襟也摇动，就像一种熟悉而陌生的轮回，瞬间发生于"眼波底下"。只是，无限繁华却最堪伤怀，君不见，"南朝四百八十寺，多少楼台烟雨中"！在意象的构建与诗味的酝酿上，这是不着淋漓大墨却有洇湿效果的含蓄一笔，是意味深长值得称道的一种表达。它毫不晦涩，却也绝非口水，而是手托莲花般翩然以进，让人"翻过"名缰利锁的重叠关山，"叶叶心心都伸向／时间的极限"，而意绪在所有事物都朝时间极限延展之时，成为悄怆幽邃的无波古井，唯余风吹荷叶的气息，浓浓淡淡、淡淡浓浓，而"再浓的池衣也就点滴的黄昏"。诗人将千年不散的烦恼和幽怨一起付与"柔柔的荷茎"，真是举重若轻啊！我特别欣赏的是，阳光对于"怨"的处理，竟然同样可以跨越"过尽千帆皆不是"的诗思，而将这样一种无由驱遣的情感郁积，用低回的"风荷怨"曲词来加以表达，既有不胜凉风的娇羞的点染，又有落红决绝之后绿意的陪衬。尤为难得的是，诗人不是令"抚弄过水的肩胛"甚至"开败的花瓣"呈现一派萎靡，而是在荷花仙子凌波微步的密匝回音里，锵然举起"那么一丁点画骨"，并最终惹动采莲人执着地敲着船帮，"把/莲蓬散在水中"，让"未开完的花都开完"。这在节奏上是由弱转强，而在方法上则是对比跳荡。风荷演绎的人物细节干脆就"匿名说经"，然后"悠游说唱"。诗中禅意正随起舞的风荷化作迟一步或早一步的无涯的时间。整个篇章以禅意、诗心、真情、意趣为经纬，舟楫相配，得水而行，于浩浩世途，度人以远。此中因缘，让你即使偶见风荷的碎花步子，也会无任感念。

《手》是阳光对姿势曼妙的手部造型的一种镂刻式绘写，但内中所示应当也是蓬莱顶上，又新岁华。诗里的端杯、拈花、抖空弦，执扇、提篮、盈盈荡波，摇桨、采莲、花间邀月，或许就是幸福的一种设喻取譬。谁又敢说它不是上连古敦煌石壁上飞天的梦，下接"水墨的爱池"呢？只是倘若诗人止步于此，那么，其况味大约亦仅有盈盈一握，更自在的禅味怕是不存在了。让人眼前一亮的是，诗人于不经意间，把那些与我们虽非息息相关但又总在心头的世情，竟抽象而为似有若无的某种蛊惑或空静，可触可摸之际，眨眼成"蓬头相执的荷月"，在这里，永恒的时间才具有终极意义上的禅味，而有形的醉或无形的醒，都只是这种禅味的外化，对于个体来说，"莫念三生"和复归寂灭，或许才是生命中的旷世因缘。

《时辰到了》约略可以看作阳光另一种体式的禅意诗，它标识的即为"般若波罗蜜""浮世绘的莲"，是"清禅"和"佛光"。其框架建立在冥想基础之上。诗人到底会在这类"闲思"当中表现出怎样的颖悟呢？不妨来读一读他雨影纷飞的诗行——原来，阳光在这首作品里头，也是将时间比作车行般的流光，载进载出，簌簌以下，而尘世则是"命定纸"，生下之时就是等，是"一个恰好的时辰"。为什么是一个恰好的时辰呢？那是因为金黄的念想，在唇浪间，如鱼潮蜂拥而至，当此之时，那种前仆后继的踏浪诉求却反成两处闲置的"妄路"，"左边是你看不见了的杂念/右边是我想家的私心"，伴行的只有"午后的阴雨"。诗人从真实的生存空间大步跨进寂灭的空间，眼见的是正向，闲思的是反向。正反切换，好似梦圆梦碎，这是一种让人耿耿难忘的生命昭告，是别一种旷世因缘。

沿这样的禅悟方式进入《月光》，我们或许可以从更宽广的意义上读到这首诗的生命翠色，那种对月光穷形尽相的描写，其实是在晓示时间和生命的一种静止状态，笛音荡开阴影，惊碎痛苦，幸福满溢，让旁观的鸟也跟着一道幸福。而正是这种静止状态，才使不艳羡片刻欢娱者，体悟到内心的光芒"竟直站在我横亘的笛上"。有涯的生命与无涯的时间才能在薄透的"夜的暗语"和山岚间，就此获得"明月的巢"。

月升月落有禅意，考究的茶道亦可参禅。这禅机就在那紧紧捂着的不能泄漏的仙气里，就在《栊翠庵里话三杯》中。阳光这首《栊翠庵里话三杯》是通过"泡着一盅茶的命"这样的文化寻踪，来言人生的"观色、闻香"的。在诗人看来，"再斟芷兰"实在与诗意中国"一个美美红楼的山山水水"，是血肉相连的。但是五千年留存的幽清的坎——茶中秘语，谁可破解？靠俗人是不行的，他如何吃得"玄机的雪／绕着颦眉冷香走"。这一等候又须至何时？大约是在冬季？是在两块玉渐渐有了"知己的凉"之时？但愿不致"恍如隔世"。好在"三杯"的余味趁着"玉的润齿"，追着甘露和幽茗的"新悟"而去，那是"茶香"……

而雨滴中则是《一朵海棠隐藏的秋》，是留在了天涯的昨日。不朽的是诗的语言"晃了一晃"的"弱小的影子"，那么细小，"粉红、单薄的肉体"为隐忍的秋天突然睁开。是秋雨也平息不了的《黑白琴键》，是"黑暗与光明互诉"，是冷的暖的日子在喃喃蔓生。是《梦境》中的睡姿昏沉，而"我是你怀里蜿蜒而上的山道"，"淡出的人影和雾凇总是那么贴切地单薄"。诗人在这里用了一种忽而直冲浩荡青冥，忽而低飞徘徊于人间的语言模式，这种模式，一定不是出自凡胎肉身的汪有榕之手，而是出自尽扫幽暗的阳光之手。每当读到此处，我都不禁心头一震，这是来自人间的诗歌吗？而与这样的禅意或者禅意诗相遇，我更觉得无限幸运，人生匆匆来去，劈面遭逢就是一种旷世因缘。这如何不会让我时时感到蓬莱顶上，又新岁华？

现在，我必须随着阳光的《冥想如禅》，"于无声处留白"。即使无人知晓"一尾深水鱼的心事"，总须"轻轻握出一些横空的禅来"；即使不借一舟一楫，难以穿过无主的水域并永被隔于"一渚芒草的清幽中"；即使"无法涤清你的原貌"，亦须在半山半云之间，"扶着墙走到／看不见自己的影子的角落／把头颅放进空茫"，让"来者无界、去者无心"，而举头三尺就是俯视芸芸众生的神灵。这样的禅味已经足以称为新的岁华。

然后是《众象》。是真正的"香风拂面，法象庄严"。释迦牟尼佛拈花，迦叶尊者破颜一笑——玄妙得不可言及。之后是花开花谢，有云踽踽独念前世的扰攘，身后是无边的洪荒。于是有了"于静中动，于无中有"，有了禅偈"净土不必远"。

看起来，阳光是铁了心要把我引进"实相无相"的"微妙法门"——然而就在我生出如此念头时，却再次被风轻柔地包裹，撞入《暗香》——撞入尘世。是春日明媚阳光的恬淡画像，是人面桃花，是粉嫩粉嫩的语言，"探头，绽开，低下"，眼眉垂处，猛然又见"芦苇弯腰低头喝水的地方"，那是《行云，流水》，是断水不再西归，是年岁蹉跎；是江湖何曾平静，再三误入；是浅浅的醉，不问昊苍，心在蓬莱顶上便好，留住"坦荡荡的胸怀"便好。

洒脱、清新又略带忧郁，是阳光诗歌当中自成格调并且最能打动我的所在。这里不仅有伦常，也有禅机。像《欢喜》，只要保留"眉目深处的微语"，即便老去，也有一杯爱情的水。像《伽南香娑罗树》，人所能看见的都熄灭了，犹如娑罗树上的繁花。微风拂过发梢，爱恨顷刻间"云散烟消"，无论是怎样"鲜活而蚀骨的形容"（此处的"形容"即指容颜），都只封存在枯荣的树木之间，时间的沙漏在写就"生命，是死亡的瞬间"。其中，对于情感的诠释是一种伦常，而对于生命、死亡的感悟则是禅机。所以，阳光在诗歌道路上的确往前走得甚远。可以再听听他的《琵琶语》，那种对美的意象的敏锐捕捉，那种将琮琤作声的乐器，比喻为四散的珍珠的出言，那种来自白乐天笔下如泣如诉的琵琶语啊，由阳光接续，那是他在打开内心的最后一道门扉。此时我们可以齐齐看见，一颗纯粹的灵魂，一颗并不显赫但绝对高贵的灵魂，正偕同一只鸟，扑棱棱飞走。宿醉依旧，时间依旧，可伊人何处？寂静等待《僧敲月下门》之际，正是岁华又新。只是，无须性急，地老天荒怕也是为了"一首写也写不完的诗"，无论是推还是敲，"万籁贴着俱寂的门"。贾岛的典故被阳光施与了僧侣，唐朝的苦吟人就此披着月的袈裟，站成了千古迷蒙的影像，仅存逝水如斯再不复回。

那就还是《怀旧》吧。黄昏岂是一下子可以看尽？谁道一个偌大的虚怀，"秘不可宣"？谁道《雪，埋下哪一首冬眠的诗》在复制此刻的寒冷？一颗颗小小的好奇的心，是谁会有那么执着？阳光啊阳光，你有怎样温热的内心？你的诗歌早已超越了冰冷的理性，获得了足够多的人间情味。不妨让我们这样去体会：深入诗歌的内部，并且再深入一些。你可以躺在空山的怀里，让花儿想怎么开就怎么开，像风想怎么煽情就怎么煽情，配合一场雨的下落，听《鸟语》。是的，不妨《入世》，让叶子打在自己肩上，听它幽幽出声："我是你的 / 被世俗遮蔽的那双法眼"；让《雨打芭蕉》完成空灵的弹拂；让自己欣赏《一个人的独立》，"允许暮色再盛大一些 / 允许一个人在俯仰之间 / 可以按住这陡然升起的苍茫"，让自己在遗世独立之时，问问内心，是否看见了蓬莱顶上的那一束光？

正是那一束光！那束光是阳光"怎能狠狠心，转身就忘了"的歌吟，是这种歌吟中满盛的酸甜苦辣，是诗篇里闻之有味的"小小的舌尖"。当这束光映亮我们的灵魂时，或许我们就可能会再次偶遇《一个人走失的时辰》中的"明明灭灭的灯火"；再次偶遇《远和近》——那是在唐诗宋词里绿遍江南的远一些的春天，是由一群黑蚂蚁快乐搬运而来的近一点的春天；再次偶遇《浮世之美》——那是万顷深蓝、浅蓝构成的灵境；是无法言说的空白和自由；是恒久的时间之水；是旷世的因缘；是蓬莱顶上，又新岁华。

一波涌起，万波相随。而这万波又如何能够舍却《父与子》？阳光用"云烟、雪浪、诗、不灭的灯盏"，构成了山河俊美和"你恋着的人间"，而抒情主人公则欢喜于一个孩子的睡相、一个黎明，在"天一直空着"之际，互换一段"彼此无忧无虑而忘我的时间"，阳光的诗始终不离时间的主轴，如此循环往复，实实在在有种一唱三叹之美。

一波涌起，万波相随。列出了前面的二十六首作品，最后的《西禅小札》，作为压轴之作的诗篇，这万波中的重要一波又如何可以略去？我自然知道，禅机是道不完的，然而，本诗对于整部集子的无论哪个篇什而言，都负有收结使命。所以，它成为踏入红尘、靠在禅空的梦阶上的"佛"，所以，它似乎命中注定就要献出诗前小序，道是"转眼六月，茉莉，玉兰，红荔枝，李仔（原文如此），禅寺，品茶居"，而此刻，黄昏将断未断，玄禅的上空惊见树影斑驳的塔顶，云浮绘盖顶——诗人"终于可以安静了下来"，看世间熙攘、时间穿梭，看一树佛笑。

一波才动万波随。最初的一波属于阳光，阳光的二十七首诗成就了我和他文字唱和的新的因缘。但是，被我迎进内心的绝不只有阳光，还有少木森，还有其他诗人，还有更深厚意义上的禅意和禅意诗。那么少木森是这汹涌而来的万波之一吗？说实在的，我无法作答。因为我自己已经被这漾动的海涛晃花了眼。

我或许只能以参禅的方式来辨别这吞天沃日的万波了。"菩提本无树，明镜亦非台，本来无一物，何处惹尘埃？"六祖的偈子既作此言，则这最初的一波和万波又有什么前后区别呢？

少木森们不也是用自己的方式在看"世间熙攘、时间穿梭，看一树佛笑"？这种方式只属于他们个人，这种不与人同的方式在本质上就是初起的那一波。

我非常惊讶，在整部诗集的开篇之作《永恒》中，少木森同样用一些具体物象来验证时间的不朽和禅意。冥冥之中，我以为，以这部诗集为媒介，少木森们和我同样结下了不解的旷世因缘。这难道不也是蓬莱顶上，又新岁华？

只是与其他诗人不同的是，少木森的笔意似乎显得很散淡。他将在自己窗前唱出一些"像水滴"的轻音的"几只不知名的鸟"，写得让人顿时生出无限神往。因为，在这些鸟飞走后，这个冷冬仍然有"几分鲜活""几分的期待"。尤为奇特的是，诗人用内心凝视其他事物，竟获得了一种成像，那就是，他后来发现，有几枚树叶"也很像那些小鸟"，寂然无声地站在那里，"顶着一片银灰色的天／让风景因此雷同"。诗意表达至于此，似乎已经趋于完满了。但是，不同凡响的少木森并未罢休，他在这些物象之中楔进了更为坚硬的内核，他让"窗外一直有风"，劲吹的风当然一定会摧枯拉朽，而叶子也禁不住风吹雨打，它必会枯萎凋落。少木森在这里，没有违背自然规律，给落叶赋予强大的生命力，而是照实写来，"不一会儿　一枚树叶落了／又一枚树叶也落了"，并且，落了还不行，还"被风吹远了"——这正是宇宙铁则。那些"曾经的小鸟"会飞走，则"这几个叶片"也就一定无法留住。"无法留住"好像已经接近禅悟、禅心、禅意、禅机、禅理了，整个篇章好像也可以就此戛然而止。不过，少木森却把这样的短制经营到了极致，他将这些小波浪聚在一块，活生生掀翻了这"无法留住"的堤坝，一片汪洋都不见处，却留下"我"拍的"几张照片"，于是，"风景也就成为永远的永远"。如此跌宕起伏的运笔，不能不让人停下脚步，去屏息细察一个参透了生命秘密、心有灵光，却仍在寻找方向的少木森，去真正听他解释现实的意义；去真正听他用沉痛的语言述说被冻雨杀死的"一对精巧的斑文鸟"，被怎样制作成标本；去抵近他的深刻的《真理》，去抵近他的词语和启示，去抵近他仰头发出的预言，去抵近他最忧伤的眼睛和最清冷的月光，去抵近他坦然的旁观，去抵近他"花瓣纷乱""游人如织""蓝山雀悄然飞去"的桃源，去抵近他在空茫深处撩动的乡愁，去抵近他精神世界所企盼的秩序。好一个少木森，他的诗无处不留禅味，但又无处不脱禅味。禅之有无，其唯在心；知我罪我，其唯春秋？

附：少木森诗《永恒》

几只不知名的鸟　在我窗前
好几天　她们几乎都那样
唱出一些轻音　像水滴
而后　飞走
带给这个冷冬　几分鲜活
几分的期待

后来　发现有几枚树叶
也很像那些小鸟
是不是　也学着这鸟儿
独独地站在那里　凝着水滴
顶着一片银灰色的天
让风景因此雷同

可是　窗外一直有风
不一会儿　一枚树叶落了
又一枚树叶也落了
被风吹远了

我知道我无法留住什么
包括曾经的小鸟
也包括这几个叶片
于是　我去拍了几张照片
风景也就成为永远的永远

　　陈柳傅的诗作色调近乎冷，这或许是他有别于人处。他喜用"湿柴烧起的火，黑烟笼罩"这类物象，以喻光阴和生命的互相损耗，而生命无法与光阴相抗，所以，人在上古村喝茶，最终"变成了一场最美的梦"。这样一个结局，或许可以理解为：生命的火浑如湿柴，烧起不易，常常只能漫不经心地等待。内中充满着的多为"与来世愈来愈近"的感叹。在他的诗中，我们还可以看到落日、蚊子、孤山寺僧，看到蚂蚁和黑点，体会到山中的一片寂静……我个人认为，他的《与杰砦公喝酒》《蝴蝶三章》《寺院偶记》是代表了他最高水平的诗作。其中禅意常常令我内心悚然一动。比如《蝴蝶三章》里的"两只蝴蝶的恋情""最轻盈的恋情""最短暂的恋情"，"诗人爱上蝴蝶才爱上诗 / 一个诗人不能没有蝴蝶 / 关于蝴蝶是为了自己的灵魂变轻"。这样的诗，把人的生命、人的所爱与蝴蝶、与所指更宽泛的物质镜像相比照、相映衬，衬出了灵魂的轻和重。对饮中的陈柳傅，你说说，什么才是蓬莱顶上岁华新？
　　转出了陈柳傅的"黑烟笼罩"，我们当依次来看看许志华、玩偶、申儿、一意、岸边、涂熹和泊音了。

假如我判断得不错的话，许志华大约比较钟情于残缺物象中所含的禅意。比如"荒僻的小公园"，又如"山谷，裂"，再如"一截木头"……许的诗有一种空花盆里的自我追问："花儿死去了多长时间，我还余下了多少时间"，然后是"花儿死了，我不能和你谈论空"。对于人间的不完满处，许志华的潜意识当中大约与"废弃的渡口"有很多类似的地方。

玩偶的地域和时间触角都伸得很长。不但一迈步就踏进了疏朗河山，而且抬眼望便达于千年之后，他从乌托邦式的来处行到理想国的去处，所取的就是形而下和洞穿世事，我乐见他在和时间的角力当中，"彻夜研习空心的秘密"。

申儿的三月没有台风，只在镜子里照见自己的脸。我感到疑惑的是，怎么这样一个小小少女也会过早悟到镜子里的自己？"一半深陷黑暗，一半被高光柔化"，甚至"一头刻着生，一头刻着死"。或许，她真的在午夜时分，点亮灯盏以后，看见了形形色色的幽灵？正因如此，我对于她告诉我们"风越来越大"，却不告诉我们"树和鸟的秘密"，而转天又对我们说"桂花不是花，是香"，也就不致觉得难以理解了。

一意似乎很关注时间走向，他的诗里有早晨的清凉，有下午灰蓝色的云层，有夜晚细雨后那些柔软的事物，以及它们不明白的部分，多汁、安静而又甜蜜。诗人在夏日的房间里，看金黄的阳光，看窗户整日里打开；在午后山行，看山已绿遍，看一条小道长出了春草……那的确是与永恒的时间同样等值的"一件美好的事情"。我们何妨与一意同行，去感觉洁净和宁静……

岸边的物象普遍选得较小，然而小却可以做很大承载。这或许就是诗人能以自己的眼光去观察世界并终有所得的缘故。她在冬日倒影当中，发现了生命的刻度，那是安静下来的事物藏着的一种力量。她在照到对面墙上的冬阳当中发现了身边的温暖和明亮，发现了片刻当中蕴蓄的永恒。她在窗前发现由浅绿而至深绿的树木内部所储存着的雨水和黑夜。

涂熹的诗有佛缘。我这里所说的佛缘并非终日与僧众为伍，而是佛在心中。他在弘法寺，等大师来敲门，失去了时间的概念，这是洞中方七日，世上已千年，能有这份宁静的心，难道不是有佛缘？至于木鱼、钟、寺院，不在别处，诗人说，也是在他心中。尤其难得的是，虽然寺院很远，但诗人拒绝了坐汽车前往，因为他的寺院从未生活在尘世。我猜想，大概是由于有了这样一种佛缘，涂熹的诗才显得相对平和而无戾气吧。

我觉得，泊音的诗总有一种来自母亲的温暖，有一种来自母性的光辉。当然，我承认，这是由于他在诗中直接写了母亲，这在很大程度上影响了我对他的诗歌特质的判读。但是，即使有偏离原诗样貌的危险，我还是不准备撤步。悬浮而哽咽，总是相隔的叶子，我愿意它一直坐禅，"清静而缄默"，把心事付与迎过来的风。我也愿意目视诗人横躺在摇椅上，让太阳来晒，让月亮来灼。我同样愿意看他在晚秋为皎洁的月亮打开窗；而我又何尝不愿意在蓬莱顶上，看那别样的又新岁华！

"阳光、少木森们"，这份旷世因缘，我怕是无由从心头放下了。"阳光、少木森们"，我等着你们摆放好"云雾和深山的味道"，我愿意和你们相约，在下一个轮回，再度遭逢，到蓬莱顶上，看又新岁华。

（原发《阅读生活》2013 年 3 月 26 日）

李云龙　文学评论家，1955 年出生，江西吉安人，1982 年自南昌大学毕业后分配至吉安师专（今井冈山大学）任教，1995 年调入深圳教育系统工作。现为深圳大学当代文学创作与研究特约研究员。

中国现代禅诗二十年

(1996—2016)

李艳敏

禅诗是禅宗美学与诗歌结合的中国文学典范。一般意义上的禅诗多指古体禅诗，笔者所论的现代禅诗则是现代人以现代语言和现代手法书写的自由体禅诗——这里的"现代"在时间意义上等同于当代（特指 1949 年以来），但更强调诗歌体式上的自由体；"禅诗"，则要达到禅与诗的合二为一。和古体禅诗一样，现代禅诗也有有意而为和无意而为之别。就作者创作的角度而言，有意为之的禅诗作者又有出家人和在家人之别。概言之，出家的诗僧开悟偈多以诗明禅或借诗说禅，而在家的居士文人则反其道而行之，多以禅入诗或借禅美诗。无意而为的禅诗多数与山水风景、天地自然、日常妙用有着密不可分的联系。从读者接受的角度来看，这类诗歌意境中蕴含着千丝万缕的禅意。出于整体考虑，笔者在时段的选择上抛开了现代部分和 20 世纪五六十年代的中国台湾部分，只论及 20 世纪 90 年代以来中国大陆的现代禅诗。

众所周知，20 世纪 90 年代是中国社会转型期。舒婷在此期的《禅宗修习地》等诗作中融进了自己的禅修体验，南北、雷默等诗人不约而同地开始尝试现代禅诗写作。诗评家陈仲义、沈奇等对现代禅诗也给予了密切关注。21 世纪以后，现代禅诗写作更是成为一股新的诗歌潮流，现代禅诗派即是其中一支不可忽视的生力军。在语言因狂欢而变形的后现代语境中，涉身现代汉语的诗性之河，寻求其禅性的重现，现代禅诗的萌发与成长不啻一场"小众的历险"。

一、两个预言与现代禅诗的先行探索

1996 年陈仲义先生预言："21 世纪，当世界文化重心开始东移时，禅思诗学势必伴随东方神秘主义灵光，再度显身。"[1]也是在这一年 5 月，少林寺的佛经内刊《禅露》创刊，陆续发表了一批现代自由体禅诗。1999 年沈奇预言：新诗两个出路"之一"即是"现代禅诗"一路[2]。这两位诗评家是国内关注现代禅诗的业内诗评家之佼佼者，这两个预言也绝非空穴来风。二十年过去，美国诗人的现代禅诗早已引起南京大学张子清、香港中文大学钟玲等学者的关注，且取得了一定的研究成果。现代禅诗也已成为中国新诗中一道独特的风景。

追溯现代汉语诗歌史可以发现，20 世纪 30 年代惯于参禅打坐的京派作家废名是中国现代禅诗的先导，个体的禅修体悟、镜花水月的意象和跳跃式思维方式使其诗成为最早的现代禅诗体。自 20 世纪 50 年代末至今，在中国台湾则有周梦蝶、洛夫和席慕容等人的现代禅诗创作实绩。周梦蝶的诗歌庄禅相融，"苦"而"清"，呈现出一种孤绝而奇特的美学效果，诗集《孤独国》与《还魂草》代表了其诗艺术上的最高境界。洛夫则是经由现代主义诗歌自觉转向了禅诗写作，他的现代禅诗获得了学界最高的关注度。1965 年洛夫在其长诗《石室之死亡》自序中表明，超现实主义诗歌将发展为纯诗，最后达到不落言筌、不着纤尘的禅境。此后他在诗歌写作中念念不忘传统的佛禅美学。在他看来，超现实主义的诗与禅的共同之处即是"诉诸潜意识的超现实主义，和通过冥想以求顿悟而得以了解生命本质的禅，两者最终的目的都在寻找与发现'真我'"[3]。2001 元旦洛夫的长诗《漂木》完成，第四章《向废墟致敬》主要表现对佛的"空无"，禅的"虚静"，以及老庄生命哲学的体悟[4]。这是迄今为止较早的禅意现代汉语长诗。2003 年洛夫出版了《洛夫禅诗》，2007 年洛夫现代禅诗集《背向大海》出版。在《禅诗的现代美学意义》一文中，洛夫指出，把西方超现实主义与东方禅宗这一神秘经验予以融会贯通，会变为一种具有现代美学属性、可以唤醒生命意识的现代禅诗。在现代禅诗探索之路上，中国台湾地区除了周梦蝶和洛夫之外，席慕容充满禅意的爱情诗《一棵开花的树》将无缘的单恋写得凄美而隽永，至今仍在两岸广为流传。中国大陆在改革开放之后就已出现不少无意而成的山水田园诗和哲思小诗语关禅趣，如流沙河的言志诗、孔孚的山水诗和王尔碑的小诗都取得了较显著的艺术成就。这类诗歌以灵性、趣味见长，凝练的词句宛如提纯的水晶，自带清丽淡雅的禅味。在理论方面，陈仲义早在《禅思诗学》中指出了禅与现代诗存在高度的一致性，对"现代禅思诗学明显露出断层与失衡"深表忧虑。陈仲义在该文中解析的四个现代禅诗作者孔孚、梁健、周梦蝶和洛夫如今都已驾鹤西去。那么，现代禅诗是不是已经成为昙花一现的过去式了呢？自 1996 年至今，国内现代禅诗发展如何、当下现代禅诗有哪些成就和问题，如今都有必要对其进行一个阶段性的梳理与评价。

二、中国现代禅诗诗写实践与现代禅诗流派

20 世纪 90 年代以来，中国大陆现代禅诗在短短二十年里经历了萌芽和发展阶段。

（一）20 世纪 90 年代，萌芽期

这一时期，中国大陆现代禅诗写作首发于一本佛教刊物《禅露》所列的"新禅诗"栏目。当时真正将其作为一种明确写作方向的诗人寥寥，也没有一本专门的个人现代禅诗集。值得注意的是，诗人南北和雷默在创作和理论上的积极探索。1991 年南北即已开始有意识地写作现代禅诗，并逐渐将其作为自己苦心经营的事业。他通过自身的禅悟和现代禅诗写作经验，继陈仲义的《禅思诗学》之后，于 1997 年写出了《现代禅诗一瞥》，认定现代禅诗是现代汉语诗歌写作的大方向之一。该文指出，中国的现代禅诗由于诸多原因，还处在一种探索、尝试和形成阶段，作者从历史和空间考察了现代禅诗的来处和去处，提到中国台湾三位代表诗人周梦蝶、洛夫和杨平以及美国的斯奈德等人的现代禅诗。文末作者乐观而客观地说："可以企望，和中国源远流长的古老民族文化一脉相承的现代禅诗，将成为流经这个浮躁世界的一泓清溪。"[5]另一位提倡新禅诗的作者雷默撰写了《体验：生命的禅与诗》（刊于《佛教文化》1993 年第 1期）和《语言：禅与诗的障碍》（刊于台湾《双子星诗刊》1997 年第 6 期，《禅露》2002 夏季刊）。此外，相当一部分现代禅诗诞生于少林寺内刊《禅露》，而有过学佛经历的诗人梁健、杨键等人也都有各自的禅诗发表。整体来看，中国现代禅诗的作品和理论在 20 世纪 90 年代已经出现，只是还未形成较大的气候。

正因有上述诗歌写作现象，陈仲义才认定禅思诗学一定会被越来越多的当代诗人认可，而沈奇在《口语、禅味与本土意识——展望 21 世纪中国诗歌》中所说"新诗的两个出路"之一即是"现代禅诗"也才显得不那么突兀。本阶段中国大陆的现代禅诗写作在经历多年尘封之后再次出现，相关诗歌理论零星散布于部分诗人的诗学论文或诗学笔记中。

（二）2000 年至今，发展期

首先，现代禅诗集和现代禅诗选本繁荣。1996—2006 年第一个十年，心向佛禅的诗人积极在网络上进行写作实践和交流，部分个人现代禅意诗集得以出版，如少木森的《花木禅》（1993）、《谁再来出禅入禅》（2000）、《少木森禅意诗精选99首》（2005）；杨键的诗集《暮晚》（2003）被柏华在《杨键的诗》一文中评为"达到了最高级的禅意"；雷默在其诗集《新禅诗：东壁打西壁（1996—2006）》（2007）中明确了"新禅诗"的写作倾向。从2010年至今，国内个人现代禅诗集数量明显增加：2011年8月，现代禅诗研究会成员冰河入梦的"第一本个人现代禅诗集"《月下指月》问世；2012年6月，"现代女性禅诗首创者"从容出版"国内第一部女性视野下的心灵禅诗"诗集《隐秘的莲花》；2012年10月，诗评家沈奇的诗集《天生丽质》出版，他在诗集出版后的访谈和随笔中对自己十年前的现代禅诗预言之说感到遗憾："此论十年过去，似乎不着应验。"但他仍然坚持认为，现代汉诗确需在翻译体之外另创一种简劲的体格，意欲"汲古润今，融会中西而再造传统，以求在现代汉语的语境下，找回一点汉语诗性的根性之美——或可为只顾造势赶路的新诗之众提个醒"[6]。此外，现代禅诗研究会成员的个人诗集如奥冬的《珊瑚梦》（2013）、也牛的《只手之声》（2015）、南北的《清贫内部的花朵》（2016）也相继出版。在上述诗集中，沈奇既是大学教授，又有着诗人兼诗评家的身份，其诗集《天生丽质》曾在学界产生过一定影响，而其他诗集则大多是自费出版，也并未引起国内诗歌界足够的重视。当然，在这些有意为之的禅诗之外，国内还存在大量无意而为但禅意浓厚的现代游寺诗和佛教悟道诗散见于各种纸刊或网络。

随着现代禅诗个人写作的兴起，有志于接续禅与现代诗之血脉的人把编选现代禅诗集列入了日程。李天靖、少木森和南北率先做了这种编选工作。他们都是关注当今现代禅诗创作的诗人。李天靖是华东师范大学《中文自修》的副编审，首开现代禅诗选编先例。他编选的《水中之月：中国现代禅诗精选》（2009）和《镜中之花：中外现代禅诗精选》（2013）体现了务求其"精"的编选原则。

南北原名王新民，河南人，现代禅诗流派的开创者。他有过学佛参禅和山居逃禅的亲身体验，在常年的旅居写作中练就了一颗通脱洒落的禅心，对现代禅诗写作有着坚定的信心和独到的见解。作为现代禅诗派领军人物，南北更关注本流派成员的写作，他编选的《世界现代禅诗选》既精选了外国诗歌中的现代禅诗，也收录了本流派诗人的代表作品。该选本在诗选之后，将南北的"现代禅诗理论随笔"系列19篇附在后面，显示了编者对现代禅诗理论阐发的重视。诗评家陈仲义对南北编选《世界现代禅诗选》之举颇为赞赏，称其为：

"举清寂之筏，津渡月海，不惮迢遥，无畏渊渺。以绵薄之力，催绽新芽，'点卤'世界。漫漫兮初霁吐色，矻矻兮分水静流盼。躬亲于沙溪之砾，灵慧自诚斋本心。上下求索，远亦恒矣。"

少木森原名林忠侯，福建人，曾于《菲律宾华报》开设专栏《禅眼觅诗》，倾心探索禅意诗。他热心于发现青年现代禅诗诗人。近些年，少木森致力于选编《读出的禅意》年度现代禅诗选。少木森认为诗与禅之间的关系既可以是"显性"的，也可以是"隐性"的，诗人并不"释禅"，也不"修禅"，禅诗不一定是讲禅理、禅机、禅法的诗，而是人生智慧的一种禅化表达，是心灵禅悟的诗性流露，是超越语言义理的心灵"妙悟"。他关注的重点显然在后者即"隐性"的禅诗上。

以上三人主编的现代禅诗选本方法各异，侧重不同，选目也丰富多彩：少木森采用诗人自由投稿和编者选稿合一的方法，这种双向选择达成了作者和编者对禅意诗的共识。由于其选稿来自自由投稿，当下性很强，且因得到了诗人本人的自我认可，即投稿者本身认可现代禅意诗这一说法，而避免了编选者主观武断的认定，但也造成了众多水平不齐的诗歌"泛禅化"现象。在国内现代禅诗编选方面，李天靖与南北在某些选作上的眼光是不谋而合的，如废名的《镜铭》、周梦蝶的《菩提树下》、孔孚的《大漠落日》和席慕容的《一棵开花的树》。但其区别也是明显的，如二人共选的诗人还有杨键和郑愁予，但所选的诗作并不相同。此外，李天靖所选多是国内外实力诗人，诗题偏于佛禅色彩；南北则在中外名家名作之外，更偏于本流派青年诗人诗作的呈现。

其次，现代禅诗派的兴发。诗评家胡亮在《被抛弃的自由——读沈奇〈天生丽质〉》（2012）文末指出："自废名以降，坚持或转向新古典主义立场，而又能间作禅诗的诗人，除了……余光中和洛夫，尚有周梦蝶、孔孚、叶维廉、陈义芝、梁健、陈先发、杨键、南北诸氏。沈奇的出现，当可壮大这个阵营，甚至参与创建一个现代禅诗派。"[7]其实在此文写作之时，国内已有以南北为首的现代禅诗派存在。2005年，南北在"乐趣园"发起成立"现代禅诗探索"BBS网络论坛。这是一个以网络为平台联系起来的民间诗歌团体，先后历经"乐趣园""诗生活""中国诗歌流派网"，因其他网站经营的不稳定性，如今复归于"诗生活"。2007年5月，南北组织成立现代禅诗研究会，该研究会的主要成员包括南北、碧青、古石、何兮、奥冬、也牛、石上硫、昌政、欧阳白云、林荣、胭脂茉莉、曹红燕、下午百合、丁琳和释印清等人，笔者也有幸位列其中。该流派成员地域分布较广，而以福建、四川、河北、湖北、上海为多。

如今，以现代禅诗派成员为中心，在当地周边地区自然形成了不同的现代禅诗写作群体，如福建三明以昌政为中心的诗群，河北境内以奥冬、碧青、林荣和笔者等为中心的诗群，四川以何兮、也牛和古石等为中心的巴蜀诗群等。现代禅诗派即在此诗群和成员基础上得以成立。由于三个月不发表作品即视为自动退出研究会的规定，现代禅诗派成员并不固定，但他们在交流和探索中有着共同的美学追求，却又诗风各异：南北的《不修禅的竹椅子》《苹果》、奥冬的《下棋》、碧青的《托钵的女子》、何兮的《晚》、古石的《别说话》、昌政的《茶》、林荣的《零度明月》等诗都堪称典型的现代禅诗。自成立至今，成员变更不少，而上面提到的现代禅诗研究会成员始终是该流派的中坚力量。

2010年1月，南北主编的"中国第一本禅与现代诗歌艺术相融合的探索丛刊"《现代禅诗探索》创刊号自费出版。自此，该丛刊每年一期，坚持至今从未间断。该刊的编选基于"现代禅诗探索"网刊，网刊每月一期，由现代禅诗研究会成员自愿担任各期主编，同时设立"流派诗萃"，收录现代禅诗研究会成员及其他自由投稿的优秀现代禅诗作品，同时设有理论随笔和专门的探索讨论栏目。该流派区别于其他诗歌流派的优点是诗歌理论探索的自觉性，其创刊号和第五期的理论版面均占据大半篇幅。南北既是现代禅诗研究会的发起人，又是现代禅诗理论的先行者。从理论建构方面看，南北提出了"诗禅双修，渐修顿悟"的现代禅诗宗旨以及"继承和移植"的现代禅诗流派基本理念，试图"继承和发展中国禅古老而新鲜的精神旨趣；移植和借鉴欧美现代诗歌的写作手法和技巧；在时空的纵横交合点上，完成现代汉语诗歌的雏形；而诗歌的现代形式只是一件外衣，而内在的精神观照才是根本"，概括而言，即"纵的继承，横的移植，纵横交融，禅为根本"[8]。他秉持"思想的高度就是诗歌的高度"这一原则，继《现代禅诗一瞥》后，把自己思考的现代禅诗写作问题进行了梳理。截至2014年，他陆续写出30余篇数万字的系列现代禅诗理论随笔，从方方面面给现代禅诗以详尽的阐释，并付之以诗写实践。在创作中，他既借鉴了西方诗歌的现代主义手法，又适当转化了中国古典禅诗以小见大、空灵通透的神韵。在他的带动下，流派中的其他成员也积极进行着诗写实验和理论思考，撰写了相关诗论或诗话，如碧青的《禅对世界现代诗的影响初探》《现代禅诗的重大美学贡献》、何兮的《关于现代禅诗流派：考据辑录篇》、奥冬的《俳句，微型诗，与现代禅诗》、古石的《现代禅诗与现代哲理诗》《古石诗语》、大畜的《当前语境下的现代禅诗探索》《现代禅诗的审美旨趣》《现代禅诗中的"异数"》《三明诗群的现代禅诗创作现象》、张黎的《传统文化，禅，以及当代诗歌写作》《禅意爱情诗概念的提出及追溯》，以及笔者的《走进内心的现代禅诗》等，这些重要文章都被收录到《现代禅诗探索》年刊之中，作为研究成果供读者学习和收藏。

一般来说，较为固定的诗人群体及其作品是诗歌流派得以存在并发展的基本条件。从 2005 年"现代禅诗探索"论坛创立到 2010 年 1 月民刊《现代禅诗探索》创刊号出版，以现代禅诗探索网络论坛为中心形成了最初的现代禅诗诗人群和不少优秀的诗作，标志着现代禅诗以流派形式呈现出群体写作的状态。而成体系的诗歌理论、相近的诗歌观念、艺术追求和稳定的诗歌刊物则是诗歌流派必备的条件。当前国内的现代禅诗流派，既有一个固定的现代禅诗研究写作群体和代表的诗人诗作，又有一份坚持十年之久的《现代禅诗探索》年刊，还有自成体系的现代禅诗理念，称其"流派"确已因缘具足。

现代禅诗往往以简约宁静的审美方式与自然万物为伍，因此也有论者将其归为生态写作的一部分。在匆促的后现代生活背景下，做隐士已然成为新的时代风潮，燕山隐士何三坡、湖滨诗人项丽敏、诗坛"苦行僧"杨键是其中的代表，其诗作与自然关系密切，也是杰出的现代禅诗作者。

三、当下现代禅诗的成就与问题

一般而言，大多数诗人的批评立场及诗学主张与其写作立场及创作理路是相一致的，亦即一体两面的存在状态。现代禅诗作者同时有着较明确的理论意识，如南北和沈奇都有鲜明的现代禅诗创作理念，但对于现代禅诗的本体认知，南北更有比较系统的理论思想。陈仲义的文章《禅思诗学》既有对现代禅诗的理论预设，也有对当下作品的批评解读，为其后的现代禅诗写作提出了合理的建议，只是该文写作距今已有二十年之久，对当前的现代禅诗来说并不在现场。基于此，笔者在下文将对当下的现代禅诗在写作与理论探索上取得的成就和存在的问题做一概述。

（一）当下现代禅诗的成就

引禅入现代汉语诗歌，且追求诗歌体式与语言的新鲜感，是现代禅诗写作者共同努力的方向。总体来看，当下的现代禅诗在两方面取得了一定成就：

一是产生了一批优秀的现代禅诗作者和作品，现代禅诗派成员也牛的组诗《归隐》发表于 2014 年第 11 期《诗刊》，其他成员如南北、奥冬、古石、碧青、林荣、曹红燕、胭脂茉莉等的诗歌作品也大都取得了诗坛批评家的认可。流派外的诗人如从容、何三坡、霍俊明、白兰、安世乔等的现代禅诗作品也为现代禅诗的独立性和合法化争得了一定的话语空间。

二是现代禅诗作者的共同努力拓宽了现代汉诗的写作之路，在继承传统禅诗的精神上独辟蹊径，为现代汉语诗歌写作提供了新的可能。现代禅诗在理论和艺术上的探索必将有利于现代汉诗的多元发展。现代禅诗的诗人们在汉语诗歌体式上和语言上的创新丰富了现代汉诗的表现力度。以形体论，南北的六行体、何兮的八行体、碧青的九行体、胭脂茉莉的十四行体等诗体都是现代汉诗在诗体上的创造；以修辞论，现代禅诗对隐喻和象征的利用极大地丰富了现代汉语的"双关"修辞，在修辞效果上产生了较强的语言张力；以语言风格论，南北的自然洒脱、碧青的大气明亮、古石的冷峻沉稳、也牛的处处禅机、奥冬的借"题"发挥、林荣的清幽深邃、沈奇的"化古为新"，以及张黎、从容、林荣等人对女性现代禅诗的探索都丰富了现代汉诗的宝库。

（二）当下现代禅诗的问题

1.命名的问题

面对现代禅诗的命名，当代诗歌研究界似乎集体失语。多数人在论及此类问题时，会巧妙地置换成诗禅关系或禅思诗学或禅思诗歌，笔者信手拈来几个题目，如《打通"古典"与"现代"的一个奇妙出入口：禅思诗学》《中国当代禅思诗歌发生的文化阐释》《现代诗歌禅解》等。这些题目即使说的是现代禅诗，也多侧重在现代诗与禅的关系上，鲜有明确的命名。这也许是学者们因为顾虑到禅之"不可说"而有意避开对研究对象的纠缠，因此绕道到艺术美学的角度去进行论述。笔者在《走进内心的现代禅诗》中所说：现代禅诗写作不自今日始，但它的命名和成体系的研发的确始自今日。它经历了由"新禅诗"到"现代禅诗"的转变。1996 年 5 月，河南少林寺的佛教刊物《禅露》创刊，特设"新禅诗"专栏。南北的部分禅意散文与最初的现代禅诗即发表于此。同年陈仲义在《打通"古典"与"现代"的一个奇妙出入口：禅思诗学》一文中称周梦蝶为"中国现代禅诗的祖师爷"。1997 年 6 月，我国台湾诗人杨平主编的《双子星人文诗刊 5：现代禅诗专辑》《双子星人文诗刊 6：现代禅诗专辑》《台湾诗学季刊：禅与诗的对话专辑 I》《台湾诗学季刊：禅与诗的对话专辑 II》均刊出若干"现代禅诗"作品，同时附有"现代禅诗"赏析例示，及部分禅诗论述[9]。同年，南北的《现代禅诗一瞥》一文，首次命名现代禅诗是"用现代诗的形式和表现手法写作的具有禅味禅境界的诗歌"[5]。21 世纪以来，针对"新禅诗"的说法，南北于 2006 年撰文《现代禅诗和新禅诗》指出："现代禅诗"囊括了当前国内外的自由体禅诗写作，比相对于旧体禅诗而言的"新禅诗"

覆盖面更广。随后,南北又在其理论随笔里对现代禅诗写作的内容和方法,以及"现代"所指进行了阐释。他把现代禅诗由佛寺和禅道推广到生活中,强调了"朴素凝练、注重细节"的写作要求,明确提出"现代禅诗"的"现代"内涵包括"独立自由""不媚俗""不从众"等。在美学上则要摆脱开日本俳句"物哀"或"情伤"的格调,传达出"无常之美"[10]。民国时期太虚大师倡导的"人成佛即成"的人间佛教情怀,也正合乎现代禅诗流派的"写作即修行"的创作思路。因此,现代禅诗的写作过程其实也是现代禅诗作者的自修自证过程。对他们来说,禅修不是高高在上的纯粹宗教活动,它就在日常生活和写作之中。基于此,现代禅诗流派提倡创作者思想上的禅者情怀、写作上对当下的自然呈现、语言风格上的简单朴素、美学形态上的清静空灵,具有引人向善的意义。综合当下现代禅诗状况,笔者在 2014 年曾提出如下一个界定:"现代禅诗在本质上是现代社会里的现代禅修者,用现代语言形式表达个体感悟到的禅思、禅趣和禅悟的诗歌作品。其内容上倾向于亲近自然,贴近心灵;融入日常,展现本真;暗合禅意,传达禅心。形式上崇尚质朴、简洁,多为短诗,句法灵活;善于营造净静合一、物我一体的艺术境界。"[8]

2. 创作的问题

首先,写作上选材重复。当前的现代禅诗写作在题材选择上较少创新,内容多为与古代禅诗类似的山水田园、寺院佛物、草绿花开、林风鸟鸣。这造成现代禅诗艺术呈现上的单一和语言运用上的老套,有清净、轻静之美而少圆融之境,缺乏一定的辨识度。究其原因,当下的现代禅诗"现代"得还不够。如南北所说,现代禅诗的"现代"不只是语言形式上的现代,还有内在性质上的现代。它更多地指向一种艺术的表达方式[8]。陈仲义先生也曾指出现代禅诗应该注意"用现代意识加以审视,在田园模式向现代都市模式急剧转型中,摆脱传统自然定势,努力在新的生态境遇和充满物的世相中,开发新的生机"。因此,对于有自觉写作精神的现代禅诗作者来说,应该勇于抛开已有的僵化思想,具备更为开阔的视野和敢于尝试的勇气,从生活中发现新鲜的题材,打破现代禅诗固有的选材框架,另寻新题材,改进写作技巧。其次,偏狭自恋的思想。现代禅诗从提出到现在已有二十年,正处于发展期,却也面临话语权之争:一是现代禅诗流派和其他群体或诗人之间,二是现代禅诗流派内部。前者如现代禅诗写作者争做第一的自说自话,后者如部分现代禅诗流派成员的退出行为。出于对避世逃禅思想的热衷,现代禅诗者耐得住世俗人耐不得的冷清,却也极易走向儒家所说的"独善其身"一路。这也就可以理解其作品中顾影徘徊、自恋自怜的倾向。说到底，无论是注目花鸟虫草还是风花雪月，抑或陶醉于山间水滨，其实都是作者沉浸在自我世界里的恋恋不舍。写多或读多了这样的作品，未尝不会有沉溺于幻象世界的麻醉者感受。佛陀在世说法四十八年终究"无法可说"。对于不可说者，现代禅诗作者莫如放弃语言上的纠缠与自恋，拓宽写作思路，在提升自身内在修为上下功夫。

3. 批评的问题

在国内诗学学术领域，现代禅诗仍缺乏自己的一席之地。当下国内现代禅诗批评方面首要的问题是学者型的行内批评严重缺失。曾经关注过现代禅诗的陈仲义如今主要用力在网络前沿诗歌的批评上。诗评家沈奇从 2008 年至 2014 年的禅诗写作及其对洛夫现代禅诗的点评和研究践行的是他"以道转势"的诗学思路。截至 2016 年底，国内以现代禅诗为研究对象的学者如孙金燕、董迎春、李春华、欧茂和张翠等人撰写现代禅诗论文共计 11 篇，但其研究对象主要集中在中国台湾诗人洛夫及其诗作方面。这都使得现代禅诗批评呈现出对象单一、语焉不详的短板。此外，民间诗歌江湖上存在两类现代禅诗批评：一是现代禅诗流派内部成员的鼓励式互评。现代禅诗派非常注重诗歌点评，南北、张黎、碧青、星儿叶子、奥冬、也牛、林荣，包括笔者等都曾就流派内成员的作品做过鉴赏和点评。这类点评既鼓励了诗派成员的创作，也在某种程度上造成了自我满足带来的艺术上的故步自封。不可否认的是，多数三言两语的现代禅诗点评对"禅"的核心解读都是浅尝辄止，属于"戏台里喝彩"，有时未免流于表面化和人情化。二是流派之外的现代禅诗批评，如霍俊明对从容诗歌的评论，张黎、碧青、林荣、下午百合、胭脂茉莉、曹红燕对当代女性现代禅意诗的单篇点评都不同程度地扩大了现代禅诗的影响。但总体而言，当下的现代禅诗批评力度不足，少有批判的锐气，也面临着问题：首先，评判标准上各有不同。《现代禅诗探索》丛刊第 5 期设专栏对现代禅诗进行辨析正名，起因来自对现代禅诗质疑和否定的声音。如徐葆华的《"现代禅诗"流派命名的不确定性分析》一文对该流派的命名提出疑问。魏鸿雁继之发表《接受与再接受的向度偏移：从寒山到施奈德再到新禅诗》一文，认为当前的现代禅诗派偏重于向西方学习，因此写出的多数作品并不具有传统意义上的禅意。笔者写出了《必也正名乎》一文作为对两位质疑者的反驳性回应。但若以较为客观的眼光来看，无法否认对"现代禅诗"确实存在不同的理解。这在不同选本收录的诗歌，以及"现代禅诗欣赏"微信公号所推选的诗歌篇目中可见端倪。诚然，一般读者的判断大多来自对鲜活语言的直观感受，与佛寺佛物或者山水禅悦相关的语词则成为他们认定"现代禅诗"的标志，这使多数山寺旅游诗、微型哲理诗或自然风景诗被统统收进"现代禅诗"的大家族中。除此之外，还有相当一部分的禅思禅理诗、禅趣禅悟诗，读者需要相关的禅学背景才能感受。这就导致了"现代禅诗"在读者接受上走了小众路线，"美""雅"有余的同时，也容易产生对现实的疏离和对自我的迷恋。针对评判标准，南北在《一首现代禅诗所能达到的阅读效果》中指出，一首诗如果能够带来美、静、愉悦的感受，能够启迪人、引人向善，语言上自然朴素，表达"自然的神秘之美和深远的思想之境"，获得其中的部分即可认定其为"现代禅诗"。这种判断其实是有问题的，且不说"神秘之美"，单是"深远"和"思想之境"，人们就有多种理解。不同的阅读者判断标准也必然不会相同。对于专事诗歌研究的学者来说，有必要对现代禅诗进行明确的规范，付以学术性的认定标准，设定自己的准入门槛。以避免过于宽泛的大一统任运，既克服不食人间烟火味的逃离遁世倾向，也要注意克服传统遗袭下禅思特有的蔬笋气之论。对于从事现代禅诗写作的人而言，应该在提高诗歌写作技巧的同时加强自己的禅学修为，进行真正以禅为根本的个性写作。借用陈仲义先生的话即"'随缘'或'酸馅气'"[1]。其次，圈内评论，圈外研究。自21世纪以来，学术界对中国现代禅诗的研究还远远不够，学者们的现代禅诗研究对象也仅仅局限于洛夫、周梦蝶等极少数人身上，已有的诗歌批评和零散的研究多数仍是民间诗歌的圈内人，而圈外专家学者涉足此领域的极少。这或可部分地归咎于当前现代禅诗创作成果的不足，也或许是面对不可说的禅和无达诂的诗，大家宁愿墨守成规，也不愿涉足"禅"的语言陷阱。毕竟，现代禅诗是现代汉语实验性的历险，而历险需要的不仅是勇气，还要有相对敏锐而睿智的眼光。鉴于此，要保持现代禅诗的新鲜与活力，必须打破固有的诗歌圈子，敢于正视自身的不足，以平等的视角向古今中外一切优秀的诗歌遗产学习。总之，虽然现代禅诗因其自身的性质及其发展局限而注定是部分小众诗人的诗学历险，但这种历险毕竟代表了现代汉语诗歌探索自身道路的理想和追求，是值得肯定的。

四、现代禅诗产生的三大因素

按照佛法的因缘之说，任何事物都有其成、住、坏、灭的过程。现代禅诗的产生除了上述关键人物的主观付出之外，也有不可忽视的客观环境构成其另外的促成因素。首先，社会文化整体上的内转倾向。中国大陆在1949年以后的三十年语境里更多的是和政治息息相关的标语口号诗或者政治抒情诗，没有产生"现代禅诗"的环境。20世纪90年代，中国全面进入市场化，社会转型期的思潮复杂多样，文化界多数诗人学者出现了整体的"向内转"。而20世纪末诗人海子自杀事件被发酵后，给予诗人们更多更深关于诗歌的形而上思考。这个时期，"禅"再次进入诗人的视野，成为一剂抚慰心灵的良药。现代禅诗的出现恰逢其时，在某种程度上起到了抚慰人心、引领人性向善的作用。南北、雷默等人的代表禅诗作品正是在这个时期产生的。进入21世纪后，现代禅诗的追随者和写作者更多，此间出现了大量诗作，也产生了少量对之密切关注的专业论文。可以想见，未来现代禅诗将逐步走进关注内心的现代人眼中，带动诗坛上一股向上向善的诗风。

其次，中国历史上诗禅文化的影响。历代禅诗都是思想与美学完美结合的典范。陶渊明、王维、苏轼等禅诗诗人为后世诗人所敬仰，现代禅诗作者更是奉其为师。这些诗人人格上的高洁与出世的行为，以及特立独行的自由个性被当代诗人视为楷模。而随着现代汉诗对西方现代诗歌的模仿日益机械单调，人们寄希望于本土的禅道精神以拯救诗之萎靡也就显得格外迫切。中国古代诗歌留下大量禅诗文本和以禅论诗的诗论，这是现代禅诗的源头，而西方现代诗歌的运思方法和写作技巧也足以为我所用。现代禅诗的探索为现代汉诗融通古今中外提供了可行的路径。

再次，诗人个体经历上的自我选择。自觉写作现代禅诗的诗人，大多有着较为坎坷的人生经历，对生命有着自己的切身体悟，同时接触了佛禅思想，在诗学上有明确的个人诗歌理念。在经过诸般世事磨难之后，人更愿意去寻找最生命本体的生存意义。南北、也牛和杨键等现代禅诗写作者无不如此。对于热爱文字的诗人来说，面对世事风云变幻，禅无疑是解决现世问题的最好良药。于是以诗参禅，以禅逃世就成为他们的不二选择。此外，也有部分现代禅诗写作者尤其是青年写作者并非经历坎坷，他们对现代汉语诗歌创作的执着与对禅之神秘美学的向往是其写作现代禅诗的根本原因。

以上仅就中国大陆现代禅诗二十年的发展及其现有的成就和问题进行了粗略的梳理。二十年来，现代禅诗在南北、少木森、沈奇、李天靖等人的努力下已成为当代汉语诗歌中最具魅力的一脉清流。净慧上人所提倡的"在生活中修行，在修行中生活"的生活禅理念已经为越来越多的人所接受，这也是现代禅诗越来越深入人心的一块文化土壤。由于受个人能力及篇幅所限，本文未能论及当前中国台湾的现代禅诗诗作，也未对典型的现代禅诗进行文本细读，而现代禅诗在创作方法和语言上的创新也有待更深入的研究。笔者抛砖意在引玉，希望引发诗界同人关注现代禅诗、写作现代禅诗，重塑现代汉语诗歌的灵性与骨骼。倘能以此文达到为当下诗坛清水洗尘的效果，则于禅、于诗、于世人善莫大焉。诗评家胡亮曾在谈及沈奇的诗集《天生丽质》时说过，"禅与戏剧的结合，已经获得过世界性的声誉；我们期待着，禅与诗歌的结合，能够再次获得这种世界性的声誉"[7]——诚然，我们期待着这样的时刻早日到来。

参考文献：

[1] 陈仲义.打通"古典"与"现代"的一个奇妙出入口：禅思诗学[J].文艺理论研究，1996(2)：28–38.

[2] 沈奇.口语、禅味与本土意识：展望 21 世纪中国诗歌[J].作家，1999(3)：95–96.

[3] 洛夫.超现实主义的诗与禅[J].江西社会科学，1993(10)：70–72.

[4] 洛夫，庄晓明.大河的奔流——2016：洛夫先生访谈录[J].诗探索，2016(7)：154–169.

[5] 南北.了就是好[M].北京：华文出版社，2005.

[6] 沈奇.我写《天生丽质》——兼谈新诗语言问题[J].文艺争鸣，2012(11)：85–89.

[7] 胡亮.被抛弃的自由——读沈奇《天生丽质》[J].星星(下)，2012(7)：86–94.

[8] 南北.世界现代禅诗选[M].上海：上海社会科学出版社，2014.

[9] 戴裕记.现代禅诗如何可能？——以洛夫诗为例[J].台北：文学新钥，2012(16)：21–59.

[10] 南北.现代禅诗理论随笔：无常之美[EB/OL].（2020–04–21）[2020–07–08].https://www.zgshige.com/c/2020–04–21/13336206.shtml.

（原发于 2021 年 10 月 20 日《现代禅诗欣赏》第 413 期）

李艳敏 就职于衡水学院，为文学与传播学院讲师、文学博士。

三明诗群的现代禅诗创作现象

大　畜

2013 年，南北先生把沙溪现代禅诗院建起来了。沙溪，即云南的沙溪古镇，是现代禅诗院的所在地。其实，福建三明也有个沙溪，三明的沙溪是一条河，但知者较少，而沙溪流经的一个县——沙县却是闻名全国。沙溪，一个在西，一个在东，除了相同的名字，还有另一关联，即现代禅诗。现代禅诗流派兴起于 21 世纪初，据张黎写于 2009 年的《中国现代禅诗发展的当前状况》一文所记，现代禅诗探索论坛创办于 2005 年，现代禅诗研究会成立于 2007 年，其基本成员有十多人，探索成员有五六十人。而容易被人忽略的是，当时基本成员中的昌政和大畜，探索成员中的张传海、黄兴烽和伍昌荣等也是三明诗群的成员。三明诗群的成员几乎占现代禅诗探索论坛人员的十分之一，这是一个奇特现象，而更奇者是他们以不约而同的方式出现，如昌政曾在张传海的一诗后面注说："其诗多禅意，某与他竟遇于现代禅诗论坛，可见爱好类似。"事实上，三明诗群写作现代禅诗的诗人还有很多，只是有的没在现代禅诗论坛上现身。下面以莱笙、昌政、少木森、张传海、陈彦舟等诗人的诗歌为例，探讨三明诗群的现代禅诗创作现象。

（一）

莱笙是诗歌与理论兼修的诗人。他对禅与诗有自己的深刻体会，如其在《我的诗人论》一文中所言："由于诗和禅都需要敏锐的内心体验，都追求言外之意，二者倒是很能沟通，所以诗歌出禅意，禅师也作诗。但其实二者的相互渗透并非对等，并不平衡。"他认为这种不平衡性表现在两个方面：一是禅对诗的单向渗透，诗只是禅客的添花锦，而禅赋予诗的却是更为重要的"内省的功夫"；二是诗借禅意借得不充分、不彻底，诗人把禅融入自己的诗作中，却没有引入自己的处世中。对于后者，它引发了莱笙对诗人处世方式的探索，并在某种程度上使禅师的处世风格及禅意流露在他的日常生活里，化为有血气、正气、灵气的言行。

自然莱笙也写禅诗。如《秋意》，写秋高气爽引起的身心一颤，诗人产生自由无碍的心境："索性连云也抹去吧／就留一天蔚蓝"，"索性连蝉鸣也省略吧／就留山雀啼唱"，"索性连歌声也息止吧／就留风在耳边呼喊"。然而，"这世界已经不是摇篮"，他在《即使》中写出了世事的变幻无常，"即使睡成秋日的穗粒／也会被吵醒在收割里"，"风吹你阳光推你不由你想不想迈步"，"即使化作尘泥／地球还运着你走去"。佛禅讲万法唯心，诗人领悟"不变的是身内／会变的是身外"的禅理，心静自然凉，因此"在热烈的生活中保持平静的心态／在激动的日子里拥有寂寥的情怀"（《时光》）。诗人"很乐意这样的宁静"，"浪花收敛成涟漪／湖水收留了森林的倒影／风托着一片落叶悠悠散步"（《乐于宁静》），也很享受"惬意的孤寂"，"这般岁月何必郁闷／独坐树下／撮几座城市塞进烟斗／就万家灯火点燃／悠悠的烟缕自会寻到归处"（《惬意的孤寂》）。在他的诗集《莱笙诗选》里，有三十余首诗歌被收入"峦佛——悟禅时光"这一部分，莱笙认为，"它们不阐述禅理，而是呈现多形式的禅态，吟诵感悟的愉悦，直指真善美在心灵的如水融合及其浪花式的飘摇"。的确，莱笙很少在诗中直接表达禅的哲理性东西，禅的思想不是他诗歌的主题，但禅心的观照使他的诗歌自然而然地显现出"禅态"之美。笔者还喜欢他的《峦佛》，如第一节，"群山皆佛／尊尊打坐／裹一袭野林织就的绿袈裟／腆一肚浑圆鼓鼓的莽山坡／峰面上总露一弯岩崖有如笑窝"，再如最后一节，"长风习习／那是遍山诵经的梵音／一万座山峰便是一万尊佛形／群峦无边／众佛无边"，即山即佛，思与境偕。

昌政是现代禅诗论坛的基本成员，其诗在现代禅诗流派里别具一格。他不单写山水，还写众生；他不单有现量境的直观，还有比量境的转识成智；他不单表达禅理，还表达活泼的禅趣。昌政的现代禅诗构成了复杂的图景，而要赏析他的禅诗，有必要先了解一下他的言语策略，这也是写诗通用的策略。首先，文字是物象的符号，他说的"烂泥"也许就是指稀巴烂的泥土。其次，文字是彼物而非此物的代指，如"持续上涨的鱼群，逐渐涂去礁石的颜色"，他曾注解说，"没有水哪有鱼？""鱼群"与水有关联，其实是"水"的联想，也就是意指大水。再如，"酒是风雪之路吧"，他无意去言说真实的风与雪，"风雪之路"是泥泞多滑的、危险的，他其实想表达"喝酒是冒险行为"。再次，诗行为单元，是一种隐喻。如"你在路上。/ 你在消失"（《行者》），并非讲你在路上行走，随后消失了身影，而是表达"你活着。/ 你死了"。昌政曾说："我的诗追问的不止于现在，希望能越过一些现实的障碍，越过实用。"因而昌政的禅诗常常是意在言外，言近而旨远，需要读者自行去感悟诗行结构产生的张力，去寻找、发现诗句的所指。

禅以自性为基，随其本心，便是如来。昌政的现代禅诗直观平凡事物的自然生发，如"茶树因于禅院 / 落叶却随泉水出山"（《寺院》），"到了晚秋，你看 / 往上长的树，它的叶子往下掉"（《往上长的树，其叶往下落》），"无风也无采莲女的笑声 / 那枝青荷晃荡个啥呢 / 无非池鱼成双 / 蜻蜓小立了片刻然而无言"（《荷》）。禅以无相为体，于相而无相，不执着于音声相貌，从而在变幻中悟得本性皆空，然性空而妙有。昌政写竹，"用于制笛 / 用于制鞭 // 用于莲花落时打拍子 / 用于剔牙 // 用于编造宠物的巢 / 用于挑山"（《竹间》），不执着于相而受用无穷。再如《如果》，"如果离你远些 / 就能看见一只升降机 // 再远些 / 看见一只鸟 // 再更远些 / 看见的是……跳蚤"，是飞机？是鸟？是跳蚤？意同"横看成岭侧成峰"。由于不住于相，昌政以丑入诗、以丑悟禅。如《一把烂泥》写烂泥制作成杯子，"至于把玩它的手 / 无论是戴了金戒抑或铁的镣铐 / 杯子只向嘴唇倾诉"，再如《匠者说》，"多好的一团泥 / 又堆在面前 / 谁知将捏造成佛像还是便盆"，高低尊卑其实一同打破了世俗的分别心和执着心。昌政的禅诗还表达世事无常的幻灭感和诗人的慈悲情怀。如写"花已开过 / 开花竟然只为了凋落"的无"果"一生（《影子》），写"你在路上。/ 你在消失"的匆匆而短暂的行者（《行者》），写"亮起 / 又都熄灭了"的芸芸众生（《铁瓦寺》），世事变幻，沧海桑田，让读者心生悲悯，也让读者悟得从容和达观。昌政还有《失眠的人》一诗，其微妙的结构与关系堪比卞之琳的《断章》，其诗如下："失眠的人在她的梦里 / 睡了 // 而他正想着 / 或许她也一夜无眠吧"。

少木森曾在三明生活二十余载，后移居福州。诗评家陈仲义如是评少木森："全国写现代禅诗的凤毛麟角，福建省大约只有少木森一个，业已成为诗歌界的'熊猫'。"这评语稍欠准确，其实福建省（包括三明）还有其他诗人写现代禅诗，然而，少木森无疑是最精进且成果最显著的一位。少木森出版了《花木禅》《谁再来出禅入禅》《少木森禅意诗精选99首》《少木森禅意诗精选精读》等多本禅诗集。少木森写作禅诗多年，对此有自己的见解。他认为禅具有一种静气，把它与诗结合起来，觉得写出了禅意，所以称其为禅意诗。他对禅意诗做过阐释："禅意诗不仅是一项技艺，而是一个类型。可以说'禅意诗'的冷静，'静寂'，乃至静观，乃激情中的冷静，也可为冷静中的激情。总之，要有一个'凉'字，心境渐凉，但，那是'凉爽'。"他又把"禅意诗"与"禅诗"进行比较，认为"前者的'顿悟'比后者'迟慢'；机趣比后者自然；顿悟是圆润的，不让人感到太过于'惊险'……'禅意诗'是感性的，总有具象的东西。写禅意诗是要有点追求唯美。一是语言美，二是情绪美，三是意境美。这是一般禅诗或哲理诗不容易达到的"。由此可见，少木森将禅意诗与那种"淡乎寡味"的玄言诗或佛偈诗区别开来，更突出禅意诗作为诗歌艺术的文学性和审美性，这与现代禅诗流派的观点相似（现代禅诗中还有细分出来的禅意爱情诗）。因此，笔者从禅的视角看，禅意诗、现代禅诗和新禅诗是名异而质同的。

少木森主张"以禅眼观物，以诗心生活"，这也影响到他的禅诗观。少木森对禅意诗列过十条主张，现以他的某些主张来印证他的禅诗。他主张驾驭各种各样的生活，表现各种各样的题材——拥有"广阔的天地"。少木森的禅诗取材广泛，几乎是从生活中信手拈来，如《烟花》，"花一样的绚烂　令人疑惑 / 谁能触及生命的肌肤 / 握住你的一朵　注目片刻"。他曾写有"每日一禅"，而"行路问禅"系列又将游览八闽所见的风物写成了禅诗。他主张有精神的纯净与语言的纯净。如《现实》，"那片我常仰望的天空 / 今天有云　就像 / 心中偶尔泛起的无奈 // 这都很平常　合理 / 我能够理解和接受"，纯净是坦然、不刻意，并非不食人间烟火，并非不可包含淡淡的情绪。他主张重视叙述，禅意诗有之才更丰富。少木森在《远远的一声是你》中写道，"扫叶老僧　蚕食着 / 寒寺的萧索　遗下 / 一声又一声宁静 / 如钟　敲瘦老朴树的黄昏"，冷静的叙述，直观取境，而落笔"人到忘机处　只让 / 心随落叶　一洄一荡"，有深远之意味。少木森禅诗作品丰富，而给笔者的总体印象是他的禅诗写作看似漫不经心，缺乏诗歌技巧与雕琢，但多读几首或多读几遍，又莫名地产生"净""静"的禅意来，嚼之而有味。如《渡头》，"远行的人远在秋雨里了 / 就像一只鸟雀飞去 // 渡头的船依旧忙碌"，开篇就见禅机，立意不凡。

张传海，中国散文诗学会会员，也写作诗歌，他对禅与禅诗颇有所悟，其现代禅诗不乏佳作，笔者在《现代禅诗中的异数》介绍过他的《山中听禅》，于此再举数例。如《片断》，"山顶风雨冲刷下的顽石 / 被山下顽皮的孩子随意地拣起 / 扔向山顶"，"上山的我 / 又从山顶下山 / 走往茫茫的尘埃"，尘世中的循环不失荒诞感，体现了佛禅的轮回思想。再如《寻不见》，"我 / 从千里之外来 / 在大理 / 南北他一动不动 // 我 / 从千里之外的大理回去了 / 在大理 / 南北他一动不动"，张传海在题记中言："2010 年 10 月在大理无南北兄的电话，未能谋面而过。"无缘相遇本是憾事，但学禅的诗人面对此境遇却能保持心平气和、随遇而安，见与不见，他就在那里，不悲不喜，禅意自现。又如《秋风见》，"一个壮汉，在路边 / 用力地一掌 / 树叶纷纷逃离 / 一个季节被击痛"，面对人们的刻意行为，诗人写道："放下，轻轻地放下 / 不要提前吵醒了冬天 / 让树叶 / 一片 / 一片 / 慢慢落下"，追求顺其自然的状态，张传海还写有《大佛寺》，面对信众的痴妄行为，诗人不嗔不怨，"只为看一眼 / 大佛寺的坐像倒了没有"，貌似大不敬，但点破了莫向外求、自性成佛的禅理。

陈彦舟，诗书画印兼修，三明大田人，1998 年于苏州灵岩山寺皈依，2001 年于厦门普光寺受菩萨戒，号拾梵馨，为在家居士。具有这样的背景和身份，其写作的诗歌必定是有禅意的。诗人叶来对陈彦舟的诗歌有过精准的评价："读他的诗，我读出一种超脱和自然，读出他那君子般淡淡的清香，对于他的文字，不必冥思苦想，他消解了许多传统意义上的抒情修辞成分，多倾入叙述加口语的成分，让阅读更加通化透明，字句清晰，诗意笔透"，"彦舟的诗多以冷色为基调，叙述一些平常细小的事物，纯净而满怀人文关怀，有人生情趣之感悟；诗短，寓意透明，不晦涩，意境营造有张力，有禅思之境界，读来却是温暖的"。如《登西禅寺报恩塔》，"凭一张小小的纸，彩印的，便可进入 / 还有一个和尚站在那儿撕叫副券的票头 / 我说这一张好好的，干吗要撕掉 / 和尚倒也爽快：好，你的不撕"，和尚应境而为，心无拘牵，同时体现了他的现代禅诗叙述化、口语化、生活化的特点。再如《我相信烟花是真的》，一反常人写烟花转瞬即逝的"俗见"，"人流"涌过便消失了，但"烟花"却是真实存在的，"我是时间的见证者 / 告诉人们 / 那些升上天空的烟花 / 都是真的"。

拥有上百名成员的三明诗群除了前文介绍的几位，写作现代禅诗必定还有其人，恕笔者不一一列举了。从三明诗群创作的诗歌来看，有一些诗人是对禅诗有所偏好，而有一些诗人是偶一为之，"一不小心"写出了禅诗。其实，现代禅诗并不是什么神秘的诗歌，就如古代的一些诗人，诗人无心写禅诗，而读者却从中读出禅的味道，这根源在于中国的传统文论主要受庄禅道思想的影响。对于新诗作者，当代诗人只要接上传统诗歌的血管，汲取传统诗学的精髓，写出现代禅诗并不是一件很难的事。那么，三明诗群是否受到传统的影响？除了传统外，是否还有其他因素引发三明诗群的现代禅诗创作现象？

（二）

有因必有果，有果必有因。三明诗群出现创作现代禅诗的现象，具有多种原因，是多种因素相互作用产生的结果。后文将直接引用范方、莱笙、昌政等三明诗群核心成员总结的资料作为论据和论点，并归纳为以下四个原因：

首先，三明的环境催生写作禅诗的心境。丹纳在《艺术哲学》中认为，种族、时代与环境三个因素与艺术创作有着紧密关系。就环境因素来说，包括自然环境与社会文化环境。三明地处江南，就福建地区来说，是处于闽中闽西，这里有"八山一水一分田"之称，湿润多雨，气候宜人，人们生活在青山绿水之间，思想朴素，心地纯净，日子安逸，不仅人美，心灵更美。同时，闽派理学发端于三明，杨时被称为闽学鼻祖，理学集大成者朱熹也诞生于三明，虽然理学思想与佛禅思想有差别，但二者不无关联，理学中的佛禅思想或多或少为后人继承，影响了三明的人文思想。目前，"三明诗人散落各地，工作舒适，收入稳定，写诗只是众多业余爱好中的一种，能发表当然好，不发表也不急，也不爱与外界联系，孤独地写作，专注于语言技巧的修炼，表达着内心的自由想法"（昌政的《三明诗群：从大浪潮到诗三明》），成员面对喧哗躁动的诗坛仍十分难得地心持宁静。在这样的环境下，三明诗群写作出现代禅诗是极其自然的。

其次，三明诗群的诗观与现代禅诗理念相契合。三明诗群在成立时以"大浪潮"命名，在1985年发表的《大浪潮现代诗学会》中宣布了诗群的诗观：第一，重视纵的继承和横的移植，纵横之间不可偏颇。传统文化，古典诗词，是我们的血缘、我们的诗根，我们重视历史意识与民族意识。现代世界文化也是作为世界一员的我们的一份财富，何须拒绝？任何经验于我有用都须吸收，于我无用也当了解研究。融西贯中，合二为一，使我们无愧于作为健康的现代人的称号。当然，关键是如何建设起我们强健繁富的汉诗。第二，既是现代诗，我们的视野所及应是最令人诱惑的——现代，我们所关注的是处于现代时空交织的现代人的处境、心态、价值、现代生活的底层的声响；加强现代诗的知性、敏感性；真诚永远是我们最高的心灵境界，静观是我们涉及万象的方法。在我们的门槛上，且请大喊大叫、夸饰浮躁的"浪漫派"留步。苍白、空洞、虚情假意的低能儿也不在欢迎之列。第三，技巧、语言仍系我们所追求的。大技巧后的返璞归真应是上品。我们提倡清新、朴素、自然，提倡诗的密度、质感与张力。语法修辞以及语言都有用钝用旧的时候，我们着意改造与丰富我们的表现语言，甚至打破语言的常规而创造出新的气象；严格区别诗与散文的特质，把握好诗的纯粹性。此后不久，徐敬亚等编的《中国现代主义诗群大观1986—

1988》一书发表了莱笙执笔的《大浪潮宣言》，其中提出了三大追求：一是追求大时空。我们突围，走向民族意识的深层，走向人类存在的一派无边的时空之混沌，走进笼罩心灵茫茫的困惑……以超我的冷静姿态，走向现实和历史的界限、生命和死亡的界限、瞬间和永恒的界限……总之，一切界限。二是追求大心境。迷狂创作的年代已经过去，横向模拟的岁月已经完结，在俯瞰世界现代诗的前提下，中国传统的顿悟、虚静心态应该挟着现代观念复归。三是追求大技巧。刻意性的语言组合和无边无际的意象繁衍实属拙举。大时空、大心境的自然呈现是大技巧的返璞归真，是大技巧的唯一真谛。语言"大智若愚"的无为运用是返璞归真的必需手段。

现代禅诗的基本理念为："纵的继承——继承和发展中国禅古老而新鲜的精神旨趣；横的移植——移植和借鉴欧美现代诗歌的写作手法和技巧；纵横交合——在时空的纵横交合点上，完成现代汉语诗歌的雏形；禅为根本——诗歌的现代形式只是一件外衣，而内在的精神观照才是根本。"将三明诗群的诗观与现代禅诗的理念进行比照，二者具有惊人的一致性，如纵的继承、横的移植、创作汉诗等，三明诗群的诗观简直是对现代禅诗理念的阐释与解说。当然，三明诗群的诗观体现了一个诗群更深广的追求，指向传统而不限于禅，但是，当三明诗群接触到现代禅诗时，非常自然地产生了"应和"。

再次，我国台湾地区诗歌为写作现代禅诗提供了借鉴。现代禅诗论坛上的禅诗交流对三明诗群成员的现代禅诗创作有着一定影响。然而，台湾诗歌对三明诗群的禅诗写作产生的影响更加深远。有论者认为，大陆的现代主义诗歌写作在上世纪五六十年代被迫中断了，但在台湾却得到了继承和发展。新时期以来，朦胧诗诗人重新拾取了西方现代诗歌，但三明诗群的成员在学习西方诗歌的同时，又在大陆这东南一角接上了台湾诗歌。昌政的《三明诗群与台湾诗坛的关系初探》一文全面而清晰地梳理了三明诗群与台湾诗歌的关系。文中说，莱笙在1978年上大学时，就带有台湾现代诗歌的手抄本了，这些诗来自蔡其矫的传播。八十年代初，诗群成员刘登翰调入了省城，从事台湾文学研究，有机会接触台湾现代诗集。文章还提到，三明诗群的很多成员受到台湾诗人洛夫的影响，如范方、莱笙、昌政、萧春雷、鬼叔中、高漳、马兆印、陈小三、上官灿亮、少木森等都接触过并喜欢洛夫的诗歌。这里必须提到范方，他曾与洛夫结交，有着书信往来，起了很好的沟通作用。洛夫说："我除了把我自己的诗集寄给他以外，还把我主编的诗刊《创世纪》寄给他。他拿到以后，也给他的学生们看。当然，三明的年轻诗人们也会受到影响。"在洛夫的诗歌中，禅诗占了很大一部分，他还出版过诗集《洛夫禅诗》，可以说，台湾诗歌尤其是洛夫的禅诗，给三明诗群成员写作现代禅诗提供了最早的参照文本。

最后，范方的诗歌为禅诗写作提供了近距离的范本。在范方作品研讨会上，熟知范方的刘登翰说："80年代以后，他受台湾现代诗，特别是洛夫先生的诗的影响，整个诗风有了很大改变。"（昌政的《范方作品研讨会记录》，下同）这一点也为洛夫所认同，洛夫说："很多朋友都说，范方的诗受我的影响，我宁可说这是两岸、两个不同的诗人的一种心灵的交会，一种灵智相互撞击下的火花。我当然也非常高兴，非常惊喜地发现我的一些关于诗歌的概念，能够在海峡对岸另一个诗人的心中得到回响和呼应。"范方的诗歌将现代艺术手法与中国传统结合起来，被一些论者称为新古典主义诗歌，而其诗具有禅意。如陈仲义所说："新古典主义的行文重要元素，如意境、形神、灵性、感物吟志、体物缘情，等等，都在他那里得到很好开发，同时不失某些现代意识，如时空转换、透视变形以及超现实和现代禅味等。"昌政也评说："他的诗歌精神也是淡泊，他给我们讲过东方的静默、虚静，等等，所以他的诗歌有一种禅的味道。"范方被三明诗群成员尊称为旗手诗人、导师，其诗为诗群成员所推崇，其富有禅味的诗歌也有意无意地为诗群的现代禅诗写作提供了一种典范。

综上所述，三明诗群具有现代禅诗的诗歌文本，也有指导现代禅诗创作的理论。然而，现代禅诗创作是诗群美学思想的实践化和具体化，是三明诗群诗歌创作的一维，事实上，三明诗群有着更丰富多样的诗歌作品。因此，三明诗群一方面创作了现代禅诗；另一方面也对现代禅诗有着更辩证式的认识。如莱笙偏重于禅诗对诗人的精神熏陶，认为禅师与众生同在，打成一片，从而潜移默化地感化众生，诗人吸收禅师的这种处世方式没什么坏处。而范方以为，禅诗写作"貌似出走、逃避、消极，又是更高的人生态度，处处虚空清净，超然大度"，"但我又想，诗毕竟要入世，如果一个人不太关心时代、关心现实、关心你周围一切发生的东西，也就太缺少人间烟火味了，一味空灵，说些离生活、现实、人生苦痛太远的话，甚至无争无求，飘飘欲仙，会脱离读者……洛夫也学禅，但他善于把历史地理、时间空间、自然人生、超现实以及禅道融为一体，貌似超然，实际是很现实的，无中有、有中无，空无不是什么也没有，辩证、融会才是写诗道道"。可以说，三明诗群对现代禅诗的认识及其禅诗创作丰富了现代禅诗流派的探索，对我们进行现代禅诗创作具有一定的借鉴意义。

（原载中国作家网2013年3月25日）

大畜　福建三明人，福建省作家协会会员，知名诗人、诗评家。

关于现代禅诗的一点思考

海　恋

　　什么是现代禅诗？我想这是现代禅诗探索永远也绕不过去的问题，更是探索的终极问题。而且这个认识的过程是伴随实践活动的始末的，每一次实践都会加深一次认识。

　　关于现代禅诗，见仁见智。我想，对于现代禅诗的认识，大众写作者多基于对古体禅诗的印象，因而，一般提到现代禅诗，我们就会把它与佛禅、偈颂相关的诗文联系起来。对现代禅意诗有着多年写作和研究经验的福建诗人少木森先生在近期出版的《诗与禅可以这么说》一书中这样写道："'禅诗'应该是那些演绎禅理，表现禅机的诗，它可能有一个'合辙不合辙'的问题，也就是说，它是不是合乎禅理、禅机，应该有一个较为严格的规范和评价标准。而'禅意诗'往往不需要那么讲究，它只是对生活中所蕴含的一些'禅意'的发现，或者说是表现出生活中可能有的那么一点儿'禅意'而已。"这段论述宗义是说禅诗在界定上应该更加严格、规范，而禅意诗则可以宽松很多。对于这样的说法，我持赞同的意见。但这本身又是一个辩证的问题。关于"现代诗、现代禅诗、现代禅意诗"，现代禅诗研究会曾有过很热烈的交流研讨，论坛同人及现代禅诗写作者写了十几篇述论文字，甚至一些专家、学者也参与了研讨。虽然未能达到完全的共识，但有些观点，大家是趋于一致的。禅诗和禅意诗在写法和呈现方式上的确是有区别的。但是，现代禅诗和现代禅意诗的关系又不应该是并列的，而是主干与支流的关系。禅意诗是禅诗的一个分支，也就是说，一首含有禅意的现代诗不一定是规范意义上的现代禅诗，但它的禅意发源一定是禅，禅是根本。那么什么样的诗才算是规范意义上的现代禅诗呢？至今没有定论，也很难有定论。现代禅诗流派创始人南北老师这样定义现代禅诗："现代禅诗是用现代诗的形式和表现手法写作的具有禅味禅境界的诗歌。"流派诗人古石也有过这样一段论述："现代禅诗就是用禅思透视生命，用禅思观照存在，用禅思把握人生，并以现代诗的形式和表现手法传达自身对生命、存在、人生体悟，具有禅思维、禅意味、禅境界的诗。"显然，这些表述都很对，且都在尽量趋于全面、精确、完整地描述它的本质，但对于其具体作品的范式而言，仍旧显得标签化和泛化。这是因为"禅"本身就是很难以语言来定论的事物，其真实样貌大多依赖于个体的感知，禅诗亦是如此。就个人而言，我更愿意从读诗的感受去解读它的样子。现代禅诗境界高远、禅味盎然、蕴意深厚，但又是只可意会不可言传的，一般不会让你很直接地感知到它的禅思指向，其语言的韧性与张力皆至上乘。"从表达方式上说，现代禅诗更注重的是一种呈现，而不是一种主观的表达；并且，这种呈现，是一种直接直观的细节呈现，是蕴含了生命律动的一种呈现，是充盈着生命气场的一种呈现。唯有此，禅理和禅意才更具'生机'和'活力'。从阅读效果上说，现代禅诗给人启迪、宁静、愉悦，或启发人慈悲，这是现代禅诗最为明显的艺术功能。如果没有这样的阅读效果，就称不上现代禅诗。"（古石语）相对来说，禅意诗作为禅诗的一个分支，表现力也很强，更注重意的输出，禅意的表达更加直接和明朗。至于诗中是否有佛禅元素的介入并不是衡量一首诗是否为现代禅诗的评判标准。

从数量上讲，现代禅意诗应该更多，因为诗与禅有着太多切近的因缘，因而很多诗作里都有禅的影子，又因禅文化从唐宋开始已经将佛教文化和中国本土文化融合得密不可分，所以就更难厘清和界定了。很多现代禅诗里也有道学、儒学和玄学的介入。现代禅诗流派创始人南北先生说："现代禅诗和古体禅诗一脉相承，但它具有诗写方式的现代性。"我想，对于"现代性"的强调是至关重要的。中国的现代诗属于舶来品，其源头为西方诗歌，现代诗与古体诗的诗写方式是存在断裂的，因而，所谓规范意义上的现代禅诗也很难与古体禅诗建立直接的联系，这应该也是我们常常迷惑什么样的诗歌才算是标准的现代禅诗的原因，时光的迁流使它已经变了模样，但唯一不变的是它的精魂，那博大精深的禅文化的精魂。

一提到禅，很多人就会把它与宗教联系起来，这与禅文化的兴起有关。但有一点应该是明确的：宗教里有禅，但禅不是宗教。有学者曾经论证，很多宗教里皆有禅元素，尤以佛教、禅宗体现得最为集中（因涉及学术，在此不做过多阐释）。诚然，我们要学习禅文化，便不能忽略宗教文化的经史典章。但禅应是先于任何宗教而存在的，是宗教发现并总结了它的存在，而非发明创造了它。铃木大拙说："禅是大海，是空气，是山岳，是雷鸣，是闪电，是春天开放的花朵、夏日的炎热、冬天的雪。不，它是在一切之上，它就是人。"是的，它就是一种生命状态。虽然我们无法用语言完全解读它，但它时时处处都在，它就是我们自己，是内心回归到本初时生发的智慧。我们可以不必说清，却可以在认识的基础上，通过有意识的修炼感知它、靠近它。我想，这也是现代禅诗流派创始人南北老师提出"诗禅双修"这一主张的终极意义所在。禅诗写作，修心为本，禅意自在，名相可除。如此，便无须再纠结概念上的问题了。试想，古今中外又有哪一首禅诗是可以被完全定义的？所谓的分类、区别也是为了写作鉴赏的需要，都是狭义的分别，从源头上讲，诗与禅诗也很难从本质上加以分别，"一生万物，万物为一"。这又是一个更大的课题了。所以，与其花心思辨别是与不是，不如在实践中感知和体会，读就好了，写就好了，心在一处，这个过程就是禅。

本月论坛收到的现代禅诗作品，特别是主题诗会中呈现的作品，对于禅的融入，或是自觉，或是非自觉，我们都看到了它的光芒。这与诗人们通透的心性和悟力有关。人生就是一场修炼，禅在清寂的庙宇，也在生活的日常，每个人都能成为禅者，每位诗人都能写出好的禅诗，不必分别。况且，对于写作本身，总是存在双向交流的过程，写出的禅意和读出的禅意总会发生碰撞和契合，所以，与其说诗中的禅是作者的蓄积和勃发，不如说是读者的擦亮和点燃。同样，一个好的读者遇到一首好的禅诗就仿佛在心里投射了一道光，温暖并照亮了埋藏已久的禅的种子。这枚种子生生不息，只待一种唤醒的力量。我想，作为时光中的行者，谁也无法真正地为它写下一段简书——我们的喟叹和记录毫无意义。相反，我们能留住的只有当下，此时此刻，问一问内心的所思所想、来去的目的、存在于此的初衷，写下那句最真实的心声，这便是行走和写作的意义。

（原载 2022 年 2 月 6 日《现代禅诗欣赏》第 440 期）

海恋 原名赵一男，吉林省作家协会会员。

《读出的禅意：2015 年度禅意诗选读》
网评文章三篇

读一本独特的诗集
——简评少木森及《读出的禅意：2015 年度禅意诗选读》

黄　青

初读少木森老师的禅意诗是在上个世纪 90 年代末，那时候我还是一个市一中的学生，参加校文学社活动，老师让我们读当地作家、诗人的作品。当时，少木森在当地名气已经不小，他专写禅意诗的事我们都知道，但没有真正读过。那次文学社老师指导，读到《对面一墙迎春花》《古莲的传说》，当时始终没有读懂。后来，文学社老师又把少木森请来讲座，大大提升了我们读少木森禅意诗的兴趣。这么多年过去，我还会偶然翻出这些诗来读，体味这些诗的语言妙趣和深意，越品越懂，越品越有味，一首让人温暖，一首让人觉得深奥，而且都有余味，是难得的好诗：

　　沿淅淅沥沥的水声走下去
　　土墙上飘起的歌
　　金黄亮丽　生动如微笑

　　而那面壁不语的　是谁

　　想想春天　想想一些温暖

植物渴望芬芳
人呢
　　　——少木森《对面一墙迎春花》

他　一切皆空的和尚　倾血
浇醒寂寞千年的灵魂　为花

然后圆寂　笑意写在脸上
映　一池红莲如炬

这其实只是一种传说
事实是　荷花不开
他　溘然西去

又该是敲木鱼的时候了
阳光响亮的西天　又深又远
　　　——少木森《古莲的传说》

　　两首诗的语言都很精妙，土墙上开着的迎春花被比喻为"飘起的歌""生动的微笑"，"西天的阳光"不说"灿烂"，而说"响亮"，让人印象深刻，至今仍能记起。特别是第一首让人感到敞亮温暖，一墙迎春花开放，如一片歌声、一片微笑。然而，少木森又巧妙地说："想想春天　想想一些温暖 / 植物渴望芬芳 / 人呢"。这淡然一问中，蕴藏着多少情绪、多少诗意、多少禅意，读不够、品不够。这样的诗句可以当作格言来读，却又比格言多些感性、多些生动、多些温暖。

　　少木森的禅意诗不拘一格，有的端庄，有的谐趣。他的《现实》一诗走"俗化"一途，且有意夸张放大"俗"的一面，直赶口水诗、打油诗，然而，细读细品，却发现其深意与大雅，一点也没有"俗气"了，反倒化俗为雅，有着浓郁的谐趣。少木森描述了现实存在的天空，说："那片我常去仰望的天空 / 今天有云"，而后，立即把这天空"虚化""迁延"到心灵空宇，说这"云""就像 / 心中偶尔泛起的无奈"，可算是简捷而形象！

　　每天看看天，看看云，这也算是很诗意的生活，也是很现实的一种生活状态与生活乐趣，这乐趣被少木森禅化了，处理得富有禅意，也富有机趣——

> 那片我常仰望的天空
> 今天有云　就像
> 心中偶尔泛起的无奈
>
> 这都很平常　合理
> 我能够理解和接受
> 还有一点——
> 我对天空知道得很少
> 这不影响我一直看天
> 也看那些草啊树啊的指向
>
> 我看看天　再看看天
> 我看着　看着
> 隐约地感觉到
> 我似乎看上了瘾
> 和那些草啊树啊一个样
> ——少木森《现实》

这次少木森《读出的禅意：2015 年度禅意诗选读》选入的《龙海听禅》，依然是四首短小精悍的诗，是深含妙趣与智慧的禅意诗。

> 拔掉一棵草还有许多草
> 摘下一朵花还有许多花
> 抬头望去，只见
> 一个正在草滩上割草的老人
> 践踏那么多的野花
> 野花依然享受荒滩的恬静
> 我只是偶然说一株野花特别
> 老人微笑着去摘那花给我
> 无意中掏到了一个鸟窝

322

两只惊飞的鸟悲切地看着
几个鸟蛋被老人取走
命运如此偶然，我原先
并没有想到
——少木森《鸟窝》

整首诗好读得出人意料，架构、诗情与哲思也出人意料。可以说，机趣与沧桑感俱在，甚至是谐趣与悲悯同在，凝重而不滞重，诚如网上有人所评："这诗里真真是一庭春雨，满架秋风。"

这次读少木森，其实不只读他自己的作品，而是被他带着读许多写禅意诗、现代禅诗的诗人的作品，经他手而选出来的作品依然是"一庭春雨，满架秋风"。

回到山野，已经是秋天
那时，我曾在一滴清晨里
等着太阳和经过的生灵
现在，枯草淹没了小路
当秋风，把种子带进
天空的碧蓝，满天白羽
闪烁着银亮的光影
一只鹰，试图，把自己定在
种子的飞翔中，它不停地煽动
一次次地，重复，我
一个上午，都在这片山野
旁观一个人，被野草淹没，片刻
又在光天化日中，深一脚浅一脚地
参与的因果，那些
都准备妥当了，我？

"嗖——"挺大的动静
一只小兽，从身边窜出
我的心，一动，退后静止

一下子没了想法，那只鹰，依然

编织的空中，光与色的经纬

听见，草木皆兵，芸芸，在一阵阵

秋风的萧杀和凯旋中

收敛，归根，"咕咚"

一声闷响，我一脚踩空

索性不动，混进秋天的队伍，进入

内在的行走——一个偌大的鸟巢

被我孵化成型，被成熟的芒

举过头顶

——李明月 《秋天》

我想　会有一天有人将你的名字注册

就像春天注册花朵

春风可以握住一些花朵叫卖

而花骨里的果实

只有秋天可以见证什么是名副其实

放下手中多余的食物

放下手中另一部读过的诗集

放下陪伴多日的酒壶

你还要我放下什么

皮鞋上的尘土是擦了又擦的

我刚沐浴　一路的汗水也放在水中了

你说　水离月亮千里万里

一汪清澈尽是月

——蒋德明 《答非所问》

　　记得一句话，不知道是谁说的："读书其实就是与对方晤面、手谈。"通过对方的文字，知道他的脾气秉性，了解他的喜怒哀乐，感受他的境界修养。读少木森所选的这一本诗集，接触了许多位个性鲜明的诗人。特别是读少木森的诗评，像是被少木森带着去晤见这些有诗心、有禅意的诗人，甚至能感觉到这些诗人的体温和心跳。这一本诗集独特，这一本诗集好读，这一本诗集里有"一庭春雨，满架秋风"，有浓淡不一的禅意。细读这诗集，能怡情益智，品味诗禅，修心养性，犹如少木森所说的那样："让它 / 适合于平息内心的欲火尘烟 / 哪怕不诵经听禅，就现在这个样儿 / 无妨——多一份生活的慢和慵懒"（少木森《海上火山口听禅》）。

不好意思，我是看了启事，说评论可得诗集，就为得到少木森这本独特的诗集而写这些话，这样写可能不太像评论文章，说的话也不一定准确、合适，请少木森老师原谅吧！

黄青　福建三明人，具体情况不详。

只要桃花灿烂，心中便是净土
——读孙欲言的禅意诗《桃花谷下的禅思》

王全安

啥叫禅意诗？按少木森老师的解释："禅意诗要的是写出'禅的意味'，而不一定是禅的名词与术语等。我举了王维的《辛夷坞》来说明这个问题：'木末芙蓉花，山中发红萼。涧户寂无人，纷纷开且落。'这是咏物诗，更是经典的禅意诗，诗中表现的是一种万物自得自安的状态，体现了王维诗的禅意。"那到底啥叫禅意？似乎少木森老师也没有明说，也许无须明说。有些事，我们也不要刨根问底。老子曰："道可道，非常道。"语言往往也是有局限的。以我读诗的意会，禅意诗能让人或静，或空，或定，或安，或删繁就简，或豁然开朗，或醍醐灌顶，或见性见佛……

孙欲言老师的诗我第一次读。读过也不怎么懂。我查看了一下孙老师的博客，他坚持读佛经，坚持做读书笔记，坚持写禅意诗。孙老师能在喧嚣中坚持宁静，就这一点，令人敬慕！

从孙老师的博客走出来，我精读他入选《读出的禅意：2015 年禅意诗选读》中的第一组《桃花谷下的禅思》。这组诗有十节，桃花贯穿其中，主要突出禅思。细数一下，作者由一朵桃花思"一花一世界"，坐在桃树下思"岁月的沧桑与温暖"，看桃枝叶上尘埃而思"妙法真义"的"净土"，拣落花而思"寂灭的禅定"，想树根而思"善恶的因果"，品桃子而思"人生苦辣酸甜"，见盛开的桃花谷而思"盛名的欢宴""不息的芬芳"。其中芬芳的好句子不少，比如"只要桃花灿烂，心中便是净土"（接续上一句意思来解读，"只要桃花灿烂，心中便是净土"，可以理解为只要心中有妙法真义的智慧，心中便是净土），"我放下一切，奋不顾身扑向那不息的芬芳"（放下一切，可以扑向一切，因为一切都不再是挂碍）。

如果桃花谷是一处风景，那是一个游人如织、纷扰喧嚣的地方。如果取其文化隐喻的含义，桃花谷有色相迷惑的红尘之意。到底这首诗要告诉我们什么"禅思"呢？我觉得应该是：有道有德的人，即便面对喧嚣，面对色相，依然"无入而不自得"。

从诗艺角度来说，这一组诗显得多了一些说理味，这不仅削弱了其诗性，也降低了其中的禅意。比如下面的一些句子："想到树根，去探源善恶的因果 / 一棵桃树只能孤芳自赏 / 而一片丛林，就会让世界光辉灿烂"，"如果品尝桃子曲折经历 / 那么一定会想起人生中苦辣酸甜的滋味 / 但最终，它们都会融化成生命里的喜悦"，"无法拒绝对桃花的热爱 / 正如生命里没有太多选择 / 讴歌吧，始终坚守这充满激情的信念"。

其实，对于诗与禅，我都不大懂，以上内容说得不妥之处，请孙欲言老师、少木森老师以及其他得道高人批评指正。

附：孙欲言的诗

桃花谷下的禅思

1

一朵桃花就是一个大千世界
每一条微细的脉络，都是智慧的菩提
春光不老，轮回万年

2

坐在树下，让人了悟

岁月的沧桑和温暖
正如一个明媚的女子，品味端详她靓丽的容颜

3

青绿的枝叶，铺满经卷
无数的尘埃，深蕴世间的妙法真义
只要桃花灿烂，心中便是净土

4

拣起一片落花，沉思
瞬间进入空明寂灭的禅定
爱如泉水，汩汩地滋润心田

5

想到树根，去探源善恶的因果
一棵桃树只能孤芳自赏
而一片丛林，就会让世界光辉灿烂

6

如果品尝桃子曲折经历
那么一定会想起人生中苦辣酸甜的滋味
但最终，它们都会融化成生命里的喜悦

7

无法拒绝对桃花的热爱
正如生命里没有太多选择
讴歌吧，始终坚守这充满激情的信念

8

盛开的桃花，连缀成一片锦海
青春的笑靥，不断丰腴纯粹的风韵
加一丝风云，桃香漫天

9

巨大的仪式，已经盛装开场

我不会缺席，这普天之下最负盛名的欢宴

因为我的心香，早已燃烧并供奉

10

虔诚也是执着，诗句却非挂碍

该如何理解，那些所得的和失去的

我放下一切，奋不顾身扑向那不息的芬芳

王全安 中学教师，老家在安徽省涡阳县，"70后"。有一些诗文发表在《打工诗刊》《明天诗刊》《星星诗刊》《散文诗》《昆嵛》《长江诗歌》《九江诗歌》《中华诗世界》《中国爱情诗刊》《水仙花诗刊》《诗网络》《新天地》《河南日报》《周口日报》《周口晚报》《江淮晨报》《颍州晚报》《亳州晚报》等杂志、报纸、微信平台上。2014年出版诗集《雪白的温暖》。

不雨花犹落，无风絮自飞
——读阿土组诗《观音山悟禅》

一骑绝尘

我既没去过观音山，也没见过普渡溪，更没经过佛缘路和感恩湖。但我却在少木森选编的《读出的禅意：2015年度禅意诗选读》一书的展示稿中读到了《观音山悟禅》一组诗，不经意间被阿土的这组诗打动了。如果说"幸福并不与财富地位声望婚姻同步"，那么它应该是心灵在茫然时闪现的一缕微光，是对人生偶然得来的一种顿悟。

"观音山上，我不为聆听神话/随愿而来，我只为净瓶里/欲落未落的水珠，是否可见/逝去的一切和破碎的欲望"（《观音山》），"去普渡溪/我不为受抑的灵魂寻找渡口/不为对岸是否有接引的手"（《普渡溪》），作者在这两首诗里表明心迹，此行目的既不为山的名气，也不为水的盛名，更不是一般香客的拜佛求福，而是以一颗纯净自在的心感受生命中所有的圆满和不圆满。神秘的流霞"拔走四肢百骸的痛"，不语的观音像"以微笑滤清我的浑浊"，作者以"流霞""观音"为意向，仿佛连身体里的每一个毛孔都透着清凉，使人读后颇有恬淡宁静之感，这既是作者细腻入微的表达，也是其潜心向佛的心声。

"佛在路上 / 繁茂的林木或者野草 / 皆可给我当头一喝（《佛缘路》）"，即使是石头、花朵、小鸟这些平淡卑微的事物，在作者眼中，有限的生命都得到了无限延伸。一株草里可有琼楼玉宇，一片湖里可现人间有情，这不就是"一花一世界，一叶一菩提"的真谛吗？禅宗曾言，"不雨花犹落，无风絮自飞"，从表面上看，花落是因雨的缘故，柳絮纷飞是因风的缘故，其实落花飞絮无非自然行进的过程。只有达到内心的自然和宁静，才是最有力量的修行。无论是山还是湖，它一直都在那里岿然不动；不管风吹还是日晒，或是谁从它的身体里走过，都不改本性本色。"一念心清净，莲花处处开"，若众生皆如此，以入世的姿态出世、以超然的心态生活，定能觅得修心静心的无上法则。

"须知诸相皆非相，若住无余却有余。"白居易在《读禅经》中，把自然看作人，化无情为有情，即是物我为一体之境。更进一步讲，就是"诸相非相"的境界了。佛告诉我们自性本来空，所以"水是众生的水，佛是众生的佛"，"在湖里静而有音，漱却无形"，真正的静是心静而非形静，是在最喧闹的时候，仍能保持一种静的心情，只有这样，才能"依寺向湖"，以一颗无执的心，向善，向美。

从《观音山》到《普渡溪》，从《佛缘路》到《感恩湖》，从"一只手从无明处将我牵出"，直到照见感恩湖里无执的自己，这不但是作者一路所得、一生所得，更是作者不断修心的过程。

附：阿土的诗

观音山悟禅（组诗）

观音山

我来，不为这座山的名气
是否它的影响正日益阔大

令人激动不已的佛光
金色的声音，哔剥鲜明，如旗

佛慈容依旧，异常平静
目光所及处万花齐鸣，草木虔诚
在头顶与合十的手掌之上
神秘的流霞涌动
拔走四肢百骸的痛

观音山上，我不为聆听神话
随愿而来，我只为净瓶里
欲落未落的水珠，是否可见
逝去的一切和破碎的欲望
然后，爇一炷佛香，听不语的观音
以微笑滤清我的浑浊

普渡溪

水是众生的水
佛是众生的佛
一条脱离生死的溪流
渡或是不渡都不改清澈
不改哺育生命的心

去普渡溪
我不为受抑的灵魂寻找渡口
不为对岸是否有接引的手
哔哔欢动的水流
洗我顿失世俗的念头

或许，我们都是被风吹下的叶子
被迷惑或诱惑打磨得轻浮不堪

在炫耀中丢失了祖传的家产
人都有被困的时候，我只想弄清
哪种方式最易找回自己

水是众生的水
佛是众生的佛
普渡溪里，是水是佛
在一路的行走中告诉我
看清粗陋的本性
便不再有得，也不再失落

佛缘路

晨钟暮鼓之外
禅去浮尘
不听扰耳的喧闹
一心只待缘字了了

佛在路上
繁茂的林木或者野草
皆可给我当头一喝
给曲曲折折的石头染上不同的色
是鸟鸣噙走了我心中的忧虑
还是原始的花朵照亮了我的思索
在佛缘路上
有一只手从无明处将我牵出

感恩湖

观音寺前
三百多年的传说
在湖里静而有音，漪却无形

感恩湖里
在承受与布施之间
爱如水相隔，却血脉相通

我立于湖畔
依寺向湖，一片无形的水
一颗无执的心，向善，向美

一骑绝尘　原名郭美玲，吉林省吉林市人，教师，吉林省作家协会会员。

《读出的禅意：2016 年度禅意诗选读》 网评文章两篇

秋天以红叶诉说自己

——读少木森《独立寒秋》组诗

也　牛

此处即是禅的入处。

"人不能站在自然之外，他生命的根仍旧扎在自然中。"日本现代著名禅学思想家铃木大拙在《禅学随笔》一书中如是说。

钦山文邃禅师问："一切诸佛法皆从此经出——如何是'此经'？"

他答："常转。"

流转是自然的本质。"禅咏自然，更根本的是在时间流转中体会万事万物的韵律，以无心应物而让物自信流露"（林谷芳《千峰映月》）。——少木森老师的《独立寒秋》这组诗就是这样："一说到秋天，好像 / 就要把身上衣裳加厚了 / 那些的花草，好像 / 也不想再喧闹下去了 / 只在一旁，听凉风轻唱"（《立秋》）。抒写自然，让事物自己言说。

国人谈诗喜欢谈境界、讲意境。文人感时兴怀："心绪逢摇落，秋声不可闻。"其境界和格局不免遗憾！

行者和艺术家的分野就在于：行者体践，对许多超越的生命层次进行实证；艺术家则视之为哲理或想象。一实一虚，风光自然不同！"在处暑这一天 / 我也特别关心花和草 / 下午三点钟，我就说 / 听到秋天的声音了"（《处暑》）。这是证悟后的生命风光!

禅意诗属于禅诗的一类。它反映的是僧人和文人修行悟道生活的诗,表现空澄、静寂、圣洁的禅境和心境。中国现代新诗中写禅意诗的名家有:我国台湾地区的洛夫、周梦蝶,大陆地区的少木森、南北、雷默等。少木森老师专意探索禅意诗二十余年,先后在《人民文学》《诗刊》《北京文学》等海内外文学刊物发表与出版作品 400 多万字,著述丰硕。在诗,他为大家;在禅,他已是登上"彼岸"的禅者。"风和树叶,摇得很慢/看那样子,很静/只觉得从那儿吹来一些寒冷/尖着耳朵,似乎/也听不到别的什么特别的声音"(《寒露》)。这是何等的空澄静寂啊!

这组诗就是他发表在《北京文学》(精彩阅读)2016 年第 9 期上的禅意诗。秋声里有禅意。要真正研读和参透少木森老师的现代禅意诗不是一件容易的事。这里,我只谈一点读后感,方家自有般若慧眼在。

也牛 原名刘勇,现代禅诗流派的代表诗人,其代表作之一《鸽子为天空翻开经卷》曾获第三届国际微诗大赛最高奖项——铂金写手奖。近年来,除了坚持现代禅诗写作实践,还致力于现代禅诗写作的理论探索及作品推广,编辑出版了《现代禅诗流派诗人十二家》《现代禅诗精品赏读》等较有代表性和流派诗歌研讨价值的文献读本。

与"激活"的史迹对话
——读蔡宁《与秦俑对视》组诗

孙拥君

禅,只可意会,禅理不可言传。禅就是人的心,心是人的圣殿,参禅就是阳光透过杂念照进人心。在少木森编选的《读出的禅意:2016 年度禅意诗选读》中,读到蔡宁《与秦俑对视》这组诗,我通体感受是那些开发的历史遗迹,不是纯粹的无机物,更不是物本主义的证明,它是用心参悟的人性,再也难以抑制内心的光明,伸开双手,拥抱大秦。

《秦俑精致成一把钥匙》在这样的情境下发现了开启咸阳宫的钥匙,这把钥匙同样不是一个历史工具，而是由秦俑的生命和理想铸造加工而成的。秦俑在一般游客眼里可能是件泥土加工的东西，至于能花钱买走的小仿制品就谈不上什么价值了。诗人不会局限于经济主义泥潭，写出了《带一尊秦俑回家》这样一首"不忍告别"的诗歌。不忍告别的首先是"你"——秦俑，过去的人物似乎有太多思虑、太多无奈、太多感慨，那么，诗人就干脆带它回家。它在无形中成了旅途的伴侣，成了内心的一个情节。作者在自家书橱给它找到一个安身的位置。对历史命运的尊重在此可见一斑。阿基米德说："给我一个支点，我能撬起整个地球。"尽管回到了南京秦淮河畔的故土，但对空间距离遥远的那片黄土，仍然割舍不下。作者相信那里是一部厚重的有待进一步破译的大书，只有进入历史状态的人才可探悉过去的真相，才有可能将历史的碎片"搞定""吃透"。那么怎样才能返身回归过去的时光呢？垫书的秦俑成了一个非常特殊的杠杆，"把我撬入秦朝"。

大自然以几亿年的时间孕育、创造出人类这一最杰出的作品，但人类正逐渐成为大自然的对立物，并且成为社会和谐的破坏者。一位具有诗人气质的红色革命家说："一万年太久，只争朝夕。"他在大江大浪里发出"自信人生二百年，会当水击三千里"的豪迈感叹。但生命短暂是一个不容否定的铁律，"百年"在历史宇宙的演变过程中简直不值一提。一个人，一个诗人，有时对一项创造性精神劳动有紧迫感，这实属正常。在黄土高原，我们看到一个文化旅人以车代步，他《乘上大秦铜马车》，和猛士"同游辽阔的江河"，把历史眼光放大，看得更多、看得更细、看得更深。他看到的依然是刀光剑影，自己也和苦难一道同乘一辆马车，末了，他干脆借用一个大家熟悉的古典故事结束了"苦难之旅"，他说："车上，我遭遇十面埋伏。"在人类前行的马车上，马车经常和"战车"连在一起，成了战争、阴谋、囚禁的重要道具。往昔的奥秘，社会的叵测，宫廷的刺杀，民间的惊恐，作为具有历史责任感和文化性情的人，在马车上得出一个可怕的结论：马车跑得越快，离"埋伏"地越近，那里象征着算计和死亡，而疾驰的马车并不能将他带出"困境"。好在这是作者假设的一个场面，否则，他就难以顺利地走下历史的马车，更不能骄傲地离开历史的舞台。

对历史的介入和参战异常劳累，诗人终于在自己的设计中写出《秦编钟的一枚音符》这样一首可能不再沉重如山的诗作。那一枚金属的音符脱离流血的火海，在黑夜里飞翔。但它的飞翔不能代表真正的自由，因为前方是"阴森森的地狱"。作者再次告别旁观者的角色，直接参与其中，"我的手指一挑 / 它在昼的芒尖上瑟瑟起舞"，破壳的音符终于有了消融光明的机会。由此联想，八千秦俑间的庞大忧伤"也是一把刀/张开一对青铜的羽翼/孤鸣着,寻觅秦的刀鞘"。刀枪入库,马放南山,和平的梦想在"我"的一个轻轻一挑的动作中得以延续。只要有梦,就有生命,就有希望。

《与秦兵马俑对视》高度概括了作者公正对待历史的态度。"对视"似乎是一种平等的视角,不存在高低之分。这里,森严的社会等级被搁置,以阳光为参照背景,对"正""负"两面进行临时的、相对的测定。背对太阳的兵马俑在不幸的场合、不幸的时间成了"负面"形象,"负面"包含太多的阴影、太重的包袱、太神秘的不解之谜。这就需要"发现"。那偶然的"一锹"便启动了发现历史情节的程序。关注历史的目的是关注现实,为解决当代社会的问题寻找途径。这无疑需要反思的眼光和多元的视野。作者勇敢地说:"我在正面/我的负面在哪里",站在正面,只能说明你立足何处,不能证明你是个"正面人物"。难能可贵的是,诗人对自我乃至对人们的时空测定是立体的、丰富的,应当把人当作人,不应把人降低为物,降低为工具和傀儡。这种物本主义只会造成人物的枯死;也不应当把人变成神,因为神本主义必然剥夺人的丰富性。这就在"活"的兵马俑和主观能动的"我"之间,搭建了对视交流的平台。文学不能没有乐观,不能没有娱乐的功效,但真正立得住的还是文学的审美反思动力。雷抒雁的《小草在歌唱》、北岛的《回答》、王蒙的《夜的眼》等,将文学的审美属性和特定时代的反省自问,自然地推向一个新的进度。海啸等新诗代阵线提出"感动写作"的理论旗帜,绝非偶然,也非审美信念的哗变,它的一个实质重点在于由创作的外因转向内因,没有内因,外因的任何刺激都难以奏效。文学归根结底是灵魂的事业,感动是灵魂的内核。因此,当我读到"抑或,我在负面/谁的锹为我掘开一眼洞"时,内心受到强烈震撼。

禅,是人的一种精神修持方法,是信奉者的一种体悟真理或最高实在的方法。这组诗摆脱外界干扰,以其明心见性的方法思索历史,获得诗性的神通,实现与"激活"的史迹对话。

孙拥君 银行职员。主要作品有长篇小说《荡漾三部曲》、中篇小说集《我和五朵金花》、诗集《感谢夜晚》和文艺评论集《群岛的回声》等,曾获《中国作家》《人民文学》《散文选刊》《光明日报》等文学奖、经济论文奖,整编家园文集近100卷。中共中央文献出版社出版的中国文联史书载其三十年文化历程,诗歌代表作《写给将来的人们》《也许》《船》《致思想者》获中国屈原诗歌奖或收入多个选本。

《读出的禅意：2017中国禅意诗选读》
读者跟读短评

丁文霞

（**少木森说明**：我编著的《读出的禅意：2017中国禅意诗选读》一书出版之前，曾在网络上的两个平台，即"禅意少木森"微信公众号和"少木森新浪博客"上持续展帖，引来了不少读者的跟读跟评，其中丁文霞的跟评稿被我选入了书稿，成为全书的附录。除了因为作为读者的点评，她的评说已具有一定的水准，更因为那一种难得的跟读跟评热情。年度选稿从去年9月开始展帖初选评稿，丁文霞就跟读跟评着，一跟数月，从秋到冬，从冬又到春，没有人要求，没有人邀请，竟是自己那么一篇不落地读、一篇不落地评，写下了两万多字的跟评帖子。用她的话说，只因觉得这本书有意思，跟着说说话，自娱自乐。这样的读者、这样的读者留下的文字太感动我了，所以，我决定把这些文字附在这里，希望借这些文字感动更多的人！)

几日前，见少木森老师微信留言，说我对他编著的《读出的禅意：2017中国禅意诗选读》的跟评帖被他们选中，将附在书后一同出版，兴奋之情，不待言说。便认真再对2017年禅意诗初选的跟读评论做了一番整理。回头一看，不知不觉间，竟然拜读了五十多位诗人的几百首大作，竟是从秋读到冬，又从冬读到春，其间浑然不觉时间流逝，恍如昨日一般。

之所以有幸拜读到这么多位诗人的大作，要感谢少木森老师！2017年因工作联系的需要，建立了一个微信群，少老师每日在群里发诗作，我便得了这个便利，可以每日拜读到不同诗人的大作，平常生活里似乎多了一份诗意。自然也因为自己从小便有些偏爱诗词歌赋，读到这么多诗时，不免心痒、不免手痒，想写两句感想什么的，便又得了个收获，几个月来，竟跟评了这书中的全部诗人，呈现于此，也算与这些诗人结缘，让这些诗人带着心游物外，濡养着诗心禅意，度过了别样诗意的几个月时光。

儿时读的多是古典诗词，虽然读书时也读过些现代诗，但还是少，禅意诗更是不知为何物。后因与少老师有工作上的些许联系，从他那里或多或少地受了些教诲，朦胧地得了一些点化，便胡乱地做了一些解读，贻笑大方了！好在从解读少木森老师的生活禅的理念与禅意中，我感悟到"平常心即禅"，我以"平常心"读诗人们的诗，与诗人们结缘，也算是我生活里的禅意。

十分感谢诗人们，感谢少木森老师！

1.读少木森《香港就是香港》（组诗）

香港在我心目中的形象一直是繁华、花哨、高速。今读少老师诗作，深感其目力所及，硬是读出了动静两相宜的香港来，有种既喧嚣又清幽的自由感。诚如评者所言，在少木森老师那里，真可谓"三心"观物，触目皆禅！

《心情》：在香港旅游，身处繁华，却能品出一份惬意宁静。真是心若静，世界便因你而静，身随心动，收获自由。《明星大道》：年轻时，也看了不少港台片，对香港明星也曾崇拜过、追逐过。感慨他们对香港乃至世界影视业的贡献，应该记住他们。明星大道上明星的手印与字迹是对过往历史的一种怀旧和纪念，也是一种见证。不管对明星看法议论如何，可以自由地欣赏、自由地争议，便是香港人幸福的晴天。《深水湾、浅水湾》：过去，香港的鸟美在餐桌上；如今，香港的鸟还可以美在视觉上，与人类共融，自由与和谐大大增加，深水湾、浅水湾更加应景了。《看垂钓》：去香港旅游看人垂钓，初听起来确有些匪夷所思，细品一下，长长的一条海堤四个人垂钓也是风景，味蕾还能充满着想象。心之所至，难道不是最好的风景？何须与他人步调一致，委屈了自己。《风水》：风水未必不是一种格局。心里舒服便是风水，风水也因人而异，别人眼里不舒服的景色，在自己眼里也许是最舒服的风景，心里觉得美，风水就无处不在。香港人友善，临别都不忘交代嘱托，真情可贵不也是一种风水？或者说是消灾避祸的智慧吧！

2.读胡平《无用之物》（组诗）

这一组禅意诗很生活化，不仅在于取材，其隐而不发的禅意也十分生活化、接地气！《早晨》：那只头鸟很重要，无论方向对错，众鸟只管紧随，一个国家、一个民族，哪怕一个小家、一个单位都是这个理。《真相》：作者的一个不经意，竟窥探到小鸟的隐私，发现了小鸟快乐的真相，那是迎接黎明的兴奋！《无用之物》：一只蝴蝶、一群蚂蚁，没有目的地，无聊地自由着、快乐着，为何？因为有了一个澄明的自然，作为普通百姓，这可不就是我们所渴望的生活！《夕阳》：对于这个世界无论有多眷恋，无论这一生有多辉煌，当夕阳西下的步伐到来时，平凡得也不过如一块石头被无情的岁月掷入水中！《时间》：时间最是无情，"不为尧存，不为桀亡"，谁都一样，人人平等！《微风吹》：很生活化，特别纯粹，是普通人向往的自由生活！

3.读张太成《海会寺写生》（组诗）

无非问心，看到这个话题有些心颤、有些心重。一世为人，可问了心，若无问心而活，可否认为是傀儡？作者的作品很超脱怡然，没有一颗美妙的清净心是写不出如此自由、随性的诗歌的。作者的想象力非常丰富，见到什么都能联想到佛，这礼佛的境界不是一般！《把我迎进海会寺》：作者展开丰富的想象，十八尊罗汉位列两旁，迎面是反射出七彩光芒的巨大莲花，耳旁传来的是众僧轻柔的诵经声，在这样的氛围烘托下一路前行，一颗浮躁已久的心若还平静不下来，那也是个人才了！《海会寺》：作者依然展开丰富的想象，将一所寺庙描绘得充满灵性，足以见作者的崇敬之心。《海会寺的夏季》：净了也静了尼姑的心，却净不了也静不了罗汉松枝丫上的知了。《一池青竹》：心中有佛，便能处处见佛，处处有佛，心真是净啊！《长毛小黄狗》是狗特别通人性的缘故吗？读了这首诗后，我相信佛能普度众生。《在玉带河坐禅》：一个非常美、非常净的画面，如玉带河一般迷人，而且感人！

4.读昌政《箬叶刚从山里来》（组诗）

在钢筋水泥的丛林里，过着诗情画意的田园生活。长养禅心，无处不在的小桥流水，悠然自得！《孤墨》：一滴孤墨启迪了画家创作的灵感，成就了自己万里河山的起笔，好一派苍茫！《一壶山泉》：好生动有趣的写法，想象力超丰富。作者的心能如此轻盈地随着气泡思飞而去，定是清空了回收站。《品茶记》：那茶清味，是春山采茶女背篓里的鲜嫩欲滴，那茶香味，是春山上空悠然的晚钟。《我喜欢》：我偏偏喜欢你散落的样子，我偏偏喜欢你包扎前的那份自由自在，我偏偏喜欢你细声小唱的青绿模样，我就任性了，可以吗？《仙人掌》：你从沙漠来，带着海的咸，长了满身刺，我依然爱你，把你摆在我的案头，你是我眼里永远的嫩花。《围炉夜话》：寒冬的夜，又冷又黑！不管香辣荤腥的火锅如何嘟囔得热闹，我自黑夜听雨，怡然自得！

5.读何吉发《红尘散曲》（组诗）

好一颗耿直炽热、不曲意逢迎、不卑躬屈膝的心，都说耿直的人重情，品诗之味，果不其然。《一把斧子》：将微妙的人事关系很痛快、很酣畅地道出，解决办法也很风趣幽默。《岁末抒怀》：的确，人活着，若辜负了一生的信念，岂不冤？人就应当这样活着，活得浩然正气。《内心的豹子》："野夫怒见不平处，磨损胸中万古刀。"《一捧月光》：故乡的情宛如皎皎的月光慰藉游子的心，"何处春江无月明"，故乡的温暖在心中！《故乡》："洛阳亲友如相问，一片冰心在玉壶。"《拥抱月亮》：心中种下了月亮，鸟语花香，便自在圆满了！

6.读星儿叶子《春天从不是虚拟》（组诗）

同少老师点评所感，每读一首诗，欢喜之情油然而生，这欢喜欢快明朗，散发着沁人的清香，是一种平凡的、田园的、诗意的幸福，收获的是一种澄然的心境！有一种"留连戏蝶时时舞，自在娇莺恰恰啼"的快乐和满足。《春天从不是虚拟》：春天，大爱的布道者，不遗落一个生命，是它让一切生命复苏，还冰凉世界一个五彩缤纷。《我要去远行》：远行有诗情，归家有画意，诗情画意为什么美丽？只因心中有彼此。《儿童之心》：无论内心的沧桑与衰弱如何暗流涌动，都始终永葆童心，如春天般温暖、纯净、透亮，那才是生命充满活力的原动力。《春天，每一颗花蕾都要开花》：好一束生命顽强的梅，给一点清水和阳光就能绽放，生命当如你一般充满生机。《今天，惊蛰》：生命在破土而出之前，到底付出了多少努力，集聚了多少生命的能量？就等惊蛰一震，给世界一个生机勃勃，春意盎然！

7.读万重山《禅意诗》（组诗）

果然是简，却简得很有味道！少老师点评得很到位。诗之禅味浓郁而深刻。《偶感》：作者的两行诗就是那一叶苇，可帮人渡江，可帮人悲秋逢春。《心影》：在大千世界面前，有包容一切动静的定力，似把世间一切看透！《断章》：被孤独毒死，活得潇洒！《我不是菩萨》：人在自然面前的无能为力，所以有些事，顺其自然吧！《平庸的重量》：平庸与落日一样重，平平淡淡才是真！《生存法则》：很有调侃的味道，却体现了作者豁达的人生态度。

8.读王全安《依翠园听蝉》（组诗）

充满着田园气息的佳作，读起来令人心驰神往，完全被诗中描写的生活陶醉了！有《归园田居》之味。充满了"清水出芙蓉，天然去雕饰"的生活美感。《依翠园听蝉》：不问出处，不介意环境，心静了，世界便美好了，生命便是绿色的了。《慢步武家河》：安于清淡宁静，又不冷傲孤僻悠然自在地生活。《春麦》：这是作者的一颗童心，真正地活在了春天里。《亳州行》：诗人向往着明清时期的社会生活，繁华而惬意，简单而厚重，自由而充实。《读庄子》：常回望内心，坚守内心，不在花香里迷乱，终有平静相忘于江湖的时刻。《梦蝶》：觉得自己梦不到蝴蝶是因为自己的灵魂不够干净、纯粹。好感人！喜欢。

9.读徐泰屏《破坏帖》（组诗）

旧物从新到旧的过程承载着太多太多人生的风雨和情怀，期望留住的东西太多，但能留住的实在太少，作者对旧物的情怀不可谓不深，以诗寄情想来是对旧物最好的纪念了。《一把用钝的菜刀》：那半两钢是一把菜刀站立的锋芒，一个人若失去了半两钢的精气神，那还能有顶天立地的气节吗？《一把破坏的钢卷尺》：很有气节！想起一句诗："粉身碎骨浑不怕，要留清白在人间。"《一个烧坏的电烤炉》：真是"春蚕到死丝方尽，蜡炬成灰泪始干""横眉冷对千夫指，俯首甘为孺子牛"。《一口被柴火烧穿的生铁锅》：在自己的岗位上任劳任怨，无怨无悔了一生，也算是"鞠躬尽瘁，死而后已"了！《一只烂在湖岸的破渔船》：一只烂船就如糊不上墙的烂泥，就算配个最优的舵手给它，也无法扬帆起航！不如把它当作干柴放入锅灶里，还能给风风浪浪的生活增添一点乐趣，也算是物尽其用了！

10.读碧青《抱蓝》（组诗）

这一组诗乍一读时，感觉随心随性，实际读起来时却很感动、很多情、很动情、很煽情！《看见大海的蓝》：今天是我的生日，默默伫立在海边的礁岩如花儿般绽放了，一波一波涌来的海涛像一朵朵蓝色花儿拥抱着我，鸥鸟正张开它的翅膀与海面的船帆一道随着蔚蓝的波涛从彼岸前来为我祝福生日！《紫铜钵》：唐朝时，玄奘法师一路行古道，穿驿站，取得三藏真经，从此佛教永驻山间庙堂，绵延不绝，甚至走进千家万户，紫铜钵文化承载了上千年，至今还没有装满，还将传承下去。《种子居住在莲蓬》：低头看天，湛蓝的天空在池塘的水底，鱼虾和青蛙、苇草和浮萍在水底，整个世界都在水底，于淤泥和清水中修行的荷，托起了莲蓬里的种子，以高出水面的姿态，低垂着头俯看着整个世界。《此刻》：想是家乡的美景，一座家山盛开着满山遍野的冬百合，站立的菩提林金黄金黄的，虽不是名山，却是作者心中盛大的万朵山河。《我的手里拎着一只旧木桶》：好古老的画面，深刻的历史印记，无论故乡如何变迁，故乡的水土养育了我，它的文化便深深地根植于我的灵魂之中，血脉相连，自动在我的灵肉里流转轮回，代代传承。《燕山的记忆》：燕山，我无论离你多远，你都在我的记忆里，无论是雪花、鸟羽，还是青山、头巾，你都在我的心上，在大千世界里，我只是一滴水的存在，但永远栖在你一湖清波的怀抱，这是我永不干涸的理由。

11.读王垄《散落的时光》（组诗）

《季节的呈现》：季节交替变化本就该有鲜明的个性，五彩缤纷，生意盎然。萌动、热情、流金、纯净，每一季都美不胜收，胸中藏有种子的人，在哪一季都能活成岁月龙椅上幸福的王！《十二月》："最美不过夕阳红，夕阳是晚开的花，夕阳是陈年的酒"。人生十二月，不只是提交总结的季节，还是提交新篇章的季节。《今夜，静听雨滴》：听雨的季节有梦相伴应是浪漫温情的，而这首诗却带着秋雨瑟瑟的伤感。《散落的时光》：在散落的时光里，日子插上了诗的翅膀，这扎进灵魂里的爱，风韵如春，翩翩起舞。《风从稻田来》：稻花香里唱情歌，不献给风、不献给夕阳、不献给暮色，却献给了富有的粮仓，可怜的瘦诗人只能伤心地饿着走向远方！《幸福无语》：幸福无语，相望便能感知，那一眼就将灵魂点燃，那灵魂深处的语言就已刻进彼此的眼中了。

12.读杨骥《万物的姿势》（组诗）

《在灵岩寺，做一回假僧人》：在红尘里待久了，也真想寻个僻静所在，放下俗事，让心归零、放空，做几天假僧人，净心！静心！《这些年》：初读时，有些酸涩、伤感的诗味，细读时却品出了一丝甘甜。一个人穿越中年，却留下了丰厚的精神财富，有了可以从头再看一回的故事！而且可以重新上漆、翻拍，让故事变得更青春、更朝气！《掌心里的辽阔》：左手是马汉河，右手是长江，辛勤耕耘于江河之间，富饶的土地是永不干涸的创作元素，当元素与灵魂碰撞时，便成就了那份沉重的掌心里的辽阔！《暗自揣测》：每天穿行在最朴素的尘缘中，为何却没有结缘呢？近在咫尺的距离，心却远隔千里！《当年》：当年的血雨腥风如何就成了负面的教育题材，发呆的眼神也就有了理由！《万物的姿势》：万物的姿势是自然的、神圣的，对于未来，都应是未知的省略号，顺其自然才是万物最美的姿势！

13.读也牛《过客》（组诗）

离开少老师的点读，还真难领悟诗中的禅意。虽然有少老师的指点，但还是不确定自己是否读懂了些。《人海茫茫》：是否在说这个社会充满着各种诱惑，我没有毒是因为我内心信念坚定，有很强的免疫功能，不受红尘中的各种诱惑所侵蚀，所以心灵轻松，充满快乐，在屋檐上欢跳，活出了高度。《金华寺》：让风来得更猛烈些吧！我自岿然不动。风可以把整个丹景山都撼动，但撼动不了我心中的金华寺——那是我内心不可撼动的信念。《我没有虚度》：诗人就是那石头，一生都在清水里养着，信念守护得很好，并不断充电，丰富学识，内心丰盈，所以活得阳光灿烂，石头都绿得春意盎然。《莲塘》：内心眷恋红尘的波浪，无论怎样翻腾，永远只能停留在红尘中，企及不到理想的彼岸，莲花虽出自红尘，在波浪泥沼中摸爬滚打，却能出淤泥而不染，得以往生净土！《清晨》：一个朴实无华的清晨，却甜美得想哭，美好生活就是细小低微处体味真实，所谓田园诗意的浪漫也就是一首《过故人庄》。《过客》：红尘有多高？我有多高，红尘便有多高。人间很低，曾经如飞机一般飞到过九霄云外的高度，最终也以落地机场结束一生的旅程！

14.读蒲阳河《五月的桃园》（组诗）

诗作很美，思想自由，诗意清新。《五月的桃园》：中华文化的繁荣发展，从唐诗宋词到民国的衣角，正如五月桃林里的青果，不断从青涩走向成熟。《四月的池塘》：这四月的池塘很动人：有浮在水面上的蛙鸣，有高飞的柳絮，有低垂的暮色，有盛开的桃花、杏花，然而最震撼感人的还是那从纠结的淤泥中磨砺而出的尖尖小荷！《一夜的雨声说些什么呢》：一夜的雨声呢喃，为春天送去了花瓣，为泥土打破了僵局，一夜雨声，洗尽铅华，鸟鸣唤醒了清新的晨曦。《枯草赋》：一株枯草，虽没有花的芬芳、树的伟岸，但也历经春的勃勃、夏的萋萋，也曾风雨兼程，有自己成长的年轮，一株枯草也有自己的故事。

15.读邵超《叩问》（组诗）

都说人生有八苦，若心还想不开、放不下，忧愁一生、牵挂一生，这人生的滋味还真是黄连炖苦瓜了！不过多数人的一生都是这么度过的，难怪人都哭着来到世上。似诗人这般悠闲超脱，面对风吹雨打，依然闲庭信步，活得自由坦然，这修为必是一生的婆娑姿态！《叩问》：头颅最坚硬，却生出同情般柔软的思绪；心肠最柔软，却为捍卫正义而刚强。《沉寂》：一颗心是被怎样的牢笼禁锢了？竟沉寂得要窒息！冲出重围，哪怕只为拥抱尖叫的蚂蚁，只为沐浴倾泻的月光，只为驾驭嘶鸣的骏马，我也要自由！《意外》：苍蝇也会找保护伞，苍蝇说：你奈我何？想拍死我，先问佛祖答不答应。《边走边想》：人生的快乐苦痛与道路的宽广曲折无关，人生在不称心如意中快乐前行，一路珍惜！《想一想风》：风总是会有的，昨天、今天、明天，也许活着的每一天都伫立在风中，也许遇到的是和煦的春风，也许遇到的是刺骨的寒风。在风中，不断完美的内心，无论面对缠绵悱恻，还是婆娑姿态，都从容。《其实小草并不知道》：直面内心的摇摆，其实很坚定从容，风从哪里来？风从四面八方来，站在季风口上又如何，我自岿然不动！淡定、从容、坦然，冷漠便是我的态度。

16.读呆丁《时光的断层》（组诗）

《你我相逢在时光的断层》：纵是情深，奈何缘浅！海誓山盟，佳期如梦也没扛住"雨送黄昏花易落""山盟虽在，锦书难托"的命运！《五月》：当今社会对像"五月忠魂"这种传统文化的认同度的确堪忧，使传统文化中的优秀思想没能得到很好的传承，如民族责任感和爱国主义精神。追名逐利倒成为理所当然，以致有人以"三观尽毁"形容当前的社会生态。确实让人无语！《抛开》：抛开了什么？是情思、烦恼，还是一切的一切？是"挥一挥衣袖，不带走一片云彩"的洒脱，还是把"曾经"珍藏，让风儿荡去忧郁？

17.读黄长江《醒后》（组诗）

一组有趣的诗，有顽童的心性，却有老者的睿智，平淡天真中充盈着禅意。《小树林》：树枝都是幸福的，因为心中有梦想，他在等待他的绿。《醒后》：醒来的时候与没有睡的时候一个样，无梦与梦碎一个样，未婚与离异一个样，但谁又能真正清醒，一个梦碎了，却又想着睡去，期待着下一个梦的降临。《等》：敲响的是我心中期待的那扇门，为我敞开的却是其他，希望"精诚所至，金石为开"，那扇门终有为我敞开的那一天。《睁眼》：你是我心中的那盏明灯，给我压抑灰暗的心灵带来明净，从此以后，我的世界星光熠熠，我睁开眼睛看到了世界的美好。《月亮》：我的眼里只有你，吃饭时有你，走路时有你，睡觉时梦你，在我的世界里，你无处不在！《快乐》：我越想抓住快乐，我的烦恼就越多，负担就越重，是多了快乐的砝码还是多了烦恼的砝码？

18.读朱克献《流水没有故乡》（组诗）

这组诗读来，感受到诗人从对"灵"的寻根开始到回归，似有顺序之感，探寻得很深刻，耐人寻味。《在栖岩寺》：是对"灵"最先的探寻，认为人的属性一半是天使、一半是魔鬼，人在灵与肉的方寸之间挣扎地活着。《一捧烟灰》：无论生活得如何恣意洒脱，无论飞得多高多远，最后都如烟灰一般等待尘埃落定的一天。《雕刻者》：雕刻者告诉我们，人的历史都是自己书写雕刻的，其"灵"之美丑，后人自有公论。《萝卜进城》：滚滚红尘常常让"灵"迷失了方向，对培育"灵"成长的故土有了深深的眷恋。《流水》：流水是循环的，生命也如流水般反复，周而复始，不停地运动着。流水没有故乡，便处处是故乡，人生心安之处便是故乡！"埋骨何须桑梓地，人生无处不青山。"

19.读卢绪祥《夜漾》（组诗）

《夜漾》：小镇的喧嚣透着虚华浪费，置身这光芒里，恍惚找寻不到旧日的记忆，当夜盛不下这蓝色的天宇时，当没有水草可以遮挡这夜的光芒时，我只能与夜彼此坦诚，夜便将它满怀的心事，心底一切的秘密和盘托出。《抚摸冬天》：冬虽没有曼妙的身姿，却有梅暗放的芬芳；冬虽暗疾重重，却有盛大而酣畅的雪。所有歌颂冬日的人都不愿割舍这个冬的每一道风景，用他们的文字诉说着冬带给我们的温暖。《说出》：严寒使梅香暗放，大雪使脚印延伸，冬日孕育出春的蓓蕾，平庸的冬天说出了春天的锋锐！《初冬贴》：初冬出场，递上名帖，我要榨干这晚秋的汁液，我要换一茬新的绿衣裳，我要酝酿一场盛大的雪事，我要唯我独尊、厉兵秣马，我要煮酒论英雄。《石头上开花》：波浪恋上石头，愿千年与你耳鬓厮磨，开出洁白灿烂的花朵。《鸟睡了，梦醒了》：人世间的梦无非云卷云舒，无非花开花谢，无非曲调婉转，无非琴瑟和鸣。鸟睡了，梦醒了！

20.读徐泽《遍地乡愁》（组诗）

《故乡的春水又涨起来了》：诉说了游子无尽的思乡之情！故乡的春水又涨

起来了，一个如此平凡的情节却勾起了独在异乡的游子诸多的思乡之情，梦虽有些苦涩，却温暖了一颗贫穷的心，使这颗心在异乡依然闪光。《时光书》时光在不知不觉中悄然改变着一个人，但灵魂的改变却因人而异。有的依然高尚，追求着春天里的梦想，散发着洁身自爱的光芒；有的人追求着天堂里的黄金，乐此不疲，引以为傲，在没有思想的头脑里装满了对金钱的欲望和风干的草纸。《运草车》：村庄也会老去，我也会老去，"悄悄的我走了，正如我悄悄的来，我挥一挥衣袖，不带走一片云彩"！《长明灯》：心中有盏长明灯，有它的照耀，便不怕夜的黑，有它的引领，谁也挡不住阳光和花开的声音以及心中的那片光芒。《老车站》：老得不能再老的老车站，也曾有过那如霞光一般激情燃烧的年代。岁月如歌，老车站虽然最终会完成它的使命，但曾经有过的辉煌也必将被历史所铭记！《尘嚣之后》：我是一片云，飘飘荡荡在尘世中，在这春雨将至的夜晚，是该醒来还是睡去？难以安眠！山中的泉水，可听到来自远方的歌声？

21.读汪有榕《衰老经》（组诗）

《入山》：人生是一首入山行歌。向上，时间的点每一步落下都有迥异的回响，是急切求成，还是顺其自然，抑或休憩喘息都不重要，重要的是享受入山的愉悦，一路上收获的欢歌。《衰老经》：当心欲速而力难支时，衰老显现。不勉强，顺心随意，做好自己。《总是会运用到一些中年的词》：我的今天将会是你的明天，做好准备，到时才不会伤感。《不被辜负的时光》：生命在同一列车厢，总会见到提前下车的人，倒退的树遮着雨水的悲，却也留下了一段不被辜负的时光。

22.读樊德林《隐秘》（组诗）

《隐秘》：落叶卸下重负隐藏于大地，收获轻盈；一个人将凝重交付经文，不背负夜色的沉重，收获新生。《安详》：风吹落叶也是缘，你拍拍我，无须言语，我便随你到天涯。《微凉》：期待自己如秋天里成熟的果实，哪怕只是一个微响，也希望俯冲向大地。然寺院里的木鱼声，僧人诵出的经文却带给我微微的凉意，让我清醒。《睡莲》：在睡莲的清池水里，我看到了未开光的自己，与睡莲比高洁，我还差很远！《安放》：一世风尘，要将灵魂安放何处，心安是归处，终是孤独。《坐在秋天深处》：在灵与肉之间忏悔、反思。平息了心中的欲望，学会了珍惜，学会了放下。为什么人生在走过了春的闹、夏的竞，坐在深秋的季节里时，才能学会明白珍藏、珍惜的可贵？

23.读李唱白《初冬》（组诗）

《初冬》：一片雪花重塑了枯枝的春天，怀乡人不再忧伤。《养老院》没有忧伤，没有恐惧，没有牵绊，没有悲鸣，面对死亡就这样静静地顺从着，淡定而从容。《西去的路上》：成功者的脚印总是让后人铭记，失败者的足迹却常常淹没于历史的尘埃里，除了天知地知，谁又能道出铭记它的意义？《回首》：回首，背影已远走。陌路花明，已是白发做灯，照归途。再回首，歧途柳暗，泪眼蒙眬，已难回。《多》：人生不论是入戏还是唱戏，不论是做梦还是酣睡；不论是食客还是屠夫，不论是鬼还是神，人生最终的归途都一样，再多的挣扎也是徒劳，归途不会有多余的一片颜色，谁都一样。《工匠》：努力是一种执着求精的工匠精神，人生虽然短暂，却要活成一道闪电，精彩亮相！

24.读胭脂茉莉《安静的美》（组诗）

《此时此刻》：湖心一飞舟，撒网捕鱼的人儿在夕阳的映衬下熠熠发光，诗人超逸的兴致兴起，唱出了一曲心中的歌。《途中》：风也罢，雨也罢！大雾也罢，阳光也罢！我若安好，便是晴天，蓝天下的云便是我的白舞裙！《旁观者》：一起赏花、一起探访、一起吟诗，旁观者见证着现实版的梁祝，美得像一道风景！《安静的美》：枯荷听雨，画面虽美，却添了忧伤！期待能与画中人成为知音，共赏"接天莲叶无穷碧"的美丽画卷。《走过》：暴雨中的流浪猫避雨于蔷薇花中，走过风暴旋涡的人安静于台灯的光晕下，这二者有什么差别？《银杏》：银杏美得风华绝代，蓝天白云下，美丽的姑娘迷恋银杏的样子、迷恋着我，我眼中的她如她眼中的银杏，我们一样神思飞扬，早不知深刻为何物了！

25.读张首滨《答在问处》（组诗）

《用雨洗着雨》：四月的风轻灵着，雨柔软着。那莲初放芽的绿，在柔嫩的水波里点亮了四面风，雨水轻灵地点洒在花前。《一条水》：一个空虚的身影在水边不用饵钓，可是等待什么？是渭水垂钓，盼姬昌到来吗？《莲》：菩提本无树，明镜亦非台，本来无一物，何处惹尘埃？人生无论怎样努力、抗争、发展，风雨过后，终归清寂！《一个人在雨外》：雨里、雨外，似乎人人都有一本难念的经。就好像城里的人向往自由浪漫的田园生活，乡村里的人却向往城市的繁华热闹。这无聊的雨，为何让人一滴一滴数着？《这风》：这风，带着紫色云朵的味道，柔软而干净，诱惑着我，感染着我，一缕一缕，吹散了缠绕我体内的烟,使我明晰。《答在问处》:有心栽花花不开,无心插柳柳成荫。无花赏,可赏柳!桃花女,没有粉红,守着青灯,仍有柔软。人活着,淡定才有从容,宁静方能致远。

26.读古石《简单的事情》(组诗)

《简单的事情》:生活本就平凡简单,能深刻领悟到"平平淡淡才是真"的人,往往都是洗尽铅华后,从生活的暗处发出微光,收获从容并为之动容的人!《消逝》:远在天涯的或许近在咫尺,同床共枕近在咫尺的人或许远得想不起他的容颜。是什么消逝了彼此之间的距离?使远的近了,近的却远了?《别说话》:就让我这样静静地望着听着嗅着赏着,这雪这曲这梅这月,享受着这人世间最简单的梦。《擦肩而过》:山上的人要下山,山下的人想上山,人生总是这样在上上下下中擦肩而过,是山上的人幸福多一些,还是山下的人幸福多一些,可说得清楚?《空旷》:蚂蚁也想有个闺密,都说人生得一知己足矣,于是终其一生都在找寻一个心灵伴侣。《雪开始化了》:雪总是要化的,当阳光升起的时候;寒冷总是要过去的,当树林里清脆的鸟鸣传来时,一切的一切总是会静静地过去,悄无声息!

27.读阿土《你视野里的一切都是浮尘》(组诗)

《空》:终究是参不透,放不下!在知与行的缝隙之间徜徉。《暮晚》:人生步入暮晚岁月,对于紫色时光,灿烂流霞的匆匆岁月总有眷恋,只有珍惜现在、活好眼前,才是对曾经匆匆那些年最好的延续。《葳蕤》:曾如此地仰慕过墙头那花枝招展的灿烂,曾深深地羡慕过高高架上的那片繁荣,曾急切地想象过拥有那片灿烂和繁荣的奢侈。当千帆过尽,把世界看遍后,才明白原来什么是一无所有的含义!《且听风吟》:一生能在且听风吟中悠悠度过,那便是惬意从容的诗情画意了!

28.读欧阳白云《在山坡上看见吃草的羊》(组诗)

《在山坡上看见吃草的羊》:当吃草的羊无知地把坟头踩在脚下时,又如何知道抱团抵触那些刀柄发亮的屠刀?它哪里知道早已将自己的生命压上!《不需人类之手》:自然界有其自身规律,无须假手于人,人类无须为了自己的目的而随性干预自然生长。人类常常自以为是、自作聪明,于是遭到自然界疯狂的报复!《其实我没有》:人类与自然应该是主仆关系还是朋友关系?为什么鸟要害怕人类，于大自然里自由欢跳鸣唱不幸福吗？为何人类的幸福非要建立在自然不幸的基础上？《他们不知道我心里想的是什么》：确实，人类的心思好难猜，有人为利益折损自然，也有人为自然付出努力，改造自然。到底人类与自然要如何相处才是最和谐、最双赢的呢？这一切是否都应以尊重为先？

29.读占森《寂静》（组诗）

《咣当》：这咣当声，是一种寂静中的绝响，似有一种"银瓶乍破水浆迸，铁骑突出刀枪鸣"的喷发，是一种百思不得其解时的突然领悟，对生死的参悟。《父亲》：父亲是伟岸的巨人，给了我光，并一路指引我前行，抚慰我的伤痛！当有一天雨滴模糊、风鸣渐烈，我听不到、看不到你引领我前行的声和光时，才发现你的声和光早已根植于我的血液中，使我不再惧怕有风雨的日子。《寂静》：寂静让思想沉淀，沉淀后喷薄而出的信念便是你捏着的那串念珠，于是你体内的各种病症有了归宿。《雨中记》：（1）曾经约定一起慢慢变老，可如今依靠物却在心里倒塌：取暖的火柴，被保护的羽翼，甚至可以安慰的药丸都丢弃了。一个人要怎样在傍晚的路上前行？（2）坚信死去的可以重返，会再次成为心灵的城邦，坚信雨水会再次滋润心灵的那片荒芜。（3）当雨一点一点地把心中的那片荒芜带走时，想听到的声音和要拒绝的声音平分天下，这场让他沮丧、无奈又放晴的雨哦！如何是好？

30.读张广智《一如落叶》（组诗）

《一如落叶》：诗文很美，充满着浪漫主义风情。我一如落叶平凡，匆匆过客而已，一张落叶壅塞不了河流，也没有什么故事可以留在别人的记忆中，我所想的便是黄叶舞魂，可以拥抱泥土的芳香。《蝉翼薄在路上》：想起一句歌词："薄如蝉翼容易碎，找不到自己到底是谁，渐行渐远，无路可退，只能继续去追。"用心把每一个夜晚一段一段切开，你的夏天可以时梦时醒、如梦如幻。《流向天空的桃花》：水母轻薄了自己的年龄，可惜桃花有情，春风无意，为何把日子过得薄如粲然一笑的桃花？我的生命！《一朵桃花的隐喻》：想当年，也是人面桃花相映红，看如今一朵、两朵、三朵，还能依旧笑春风否？《像阳光剩余在路上》：在剩余的路上，阳光依旧，四分五裂的脸又如何，我的思想早已将前世的雪花染红。《我一直沉醉在花香里》：轻轻拾起岁月的绚丽，慢慢梳理，攀在岁月的肩头，抵达花香更近，我愿沉醉在花香里，暴风雨却冷落我的嗅觉，孤独我的影子。这是怎样一种高处不胜寒的境界啊！

31.读玩偶《地名志》（组诗）

《仙人洞》：虽说在最佳的时机遇上了对的人修成正果，但自小就不务正业，痴迷丹道也是积累。《会仙桥》：会仙桥上获得禅机，豁然开朗，渡化了，无愧桥的称号！《地名考》：仙影萍踪，感悟天地玄机，那似有又无、熟悉又陌生的味道，也许就是他留给世人瞩目的成绩。

32.读陈颉《四都，一方委婉的印章》（组诗）

《四都，一方委婉的印章》：四都，蹬在三市五地的胸口，想来是热闹的；幸福，是一方委婉的印章，想来四都是幸福的。渔鼓凤愿，悠扬舒缓，九十九道弯锁住了深秋眉梢的静美，加上适宜的阳光，这份美景上了心头，想拥有，却带不走，妙不可言！《守秋》：秋季很美，其一美就在丰收，丰收的夜晚，粮垛如挂在树丫上的花，远处是缄默静寂，一指苍茫的远山，月亮之下，露出时光的锋芒柴刀，风儿吹动着摇摇晃晃的夜色不时夹杂着一两声深藏不露的鸦鸣，多美、多幸福、多喜悦的丰收之夜！守秋的幸福所在，不就是守着祖先留下的这份憨实与风俗秘籍；不就是守着这半钩晓月，一袖阑珊？《深溪彩石》：这深溪彩石如青春跳动的音符，敲打着诗人的心扉，激动的心情汹涌而来，于静谧之地熊熊燃烧，从此，这枚"禅"字形彩石镶嵌住了一个灵魂。《牧笛溪》：这群山注定了溪水的命，溪水成就了山的幽，细碎波浪，花香浅霜，堤岸垂柳，石路贴溪，流水飞瀑，小桥晚风，渔火粒粒。如此山水之配，喧嚣与安宁的和谐统一，是大自然赐予我们最好的礼遇与抚慰！

33.读奥冬《云影》（组诗）

《云影》：人若能守护好心灵，即使在红尘中摸爬滚打，也能如云影般，一生旅程，不染纤尘！《雪花》：我常觉得童话应该是写给大人看的，在孩子的眼里，世界如雪花般晶莹透亮，纯洁而美好。只有大人的世界才特别需要童话，需要用雪花时常照亮内心，才能时刻保持着一份纯洁美好！《钟鼓楼》：是钟鼓长鸣敲不醒醉入红尘的梦中人，还是梦中人痴迷红尘不愿醒？！《乘凉》：管它是浓云密布，还是东西南北风，内心坦然，便能睡得安然。《雨季》：首读时，觉得好有想象力，在雨中游泳，直游到云层之上，到阳光下呼吸，畅快！又读时，感觉压抑、憋闷！再读时，觉得乐观、从容！《水乡》：心之追求，如水乡浪漫之夜，得以圆满！

34.读泊音《幸福》（组诗）

《山寺》：木鱼一声忘却红尘杂念，了却心中束缚。木鱼声声，是曲终人散绽放生命后的华丽谢幕！《度》：是摆渡还是游泳？理想都在彼岸折磨那颗不安分的心，路途遥遥如何，给蚊子供血又如何！各自选择。《种菜》：不管种的是辛苦还是幸福，是贫穷还是富贵，是愉快还是郁闷，在这个社会中得到的果总会以各自不同的方式还给社会。《生活》：生活本就该平淡天真，非要捣鼓一番，深挖深埋，结果呈现的是更加贫瘠的土地，不是自虐瞎折腾，又是什么?！《絮飞》：飞向高远的、一个又一个永远无法企及的目标。飞远的，想回故土，却发现已心愿难了；依旧挂在枝头上的，又要承受剧烈的摇晃，人生怎一个"苦"字了得！《幸福》：什么是幸福？我想幸福是懂得珍惜当下、珍惜缘分，心灵平静吧！

35.读林登豪《人生之门》（组诗）

全诗像一部跌宕起伏的言情剧。《断想》：一个浪漫的邂逅，唤起了灵魂共鸣，心动不能行动，不如断念吧！《警戒线》：理智说：断念吧！情感的种子却在缝隙中不听使唤地萌发，虽是枚小小的种子，其热量却无法抑制地蔓延，与理智较量抗衡。心里的情感浮想联翩，心底的警钟声声长鸣，还好，还好，心动没有行动！《潜流》：想着以为放下了，不承想高跟鞋声再次响起，才明白心为何苍白了血色，尘封的故事早已从日记中删去，才恍然明白其实早已情根深种。飘香的咖啡还在萦绕，伊人啊！在哪儿？《回归》：不知伊人何处去，但见夕阳落寞人。孤单的背影，宣泄着低落的情绪。一只小麻雀的莅临，也许填补不了灵魂上的空虚，却能给寂寞的人一丝温暖的慰藉，这或许就是命吧！

36.读缪立士《独步山林》（组诗）

《独步山林》：若始终有着世人皆醉我独醒的状态，那被鸡鸭嘲笑，与燕雀为邻又何妨，内心强大才能成为真正的王。《午梦醒来》：已不是青葱岁月，是该梦醒了，宫殿还未垒砌。路途虽遥远，但努力仍有无限可能。《夜色降临》：怜惜这样的一颗慎独心。再好的诗句也不能把时光挽住。但留下了好诗句，还要如此鞭打自己、责备自己，未能挽住时光——抽心！《仙人掌》：锋芒太露易伤人，试问：剪去锋芒，痛吗？一滴清泪！《在路上》：红尘俗事如影随形，厌倦、摆脱、挣扎度日。我要追寻一个春暖花开，可以坐看日落云起的地方，那是我魂牵梦萦的精神家园，我愿为它地老天荒、山穷水尽！《如实交代》：我如实交代，我忠实生活、忠实文字、忠实心灵，追求本真，即使这忠实无法改变我的命运，我也坚信这份忠实会让我收获自己期望拥有的真和美。

37.读张雷《日子，活色生香》（组诗）

《不让你哭着看我的笑脸》："少小离家老大回，乡音无改鬓毛衰"，回到家乡，我泪流满面，难诉喜悦之情。莫要为我满头白发、老态龙钟而感慨忧伤，我不想让你哭着看着我的笑脸！《送你一株忘忧草》：我想送你一株忘忧草，让你忘却家园紧闭的房门，一个个孤寂的长夜，我想让你忆起昔日家园袅袅炊烟，忆起那一首首醉心而悠扬的歌声。《春风过堂》：春风过堂绿了谁的家园？红杏穿透了老土墙，犍牛闻到春泥的馨香，猫捕获麻雀，喜鹊叽叽喳喳，老人惬意地晒着太阳。温暖的春风啊，你送来一个好时节。《乡村四月》：四月芳菲，一切如此美好幸福，每一个生命都是那样轻灵、新鲜，充满着温暖和希望！《和娘一起生火做饭》：吃遍天下美食，最香甜的还是妈妈做的饭菜，因为饭菜里有唠叨、有满满的母爱，那是妈妈的味道，是一个传奇。《与这个世界和解》：与这个世界和解吧，世界每天都在变！努力和着社会变革的节奏，你会发现每一个犄角旮旯儿都铺满了阳光。

38.读彭西犁《丽日端午》（组诗）

《广告》：四面八方不跑烟！值得推荐，值得拥有。用了方太，烟都不走寻常路！《小爱心》：把小爱心倒入水中饮下，生活便如春天般繁花似锦；把小爱心贴近日常中的一点一滴，收获的暖会让你飘飘然找不着北，在有爱的世界里，精神永不饥饿！《水底低语》：是谁在水里？又是谁在酒中？是你在醋睡，还是我在醋睡？好像已分不清了，但有一点是肯定的，我们在水底呢喃低语，互诉衷肠。《枫叶》：任何事物都有利弊两面，如枫叶逆光而落，有光明与黑暗两面一样。《爱与版图》：爱是博大的，但不是苍凉的，若以爱的名义放纵一切，制约了成长，没有追求的内心无异于一头困兽，无法讴歌，别让贫瘠荒凉成为沙漠的版图。《丽日端午》：端午的粽子，还有多少味道是感思、追忆那忧国忧民的人？怕是早已淡忘在午后的酒足饭饱，烟熏雾绕中了吧！

39.读赵德民《敞亮》（组诗）

《叶片上的露珠》：我是叶片上一颗小小的露珠，站在草叶边缘眺望远方，带着草叶上清清浅浅的尘埃，任时光凋零我苍森的一生。宁静、幽远、空灵、超然是我一生的觉悟。《霜晨》：多霜的清晨向往着温暖，却必须承受季节的薄凉。隐形的翅膀梦想着飞翔，心里明白在这落霜的世界里需扛过岁月的凉薄，才能迎来红日的温暖。《无数次》：我是一只小小鸟，我栖上枝头感受阳光，我伫立花前沐浴芳芬，我仰望蔚蓝感受自由。我是一只多情的鸟，在我南来北往的生命里寻寻觅觅，将理想燃烧。《时光的碎片》：在这半醉半醒、摇摇晃晃的世界里，记忆的闸门如幻灯片拼凑成时光的碎片，如影随形，匆匆的岁月缥缈而迷离，往事如风又如烟。《向晚的风》：向晚的风，你是如此温情，为我送来沉静月光，送来栀子花香。为何你又如此残忍，总是要捎上一丝伤痛，在我感受到爱的同时也要承受岁月的沉重，或许这才是真正的生活。《星辰书》：夜空已为你打开，舞台已为你搭好，你是否做好准备，努力成为闪耀或照亮世界的那颗星。"做最好的自己"是星空这本书留给我们人生最好的座右铭！

40.读江晨《创世纪》（组诗）

《初一日》：水光山色，风景如画，可恨落日苍茫，我在这方，你在那方。《初二日》：海天一色，你眺望大海，长发飘飘，我春心萌动，相思相见知何日？《初三日》：忽如一夜春风来，千树万树梅花开。世间万物、芸芸众生似梅一般多姿多彩，生机勃勃！《初四日》：春江水暖，百花争艳。可惜"俄顷风定云墨色"，忽悲忽喜奈何天！《初五日》：真希望时光能停留在1980年的岁月，流连那盛景时光。任时光匆匆流去，只在乎那游弋水间的自由自在，逝去了，它随着鸟儿飞到肉眼看不见的地方去了！《初六日》：有心栽花花不开，无心插柳柳成荫。东颠西簸，与努力想企及的地方南辕北辙了！顺其自然吧！人生就是去旅行，到哪里都是风景，快乐享受每一天，才不辜负这一世为人！《初七日》：休息日，让身体每一寸肌肤，让心灵每一个灵犀安详，忘却吧！让一切静好！

41.读海地《解药》（组诗）

《风筝》：当命运掌握在别人手里时，那就是翻手为云、覆手为雨，任人宰割摆布的命运，如风中的风筝。《天亮之前》：我向往蓝天，渴望如鸟儿般自由飞翔，为了平衡，抗击猛烈的风暴，我不得不安上摇摆的尾巴，那份不安忐忑、那份提心吊胆便是阳光下明眸中底色有阴影的理由。《解药》：我有一种解药，主要成分的药草生长在青山靠近云朵的地方，看起来是卑微平凡的花草，但专治混沌世界的痼疾。疗效却因人而异，对毒性过深的人无解，对服食剂量不足之人也无法药到病除。《故事中的事》：每个生命的背后都有一个缠绵悱恻的故事，那绝望的、贫困的，那悲欢离合、恩恩怨怨、是是非非是永远没有结局的故事，一张单薄的纸如何承载这大悲大喜的重量？

42.读胡庆军《今日有风》（组诗）

一组充满生活气息的诗，默默地感动着！《今日有风》：岁月无情，虚度的光阴却珍藏了最真实的日子，街口那棵老树被风刮倒，被风干成坚硬的骨头，这便是历史！《屋檐下，那串老玉米》：那串挂在屋檐下，金黄色泛起微光，给予一天又一天温暖的老玉米，何其像母亲的图腾。《与女儿谈心》：那金色大桥，一头是孩子将父辈的嘱托和希望缝进青春，另一头是父辈踮起脚尖伸展着手臂放飞孩子的梦，于是宽阔的沟壑上铺就了生活的温馨。

43.读远方《禅意六首》（组诗）

《茶语》：茶与云雾结缘、与禅结缘、与你我结缘，每一片茶叶的浮沉、每一次人生的相遇，似乎都是一种缘定。《早餐，一杯咖啡》：无论银质刀叉如何闪闪发光，过往岁月如何沉浮悲伤，白鹭依然在那里，从未走远；无论风雨如何洗礼，咖啡、羽毛如何不记得颜色，钢琴与诗人依然以它不变而又独特的文化诉说日光的严厉与慈祥。《女儿红》：曾为那一朵桃花而带着醉意离开，今暗香浮动，思念沿着一路酒香让醉意原路返回，我愿长醉不归。《北方的树》：北方的树奋力向上就一定能抓住那片刻的蓝天？一阵冷风，清醒了双目。《一步之遥》：你若再往前一步，我和落日便是一步之遥。那像冬日的红柿子，很圆很美的落日，我初恋的海誓山盟，廊桥边上的往日情怀，那褪色的故土乡愁便在我的怀抱中了！《凌乱》：一池春水托举亭亭玉立的荷苞，我欢喜这样的凌乱，凌乱了的是这池春水，还是我揉碎了的梦？

44.读王祥康《在世俗中活着》（组诗）

《静物》：她坐在一阵风里，如同一串葡萄坐在空气里，安静、宽容、清醒，她思念着远方的他，如同那串葡萄，在不动声色的表皮下，汹涌的汁流着自己的忧伤，想他的目光能沿着藤蔓结出紫色的葡萄。不知不觉中，思念将她塑成了时间阴影里的静物。《我们都是有故事的人》：活过的人知道生活的不易，咀嚼过橄榄的人知道其中的滋味。有故事的人哪怕活得像一棵草，从泥土到云端，所经历的世事变迁虽无法言说，但生活总会让人心变得坚强，滋味由酸涩到甘甜。《火车穿过隧道》：火车穿过隧道如一枚针刺向黑暗，我梦想着黑暗的那端能有一个带着体温的人在向我招手，可是火车向北，依然单纯地一路向北，从小寒到大寒，美丽的梦与迎面而来的火车擦肩而过。《火车就要开了》：我欠春天一张欠条，我害怕投入春天的怀抱。火车就要开走了，不知下一个春天如何？会春意盎然吗？站台上的脚步犹豫不决了。《两只燕子》：一场风沙，隔断爱情，你我虽都有一双翅膀，也不甘寂寞，可是依然怕风沙再起，于是小心翼翼，一路诗词打探，唉！通往情爱深处的路到底还要拐过几道弯？《睡莲》：沉睡的初恋是少女朴素的忧伤，不让月光知道，她假装死去。一只青蛙不停地鼓噪，让羞怯和秘密无处遁形，一只蜜蜂小小的刺带走花朵的病灶，我已然拦不住这个爱情的入侵者了。

45.读王良庆《紧贴窗棂的耳朵》（组诗）

《嗡嗡嗡……》：烟花三月，油菜花香，空空的蓝墨水瓶已诉尽心中的思念，我的蜜蜂，你可知我在等你，在一方江南里共同写意。《咚咚锵，咚咚锵……》：原生态的鼓槌与锣槌诉尽了人生的喜怒哀乐、红白喜事，欢笑与眼泪在这咚咚锵的乐点里真真切切地将人生演绎。《雨哥哥——哥……》：给窗外无家可归的小鸟一扇温暖的窗吧！面对充血水肿的嗓子，哆嗦不歇的肩膀，伸出你的手，给它一个温暖的家。《鸡儿，哥乐哥乐哥乐……》：有小鸡的妈妈们幸福地召唤孩子们回家，可怜失子的公鸡和母鸡在晒谷场上一遍遍揪心地喊魂："我的乖鸡儿！回——来哟……"

46.读孙欲言《题画诗》（组诗）

《荷韵》：能在滚滚红尘中过着闲情逸致、悠然自得的生活，真真是活出了人生的美丽！犹如浓墨重彩中的清新典雅，喧嚣嘈杂中的静默安宁，内蕴非凡。《知音》：先遇知音，歌才能舒畅心胸，笔才能恣肆浓墨，情才能缠绵话语，相对无言，便已懂你。可惜高山流水知音难觅！《紫藤牡丹》：紫藤牡丹富贵缠绵，高雅柔情，浓墨重彩，奢华浪漫。只是不知繁华落尽，会不会一树凄清？《鹤》在清寒的雪野上，你黑白分明的仙姿点亮了天地，那头上的红色王冠是你不息的智慧和焰火。生命如你便知什么是优雅，什么是非凡品质！

47.读下午百合《春天》（组诗）

《春天该有一颗阔大之心》：如果春天有一颗阔大之心，为什么独独让柔弱的花蕊在春风中站立不稳？是因为她矗立枝头炫耀？是因为自身缺乏锤炼不够刚强？还是因为只有一夜春风的馈赠，她才能拥有姹紫嫣红、热烈辉煌的成就？《春天，大地上都是臣服的人》：春天令老妇化身活泼俏丽的女子，令臣服于春天大地上的人们充满遐想，因为春天为他们编织了一个四季轮回的梦。《春天的迁徙》一年之计在于春，春天大地复苏，万物都在努力追梦。《春天爱上草木之人》：春天真是个追梦的季节，车站、广场、渡船处处都是追梦人的身影，想必春天也爱上了这群闪着光芒的精灵，你看那屋檐下绽放的花朵，还有那温润的雨水，不都是春天给力的打赏吗？

48.读李朝晖《寻找一枚词语抒情》（组诗）

《宿命》：是否悖论无须纠结！菩提树下，唤醒的记忆盛开。明白了从起点开始，衍生一而二、二而三，直到终点，不过是还原了最初的起点，一切只是一片空白。《本我》：生命就是等待笔墨的白纸，翻过初一，再翻过十五，如同打坐参禅的稻草人日复一日听取蛙声一片。心里明白过完了十五是回不到初一的，算了吧！喧嚣也好，静寂也罢，不过是尘起尘落，一次次救赎轮回罢了！《祭台》：祭台上我的忏悔、祈祷、救赎难掩内心的恐惧，深深浅浅的呼吸变幻成梦境里的念语，一次匍匐注定了我今生的卑微，神灵收起供品了然于胸。《庙宇》：佛渡有缘人，摆脱苦难，红尘故事里的尘埃，岁月的牵绊在一页经、一炷香中悄然抚平。《隐居》："心"与"行"像是分离了。"心"点亮一盏红灯笼，为蓄谋已久的暗语指路，然而现实却与幻想捉迷藏，幻灭了幻想，三两杯酒后，"行"坠落在红尘陷阱里。《木鱼》：夜色里谁敲响木鱼，月光为此起伏不定，丁香为此沉默不语，万象隐入夜色，风细语呢喃。在这万籁俱静、不染纤尘的夜色里，心中的明灯熠熠闪耀，为我指引，找寻到属于自己最终的归宿。

49.读李栋《南山谣》（组诗）

《南山谣》：好迷人的景致，心之神往，胸有南山，寿比南山。《南山南》：风是瘦的，身是瘦的，心也要瘦吗？穷极一生，奔波如梦，不如抽身而去，或许四季如春。《山寺》：大雨复大雨，纵有一颗向善的心，也阻挡不了香椿叶凋零的速度。我倒希望时光慢些："人间四月芳菲尽，山寺桃花始盛开。"《下雨了》：我望着你，你望着的是远方，可远方是风雨、闪电、叶子的悲伤，为什么你我都向命运低头，空把那美好"藏在不为人知的地方"？《春天说来就来》：羽箭带响射出，恰好在风黑云墨之时，于是春天说来就来，只有妖娆的人才配拥有。《月光》：不论是推一把，还是拉一把，需要回归光明，有月光至少有"对影成三人"的时候，没有月光只能是形单地蜷缩着。

50.读胡有琪《春天的钟声》（组诗）

《春天的钟声》：春天的太阳从寺院里出来，带着露珠，送来温暖，唤醒大千世界一切荒芜的生命。鸟儿也不甘寂寞，在春天的钟声里振奋着翅膀，喳喳喧闹，呼唤着人们敞开心扉，绽放生命。《僧人》："身是菩提树，心如明镜台。明镜本清净，何处染尘埃!"在看尽红尘、品读喧嚣后，依然能不改初衷心，不受世俗红尘羁绊。《河滩上，遍地鹅卵石》："近朱者赤，近墨者黑"，日子久了，石头都能被和尚感化皈依，可见坚持布道的可贵!《玫瑰》：作为一柄爱情之剑，不接，便不知"为伊消得人憔悴"为何物；接了，又怕撕心裂肺的伤痛难愈。玫瑰，你写不尽的温柔就如此纠结着我。《脚下的路》：走了一生的路，最终发现心灵归处竟是回家之路。走过的山山水水，历经的风风雨雨，看过的铅华最终不过是返璞归真。

51.读张军《雁阵飞过村庄》（组诗）

《雁阵飞过村庄》：游子、大雁无论飞到多远，总是要飞回故里，在他们心中，故乡的意义是与众不同的，我想不仅仅是圆心中的念想，也不仅仅是找寻童年的梦想，更多的是空虚心灵需要故土坚实的寄托。《月光如水》：古往今来，乡愁承载着多少游子对故土浓浓的思念。在异乡寂静的夜晚，沐浴在如水的月光之下，这份乡愁越发变得厚重深沉。《我像一棵日渐成熟的糜子》：我像一棵日渐成熟的糜子，越是成熟，越是低调，这种低调绝不是低头哈腰，而是对养育自己、培养自己的故土家园深深的感激!《大地之灯》：大地之灯照亮了我儿时成长的路，长大后，它又照亮了我勇敢跋涉的路，一次又一次使我的灵魂安息，一步步走向成熟。

52.读孙万江《鹰从南迦巴瓦峰俯冲而下》（组诗）

脚未曾踏入雪域高原，心早已神往，那片空灵、静谧、神秘、高洁，令人魂牵梦萦。读完诗作，更加渴望能早日揭开面纱，一睹真容。《云中波密》：雾如薄纱，云似哈达，山谷叠翠，河流奔腾，虔诚信仰的子民如一朵朵白莲花绽放在雪域高原，生生不息。《林芝的山色》：桃林似海赛江南，好似温婉圣洁的女子，在那碧水长流、青山白雪上布花。《雅鲁藏布江大峡谷》：那是雄鹰展翅劈开的云锦，送给仙女的披帛，披帛飞舞，舞出大峡谷神秘的问号。《羌塘草原》：读到了一种很质朴、一种来自原古厚重的气息，山的高深，云的低垂，弯曲的河流，奔跑的野生动物。草原上的一切生命都充满幸福！《尼洋河畔》：在碧水蓝天下，牛奶飘香，歌声甜美，舞蹈奔放，放牧的人、念经的人、歌唱的人构成了一幅幸福画卷。《天堂牧歌》：美丽的高原，你之纯、之净、之圣，所给予我们心灵的震撼，是即使爬上九百九十九级天梯也伸手够不到的高度。你的美丽是我们心灵向往的家园，幸福的所在！

丁文霞　女，1967 年 3 月出生。武汉理工大学法学专业本科、中国社会科学院研究生院市场经济系毕业。福建技师学院高级讲师，主要承担德育类教学与学生管理工作。多年来，先后在省内外多家刊物发表多篇教育教学类论文，业余喜爱读书、绘画、评论等，作品多以自娱自乐为主。

祝辞与贺信

陈仁毅　黄长江

写诗、读诗、评诗皆人生（祝辞）

祝贺少木森先生《诗与禅可以这么说》新书研讨会成功举办！

我和忠侯主任（注：少木森，原名林忠侯）是同事、挚友，也是诗友。

忠侯主任是我省技工教育和职业培训行业的资深专家。他退休后兼职福建省职业培训和技工教育协会副会长与省职协民办技工学校分会会长。现在，我们在一起兼职共事全省职业培训和技工教育相关工作。

忠侯主任专心耕耘技工教育几十年，为福建省技工教育事业做出了很大贡献。他在认真做好本职工作的同时，在福建文学这块沃土上，潜心研究、认真实践，独树一帜地创造出了属于他自己的诗与诗意、禅与禅意、禅与禅意诗和写诗、读诗、评诗高度融合的一个文化载体。这是难能可贵的！所以我说，少木森先生是写诗、读诗、评诗皆人生啊！

少木森先生对诗、对禅意诗的理解，以及他勤奋的创造实践是值得我们深入研究和认真学习的。今天的新书研讨会是一次对少木森作品的了解与评读的机会，同时，也是为福建省弘扬中华优秀传统文化，推动新时代福建诗歌创作、文学评论水平提升的一次盛会。

少木森的诗富有禅意，他主张"以禅眼观物，以诗心生活"，把写诗与生活有机地交融起来，写诗即生活，写诗即修行自己。他写诗有禅意诗心，评诗也有禅的慧眼与诗的机趣。我喜欢他的诗和诗评！

读少木森的诗评和所评的诗，我们往往不仅读懂了诗人的诗，更读懂了少木森所发现、所挖掘的超越诗歌的禅意。科学界有个说法，人类所发现的宇宙中的物质，只占宇宙全部物质的5%，宇宙中的95%是暗物质和暗能量。我们可不可以这样说，少木森的读诗与评诗的方式为我们提供了一种发现"诗宇宙"中的暗物质和暗能量的可能，也就是发现我们人生中的诗心禅意的可能。

让我们在这里慢慢品味少木森先生的《诗与禅可以这么说》吧！

祝研讨会圆满成功！

陈仁毅

2022 年 5 月 13 日

（原发《中外名流》2022 年夏季号）

陈仁毅　福建省职业培训和技工教育协会会长、福建省人社厅原正厅级纪检监察专员，诗人，有许多诗作发表、获奖。

贺少木森《诗与禅可以这么说》研讨座谈会召开（贺信）

各位领导、专家和作家朋友：

欣闻少木森《诗与禅可以这么说》研讨座谈会将于2022年5月13日在福建省文学院（八闽书院）召开，特致此信表示热烈的祝贺，向亲临研讨座谈的各位领导、专家和诗人、作家朋友们致以最美好的祝愿！因疫情防控要求及路途遥远，不便前往参加，只得遥寄心语，祝研讨座谈会取得圆满成功。

少木森多年来笔耕不辍，佳作迭出，创作包括散文、诗歌、小说、随笔、评论等多种文体，在全国数百家期刊、报纸发表各类体裁作品千余篇（首），共计四五百万字，其中有的已被选入各种权威选本、教辅资料，并被多次用于考试出题，已出版个人诗集、散文集、小说集和文化随笔集等10余部，近年来开始的禅意诗选编解读，一年一本，已坚持五年，形成了当下诗坛和诗评界一道亮丽的风景，笔调洒脱，解读入理入心，在诗作与读者之间架起了一座看似高深禅玄而又通透易解的桥梁，别具特色，成为人们床案必备的阅读佳品。

对《诗与禅可以这么说》进行研讨，其实就是对中国现当代优秀诗作别一番解读的研讨，这种研讨解读必然会拓展诗作的张力和诗意的空间，很具有开发性和创造性，对当下诗歌创作和诗歌研究都会具有重要的意义。

这次研讨座谈会的召开，将会引来更多的人关注诗歌、热爱诗歌，甚至参与诗歌创作和诗歌评论。也将会引导诗人们把诗作写得更具有思想深度和艺术性，评论家们把诗评写得更深透并更具有文化魅力。再祝《诗与禅可以这么说》研讨座谈会取得圆满成功！

中外名流出版社社长兼总编辑

北京儒博文化艺术院院长

黄长江

2022 年 5 月 12 日于北京

"彼岸"为诗，"此岸"为文

——少木森的"艺术人生"

□ 《文艺报》通讯员　许　莉

专文报道1：

以《诗在彼岸》为题，评过少木森的诗集《谁再来出禅入禅》。发表后，有朋友喜欢这文字，也就想干脆再品一品少木森的艺术人生。

少木森写诗，也写散文、小说。读其诗时，能读出一种喧嚣市声之外的宁静、一种"彼岸"般的纯净。而读其散文时，觉其"此岸人生"里，仍然"火气"未尽，虽然少木森似乎在全力平静自己，但人生况味里到底香与臭纠葛着、善与恶伴生着，他热切地关注着人生，笔底也就难以那么宁静、那么温馨、那么不动声色了。少木森极爱喝茶，也常写茶。在诗里，他这么对待茶："以杯茶的姿势／凉凉热热　泡残几瓣沧桑"，茶香伴着诗魂，神游于以禅观世的深远淡泊的境界中。而在散文《品乌龙茶》里，他对中国茶道做了认真的叙述，尔后说："那种刻意地肢解泡茶过程和'诗化'或'文化'泡茶过程……实在是煞风景和败胃口的粗俗制作，亵渎的是茶道的简单、平易、素朴、清静。"很分明地流露出一种执着与认真，比起他的诗，少了几分随性而多了几分固执。

这种固执多少秉承了中国文人的天性，正如他自己说过的："第一个硌在牙齿上，让'铁嘴'吞噬不下的是文人。"这是他印在散文集封底的话，应该说，这用来形容他的散文风格，真是再好不过的。

《养鸟喝汤》是少木森散文中的精品，文中写到人家养鸟写鸟，只因鸟哑了不叫了，便把这曾经心爱的鸟扒了皮，喝了鸟汤，又把这一切诉诸文字，在许多人看来，这也许本不算什么事，而少木森却站了出来，这样写道："我也算个文人，也是个养过鸟、玩过鸟的人，我的确尚未喝过那样的鸟汤，要真喝了，我还真不敢那样写出文章来。甚至，我这样想过，我要是个编辑，还不一定愿意编发这样的文章，因为作为一个养鸟的人，一个养鸟的文人，面对这样的文字，真如针锥火燎，很难释然的……因此，我就想，还是'文过饰非'好，王川再让人震撼与佩服，也别去仿效。"一件小事，被他写得如此煞有介事，是要"硌"人之牙的。

于是，读起他的散文来，便没有了读他诗时的那种随性自如，反而有些许沉重了。不妨这么说吧，如果少木森的诗在"彼岸"，那么，他的散文则更多地在"此岸"。他很理性地说："诗在彼岸 生生死死却在此岸"。他写诗，尚能"以墙为诗"，"面墙"时，精神是超脱的，诗句是"唯美"的。而他这些关注着"生生死死的此岸"的散文，却是那样现实和沉重了，在这里，我们看到"不容忽视的生活摆在你面前了，残酷得不容你逃避"。

他如此忧患着"天才"："可以这么说，天才常常是把平生的精力、全部的心智投入他所从事的事业，他所看到的、所感悟的，肯定是一般人所不能达到的深度，也不是一大群'学者'浮光掠影式研究所能达到的深度，他也就往往是常人不能理解的，是'学者'们不能相容的。用通俗的说法，他们太超前了，超越了凡人十年八年或者更长时间。在这十年八年中自然是不被理解和容纳的，甚至要受人们的奚落或蹂躏。十年八年后，人们会发现这天才多年前预见的价值，要是这天才已经不在人世，就会成为奇迹，招来许多学者的研究。要是这天才还活着，并且还是天才，那么，他肯定又超越凡人十年八年或更长时间了，又为当此之时的人群所不容，他的那些'曾经的天才预见'也就可能因此蒙尘，不可能招来学者的研究，倒可能又招致新的奚落和蹂躏，最多说上这么一句：这个人啊，要不是性格这么古怪，倒还是一个天才啊……这大概就是我们这个国度有那么多的'追认'的原因吧！"（《把一个天才教成淑女》）

他如此解读"圣贤"："这哪里是讲道德的，分明是讲最缺德的权谋。能讲这一席高论的'高人'，若为隐士，那必定是'大隐隐于朝'的大权术家、大阴谋家。他到底是谁？到现在没有人能说个明白清楚。有人说是早于孔子的、春秋时代的楚国隐士老聃（即李耳），有人说是与孔子同时的老莱子，有人说是孔子死了一百二十多年后的战国时代的太史儋，还有人说他是秦汉以后的人，学术上是无名氏，却是个权谋大家，如吕不韦，如司马昭等……简直'神龙见

首不见尾'。总之，他是中国隐蔽最深的人，是中国最狡猾的、长着两张面孔的人。"（《圣贤的另类解读·老子》）

类似的述写，在他的《一窝马蜂》《谎言硌牙》《"不敢"之问》《阅微小品》《生灵》里随处可见。他匠心独运，或叙述，或抒情，或议论，随意运笔，不拘一格。真实与真诚的基本精神与品格得以很好地体现，在观照外在生活的同时又"向内转"，营造着理想的精神家园，藏刃于和风细雨之中，读来使人振聋发聩，却又心有所托，而且所托的还是一个清纯的理想世界。我把此说成是少木森有别于其诗的"另类忧患"，而少木森自己概括时，说为"两般忧患"，词意相近，但他说得更雅致些，因为他是一个诗人、一个雅人嘛。

（见《文艺报》2003年11月6日第三版）

黄长江来榕及少木森新书漫谈会

□《今日文艺报》记者　中　流

专文报道 2：

  北京儒博文化艺术院院长、中外名流交流总会会长黄长江及《中外名流》湖南发行站站长黄福高一行，于 2 月 22 日由武夷山转抵福州，随即进行了两场小型文化活动。

  上午，约请了《福建文学》主编郭志杰，著名戏剧家、大型歌剧《土楼》编剧吴苏宁，及少木森本人，就少木森新诗集《福建：诗与禅之旅》（中外名流出版社出版，黄长江主编）进行了漫谈。

  晚上，约请了张冬青（福建省作家协会秘书长）、郭志杰（《福建文学》主编）、林登豪（《福建乡土》副主编）、傅翔（著名评论家）、林世恩（著名小说家）、潘德铭（福建省电视台著名编导）、康延平（著名报告文学作家）、吴苏宁（著名戏曲编剧）、汪有榕（《海峡诗人》编辑）和少木森本人，继续就少木森新诗集《福建：诗与禅之旅》及一些出版事宜，再次进行了漫谈。

  两场漫谈会上，大伙儿都随性漫谈，充分地聊和侃，会后经记录者梳理出了以下五个观点：

  其一，少木森诗作的确体现了他自己的主张"以禅眼观物，以诗心生活"，他的诗有两个"点"：一是诗的"读点"。少木森的诗在诗艺上达到了一定的高度，诗的语言有特色，看似平实、平静、舒缓，却往往具备一种"心灵冲击力"，"能写到人家心里去，能引起阅读快感"，而且作者的那颗诗心总是伴随其中，读他的诗，也是在感受他的诗心，品味他那种诗意的生活。二是禅的"看点"。少木森潜心于"禅意诗"的创作，几十年如一日，将禅意融于诗意之中，写出了一种独特的身心体验。在看似平常的事物与细节中，安详地静观世间的一切，反过来，读这诗，就不只读诗了，而是获得一种宁静与安详，获得一种禅意，甚至可能就是在这诗的语境下的"一种心灵修炼"。

其二，任何人的写作都应该重视读者，"以'有读者''吸引读者'作为评价每个人写作质量的一个评价标准，并不为过"。没有读者，自娱自乐，当然也是可以的，特别是在现在这样一个"网络自媒体"时代，完全可以"自写自看"或"自写小圈子看"。但每个以"作家"为角色的人显然不满足于此，都希望"有人读"，"希望读的人越多越好"。不过，不要试图吸引所有读者，那不可能，也没有必要，定位于一个或几个圈子，为他们而写，吸引他们来读，这就足够了。具体到少木森的诗，可以说，它至少可以说是吸引了两个圈子的人，一个是爱文学、读文学的人，另一个是对佛禅有兴趣的人，这是一个聪明的选择，读者面是比较宽的，书就会比较好卖，事实正是如此，在"儒博"出版的几本书都发行得不错，甚至上的是"畅销书架"。

其三，漫谈会上，其实还有一位未谋面的诗人，那就是吉林省辽源市的孙欲言，他恰好为少木森发表于《福建文学》2014年第2期上的《福建：诗与禅之旅》（组诗）写了诗评，并且刚寄到，评稿被带到漫谈会上，也可算是参加了漫谈会。他认为，与禅的一些"参方""公案"一样，"诗也不过是意志和情绪的表述符号。它的意义也是不可深入追寻的，否则，它也会失去存在的价值和理由。诗只是一种现象，我始终如此认为"。在场的各位认为，用这话来评价少木森的一些"禅意诗"，是再合适不过的。"禅是自然而然的生活"，"当身心世界在禅境中泯灭销殒时，人便达到了理想中的最大自由之境。诗的终极表述，也无过于此"。

其四，少木森读书之多，可以从他的散文集里看出来；少木森思考之深，可以从他的散文集和诗集里看出来。散文集和诗集都涉猎了文化与教育及生活的方方面面，信手拈来，涉笔成趣，却又有沉甸甸的东西在里面，那东西叫"历史"，那东西也叫"文化"。少木森以其读书多，而产生了写作的优势，联想极其丰富，写起诗来，运笔极其自如，随意串缀，却收放自如，没有痕迹，虽然这一本诗集里的诗，显然有不少还不那么"有禅意"，但都有"哲理与文化闪烁其中"，却不觉"掉书袋"，十分好读。

其五，当前出版之难，不是"印书之难"，而是"销书之难"。出书基本到了"自费时代"。作为"出书的组织者""二渠道"，多年来，北京儒博文化艺术院、中外名流交流总会与少木森先生合作，出版了《少木森小说今选》、《少木森教育文化随笔今选》（上、下册）和《福建：诗与禅之旅》，市场都走得不错，已无存书。北京儒博文化艺术院、中外名流交流总会仍然坚持走"为作者自费出书服务"和"与作者合作出书"相结合的道路。此次来闽的目的就是广泛联系作者，期望能与在座作家朋友"合作出书"，期望闽地作家的书"能在市场上创出比少木森更好的业绩"。

（见《今日文艺报》2014 年 3 月 10 日第一版）

当"诗情"遇上"禅思"

——少木森诗评作品集《诗与禅可以这么说》
研讨座谈会在福州举行

□《福建日报》记者　树红霞　　通讯员　梁　华

专文报道 3：

2022 年 5 月 13 日，我省作家少木森诗评作品集《诗与禅可以这么说》研讨座谈会在福州举行。我省 20 多位作家、文学评论家、出版界人士等参加研讨。本次研讨会由福建省文联指导，福建省作家协会、福建省文学院、《海峡文艺评论》杂志社、福建省直机关作家协会、福建省文艺评论家协会、福建职业培训和技工教育协会等共同举办。

在中外名流出版社社长兼总编辑、北京儒博文化艺术院院长黄长江看来，对该书进行研讨解读，必然会拓展诗作的张力和诗意的空间，具有开发性和创造性，对当下诗歌创作和诗歌研究都具有重要意义。

收获参禅的感觉

诗歌关乎心灵。少木森广泛涉猎小说、报告文学、散文、诗歌等各个领域，主张以禅眼观物、以诗心生活，收获了一批忠实读者。

《诗与禅可以这么说》由河海大学出版社出版，是作者"读出的禅意"书系的第五本。书分为两辑：第一辑《禅眼观物，诗心生活》展示作者的诗和诗心生活，浓缩日常生活和人性里与禅有关的内容，抽丝剥茧般将其概括为禅意与静坐、禅意与调侃、禅意与幸福、禅意与极简等 50 个问题，对应自己所写的 50 组诗进行诉说与演绎。这些诗、评、说虽简短，但禅意悠长。第二辑《以心读诗，以缘评诗》为"点读诗歌"系列，也是 50 篇。作者致力于普及现代新诗，通过这些诗评，或许更多人能较轻松地读懂现代新诗，甚至读懂较冷门、较难懂的禅意诗。

诗歌，感于心、动于情。现场有不少书友表示，读这本诗集，有种品茶参禅的感觉。有专家建议少木森下一本书要结合乡村振兴进行创作，体现新时代乡村里的诗心禅意，让诗与禅助力乡村文化振兴。

诗是指向内心的活动，《诗与禅可以这么说》体现了作者对当代世界的"不确定性"的感受，是流动的、变迁的一种真切感受。《海峡文艺评论》杂志社社长、省文艺评论家协会秘书长曾念长说，这本诗集独特的文本提供了一个传统诗学理论资源向现代诗评述转化的可能，有文人评诗、文人说诗的特色与意味。

少木森在书中从比较特殊的角度看中国当代的一些诗歌。对此，省文联副主席、省作协主席陈毅达给予了肯定，呼吁参与研讨的评论家更多地关注福建省的文学创作，关注本土的作家和诗人的作品。

诗歌回到读者

重回当下、重回大众，诗意才有抚慰和救赎的力量。

研讨会上，福建文学院院长钟红英提到的"少木森现象"，就是"诗歌回到读者"。"少木森选读诗歌，既有名家的诗，也有大量草根诗人的诗，只要他感觉这诗有诗心禅意，就以亲切、湿润、闲适、恬淡的谈话方式把这诗介绍给读者，并与读者互动，让我们感觉在少木森那个圈子里，诗歌真的回到了读者中。"她说。

"禅意诗成了少木森的一个标签、一个符号。这是一个很难得的文学现象。"《福建文学》杂志社常务副主编、省文艺评论家协会副主席石华鹏还从"越界的难度""论说的风险""辩证灵动的艺术境界"三个维度，阐明写禅意诗、评禅意诗可能的歧路和难点。

省政协政策法规处原处长戎章榕从"少木森现象"中感受到三点，即禅意诗能够回应时代的关切、禅意诗可以立足福建的地域特色、禅意诗应该与时俱进地融入今日生活。

灵性是创作的关键，无灵性则无诗，更不会有禅，所以少木森的禅意诗是"非逻辑的""非判断的"，却有气理在流动，需要一种特殊思维。这是福建师范大学传媒学院林焱教授读禅意诗的真实感受。

"一个人一生做好一件事就不容易，少木森几十年专注写禅意诗评禅意诗，锲而不舍、传播久远，那真不是一件容易的事。"福州大学人文学院教授施晓宇由衷地感叹。

（见《福建日报》2022 年 5 月 17 日第六版）

少木森简介

少木森,原名林忠侯,福建龙海紫泥人,福建省人社厅技工教育中心原主任、正高级讲师、中国作家协会会员,禅意诗提出并写作探索践行者、"闽派诗歌百年百人"入列诗人,发表、出版作品500多万字,被选入多种年选及其他权威选本和教辅资料,三次进入《中国散文年度排行榜》。获得过澳洲杯新诗成就奖(最高)、孙犁文学奖、"中原杯"征文一等奖、"诗星杯"征文一等奖、两度获福建省作协"逢时杯"海内外散文大赛一等奖、三度获福建省优秀文学作品奖暨陈明玉文学奖、第五届福建文学优秀图书奖等。

出版专著简介

诗集14部,文集6部

1.《少木森禅意诗精选99首》 (诗集.独著)长征出版社,CIP核准号:2005003010,2005年4月出版。

[此书获福建省第20届优秀文学作品奖暨第二届陈明玉文学奖(2005年度)二等奖]

2.《给自己找个理由微笑》 (诗集.独著)中国文联出版社,CIP核准号:2008013564,2008年2月出版。

[此书获福建省第23届优秀文学作品奖暨第五届陈明玉文学奖(2008年度)佳作奖]

3.《少木森禅意诗精选精读》 (诗集.合著)中国文联出版社,CIP核准号:2010020078,2010年2月出版。

[此书获福建省第25届优秀文学作品奖暨第七届陈明玉文学奖(2010年度)佳作奖]

4.《读出的禅意：诗与禅可以这么说》（诗集.独著）河海大学出版社，CIP 核准号：2021232362，2021 年 12 月出版。

（此书于 2022 年 4 月获福建文学好书榜推荐图书）

5.《爱的潮汐》（微型诗集.独著）《当代诗歌》月刊社，（2003 年之前，故无 CIP 数据）1985 年 5 月出版。

（此书列入该杂志《起飞诗丛》重点推介）

6.《花木禅》（诗集.独著）香港天马图书有限公司，（国际书号，无 CIP 数据）1993 年 4 月出版。

7.《谁再来出禅入禅》（诗集.独著）时代文艺出版社，（2003 年之前，故无 CIP 数据）2000 年 1 月出版。

8.《禅意诗十家》（诗集.主编）中国文化出版社，（国际书号，无 CIP 数据）2011 年 10 月出版。

9.《福建：诗与禅之旅》（诗集.独著）中外名流出版社，（国际书号，无 CIP 数据）2013 年 11 月出版。

10.《八闽诗禅路》（诗集.独著）大连理工大学出版社，CIP 核准号：2015118433，2015 年 12 月出版。

11.《读出的禅意：中国当代禅意诗选读》（诗集.编著）河海大学出版社，CIP 核准号：2015142027，2015 年 7 月出版。

12.《读出的禅意：2015 年度禅意诗选读》（诗集.主编）河海大学出版社，CIP 核准号：2016081335，2016 年 4 月出版。

13.《读出的禅意：2016 年度禅意诗选读》（诗集.主编）河海大学出版社，CIP 核准号：2017058945，2017 年 4 月出版。

14.《读出的禅意：2017 中国禅意诗选读》（诗集.编著）河海大学出版社，CIP 核准号：2018112397，2018 年 6 月出版。

15.《中国的诺查丹玛斯》（长篇纪实文学.独著）时代文艺出版社，（2003 年之前，故无 CIP 数据）1993 年 7 月出版。

16.《谎言硌牙》（散文集.独著）时代文艺出版社，（2003 年之前，故无 CIP 数据）2000 年 1 月出版。

17.《少木森小说今选》（小说集.独著）华艺出版社，CIP 核准号：2008039479，2008 年 4 月出版。

18.《少木森教育文化随笔今选（上、下册)》（散文集.独著）中国财富出版社，CIP 核准号：2012132127，2012 年 8 月出版。

19.《忧郁边缘》（散文集.编著）香港亚洲文化出版有限公司，（国际书号，无 CIP 数据）1993 年 7 月出版。

20.《张圣君传奇》（长篇纪实文学.编著）福建人民出版社，CIP 核准号：2015119438，2015 年 7 月出版。

另外，参与编写的图书还有《作文大革命》（福建文艺音像出版社，2004 年 8 月出版）、《星星点灯》（北京出版社，2012 年 6 月出版）、《台湾"民主政治"透视》（华艺出版社，2014 年 2 月出版）、《中国技工教育发展历程》（中国人力资源和社会保障出版集团，2021 年 5 月出版）等。

后记：一场宏大的禅意诗研讨

关注少木森，足足有二十年了。那是我策划主编的 21 世纪今选文丛大型系列丛书刚刚起步的时候，他寄来了诗歌、小说等作品，我看都写得不错，而且据其简介和作品末的备注，他当时还很年轻，恐怕还不到我现在的年纪，却在很多知名的纯文学刊物发表了作品，这引起了我的重视。

于是在我主编的《诗歌今选》《小小说今选》《小品文今选》《当代 10 名诗人诗歌今选》等好几本书中都以专栏（或称成组）的形式隆重推出了他的作品。随后又陆续出版了他的《少木森小说今选》、《少木森教育文化随笔今选》（上、下册）、《福建：诗与禅之旅》等个人专著（作品集），反响如潮。我们的《今日文艺报》也曾以系列专版的形式推出过少木森的诗、文及相关评论。后来他还入选过我主编的《当代 10 名诗人诗歌今选》。可以说，在我们的读者圈或是读者群体中，已形成了一种"少木森现象"。

由于当时图书市场还有些温热，我经手出版的少木森作品集中有些上架发行后是找到了较多买家读者的。因此，少木森就成了以作品给我带来了较丰经济效益的作家。

我不仅与他加深了友谊，也更加关注起了他。他的女儿林语尘也是一个了不得的文艺才女，上大学的时候就有一本写得很有思想深意、艺术品位颇高的散文集《正在有情无思间》经我编辑出版，她还自己画画作插图。我长期关注浏览少木森的博客和微信公众号，我们会时不时地通电话、发短信息，QQ 聊天和微信聊天等。

我发现有很多人都在关注他和他的作品，尤其是他的禅意诗，有的还写了评论。就连我们《今日文艺报》收到的关于少木森禅意诗的评论文章也不少，有的作者还是颇具知名度的评论家或作家、编辑，甚至刊物的主编、副主编。

于是我开始收集起这些评论文章来，数量越来越多，竟达到了可以出版一本书的厚度！我把这一情况告诉少木森，他说他也收集了一些，他还告诉我，福建省文艺评论家协会也同意参与汇编这样一本书。于是由他与福建省文艺评论家协会协调，我们把所集之稿汇集一处，力争早日成书。

感谢福建省文艺评论家协会的大度胸怀，慷慨献出了所集之稿的署名权，并愿与我们北京儒博文化艺术院一起组编，由我担任主编，勠力同心，出版这本《少木森禅意诗研究》。

感谢福建省画院书画名家罗方华老师题写了书名。更感谢时任福建省文联党组成员、书记处书记、副主席，福建省作家协会主席陈毅达先生的悉心指导并热情作序。

待书稿集成，剔掉大量重复收集的稿件，删除许多不太成文或者说质量不太高的，仍还有一百余篇。又去掉一部分同质化严重的，留存的就编成了现在这样一本以少木森禅意诗为评论中心的文学评论集。

这哪里仅仅是一本书？

看，陈仲义、刘忠诚、李小雨、张同吾、范方、傅翔、石华鹏、曾念长、钟红英、伍明春、郭志杰、林如求、戎章榕、李云龙、陈柳傅、于燕青、蕉椰、林朝晖、万小英、万重山、剑钧等大咖名家都到场了，高朋满座。六十余位评论家、诗人、作家和编辑家（由于时间跨度较长，有的现已作古），群贤毕至，老少咸宜，跨越时空，依序发言，百家争鸣，纷纷围绕少木森的禅意诗真诚地谈出了自己的观点和看法。

场面多么壮观！

这简直就是一场宏大的禅意诗研讨会——一场关于少木森的禅意诗及其理念主张的专题研讨会，有幸见此书者皆可聆听；这也是一顿丰盛可口的文化大餐，有幸结缘此书者皆可大快朵颐。

当然书中也难免有不足之处，敬请各位读家批评指正！

黄长江
2024 年 9 月 6 日于北京社会主义学院